Von Candace Robb erschien bei Bastei-Lübbe:

13 548 Die Rose des Apothekers
13 654 Die Kapelle des Erzbischofs
13 736 Das Geheimnis der Nonne
13 966 Der Lordkanzler des Königs
13 900 Das Rätsel von St. Leonhard

Candace Robb

Der Kämmerer des Herzogs

Historischer Roman

Aus dem Englischen
von Hans Freundl

BASTEI-LÜBBE-TASCHENBUCH
Band 14 223

Titel der englische Originalausgabe: A GIFT OF SANCTUARY
© 1998 by Candace Robb
© für die deutsche Lizenzausgabe 1999 by
Bastei-Verlag Gustav H. Lübbe GmbH & Co.,
Bergisch Gladbach
Erste Auflage: August 1999
Titelillustration AKG, Berlin
Umschlaggestaltung: QuadroGrafik, Bensberg
Satz: KCS GmbH, Buchholz/Hamburg
Druck und Verarbeitung: Elsnerdruck, Berlin
Printed in Germany
ISBN: 3-404-14223-3

Sie finden uns im Internet unter
http://www.luebbe.de

Der Preis dieses Bandes versteht sich einschließlich
der gesetzlichen Mehrwertsteuer.

INHALT

Danksagung 9
Karten 10
Glossar 12
Prolog 13
  1. Müde Pilger 17
  2. Nach St. David 42
  3. Ein wilder Tanz 51
  4. Ein Leichnam am Tor 60
  5. Vikar Edern 83
  6. Eine grauenvolle Reise 103
  7. Cydweli 112
  8. Die Herrin von Cydweli 123
  9. Erwartung 143
10. Verwandtschaft 151
11. Der Umhang des Vikars 173
12. Unterbrochener Schlaf 182
13. Ein mitgehörter Streit 194
14. Dyfrig sät Zweifel 204
15. Der Abgabeneintreiber des Herzogs 222
16. Sein Name lautet 240
17. St. Nons Wohltätigkeit 252
18. Die Warnung des Piraten 265
19. Ein Hinterhalt 284
20. Ein schwaches Herz 298
21. Eine leidenschaftliche und schreckliche Liebe ... 310
22. Eine Frage des Vertrauens 322
23. Nebel 338

24. Myreddin und der Schlafende 352
25. Martins Rache 364
26. Eleris Mut 375
27. »... ein höchst vollkommener, edler Ritter« 384
Epilog 390

Für Kate

Danksagung

Owen in Wales auftreten zu lassen, war kein leichtes Unterfangen für mich, aber ich fand einige fachlich versierte Helfer, die mir dankenswerterweise einen großen Teil ihrer Zeit opferten. Besonders zu Dank verpflichtet bin ich Jeff Davies, Fiona Kelleghan, Nona Rees, Compton Reeves und den Mitarbeitern der National Library of Wales in Aberystwyth. Danken möchte ich auch meinen Kollegen in den Internet-Diskussionszirkeln Medien-1, Chaucer und H-Albion, die mir stets mit Rat und Vorschlägen zur Seite standen. Mein herzlicher Dank gilt Joyce Gibb, die mir die Ergebnisse ihrer eigenen Forschungsarbeit zugänglich machte und die Zeit für lange Gespräche und sorgfältiges Lesen aufbrachte; Lynn Drew, die die lange Reise nach St. David unternahm und bei der Bearbeitung manch gute Idee einbrachte; Evan Marshall, der den Text sorgfältig redigierte; und Charlie Robb für die Karten, Fotos, Reiseplanungen und all die Aufgaben, die er das ganze Jahr über für mich übernimmt.

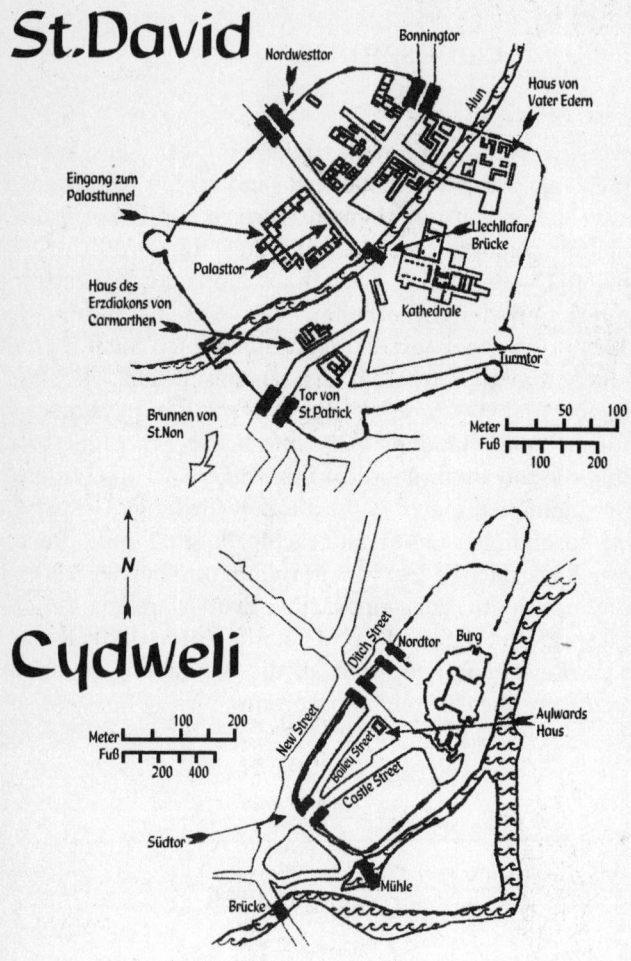

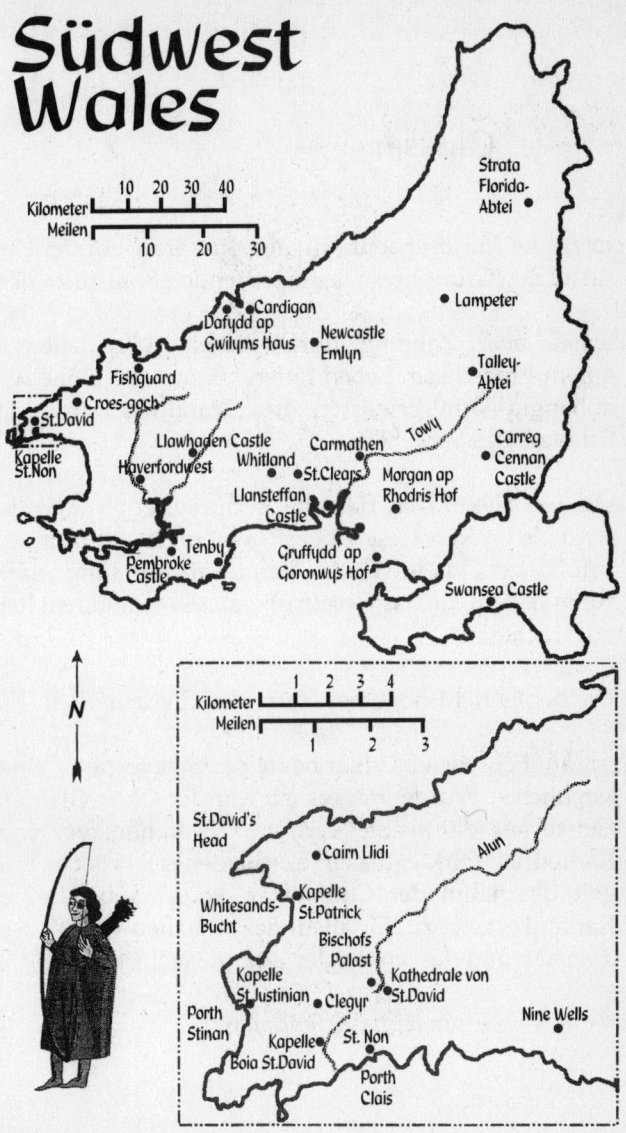

Glossar

Amobr: eine Auslösegebühr für eine Jungfrau, vor der Heirat an den Grundherrn der betreffenden Frau zu zahlen.

redemptio vitae: Zahlung, durch die ein Angeklagter in einem Prozeß sein Leben retten konnte; die Höhe war abhängig vom Ermessen des Grundherrn und der Schwere des Vergehens.

Gesetz von Hywel Dda: das alte Rechtssystem von Wales wird als Hywels Gesetz bezeichnet; im 10. Jahrhundert soll Hywel Dda in Whitland eine Versammlung einberufen haben, die das Gesetz überarbeitete und neu herausbrachte.

Tourn: der Gerichtshof eines Herrn der Grenzmarken.

Vikar: ähnlich wie ein Vikar heute der Stellvertreter eines kirchlichen Würdenträgers ist, war der Chor-Vikar ein Geistlicher, der als Stellvertreter des Kanonikers einer Kathedrale wirkte; für ein bescheidenes jährliches Entgelt übernahm der Chor-Vikar die Aufgaben seines Kanonikers, wozu vor allem das Abhalten von Gottesdiensten und das singen der Liturgie gehörten.

Vintaine: eine Einheit aus 20 Soldaten.

Prolog

Der alte Mann zog sich die Kapuze über das sorgfältig gekämmte Haar, zurrte sie fest, um sich gegen den Wind zu schützen, und ritt hinaus auf den Sandstrand. Er trieb sein Pferd an, um es galoppieren zu lassen, aber das Tier scheute. Scheinbar hielt Gott seine schützende Hand über den hier Liegenden, denn das Pferd setzte seine Hufe auf den nackten Sand und ließ sie nicht auf die Gestalt heruntersausen, die auf dem Boden hingestreckt war. Der alte Mann stieg ab, um dieses Treibgut des Meeres in Augenschein zu nehmen, und stellte fest, daß Blut und nicht Seetang die Haare des jungen Mannes schwärzte. Er suchte mit den Augen die Umgebung ab, weil er fürchtete, schon wieder auf ein Schlachtfeld zu geraten, aber wegen des Nebels und des wirbelnden Sandes war seine Sicht stark eingeschränkt. Das Getöse der Brecher übertönte alle anderen Geräusche, falls sich noch irgend jemand auf dem Strand aufhielt.

Der alte Mann kauerte sich neben der Gestalt nieder, die mit dem Rücken im Sand lag, und musterte sie. Eine blutverkrustete Hand hielt noch einen Dolch umklammert. Blut bedeckte den Ärmel des Mannes – es mußte das Blut eines anderen sein, denn die Flecken weiter oben waren nur Spritzer. Ein tiefer Stich in Kehle oder Brust konnte einen solchen Blutschwall hervorrufen. Der weißhaarige Alte schloß daraus, daß heute wohl irgend jemand durch die Hand dieses Mannes zu Tode gekommen war. Es dürfte kein leichter Sieg gewesen sein, er sah einen blauen

Fleck an der Kehle des Mannes, der schon dunkel geworden war, und der Fremde blutete aus einem beinahe abgetrennten Ohr. Dies wieder zu heilen, überstieg wahrscheinlich Bruder Samsons Fähigkeiten.

Aber Gott hatte bestimmt nicht ohne Grund dafür gesorgt, daß ihre Wege sich gekreuzt hatten. Das Pferd würde den Verwundeten in Sicherheit bringen. Sie durften keine Zeit verlieren. Der Mann hier würde verbluten, während Dafydd oder seine Männer den Strand und die Höhlen absuchten, oder vielleicht würden die Freunde des anderen über ihn herfallen. Möglicherweise würden sie auch keine anderen Männer finden. Nein. Eine Suche war Zeitverschwendung. Es war besser, er kümmerte sich um den Mann hier, der noch lebte und zu dem der Herr ihn geführt hatte.

Dafydd stöhnte, als er sich aufrichtete und ihm seine Beine zunächst den Dienst zu versagen drohten. Dann pfiff er nach seinem Pferd. Als das Tier näherkam, pries der weißhaarige Alte Gott dafür, daß es ein kräftiger, stämmiger Waliser war und kein Schlachtroß. Er schob die eingewickelte Harfe zur Seite, die am Sattel befestigt war, kauerte sich abermals nieder, fuhr mit den Händen unter den Körper des Verwundeten und hievte ihn sich über die Schulter. Dann richtete er sich wieder auf und ließ den Mann auf den breiten Rücken des Pferdes gleiten. Er griff nach den Zügeln und nickte dem Pferd zu, und die beiden machten sich über Whitesands auf den Weg zur Kapelle von St. Patrick und zu dem Pfad, der nach St. Davids Head führte. Die Bewegungen des Pferdes wurden ruckartiger, als sie die Felswand hinaufstiegen. »Tangwystl«, stöhnte der Verwundete.

Aha. Sie waren sich also nicht wegen Schmuggelgut in die Haare geraten, sondern wegen einer Frau. Tangwystl. Der Alte lächelte und begann leise zu singen:

»Preiset dieses vielgerühmte Mädchen,
Sucht es in der Burg und in der Festung.
Halte aufmerksam Ausschau, meine Seemöwe,
Nach einem Eigr auf einer weißen Festung.
Sprecht meine sorgsam gewählten Worte:
Geht zu ihr, bittet sie, mich zu wählen.
Wenn sie allein ist, grüßet sie,
Seid geschickt mit diesem zierlichen Mädchen,
Um sie zu gewinnen: Sagt, ich würde sterben,
Dieser schöne Jüngling, ohne sie.«

Der Wind peitschte die Ginsterbüsche und zerrte wütend am Umhang des alten Mannes. Dafydd senkte den Kopf gegen den Sturm, das Atmen fiel ihm schwerer, und er mußte aufhören zu singen. Er kniff die Augen zusammen, um den Weg vor sich besser sehen zu können. Er hörte die Reiter, bevor er sie zu Gesicht bekam. Sechs Männer preschten den Strand entlang, den er gerade hinter sich gelassen hatte. Sie hielten die Köpfe dicht an den Hals ihrer Pferde gedrückt. Dafydd drehte sich verwundert um. Hinter was waren sie her? Er hatte sie weit hinten bei Cairn Llidi zurückgelassen.

Dafydd hielt sich eine Hand vor die Augen und sah, daß drei, vier andere Reiter die Felswand hochkamen. Verfolgten sie vielleicht den Verwundeten? Hatten sie nicht bemerkt, daß Dafydds Männer ihnen entgegenkamen?

Dafydd sprach ein kurzes Gebet für die Dummköpfe unter ihm und setzte seinen Aufstieg fort, bis er zu einer Gruppe großer Felsblöcke kam, die ihm Schutz vor dem Wind bot. Er holte ein Leintuch aus seinem Beutel und band es dem Verwundeten um den Kopf, um die Blutung zu stillen. Der Mann stöhnte und zuckte zusammen, als habe das Verbinden ihm Schmerzen verursacht, dann wurde er ruhig. Dafydd beugte sich zu ihm hinunter, um auf seinen Atem zu lauschen. Er ging rasselnd und mühsam, aber er war vorhanden. Gott war noch nicht bereit, diesen Menschen zu sich zu rufen.

Kurz darauf erschienen Dafydds Männer. Madog, der Anführer, trieb sein Pferd an und ritt zu ihm.

»Master Dafydd, seid Ihr verletzt?«

Der Wind nahm Dafydd fast die Luft. Er schüttelte den Kopf. »Wir müssen schnell weiterreiten.«

Madog hob den Kopf des Verwundeten an, und seine Augen weiteten sich, als er das Blut sah, das den Verband schon fast völlig durchtränkt hatte. »Wer ist der Mann?«

Ja, wer war er? Wie sollte Dafydd ihn nennen, diesen blutenden Menschen, den Gott seiner Obhut anvertraut hatte? »Ein Pilger.«

Madog zog zweifelnd die Augenbrauen hoch, erwiderte aber nichts. »Die vier Männer, die wir gestellt haben«, sagte er, »trugen die Livree von Lancaster und Cydweli.«

»Mein Pilger hat anscheinend mächtige Feinde.«

»Was sollen wir tun?«

»Er hat viel Blut verloren. Lassen wir uns Flügel wachsen, um ihn so schnell wie möglich Bruder Samsons heilenden Händen zu übergeben.« Dafydd reichte Madog die Zügel seines Pferdes und nahm die Harfe vom Sattel. »Reite du mit dem Pilger. Ich nehme dafür dein Pferd.«

1 Müde Pilger
März 1370

Owen Archer fühlte sich müde und erschöpft nach dem tagelangen Ritt. Die Reise nach Südwales hatte ihm auf schmerzhafte Weise klar gemacht, wie träge er in York geworden war. Zwar hatten ihm alle gesagt, der Ehestand und die Familie würden einen Mann weicher machen, aber als Hauptmann der Garde des Erzbischofs von York und Ausbilder von Bogenschützen hatte er geglaubt, eine Ausnahme zu bilden. Der Ritt hatte ihn auch daran erinnert, wie einsam eine Reise im Winter sein konnte, selbst in Begleitung. Wenn man den Kopf dicht mit einer Kapuze umhüllen mußte, von der unablässig Wasser herabtropfte, reduzierte sich die Unterhaltung zwischen den Reitern auf das Nötigste.

Zwischen den meisten Reitern jedenfalls. Zwei seiner Begleiter verhielten sich anders. Sogar jetzt, als sie durch den Wald ritten, ihnen ein eisiger Wind entgegenblies und sie auf ihre Pferde achtgeben und jederzeit darauf gefaßt sein mußten, sich zu ducken oder einem Stein auszuweichen, stritten die beiden lautstark miteinander.

»Zu Hause ist der Wind nie so stürmisch!« schrie Sir Robert d'Arby.

»Doch, sogar noch stürmischer, Sir Robert«, erwiderte Bruder Michaelo. »Euch behagt es einfach nicht, so lange unterwegs zu sein, das ist alles. Ich jedenfalls kann keinen Unterschied feststellen zwischen dem Wetter hier und dem bei uns oben im Norden.«

»Ihr wollt mir vorwerfen, ich tauge nicht zum Reisen? Glaubt Ihr, daß Hemden aus Seide und Daunenkissen zur angemessenen Ausstattung eines Pilgers gehören? Ich habe bei Gott schon viele Pilgerfahrten mitgemacht.«

»Ja, ja, ins Heilige Land, nach Rom und nach Compostela, ich weiß«, erwiderte Bruder Michaelo. »Es gibt schlimmere Sünden im Leben als weiche Nachtgewänder.« Er senkte den Kopf und zog sich die Kapuze tiefer ins Gesicht.

»Weichling«, murmelte Sir Robert.

Owen erschienen sein Schwiegervater und der Sekretär des Erzbischofs schlimmer als kleine Kinder mit ihren ständigen Streitereien über Belanglosigkeiten. Er versuchte sie so gut es ging zu ignorieren. Geoffrey Chaucer jedoch, der mit ihnen ritt, lauschte lächelnd.

»Ihr amüsiert Euch über die beiden«, sagte Owen. »Mir wäre es lieber, sie würden endlich den Mund halten.«

Geoffrey lachte. »Die meisten ihrer Argumente sind vorhersehbar und wiederholen sich, das stimmt, aber ab und zu erfreuen sie mich mit guten Einfällen. Auf solche Momente warte ich. Hört nur hin, Sir Robert hat das Thema gewechselt.«

»Wären wir früher aufgebrochen, würden wir das Kloster von St. David an seinem Namenstag erreichen«, sagte Owens Schwiegervater.

»Wir wären in einem Schneesturm zu Tode gekommen und hätten St. David nie erreicht«, erwiderte Michaelo, während er für seinen älteren Reisegefährten einen Zweig beiseiteschob.

Geoffrey nickte. »Diese Auseinandersetzung ist ein Spiel für den Mönch.«

Owen verstand das. Aber dennoch ging es um etwas mehr als nur ein Spiel. Der Mönch sorgte sich, Sir Robert könne ihn übertrumpfen, ihn ausstechen mit seinem schlichten Pilgergewand, in dem er auf dem kalten und feuchten Waldboden schlief. Sir Robert trug ein langes rotbraunes Gewand aus rauher Wolle mit einem Kreuz am Ärmel und einen großen Hut mit einer breiten Krempe, die vorne hochgeschlagen war, um sein Pilgerabzeichen zur Schau zu stellen, auf das er sehr stolz war. Um seinen Hals hingen ein Pilgerbeutel, ein großes Messer, eine Wasserflasche und ein Rosenkranz, und an seinem Sattel war eine Bordunpfeife befestigt. Aber eigentlich brauchte er den Beutel mit dem Lebensnotwendigsten und den Gehstock gar nicht, da er gut versorgt war und auf dem Rücken eines Pferdes saß.

»Ich hänge fest!« rief Sir Robert plötzlich.

Owen ritt nach vorn, um seinen Schwiegervater von einem dornigen Zweig zu befreien, der sich am Rand seiner Kapuze verhakt hatte. »Das habt Ihr davon, unbedingt einen breitkrempigen Hut unter der Kapuze tragen zu wollen«, sagte Owen. »Dadurch bleibt Ihr leichter hängen.«

»Hört auf seine Worte, Sir Robert«, stimmte Michaelo ein, »genau dasselbe habe auch ich Euch schon gesagt.«

Sir Robert wandte sich nicht einmal zu Michaelo um. »Ich muß die Kluft tragen. Das ist das mindeste, was ich tun kann.«

»In Eurem Alter ist schon das Reisen eine bewunderungswürdige Leistung. Eure Tochter kann auf meine Hilfe zählen, sollte Euch etwas zustoßen, solange Ihr Euch in meiner Begleitung befindet.«

»Lucie vermag sich selbst zu helfen.«

Vielleicht. Es schien schon so lange zurückzuliegen, seit sie in York voneinander Abschied genommen hatten. Und es würde noch sehr lange dauern, bis Owen wieder etwas von seiner Familie hören würde – von seiner Frau und seinen Kindern. Sir Robert vermochte seine Einsamkeit nicht erträglicher zu gestalten; Owen sehnte sich danach, seinen Schwiegervater und Bruder Michaelo sicher in St. David abzuliefern und dann mit Geoffrey nach Cydweli heimzukehren.

Aber zuerst mußte er sich um Carreg Cennen kümmern, einen der Außenposten unter den Burgen des Herzogs von Lancaster. Hier sollte er John de Reine treffen, einen von Lancasters Männern aus Cydweli.

Der Zweck dieses Zusammentreffens bestand darin, ihre Rekrutierungsstrategie zu besprechen. König Karl von Frankreich bereitete, wie Spione berichtet hatten, einen Angriff auf England vor. John von Gaunt, der Herzog von Lancaster, plante für den Sommer einen Gegenangriff. Dazu benötigte er mehr Bogenschützen und hoffte, gute Rekruten in seinen Grenzmarken zu finden. Er hatte Owen Archer um Unterstützung gebeten, den ehemaligen Hauptmann der Bogenschützen des früheren Herzogs von Lancaster, und ihn beauftragt, zu seinen Besitztümern im Süden von Wales zu reisen und dort zwei Vintaines Bogenschützen auszuheben. John de Reine sollte anschließend mit den Rekruten nach Plymouth marschieren, um von dort in See zu stechen. Geoffrey Chaucer begleitete Owen, weil er die Befestigungen der walisischen Burgen des Herzogs überprüfen sollte. Die Franzosen versuchten immer wieder, über die Südwestküste von Wales Spione ins Land zu schleusen, und würden hier wahrscheinlich auch mit ihrer Invasionsarmee landen. König Edward hatte befohlen, alle Burgen an der Küste stärker zu befestigen und mit mehr Soldaten zu besetzen, um sie gegen einen Angriff verteidigen zu können.

Der Herzog hatte an John Lascelles geschrieben, den Kämmerer von Lancasters walisischen Besitzungen, und ihn gebeten, John de Reine auf Carreg Cennan mit Owen und Geoffrey bekannt zu machen. Sie hofften, in dieser

Gegend einige Bogenschützen anheuern und später mit den übrigen Truppen in Cydweli zusammenführen zu können. Es würde den Rekruten nicht schaden, wenn sie John de Reine kennenlernten, der sie später nach Plymouth führen würde.

Die Burg war erst auszumachen, als sie den dichten Wald verließen; hoch ragte sie auf einem Kalksteinfelsen über den Fluten des Cennen auf, der sich seinen Weg durch das Tal bahnte.

»Gott hat diesen Platz für eine Festung ausersehen«, sagte Sir Robert und bekreuzigte sich. »Aber es ist kein Ort, an dem man gerne länger verweilen möchte.«

»Wo ist das Dorf?« fragte Bruder Michaelo. »Auf der anderen Seite?«

»Es gibt kein Dorf«, sagte Geoffrey. »Careg Cennan besteht nur aus einer Burg. In ihren Mauern leben nur die Männer, die zu ihrer Verteidigung benötigt werden, und jetzt die Handwerker, die die Ausbesserungsarbeiten durchführen.«

»Gott erbarme sich unser«, murmelte Michaelo. »Wie lange müssen wir bleiben?«

»Ein oder zwei Tage«, antwortete Geoffrey. »Ich gebe zu, es sieht nicht gerade einladend aus.«

Owen war anderer Ansicht. Er hatte sein Pferd zum Stehen gebracht und bewunderte die Burg, die aus dem Tal emporwuchs wie eine Statue auf einem Brunnen. Die Schwarzen Berge umschlossen sie, dennoch wirkte der burggekrönte Kalksteinfelsen allein, einsam und entlegen. Wie ein Ort aus einer Sage, auf den man zuritt, den man aber nie erreichte. Er hatte vergessen, wie schön sein Land war, wie viele Geheimnisse es barg, die allerlei Balladenstoff boten.

Aber diese Gedanken teilte er nicht mit seinen Reisegefährten. »Wie viele Männer bilden die Besatzung?« fragte er.

»Momentan sind es zwanzig«, antwortete Geoffrey. »Ziemlich viele für einen solch entlegenen Posten.«

»Glaubt der Herzog, daß die Franzosen so weit vordringen werden?«

»Es ist unwahrscheinlich, aber wenn sie es tun, dürften sie in diesen Bergen viele Leute finden, die sie unterstützen.«

»Aha. Carreg Cennan schützt sich also vor seinem Umland.«

Geoffrey warf Owen einen unbehaglichen Blick zu. »Ihr müßt Euch in acht nehmen, werter Freund, daß Ihr nicht so klingt wie Eure rebellischen Landsleute.«

Owen lachte. »Kommt! Man hat uns schon gestern erwartet. John de Reine wird sonst ohne uns nach Cydweli zurückkehren.«

Die vom Hochwasser angeschwollenen Flüsse zwischen Monmouth und Carreg Cennan hatten sie aufgehalten. Und Sir Roberts nachlassende Energie. Niemand verlor ein Wort darüber, aber sie hatten ihr Tempo verlangsamt, als sich sein Husten verschlimmert hatte. Der Cennen bereitete ihnen zwar keine Schwierigkeiten, aber ihr Aufstieg zur Burg ging nur langsam vonstatten. Sie folgten einem schmalen Weg um das Tal zur nordwestlichen Seite, wo die steilen Felswände in einen flacheren Hang übergingen. Ihr langsamer Aufstieg gab den Wachen genügend Zeit, die vierzehnköpfige Gruppe auszumachen und anhand ihrer Livreen zu identifizieren, so daß das Außentor geöffnet wurde, als sie oben ankamen.

Als er abgestiegen war und sein Pferd durch den Eingang führte, blieb Owen einen Augenblick stehen, um die Gestaltung des Vorwerks zu bewundern. Sofort nachdem sie das äußere Tor passiert hatten, waren die Reisenden gezwungen, sich nach rechts zu wenden. Dadurch hätten sie den Verteidigern auf dem Turm im Nordosten ein ausgezeichnetes Ziel geboten, wären sie Eindringlinge gewesen. Und als sie nach rechts weitergingen, wurde von einem Mann auf einem kleinen Torturm eine Zugbrücke herabgelassen.

»Verstärkung ist eigentlich überflüssig«, meinte Geoffrey. »Eine solche Burg verteidigt sich von selbst.«

Jenseits des kleinen Turms lag eine weitere Zugbrücke, die von einem größeren, recht eindrucksvollen Turm bewacht wurde. Und wieder mußten sie eine scharfe Wendung vollziehen, um in den Innenhof zu gelangen.

»Zwanzig Mann erscheinen mir nicht zu viel«, sagte Owen. »Ein Mann für jede Zugbrücke und einer für das Tor, da könnten sie schon noch einige brauchen.«

»Was kann hier so wertvoll sein?« fragte Michaelo.

»Die Passage durch das Tal«, sagte Sir Robert. »Das ist doch offensichtlich.«

»Ja, für jemanden, der im Kriegshandwerk ausgebildet ist«, murmelte Bruder Michaelo. »Ich sehe hier nur einen sehr ungastlichen Ort.«

»Das ist noch nichts, verglichen mit den Bergen von Gwynedd«, sagte Owen.

»Dann danke ich Gott, daß Lancaster keine Burgen im Norden besitzt.«

Als die Fallgitter knarrend hochgezogen wurden, trat ein großer, grobschlächtiger Mann heraus, dessen Kleidung kostbarer wirkte als die der übrigen und der eine gewisse Autorität ausstrahlte, obwohl in seinem Mund, wenn er sprach, schwarze Zahnstummel zum Vorschein kamen, was unüblich war für Lancasters Hauptleute.

»Will Tyler«, knarzte er und verneigte sich leicht, »Konstabler von Carreg Cennen. Ich heiße Euch willkommen.«

Dann drehte er sich um und führte sie in den Innenhof, wo

er Owen, Geoffrey, Sir Robert und Bruder Michaelo in einen bescheiden eingerichteten Raum führte, in dem ein wärmendes Feuer brannte. Die übrigen Mitreisenden wurden zur Küche geleitet.

Erst als Owen seinen zweiten Becher Bier vor sich hatte, begann er zu reden und fragte nach John de Reine.

Tyler warf Owen einen überraschten Blick zu. »Seid Ihr Waliser?«

»Ja.«

»Sehr ungewöhnlich.«

»Ungewöhnlich? Warum? Sind wir hier nicht in Wales, wo man damit rechnen muß, auf Waliser zu treffen?«

»Ich bin es nicht gewohnt, bei meinen Amtsgeschäften mit Walisern zu tun zu haben.« Tyler schüttelte den Kopf. »Aber das macht nichts. Was Eure Frage betrifft, Ihr seid unsere einzigen Gäste, seit die Handwerker aus dem Osten angekommen sind. Reisende mit englischen Namen sind immer willkommen hier, wir weisen keinen ab.«

»Hattet Ihr Schwierigkeiten mit den Walisern?« fragte Geoffrey.

»Nicht, seit ich hier bin, aber wir sind immer auf der Hut. Und wir haben keinen einzigen Waliser in unserer Besatzung. Das ist ein seltsames Volk, läuft die meiste Zeit barfüßig herum. Manche rasieren sich sogar die Köpfe, um besser durch das Unterholz laufen zu können, aber im Gesicht lassen sie die Haare stehen, um zu zeigen, daß sie sich aus freien Stücken den Schädel rasiert haben. Ein verschlagenes, gewalttätiges Volk. Es läßt sich nicht absehen, wann das einmal anders werden wird – verzeiht, Hauptmann. Aber Ihr seid Lancasters Mann, andernfalls hätte er Euch wohl nicht mit dieser Aufgabe betraut. Also glaube ich, daß Ihr mir meine Bemerkungen nicht übelnehmt.«

Owen hatte sich eigentlich vorgenommen, sich zurückzuhalten, aber diesen Mann mit den verfaulten Zähnen, dem stinkenden Atem und den schlechten Manieren konnte er nicht ertragen. »Ihr wirkt auf meine Landsleute genausowenig vertraueneinflößend, Konstabler. Und da Euch niemand eingeladen hat, in unser Land zu kommen, braucht Ihr Euch auch nicht zu wundern, daß Ihr nicht freundlich empfangen werdet. Aber ich nehme es Euch nicht übel, denn ich bin sicher, Ihr denkt nicht selbst so, sondern gebt nur die Meinung anderer wieder.«

Der Konstabler nickte Geoffrey zu, als wollte er sagen: »Seht Ihr, was ich meine?«

»Mein Schwiegersohn ist ein bißchen gereizt, weil er ständig die Auseinandersetzungen zwischen mir und Bruder Michaelo mitanhören mußte«, sagte Sir Robert. »Aber wir können nicht bestreiten, daß wir Engländer uneingeladen gekommen sind und den Menschen ihre Souveränität genommen haben.« Sir Robert hob abwehrend die Hand, als der Konstabler den Mund aufmachte, um etwas zu erwidern. »Ich sage dies nicht, um irgend etwas zu rechtfertigen, sondern im Bemühen um Verständnis. Habt Ihr Euch deswegen hier in Carreg Cennen verstärkt? Weil Ihr befürchtet, die Waliser könnten zu Verrätern werden, falls die Franzosen bis hierher gelangen sollten?«

Tyler schien die sich verändernde Stimmung der Reisegruppe ein wenig zu verwirren. »O ja, wir hatten hier schon immer einen schweren Stand«, erwiderte er.

Sir Robert lächelte, als er Owens nachdenkliches Gesicht sah und nickte leicht, als wolle er ihn davor warnen, das Thema weiterzuführen. Was zwar ein guter Ratschlag war, ihn aber weniger zufriedenstellte, als den Konstabler aus seiner Selbstgefälligkeit zu reißen.

»Ihr habt also noch keine Truppen aus Cydweli zu Gesicht bekommen?« fragte Owen Tyler. »Und auch keinen Boten empfangen?«

Tyler schüttelte den Kopf. »Die Flüsse steigen in dieser Jahreszeit. Vielleicht ist er aufgehalten worden. Aber Ihr kommt doch selbst bald nach Cydweli, oder? Es ist noch genug Zeit. Ich kann jedenfalls keine Bogenschützen entbehren, die ich Euch zur Verfügung stellen könnte. Kommt jetzt, meine Männer zeigen Euch, wo Ihr Euch niederlegen könnt. Und heute abend veranstalten wir ein Fest. Ich bin gespannt auf die neuesten Geschichten aus dem Königreich.« Tyler nickte Bruder Michaelo zu. »Wir wären Euch dankbar, Vater, wenn Ihr für uns eine Messe lesen könntet, solange Ihr hier seid. Es ist schon lange her, seit wir unseren Kaplan verloren haben. Der Bischof läßt sich Zeit damit, uns einen neuen zu schicken.«

Michaelo, die Augen geschlossen und die Hände in seine Ärmel geschoben, sah, nachdem er seinen Durst gestillt hatte, nun ganz wie ein ins Gebet versunkener Mönch aus (für jene, die ihn nicht kannten). Er schaute den Konstabler fragend an. »Ihr habt Euren Kaplan verloren? Wie?«

»Er ist die Felswand hinabgestürzt, als er seinem Hund zu folgen versuchte.«

Michaelo bekreuzigte sich. »Euer Kaplan brauchte einen Hund zu seinem Schutz?«

»Nein, Vater, er liebte die Jagd.«

Michaelo warf Owen einen Blick zu. »Ich verstehe allmählich, was Ihr gemeint habt.« An Tyler gewandt, sagte er: »Es heißt übrigens ›Bruder‹ nicht ›Vater‹. Ich bin kein Priester.«

Der Konstabler, den bei der Aussicht, diese Gäste versorgen zu müssen, zunehmendes Unbehagen zu beschleichen schien, nickte schroff und sagte: »Ich bitte um Verzeihung – Bruder. Gott möge Euch beschützen. Ihr seid herzlich willkommen hier. Meine Männer zeigen Euch jetzt Eure Kammern.«

Widerstrebend verließen die Reisenden den warmen Platz vor dem Feuer.

»Paßt auf, wo Ihr im Hof hintretet«, warnte einer von Tylers Männern die Besucher, als sie in den Nieselregen hinausgingen.

Das war ein guter Rat. Der Felsen, auf dem die Burg saß, erreichte hier seinen Scheitelpunkt und bildete eine leicht gewölbte Kuppel. Niemand hatte es offenbar für nötig gehalten, den Boden eben zu machen. Es war ein kleiner Burghof, und nach kaum einem Dutzend Schritte ging es schon die Treppe zu den Räumen an der Ostmauer hinauf. Ihre Schlafkammern lagen zu beiden Seiten der Kapelle – enge, dunkle und feuchte Räume, durch die der Wind pfiff, der um den Felsen wehte und über den Trockenofen aus Kalkstein strich, was der Luft einen leicht kalkigen Geruch verlieh. Aber in jeder Kammer gab es ein Kohlenbecken, das bereits angezündet war, und auf den Pritschen lagen Decken und Felle.

»Von Läusen verseucht, kein Zweifel«, sagte Michaelo, als er eine der Decken leicht anhob. »Der Konstabler und seine Männer riechen wie das Vieh im Stall.«

»Habt Ihr hier feine Höflinge erwartet?« fragte Geoffrey und verbeugte sich übertrieben. »In so einem abgelegenen Außenposten?«

»Eine Messe. Es überrascht mich, daß ihnen überhaupt aufgefallen ist, daß ihr Kaplan verschwunden ist.«

»Krieger sorgen sich stets um ihr Seelenheil«, meinte Sir Robert. »Ihr werdet ihren Gestank nicht bemerken, wenn Sie Euren Hals retten.«

»Ihr habt uns den Hals gerettet, indem Ihr Owen gezügelt habt«, erwiderte Michaelo. »Ich möchte so schnell wie möglich diese Wildnis wieder hinter mir lassen und nach St. David weiterreiten.« Der Sekretär des Erzbischof war der einzige Teilnehmer der Reisegruppe, der ein ganz bestimmtes Ziel verfolgte, nämlich seine Pilgerfahrt nach St. David zu Ende zu bringen, um für eine Sünde in der Vergangenheit verspätet Buße zu tun. Sir Robert erweckte den Anschein, als sei er der ernsthafteste Pilger von allen, in Wirklichkeit aber hoffte er, Owen und Geoffrey dabei helfen zu können, den eigentlichen Zweck ihrer Mission zu erfüllen, nämlich herauszufinden, wem die Loyalität der Waliser galt. Owen hatte sich seinem Schwiegervater nicht anvertraut, aber Sir Robert war sehr geübt darin, sich schlafend zu stellen, um die Gespräche anderer zu belauschen.

»Wir warten ein paar Tage auf Reine«, sagte Owen. Tyler hatte recht. Ebenso wie sie durch das schlechte Wetter aufgehalten worden waren, konnten auch Reine und seine Männer auf ihrem Weg von Cydweli behindert worden sein. »Und um den Frieden in unserer Reisegruppe aufrecht zu erhalten, schlage ich vor, daß sich Geoffrey und Michaelo eine Kammer teilen und ich mir mit Sir Robert die andere«, sagte Owen.

Geoffrey hielt das für eine ausgezeichnete Lösung.

Owen und Sir Robert begaben sich zu dem Raum auf der anderen Seite. Sobald die Tür geschlossen war, äußerte Owen seine Überraschung über den letzten Teil von Sir Roberts Bemerkung gegenüber dem Konstabler, daß etwas Wahres sei an dem, was Owen über Engländer und Waliser gesagt habe.

Als sich sein Schwiegervater auf dem Teil der Pritsche niederließ, der dem Kohlenbecken am nächsten war, warf er Owen einen Blick zu, der nicht gerade von einem Mann stammte, der sich geschmeichelt fühlte. »Du hast zu lange auf meine Tochter gehört, die der Ansicht ist, daß das Kriegshandwerk mich unfähig gemacht habe, über den Zustand der Menschheit nachzudenken.« Sir Roberts Stimme war ein müdes Flüstern, aber sein Gesichtsausdruck hielt Owen davon ab, ihn zu unterbrechen. »Ich habe auf unserer Reise nach Wales vieles gesehen, was die Behandlung der Leute betrifft, das mich mit Bestürzung erfüllt hat. Ich bin jedoch nicht der Ansicht, daß es klug ist, seine Meinung allzu unverblümt kundzutun. Du bist als Lancasters Mann hierhergekommen. Es steht dir nicht zu, seine Handlungen zu kritisieren.«

»Ihr habt recht.«

»Du hast uns alle in Verlegenheit gebracht.«

»Das war nicht meine Absicht. Ich wollte nur Tyler ein bißchen in die Schranken weisen.«

»Was du auch getan hast. Aber war das klug? Wenn es Schwierigkeiten gibt, sind wir darauf angewiesen, daß er für unsere Sicherheit sorgt. Ich glaube kaum, daß deine Landsleute, wie du sie nennst, dich als einen der ihren betrachten, wenn du die Livree des Herzogs und einen normannischen Bart trägst.«

»Ich bin weder einer von ihnen noch einer von euch. So wird es immer sein.«

Sir Robert wirkte überrascht. »Du bist einer von uns, Owen.«

Ein paar Wochen früher hätte Owen dem vielleicht noch beigepflichtet. Er hatte wirklich allmählich das Gefühl bekommen, daß er in York zu Hause war. Aber während dieser Reise war er immer mehr zu der Auffassung gelangt, daß er ein Ausgestoßener war. »Kommt, ich helfe Euch beim Ausziehen der Stiefel, damit Ihr Euch noch ein bißchen hinlegen könnt vor dem Essen.«

»Du hast einen weiten Weg hinter dir, mein Sohn. Gib auf dich acht. Das ist alles, worum ich dich bitte.«

Owen und Geoffrey saßen noch eine Weile im großen Saal, nachdem sich die anderen zu Bett begeben hatten. Jeder wollte erst in seine Kammer zurückkehren, wenn der jeweilige Gefährte schon fest schlief.

Geoffrey lehnte sich zurück und rieb sich zufrieden über den Bauch. »Das mag ein entlegener Felsen sein, aber was für ein Mahl! Ich werde diese Tafel vermissen.« Seine kurzen Beine baumelten in der Luft, weil der Stuhl zu hoch für sie war.

Will Tyler konnte seine Männer gut verpflegen, die Eintöpfe enthielten viel Fleisch und Fett, das Brot war frisch und knusprig, und Bier schien es reichlich zu geben. Es war ein Wunder, daß nicht mehr Bewohner der Burg das Schicksal des Kaplans geteilt hatten. »Ich dachte eigentlich, Euch würde das Essen hier ziemlich schlicht vorkommen, verglichen mit dem bei Hofe«, sagte Owen.

Geoffrey rümpfte die Nase. »Ich schöpfe immer Verdacht bei einem kräftig gewürzten Gericht – welche Sünden versucht man hinter diesem Aufwand zu verbergen? Euer Gebieter, Seine Gnaden, der Erzbischof, weiß den Wert frischer, einfacher Speisen zu schätzen.«

»Ich wäre Euch dankbar, wenn Ihr ihn nicht meinen Gebieter nennen würdet.«

Geoffrey musterte Owen einen Augenblick lang schweigend. »Verzeiht. Und der Konstabler hat Euch zu Lancasters Mann erklärt.«

»Sehe ich so aus, als würde ich für jemand anderen arbeiten und wäre nicht mein eigener Herr?«

»Jeder arbeitet für jemand anderen«, erwiderte Geoffrey lächelnd. »Und Ihr hattet das Glück, die Wahl treffen zu können, wie man mir erzählte.«

Als Henry von Grosmont gestorben war, hatte sich Owen die Chance geboten, sich entweder in die Dienste des neuen Herzogs, John von Gaunt, zu begeben oder für John Thoresby zu arbeiten, den Erzbischof von York und Lordkanzler von England.

»Bereut Ihr es, daß Ihr Euch damals für den Erzbischof und gegen den Herzog entschieden habt?«

»Ich entschied mich für den Mann, dem zu dienen mir ehrenvoller erschien. Vielleicht war ich ein Dummkopf.« Owen schüttelte den Kopf, als Geoffrey den Mund aufmachte, um eine spitze Bemerkung loszuwerden. »Aber ich kann auch nicht behaupten, Euer Herzog wäre eine bessere Wahl gewesen.«

»Es stünde Euch gut an, ihm zu dienen. Ihr müßt ein neues Bündnis schmieden. John Thoresby ist alt und gebrechlich. Er verhält sich wie jemand, der seinen Frieden mit Gott macht und sich auf das Jenseits vorbereitet. Was wollt Ihr tun, wenn er von uns gegangen ist?«

Ja, was wollte er tun? Thoresby war 75 Jahre alt – ein ehrwürdiges Alter, und ein anfälliges. Aber Owen wollte die Zweifel, die er in bezug auf seine Zukunft hegte, Geoffrey nicht anvertrauen. Er war noch kein so guter Freund, als daß er ihn seine Unsicherheit spüren lassen wollte, denn Owen wußte, Geoffrey war zu sehr von sich eingenommen und würde der Versuchung nicht widerstehen können, die Informationen, die er erhielt, zu nutzen, um damit bei passender Gelegenheit die richtigen Leute zu unterhalten oder sich irgendeinen Vorteil zu verschaffen. »Ihr nehmt sein Verhalten viel zu ernst. Thoresby ist immer noch in Trauer. Der Tod der Königin hat ihm seine engste Freundin genommen.« Es behagte Owen nicht, daß Geoffrey Thoresbys schlechte Gesundheit bemerkt hatte. Es mußte offensichtlicher sein, als er gedacht hatte. »Ich werde mich damit begnügen, Lucie in der Apotheke und im Garten zu helfen, wenn Seine Gnaden das Zeitliche gesegnet hat.« Seine Frau war Apothekenmeisterin in York und hatte Owen zu ihrem Gehilfen ausgebildet.

Geoffrey verzog belustigt das Gesicht. »Damit wollt Ihr Euch begnügen? Ich vermute, ein solch ruhiges Leben würde für Euch eine Strafe sein, mit so viel Ablaß gleichzusetzen, daß alle Eure Sünden hinweggewaschen werden – oder es würde Eure Seele vergiften und Euch auf den Pfad der Verdammnis führen.«

Wieder eine Beobachtung, mit der Geoffrey ziemlich richtig lag und die auch Lucies Vorhersagen entsprach. »Noch ist es nicht soweit. Thoresby lebt noch.« Owen schlug Geoffreys Rat nicht völlig in den Wind. Lancaster war jung, und seine Macht wuchs mit seinem Ehrgeiz. Aber Owen mochte sich mit einem solchen Herrn nicht recht anfreunden – einem Mann, der oft und gern lachte, aber auch leicht etwas übelnahm. Und er hatte keine Lust, sich heute abend darüber zu unterhalten. »Ich mache mir Sorgen um John de Reine.«

Goeffrey wurde plötzlich ernst. »In der Tat. Wenn jemand von seiner Korrespondenz mit dem Herzog erfahren hat – jemand, der John Lascelles ergeben ist –, dann befindet er sich vielleicht in Gefahr.«

Als Erzbischof Thoresby Owen von Lancasters Ersuchen erzählt hatte, hatte er angedeutet, es gäbe eine schwierige Angelegenheit, die ihm der Herzog selbst erklären wolle. Er wollte Owen nur sagen, daß es mit dem Ränken zu tun habe, die König Karl von Frankreich schmiedete.

In London hatten Owen und Geoffrey den Herzog in seinem Palast aufgesucht. Owen hatte John von Gaunt seit dem Tod seiner Frau, der schönen Blanche of Lancaster, und seiner Mutter Königin Philippa nicht mehr gesehen. Der Herzog war jetzt 30 Jahre alt, und obwohl seine blonden Haare noch keine graue Strähne zeigten und er immer noch breite Schultern und einen geraden Rücken hatte, zeigten sich Schatten unter seinen markanten Augen. Es lag auch eine gewisse Wachsamkeit in seinem Blick und eine Anspannung auf seinem Gesicht, die der Schnurrbart nicht zu kaschieren vermochte. Der Krieg mit Frankreich entwickelte sich nicht gut, und der Herzog war für einige der jüngsten Rückschläge verantwortlich gemacht worden. Zu Unrecht, wie Geoffrey meinte. Zum ersten Mal empfand Owen Mitleid mit dem Herzog. Er schien immer die Schuld für die Mißerfolge des Königs auf sich nehmen zu müssen.

Aber als der Herzog zu sprechen begann, verschwand Owens Mitgefühl. Mit eiskalter Ruhe beschrieb der Herzog die letzten Ränke Karls von Frankreich. Der französische König hielt sich an seinem Hof einen walisischen Söldner namens Owain Lawgoch oder Owain ap Thomas ap Rhodri ap Gruffudd, der manchmal auch Owain Rothand genannt wurde und einen makellosen walisischen Stammbaum aufzuweisen hatte: er war der Großneffe von Llywelyn ap Gruffudd – Llywelyn der Große, der einst Wales vereinigt hatte, der letzte große König. Owain Lawgoch war zudem ein Kämpfer mit beträchtlicher Erfahrung, besaß das Vertrauen der wichtigsten französischen Heerführer wie Bertrand du Guesclin und, was noch wichtiger war, er erfreute sich der Gunst von König Karl. Es hieß, der französische König habe Lawgoch mit einigen Spähern nach Wales geschickt, um die Bevölkerung aufzuwiegeln und dazu zu bewegen, die Engländer an die Franzosen zu verraten. Im Gegenzug solle Lawgoch die Chance erhalten, als Herrscher nach Wales zurückzukehren. König Edward und der Herzog von Lancaster wollten, daß Owen und Geoffrey herausfanden, ob Lawgoch schon in Wales eingetroffen war. Doch den Herzog plagte noch eine weitere Sorge.

»Erst jüngst ist mir bekannt geworden, daß John Lascelles, mein Kämmerer in Wales, die Tochter eines Mannes zur Frau genommen hat, der in der Grenzmark von Pembroke aus seinem Haus geflohen ist, nachdem man ihn beschuldigt hatte, einem französischen Spion Unterschlupf gewährt zu haben. Es hieß, Lascelles habe dem

Flüchtling, einem gewissen Gruffydd ap Goronwy, Sicherheit und Land in Cydweli für die Hand seiner Tochter geboten.

Sind also beide Verräter?« fuhr der Herzog nach einer Pause fort. »Oder ist nur einer ein Verräter und der andere ein vernarrter Kämmerer? Oder gibt es gar keinen Verräter, nur einen Mann, der zu Unrecht beschuldigt wurde, und einen Freund, der ihm vertraut?«

John de Reine, der Mann, den Owen und Geoffrey in Careg Cennen treffen sollten, war einer der Informanten gewesen, die den Herzog über diesen Sachverhalt in Kenntnis gesetzt hatten, hatte Bedenken in bezug auf Lascelles Ruf und starkes Mißtrauen gegenüber Gruffydd ap Goronwy geäußert.

»Reine hat ein starkes Motiv«, erklärte der Herzog. »Er ist Lascelles leiblicher Sohn und verdankt seine Position dem Ansehen seines Vaters.«

»Das er durch diesen Bericht in Zweifel zieht«, sagte Geoffrey.

»Es ist Lascelles, der durch diese Heirat seine Reputation aufs Spiel setzt«, sagte der Herzog. »In seinem Brief spricht Reine davon, daß er sich Sorgen mache darüber, daß sein leiblicher Vater seine Verpflichtungen gegenüber Cydweli vernachlässigt – er war seit fast zwei Jahren nicht mehr in Carreg Cennen, Monmouth oder in England, um nach den dortigen Besitztümern zu sehen. Das sieht Lascelles überhaupt nicht ähnlich.«

Owen hatte Zweifel an dieser Darstellung. »Ich gehe mit Geoffrey. Reine macht sich Sorgen um Lascelles Namen und spricht gegenüber Euch, Lascelles Herrn, davon, daß sein Vater ein zweifelhaftes Verhalten an den Tag legt oder vielleicht sogar ein Verräter ist. Das hört sich nicht nach einem Sohn an, der seinen Vater liebt.«

»Lascelles hätte seinen Einfluß nicht geltend machen

müssen, um seinen Sohn in Cydweli unterzubringen«, sagte der Herzog. »John de Reine würdigt das in seinem Schreiben und sagt, daß er dafür dankbar ist.«

»Wirklich?« Owen war noch nicht überzeugt.

Geoffrey wies auf eine interessante Möglichkeit hin – daß Reine trotz allem, was er in seinem Brief schrieb, eifersüchtig sein könnte auf seinen Vater. Es hieß gemeinhin, Gruffydds Tochter sei jung und sehr hübsch.

»Ihr müßt diesen Mann überprüfen, dem ich Monmouth, Carreg Cennen und Cydweli anvertraut habe«, sagte der Herzog. »Reine wird Euch in Carreg Cennen treffen. Ich glaube, er wird ruhiger und entspannter sein, wenn er in einer gewissen Entfernung von Cydweli über seinen Vater sprechen kann – und er wird sich sicherer fühlen.«

Dies war der Grund, weshalb sie über Reines Ausbleiben so besorgt waren.

»Wir wissen kaum etwas über den Mann«, sagte Owen.

Geoffrey schüttelte den Kopf und blinzelte, als hätten Owens Worte ihn aus einem Traum gerissen. »Den Bastard des Kämmerers? Der Apfel fällt nicht weit vom Stamm, sagt man doch, oder?«

»Hier achtet man nicht so sehr darauf, ob ein Kind ehelich geboren wird oder nicht. Oft werden die leiblichen Kinder anerkannt. Befolgt Sir John die walisische Sitte, um sich der Menschen, über die er herrscht, zu versichern?«

»Ich glaube nicht. Reine ist erwiesenermaßen ein tapferer Soldat, daher kann Sir John ihn gut brauchen. Aber er trägt nicht den Namen seines Vaters. John Lascelles erkennt ihn nicht formell an.«

»Glaubt Ihr, er wird kommen? Vielleicht hat er seine Meinung geändert.«

»Aus seinem Brief an den Herzog konnte man herauslesen, daß ihm gewisse Umstände Unbehagen bereiten. Daß er durch Lascelles Verhalten verwirrt ist. Er schrieb, er werde geblendet durch die Schönheit und die Anmut seiner Frau und werde durch seine Begierde in die Irre geleitet. So spricht nicht jemand, der sein Fähnlein nach dem Wind hängt.«

Owen war sich nicht so sicher.

»Ihr wißt, daß ich mißtrauisch bin. Es wäre doch möglich, daß der Sohn in die junge Frau verliebt ist«, sagte Geoffrey.

Owen stand auf, um seinen starren Rücken zu strecken, trat zum Kamin und dachte über diese Möglichkeit nach. Häufig wurde ein junger Mann betört von der jungen Gemahlin seines Vaters, aber ein Mann, der den Herzog in eine solche Rivalität hineinziehen würde, mußte ein Narr sein. »Was wißt Ihr über John Lascelles?«

»Er hat gute Arbeit geleistet für den früheren Kämmerer des Herzogs in Wales. Er übt sein Amt erst seit kurzem aus – sein Vorgänger Banastre starb an der Pest, glaube ich. Sir John gilt als ein Mann, der das Vertrauen des Herzogs verdient. Das einzig Schlechte, das ich zu seiner Heirat von ihm hörte, war, daß er durch seine Überheblichkeit viele Leute vor den Kopf gestoßen habe.«

Eine solche Darstellung widersprach Owens Bild von Lascelles. Er hatte sich einen Mann vorgestellt, der sehr impulsiv war und sich von seinen Gefühlen leiten ließ. Wie sonst hätte man erklären können, daß er die Familie von Gruffydd ap Goronwy in Cydweli willkommen hieß, ohne davon zuerst seinen Herrn, den Herzog, in Kenntnis zu setzen? Owen hatte sich ausgemalt, wie Sir Johns Mitgefühl seinen gesunden Menschenverstand überwältigte, als sich Gruffydd an ihn wandte, ein Mann, der sich um seine Familie sorgte, die er in einer Kirche in Tenby zurückgelassen hatte – eine Familie, zu der auch eine hübsche Tochter gehörte. Zweifellos hatte sich Sir John Gruffydd verpflichtet gefühlt, weil dieser, so erzählte Reine, ihn vor zwei Jahren im Hafen vor dem Ertrinken gerettet hatte. Aber da Reine diesen Zwischenfall nicht allzu dramatisch schilderte, mußte hinter Lascelles Hilfe mehr als nur eine Schuld stecken, die abgegolten werden mußte.

»Hat Sir John irgendwelche walisischen Vorfahren?«

»Nein.« Geoffrey beobachtete Owen, der umherging. »Würde das sein Verhalten entschuldigen? Würdet Ihr die Tochter eines Verräters heiraten?«

Owen setzte sich wieder auf den Stuhl und streckte die Beine aus. »Ich glaube nicht, daß ich einem Verräter Unterschlupf gewähren würde, um seine Tochter heiraten zu können. Aber Ihr vergeßt, daß wir noch nicht wissen, ob Gruffydd ap Goronwy wirklich ein Verräter ist. Er wurde von der Mutter des Herrn von Pembroke beschuldigt. Sie hat zwar einen Hastings geheiratet, wird aber immer eine Mortimer bleiben, und die Mortimers bezichtigen ihre Feinde seit jeher gern als Verräter. Das ist eine saubere Lösung.«

Geoffrey nickte, aber sein Blick verriet Beunruhigung.

»Euch gefällt meine Antwort nicht.«

»Sie bereitet mir Unbehagen. Ebenso wie Eure Unbeherrschtheit, als Tyler von den Walisern sprach, die in dieser Gegend leben.«

»Ihr wußtet doch, daß auch ich Waliser bin.«

»Ja. Deshalb wollte ich, daß Ihr mich hierher begleitet.«

»Was stimmt dann nicht?«

Geoffrey ließ das Kinn zur Brust hinabsinken und musterte Owen durch seine Augenbrauen. »Wollt Ihr es wirklich wissen? Nun gut, dann sage ich es Euch.« Er hob den Kopf und schaute Owen in die Augen. »Ihr habt Euch verändert, seit wir den Severn überquert haben.«

»Verändert? Es stimmt, als ich wieder meine Muttersprache um mich herum sprechen hörte, ist mir einiges wieder in den Sinn gekommen, was ich vergessen hatte. Wißt Ihr, wie lange ich schon weg bin?«

Geoffrey rollte die Augen. »Wir sprechen so viele Sprachen.«

»*Mein* Volk nicht. Und Euer Volk spricht unsere Sprache nicht.«

»Eure Sprache! Begreift Ihr überhaupt, was ich meine?« Geoffrey zeigte mit dem Finger auf Owen. »Was wird Lucie denken, wenn Ihr bei Eurer Rückkehr wieder ganz ein Waliser seid?«

Aber Owen war nicht in der Stimmung, sich verspotten zu lassen. Wenn Geoffrey wissen wollte, was ihn wirklich bewegte, dann sollte er es erfahren. »Zuerst war ich ein bißchen durcheinander. Ich konnte die Worte nicht verstehen. Meine eigene Sprache.«

»Wollt Ihr sie Euren Kindern beibringen?«

»Ich habe schon damit angefangen. Und ich werde eine Menge neuer Geschichten von meinen Eltern, meinen Brüdern und Schwestern mitbringen, die ich ihnen erzählen kann. Sie sollten ihre Verwandten kennen.« Geoffrey wirkte noch immer beunruhigt. »Würde ich von meinen Kindern sprechen, wenn ich vorhätte, sie zu verlassen? Ich sage Euch, ich habe mich nicht verändert.«

»Fein«, sagte Geoffrey, aber er schien noch nicht überzeugt zu sein.

»Genug jetzt. Was ist mit dem Konstabler von Cydweli? Was könnt Ihr mir über ihn sagen?«

»Richard de Burley. Ein Krieger, der Höflichkeit als Schwäche betrachtet, wie man mir sagte. Er stammt aus einer alten Familie in den Grenzmarken …«

»… was bedeutet, daß er hervorragend einschätzen kann, aus welcher Richtung der Wind weht.«

Geoffrey kicherte, was die Spannung zwischen ihnen

löste. »Das bezweifle ich nicht. Lascelles und Burly würden ein schönes Paar abgeben. In solchen Augenblicken bedaure ich, daß meine Philippa mich nicht begleiten konnte; sie kann ausgezeichnet umgehen mit schwierigen Leuten.«

»Das Tod der Königin muß ihr sehr zu Herzen gegangen sein.« Die allseits beliebte Königin Philippa war im vergangenen Sommer verstorben. Geoffreys Gemahlin, die ebenfalls Philippa hieß, hatte zu ihren Kammerzofen gehört.

Geoffrey fuchtelte mit der ausgestreckten Hand umher. »Philippa bekam ein bißchen Geld von der Königin und verdiente sich noch etwas hinzu, indem sie Richard de Ravenser bei der Verwaltung des Haushalts half. Jetzt ist sie mit unserer kleinen Tochter Elisabeth beschäftigt und glaubt, daß sie erneut in anderen Umständen ist.«

»Möge Gott ihr eine sichere Geburt schenken.«

»Philippa glaubt, daß Gott wenig damit zu tun hat, fürchte ich«, erwiderte Geoffrey. »Sie hat mir erzählt, daß Ravenser sehr lobend von Euch spricht.«

»Das freut mich zu hören. Ich hatte fast vergessen, daß er der Abgabeneintreiber der Königin war. Was ist mit dem Abgabeneintreiber in den Grenzmarken des Herzogs?«

»Ihr habt es ja sehr eilig.«

»Es ist schon ziemlich spät.«

Geoffrey nickte. »Über den Abgabeneintreiber von Cydweli weiß ich nichts. Ich glaube, es handelt sich um einen der Grundherrn, der für ein Jahr mit diesem Amt betraut wurde.« Geoffrey erhob sich. »Ihr habt recht. Es wird Zeit, daß wir uns zu Bett begeben. Es war ein langer Tag, und morgen werden wir unsere ganze Kraft brauchen.«

Owen leerte seinen Becher und schob seinen Stuhl zurück. Es war merklich kühler geworden, während sie sich unterhalten hatten. Er rieb seine Hände aneinander und hauchte sie an. »Hoffentlich scheint morgen die Sonne.«

Geoffrey war schon zur Tür gegangen. Er drehte sich um und schüttelte den Kopf. »Ihr habt gesagt, Ihr seid müde.«

»Ja.« Owen folgte ihm.

Geoffrey nahm eine Fackel aus einer der Wandhalterungen und öffnete die schwere Tür der Saals. Ein Luftzug brachte die Flamme zum Flackern. »Ein ungemütlicher Ort.«

Owen folgte Geoffrey durch die Tür. »Wenn Reine nicht kommt, solltet Ihr vielleicht mit der Hälfte unserer Leute gleich nach Cydweli weiterreiten.«

Geoffrey blieb auf der Treppe stehen, drehte sich um und hielt die Fackel hoch, damit er Owens Gesicht sehen konnte. »Und Ihr?«

»Unsere Pilger brauchen einen Begleiter nach St. David.«

»Wir werden in Cydweli schon jemanden finden.«

»Sir Robert geht es schlecht. Ich kann es nicht verantworten, daß er die Reise fortsetzt. Und ich möchte, daß er sicher untergebracht wird.«

Einen Augenblick lang waren das Heulen des Windes und das Zischen der Fackel die einzigen Geräusche, die man hörte. Dann nickte Geoffrey. »Ihr habt recht. Wir fahren fort wie geplant. Reine weiß, welchen Weg wir nehmen. Er würde nicht damit rechnen, daß wir sofort nach Cydweli weiterreisen.«

Owen legte eine Hand auf Geoffreys Schulter. »Ihr vertraut mir nicht.«

Geoffrey lachte. »Ihr scheint ein bißchen zu viel Wein bekommen zu haben.« Seine Augen wirkten nicht fröhlich.

»Und zu wenig Schlaf.«

Sie stiegen die Treppe hinauf und trennten sich auf der Galerie schweigend.

Obwohl er müde war, fiel es Owen schwer einzuschlafen. Geoffrey hatte einen Finger auf den wunden Punkt gelegt, der Owen bereits durch seine eigene Verwunderung über seine Gefühle nach dem Überschreiten des Severn bewußt geworden war. Er hätte nicht wieder zurückkehren sollen.

2 Nach St. David

Dafydd ap Gwilym und seine Männer hatten einen harten, zweitägigen Ritt hinter sich, als sie das Haus des Barden erreichten, das über der Cardiganbucht thronte. Es war eine beschwerliche Reise für den verwundeten Pilger und auch für Dafydd und seine Männer, nachdem sie sich vierzehn Tage im großen Saal eines der wohlhabenden Förderer des Barden aufgehalten und gefaulenzt hatten. Aber Eile schien geboten zu sein. Wenn die vier Männer aus Cydweli sie verfolgten, wollte Dafydd den Pilger lieber auf vertrautem Gelände verteidigen. Es war auch sehr angenehm, daß ein Kräuterheilkundler aus der Abtei Strata Florida ihm dabei helfen würde, seinen Garten auszubauen.

Dafydd blickte von seiner Harfe auf, als ein Diener Samsons Reisegefährten in den Raum führte. Dafydds große, struppige Hunde erhoben sich, kamen herüber und beschnüffelten die Kutte des Mönchs. Dafydd bedauerte es, daß seine Mußestunde gestört wurde, aber der Mönch kam nur seiner Einladung nach. Dafydd brauchte einen Späher in St. David, und ein Zisterzienser eignete sich dafür sehr gut. Und außerdem schuldete ihm Dyfrig noch einen Gefallen.

»*Benedicte*, Lord Dafydd.« Der Mönch verbeugte sich; die Hände hatte er in die Ärmel geschoben.

Hatten die Mönche jetzt auch schon wie die Novizen diese Angewohnheit übernommen? überlegte Dafydd.

»Ihr habt nach mir verlangt?« fragte der Mönch.

»*Benedicte*, Bruder Dyfrig. Gott hat uns Sonnenschein geschenkt, um unsere Herzen zu erfreuen. Anscheinend meint er es heute gut mit uns.« Die Blicke des Mönchs wanderten beunruhigt zu den beiden zotteligen Hunden. Dafydd kicherte. »Keine Angst. Inzwischen müßtet Ihr wissen, daß Nest und Cadwy sehr freundlich zu anderen Lebewesen sind, außer zu Wölfen und Hirschen. Sie sind einfach nur neugierig auf Euch. Habt Ihr schon nach dem verwundeten Pilger gesehen?«

»Ach, er ist ein Pilger?«

Der Mönch hatte Mut. Er äußerte seine Zweifel nicht laut, aber doch unüberhörbar. »Weshalb sonst würde sich jemand nach St. David aufmachen?« fragte Dafydd.

»In St. David wird auch Handel getrieben, Master Dafydd. Sowohl über Land als auch über das Meer.« Ein angedeutetes Lächeln umspielte die Mundwinkel des Mönchs.

»Er ist ein Pilger, Bruder Dyfrig.«

Eine weitere Verbeugung. »Ihr wünscht, daß ich ihn begleite?«

»Wollt Ihr Euch über mich lustig machen? Sieht der Mann aus, als könnte er reiten?«

Abermals wanderten die Augen unruhig umher, obwohl die Hunde inzwischen das Interesse verloren hatten und zu Dafydd zurückgekehrt waren. »Nein.«

»Ihr sollt dorthin reisen und die Ohren offenhalten. Findet heraus, ob man auf Whitesands noch weitere Geschenke des Meeres erhalten hat.«

»Whitesands«, wiederholte der Mönch. »Ihr sucht den Mann, der dem Mönch das Ohr abgetrennt hat? Ich dachte, vier Männer hätten ihn verfolgt.«

»Keiner von ihnen ist verletzt. Mein Pilger hatte einen blutgetränkten Ärmel – vielleicht sein eigenes Blut, aber das glaube ich eigentlich nicht. Sein eigenes Blut wäre nicht so gespritzt.«

Der Mönch bekreuzigte sich. »Und dennoch nennt Ihr ihn einen Pilger.«

»Auch ein Heiliger muß sich verteidigen, wenn er angegriffen wird.«

»Was ist, wenn die vier Männer von meinem Auftrag erfahren?«

»Seid Ihr ein solcher Narr, es groß hinauszuposaunen? Ich bin interessiert an Gerüchten oder Neuigkeiten, nicht an dem Mann. Ich bezweifle, daß der Mann irgendeinen Nutzen für mich haben könnte. Oder für sonst jemanden. Ihr müßt Euch nicht offenbaren. Ihr braucht einfach nur die Ohren offenzuhalten.«

»Ich werde mein möglichstes tun, Mylord.«

»Auch ein Name würde mir helfen. Ein Name für unseren Pilger.«

»Hat er nichts gesagt?«

»Er hat den Namen einer Frau genannt, das ist alles. Was ihn selbst betrifft, so hat er bis jetzt geschwiegen.«

»Vielleicht möchte er seinen Namen nicht nennen.«

»Damit kann ich mich nicht abfinden.«

»Der Name der Frau könnte vielleicht hilfreich sein für mich.«

»Tangwystl. Er bedeutet ›Bitte um Frieden‹, habt Ihr das gewußt?«

»Oder ›Geisel des Friedens‹, Master Dafydd.«

Welches Leuchten erhellte diese dumpfen Augen? Der Mönch genoß diesen Moment. »In der Tat. Geht in Frieden, Bruder Dafydd, Ihr seid hier kein Gefangener. Gott möge Euch auf Eurem Weg geleiten.«

»Möge der Herr über Euer Haus wachen. Und über mich.«

In Carmarthen hörte Owens Reisegesellschaft von John de Reine. Er war vor mehr als einer Woche durch den Ort gekommen und war allein gereist – was beides ziemlich seltsam war.

Seltsamer aber noch war, daß sie in St. Clears wieder von ihm hörten. Er war nach Westen geritten, obwohl sein Weg von Carmarthen aus nach Osten geführt hätte.

»Was hat er vor?« murmelte Geoffrey, als sie am nächsten Morgen auf ihre Pferde stiegen.

»Das würdet Ihr jetzt wissen, wenn Ihr, wie ich vorgeschlagen habe, gleich weitergeritten wärt nach Cydweli«, sagte Owen.

Geoffrey brummte und ritt als erster aus dem Klosterhof.

Sir Robert lenkte sein Pferd neben das von Owen. »Hast du dich mit Master Geoffrey gestritten?«

»Nein.« Owen zuckte zusammen, als Sir Robert plötzlich ein heftiger Hustenanfall zu schütteln begann, als habe ihm jemand einen Schlag in den Magen versetzt. »Ihr müßt auf Euch achtgeben, Vater. Ihr hättet gestern abend Eure Medizin einnehmen sollen. Ein solch schwerer Anfall treibt das Blut nach oben und schwächt Euch.«

Sir Robert versuchte durch eine abwehrende Handbewegung Owens Sorgen zu zerstreuen, brachte aber kein Wort heraus.

Ein kalter Regen plagte sie auf dem gesamten Weg von St. Clears nach Llawhaden, wo sie in der Bischofsburg die Nacht verbringen sollten. Die Burg war weniger eindrucksvoll als Carreg Cennen, eher ein befestigtes Herrenhaus als eine Burg, aber Llawhaden thronte auf einem Hügel, von dem aus man das Städtchen überblicken konnte, und war gesichert genug, daß man das Gefängnis des Bischofs im Kellergewölbe des Turms der Kapelle hatte einrichten können. Llawhaden war eine wohlhabende kleine Stadt mit einem kleinen Wochenmarkt und zwei Jahrmärkten; im Östlichen Cleddau-Fluß gab es Lachse und Meerforellen in Hülle und Fülle. Mit den Abgaben der Landpächter, den Marktgebühren und Zöllen sowie der Vergabe von Konzessionen zum Betreiben einer Wassermühle und der Fischereirechte war die Stadt ein einträgliches Besitztum für die Bischöfe von St. David. Bruder Michaelo hielt es für eine Verbesserung gegenüber dem abgelegenen Carreg Cennen.

Owen hoffte, die umliegende Landschaft von den Türmen der Burg aus überblicken zu können. Aber nachdem er auf einen der Türme hinaufgestiegen war, konnte er nicht viel mehr sehen als den engeren Umkreis der Burg, der von Nebel eingehüllt wurde. Sir Robert gesellte sich zu ihm; er zog seinen Umhang fester um den Hals, um sich gegen den kalten Wind zu schützen.

»Ihr scheint es darauf anzulegen, Euren Husten zu verschlimmern«, brummte Owen.

»Ich wollte allein mit dir reden«, sagte Sir Robert mit heiserer Stimme.

»Wollt Ihr etwas mit mir besprechen, was die anderen nicht hören sollen?«

»Ich möchte dich warnen, mein Sohn. Master Chaucer hat dich seit Carreg Cennen immer im Auge behalten.«

Owen stützte sich mit einem Ellbogen an der Mauer ab und schaute in die neblige Landschaft hinaus. Darüber wollte er eigentlich nicht sprechen, und sein Mißbehagen ließ seine Stimme scharf klingen, als er erwiderte: »Glaubt Ihr, ich hätte das nicht bemerkt?«

»Kannst du dir erklären, warum er es getan hat?«

Er wollte also den Hund spielen, der den Knochen umtänzelte, bevor er nach ihm schnappte.

»Ich habe keine Ahnung.«

»Er fragt sich, ob du noch auf der richtigen Seite stehst.«

»Für eine solche Frage gibt es keinen Grund«, knurrte Owen mit zusammengebissenen Zähnen. Wenn der alte Mann nicht so krank wäre. Und wenn er nicht sein Schwiegervater wäre ...

Sir Robert rückte näher heran, so daß Owen seinen Atem riechen konnte, der krankheitsbedingt säuerlich roch. »Vielleicht warst du ein wenig indiskret.«

»Laßt uns nach unten gehen. Ich bereite Euch ein Magenmittel zu und mache Euch ein heißes Getränk für den Husten. Und heute abend werde ich ...«

Sir Robert packte Owen bei der Hand und zog ihn zu sich, so daß sein Schwiegersohn gezwungen war, ihn anzuschauen. »Zuerst gibst du zu, daß du dich, seit wir den Severn überquert haben, immer so komisch verhalten hast, wenn wir darüber gesprochen haben, wie fremd uns dieses Land ist.«

»Ihr meint, ich habe euch daran erinnert, daß ich ein Waliser bin.«

Sir Robert musterte Owens Gesicht. »Es ist mehr als das. Du hast alles in Frage gestellt, was aus dir geworden ist, seit du dieses Land verlassen hast.«

»Nein, ich habe es nicht in Frage gestellt, Sir Robert. Mir wurde nur wieder bewußt, was ich alles vergessen hatte. Und ich habe darüber nachgedacht, was aus meiner Familie geworden sein mag, die ich hier zurückgelassen habe.«

»Dir gefällt nicht, wie deine Landsleute behandelt werden.«

»Meine Landsleute?«

Sir Roberts Augen blickten traurig, als er den Kopf sinken ließ. »Verzeih mir, ich bin ein alter Narr, der in einer Wunde herumstochert, von der er gar nichts wußte.«

»Hattet Ihr Angst, ich könnte hierbleiben und meine Familie im Stich lassen?«

»Nein. Nein, mein Sohn.« Sir Robert hustete und suchte an der Mauer Halt, als würde ihm schwindlig werden.

Owen legte einen Arm um Sir Robert, um ihn zu stützen, und stellte dabei fest, daß der alte Mann trotz seines warmen Umhangs zitterte. »Kommt. Ich kümmere mich um Euren Husten und den sauren Magen.«

Sir Robert ließ sich die Stufen hinuntergeleiten und in Owens Kammer an der Westseite führen. Er blieb ungewöhnlich still, als Owen sich seiner annahm, und vermied es, seinen Schwiegersohn anzuschauen, als fürchte er, ihn in eine Unterhaltung zu verstricken, die er nicht wünschte. Was wollte er für sich behalten? Ohne durch ein Gespräch abgelenkt zu werden, konnte Owen den mühsamen Atem des alten Mannes wahrnehmen, das ungesunde Pfeifen und das unregelmäßige Gurgeln, das so klang, als sammle sich Wasser in seiner Brust.

Als Owen das Schweigen nicht länger aushielt, fragte er: »Was ist los? Was hat Euch oben auf dem Turm zum Verstummen gebracht?«

»Ich möchte nicht darüber reden.«

»Wir waren offen zueinander. Ich bitte Euch, sagt mir, was Ihr auf dem Herzen habt.«

»Du hast mich an meine Frau Amelie erinnert. Einmal, als ich Streit mit ihr hatte, schrie ich sie an, ich würde sie wieder zu ihren Landsleuten zurückschicken. Sie erwiderte: ›Zu meinen Landsleuten? Ihr seid jetzt meine Landsleute.‹ Ihre Stimme klang so traurig. Ich habe sie geschlagen, weil sie undankbar war.« Sir Robert hatte die Tochter eines gefangengenommenen normannischen Edelmannes geheiratet. »Ich dachte, ich hätte ihr ein besseres Leben geboten, als sie unter den Besiegten zu erwarten gehabt hätte, und sie wagte es, sich über ihr Schicksal zu beklagen.« Er fuhr sich mit einer zittrigen Hand über die Augen. »Ich war so grausam in meiner Unwissenheit.

Was habe ich in meiner Jugend verbrochen, daß Gott zuließ, daß ich sie so behandelte und erst, als es zu spät war, die Tragweite meines Verhaltens begriff? Ich weiß es nicht.«

Owen wußte, daß sein Schwiegervater jetzt nicht um einen Trost bat, den er nicht verdiente. »Ich hatte vergessen, daß meine Landsleute unterworfen worden sind«, sagte Owen. »Vielleicht hatte auch Amelie es vergessen.« Er wandte sich vom gebeugten Haupt seines Schwiegervaters ab und brachte die Medikamente weg.

»Die Konstabler des Bischof sagen, daß John de Reine nicht hier durchgekommen ist«, bemerkte Sir Robert müde.

»Vielleicht ist er gleich nach Haverfordwest weitergeritten. Wir müßten es morgen erreichen.« Owen kam zurück und setzte sich wieder neben seinen Schwiegervater. »Die Blutsbande sind stark. Eure Tochter hat Euch alles vergeben. Welche Verletzung, welches Unrecht hat Reine dazu getrieben, die Ergebenheit seines Vaters gegenüber seinem Herrn auf eine solch aufsehenerregende Art in Frage zu stellen?«

»Vielleicht weil man ihm eine Position, aber keinen Namen gab?« schlug Sir Robert vor.

»Und damit ruiniert er den Namen, den man ihm vorenthalten hat? Ja, vielleicht.«

»Hältst du es nicht für möglich, daß sein schlechtes Gewissen ihn veranlaßte, sich mit dir in Carreg Cennen zu treffen?«

»Dann hätte er es ziemlich spät entdeckt.«

»Genau wie ich.« Sir Robert hob den Becher, prostete Owen zu und trank den Rest seines Hustenmittels aus. »Gott segne dich für dies hier. Meine Stimme ist schon ein bißchen kräftiger.«

Owen konnte keinen Unterschied feststellen.

Der Regen ließ nach, als sie auf Haverfordwest zuritten, und allmählich kam die Sonne blaß unter den Wolken hervor. Gegen Mittag roch Owen den süßen Duft des Frühlings in der Luft, konnte sich aber kaum daran erfreuen, weil er sich um seinen Schwiegervater Sorgen machte. Owen und Lucie hatten darüber gestritten, wie gefährlich es sei, wenn ein Mann, der so alt war wie ihr Vater, eine solch beschwerliche Reise unternahm. Sir Robert hatte nie genaue Auskunft gegeben über sein Geburtsdatum, aber seine Schwester Phillippa schätzte, daß er knapp achtzig Lenze auf dem Buckel hatte. Es stimmte, daß Sir Robert in seiner Jugend ein tapferer Krieger gewesen war, aber nach dem Tod von Lucies Mutter hatte er sich niemals auf eine lange Pilgerreise begeben, die durch Krankheiten, Verletzungen und langes Fasten geprägt gewesen war. Obwohl Sir Robert dank der Pflege durch seine Schwester wieder gesund wurde, erholte er sich niemals mehr vollständig von diesen Strapazen.

Aber Lucie hatte darauf beharrt, daß man Sir Robert diese abermalige Pilgerreise nicht verwehren dürfe. Owen jedoch fürchtete, ein nasser Frühling würde dem alten Mann allzu sehr zusetzen.

Als sie in Haverfordwest einritten, verschlimmerte sich Sir Roberts Husten durch die feuchte Luft, die vom Hafen heraufkam. Owen steuerte besorgt die Abtei St. Thomas an, wo Sir Robert sich mit einem Becher erhitzten Weins vor einem wohligen Feuer aufwärmen konnte. Und da morgen Sonntag war, würde er zusätzlich einen Ruhetag bekommen.

3 Ein wilder Tanz

Mit seinem bandagierten Kopf erinnerte der Pilger Dafydd an eine unglückliche Puppe, die seiner Lieblingsnichte gehörte. Sie hatte der Puppe aus Wut ein Ohr abgebissen und gesagt, weil die Puppe ihr nie zugehört hätte, habe sie bestraft werden müssen. Dafydd kicherte, als er an den Vorfall dachte und daran, wie seine Schwester das Ohr sorgfältig und feierlich wieder angenäht hatte, nachdem sie bittere Tränen der Reue vergossen hatte.

Der Mönch, der über den Pilger wachte, runzelte mißbilligend die Stirn. »Ihr hättet mehr Mitgefühl zeigen können.«

»Ich habe ihm Zuflucht gewährt, Bruder Samson. Was mehr hätte ich tun sollen?«

»Ihr lacht über seine Schmerzen.«

»Ich habe gelacht, weil ich an eine Puppe denken mußte, die auf ähnliche Weise wieder hergerichtet wurde. Gelächter und Gebete sind in der Krankenkammer an der Tagesordnung. Daran müßt Ihr Euch gewöhnen.« Dafydd bückte sich und befühlte die Stirn des Pilgers. Gut. Kein Fieber mehr. »Ihr habt ihn sicher durch diese Krise gebracht. Dafür danke ich Euch und bete darum, daß es Euch im Himmel reichlich vergolten werden möge.« Grinsend verließ Dafydd die Krankenkammer, mit seinen Hunden im Schlepptau. Draußen kam ihm einer der Diener entgegen.

»Mylord, am Tor sind Soldaten.«

Dafydd war erfreut. Damit hatte er gerechnet. »Suche Cadwal. Sag ihm, er soll herkommen.«

»Was soll ich den Soldaten sagen?«

»Nichts. Das Warten wird ihre Gemüter abkühlen und sie ermüden. Ich werde sie dann beizeiten aufsuchen.«

Der Diener eilte davon, um Cadwal zu suchen.

Dafydd kehrte in sein Gemach zurück und überprüfte sein Erscheinungsbild in einem Spiegel. Heute sah er richtig wie ein Barde aus; seine weißen Haare waren frisch gewaschen und daher ziemlich wild und wurden von silbernen Ringen und Kämmen gebändigt. Efeu und Stechpalmenzweige verflochten sich in kunstvollen Arabesken auf seinem langen, fließenden Gewand, das von einer ehemaligen Geliebten bestickt worden war. Er hörte einen Schrei und nickte seinem Spiegelbild zu. »Kümmere dich um deine Gäste, Dafydd.«

Mit einer Hand auf Cadwys Kopf und mit Nest an seiner anderen Seite ging er langsam den Korridor hinunter. Er war Dafydd ap Gwilym Gam ap Gwilym ab Einion Fawr, der Herr des Gesangs und Meister der Fließenden Verse. Er brauchte sich nicht zu beeilen.

Als Dafydd auf das Tor zuschritt, näherte sich ihm von der Seite eine riesenhafte Gestalt.

»Cadwal, wir haben Gäste.«

Der Riese verbeugte sich. »Mylord, ich bin stets bereit, auf Euer Geheiß zu tanzen.«

»Laß uns sehen, ob diese Männer auch gern tanzen. Mach die Tür auf.« Er bedeutete den Hunden, daß sie an seiner Seite bleiben sollten. An diesem Morgen waren sie Gastgeber, keine Jäger.

In der Nacht hatte es zu regnen begonnen, Wind war aufgekommen. Dafydd winkte den Männern zu, die unter einer Eiche neben dem Tor Schutz gesucht hatten. »Kommt, ihr Pilger, trocknet Euch vor dem Feuer.« Aber die Männer zögerten und starrten Cadwal an. Es war immer das gleiche. Cadwals Mutter war durch eine Erscheinung an einem Megalithen erschreckt worden, und das Kind war daraufhin so stark gewachsen, bis es selbst einem solchen Stein glich. »Ihr seht hier Cadwal vor Euch. Der Herr hat diesen Mann mit dem Appetit eines Schlachtrosses gesegnet, das stimmt. Aber noch nie hat er Menschenfleisch verzehrt. Ihr seid hier sicher. Gott wacht über alle Christenmenschen in diesem Hause.«

Einer der Männer trat vor. »Wir möchten Euch nicht stören, Mylord. Wie ich schon Eurem Diener sagte, suchen wir den Leichnam eines Diebes und Mörders, der, wie wir glauben, vor drei Tagen auf Whitesands an seinen Verletzungen starb.«

»In Gottes Namen, Pilger, kommt herein. Ihr mögt die Nässe nicht mehr spüren, ich aber schon. Kommt herein, vor einem warmen Feuer können wir uns weiter über diese Geschichte unterhalten.«

Cadwal lachte, ein Geräusch, das tief aus seinem faßförmigen Brustkorb zu dringen schien und im Hof widerhallte. »Ihr schmeichelt mir mit Eurer Ehrfurcht, Pilger«, sagte er in stockendem Englisch. »Aber Lord Dafydd ist der Herr dieses Hauses. Wenn er Euch willkommen heißt, muß auch ich es tun.«

Schließlich ließen sich die Männer überzeugen und betraten das Haus. Sobald er die Tür hinter ihnen geschlossen hatte, befahl Cadwal: »Pilger, eure Waffen braucht ihr bei meinem Herrn nicht. Wenn ihr sie mir aushändigt, bewahre ich sie sicher auf, bis ihr sie wieder benötigt.«

Der Sprecher der Männer wirbelte herum und zog sein Schwert. »Eine Falle. Genau das hatte ich erwartet.«

Aus den Kehlen der Hunde drang ein dumpfes Knurren. Dafydd beruhigte sie.

Cadwal streckte seine leeren Hände aus, die Handflächen nach oben, zog eine Augenbraue hoch und schaute von einem zum anderen, dann hinter sich. »Wo sind hier die Angreifer?«

Der Sprecher wirkte verunsichert.

Nun ergriff Dafydd das Wort. »Was würde Lancaster wohl von Euren Manieren halten? Schließlich tragt Ihr seine Livree. Und Ihr befindet Euch auf einem Besitztum seines geliebten Bruders, des Prinzen von Wales. Es ist schlicht ein Gebot der Höflichkeit, Eure Waffen niederzulegen, wenn Ihr das Haus eines Mannes betretet, der Euch nichts Böses will und Euch keine Feindseligkeit entgegenbringt.«

Der Sprecher nickte seinen Männern zu. Sie lösten ihre Schwertgürtel, zogen ihre Dolche und reichten sie Cadwal. Dieser verbeugte sich mit seiner Last und zog sich zurück.

»Gut, wenn Ihr mir jetzt bitte folgen wollt.« Dafydd führte die Männer in den großen Saal.

Im Saal hatte man die Tische kreisförmig um den Kamin aufgestellt, und auf einem Beistelltisch standen ein Krug gewürzten Weins und sechs Becher.

»Kommt, nehmt eine kleine Erfrischung zu Euch. Cadwal wird sich zu uns gesellen, sobald er Eure Waffen sicher verwahrt hat.«

Die Männer gossen sich Wein ein. Ein Diener trat vor und füllte Dafydds Becher. Dafydd setzte sich, nippte ruhig an seinem Becher und wartete, bis die Männer Platz genommen hatten. Cadwy und Nest lagen wachsam zu Dafydds Füßen.

»Nun, dann wollen wir die Unterhaltung fortsetzen«, begann Dafydd. »Ihr sucht nach einer Leiche?«

»Vielleicht ist der Mann tot, vielleicht aber auch nur verwundet. Vor drei Tagen beobachteten wir, wie Ihr mit einer Last auf Eurem Pferd von Whitesands gekommen seid. Eure Männer haben uns daran gehindert, Euch zu folgen.«

»Eine Last?«

»Wir glauben, es war der Körper des Mannes, den wir suchen.«

»Aha. Und jetzt seid Ihr gekommen, um seine Herausgabe zu verlangen?«

»So ist es.«

»Zu welchem Zweck?«

»Wenn er noch am Leben ist, bringen wir ihn nach Cydweli, wo er vor Gericht gestellt wird, Mylord. Er wird beschuldigt, den Abgabeneintreiber von Cydweli angegriffen und die Schatzkammer ausgeraubt zu haben. Außerdem fehlt ein Mitglied unserer Wache.«

»Und wenn der Mann, den Ihr sucht, tot ist?«

»Dann möchten wir dafür sorgen, daß er ein angemessenes Begräbnis erhält.«

»Wie ist sein Name?«

»Wir glauben, er heißt Rhys ap Llewelyn. Aus Pembroke.«

»Ein Mann aus Pembroke raubt etwas in Cydweli? Hat die Mutter des Grafen von Pembroke ihn dazu angestiftet? Ist sie die Nutznießerin?« John Hastings, der Graf von Pembroke, befand sich mit König Edwards Heer in Frankreich. Seine Mutter, eine Mortimer, hatte die Regierung über die Grafschaft übernommen, solange ihr Sohn abwesend war – dieser Vorgang hatte im großen Saal seines Oberherrn für allerlei Gesprächsstoff gesorgt. Es war eine Eigenart der Familie Mortimer, zu rauben, was sie begehrte – Macht, Reichtümer –, niemals versuchte sie, es auf ehrlichem Wege zu erlangen. Daher kam es auch, daß sie zu den ältesten und einflußreichsten Familien in den Grenzmarken gehörten. Man sagte, Pembrokes Mutter sei durch und durch eine Mortimer, ein Satansbraten, der sich mit jedermann anlegte, um ihn dann langsam und genüßlich zu vernichten. Wäre sie eine schöne Frau gewesen, hätte Dafydd ihr ein Gedicht gewidmet.

»Mylord, ich weiß nichts über diesen Mann, außer daß er für seine Vergehen in Cydweli zur Rechenschaft gezogen werden soll.«

»Das ist wirklich ein starkes Stück. Lancasters Männer dringen in eine Grenzmark seines Bruders Prinz Edward ein und verlangen die Auslieferung eines Mannes, der dort Zuflucht gesucht hat. Darf ich Euer Beglaubigungsschreiben sehen und das Schreiben, in dem Euer Herr mich um Mitwirkung ersucht?«

Der Sprecher erwiderte nichts. Aber sein rot angelaufenes Gesicht war Antwort genug.

Dafydd setzte seinen Becher ab und erhob sich. »Euer übereiltes Handeln ist zu tadeln, meine Herren. Aber selbst wenn sich der gesuchte Mann unter meinem Dach befände und selbst wenn er der Verbrecher wäre, für den Ihr ihn haltet, könnte ich ihn Euch nicht guten Gewissens ausliefern. Mein Gebieter, der Herzog, wird dies verstehen.«

Der Sprecher machte Anstalten aufzustehen. Dafydd gebot ihm mit einer Handbewegung Einhalt und nickte Cadwal zu, der aus einer dunklen Ecke hervortrat. »Ihr seid herzlich eingeladen, am Feuer zu bleiben, bis Eure Gewänder getrocknet sind«, sagte Dafydd. »Dann wird Cadwal Euch hinausgeleiten und Euch die Waffen zurückgeben. Geht in Frieden.«

Dafydd zog sich zurück, und seine Hunde folgten ihm. Auf dem Korridor entdeckte er Bruder Samson, der im Schatten stand. »Wie lange steht Ihr schon da?«

»War es klug, diese Männer zu reizen, Mylord?«

»Klug? Vielleicht nicht. Aber ich fühle mich erfüllt von Gottes Güte. Habe ich sie denn nicht gewaltsam angegriffen, frei von Zorn?«

»Wer ist der Pilger, für den Ihr so viel riskiert?«

»Das war kein eitles Gerede, Samson. Ich muß aus dem

Pilger einen Namen herausbekommen. Wollen wir zu ihm gehen und sehen, ob wir eine Antwort von ihm erhalten?«

»Er schläft gerade, Master Dafydd.«

»Gut. Ich ziehe mich in die Bibliothek zurück. Holt mich, wenn er aufgewacht ist.«

Zumindest der Rhythmus gefiel ihm. Mit einem zufriedenen Seufzen legte Dafydd die Harfe beiseite, dann erhob er sich und streckte die Arme über den Kopf. Die einzige Tätigkeit, die er mehr liebte als den Kampf mit den Worten war das Werben um eine schöne Frau. Beides erforderte eine vergleichbare geistige Anstrengung. Durch schöne, wohlklingende Worte oder gewitzte, überraschende Bemerkungen konnte er eine Frau für sich einnehmen. Frauen waren empfänglich für Esprit. Als Mann tat man gut daran, sich dies stets vor Augen zu halten. Aber auch Männer ließen sich durch geschliffene Worte beeinflussen. Ein Beispiel dafür waren diese Tölpel heute, die erwartet hatten, zu dem Pilger vordringen zu können.

»Mylord«, flüsterte jemand an der Tür.

Dafydd drehte sich um. »Ist er aufgewacht, Samson?«

»Ja.«

Der Barde trat hinaus zu dem Mönch. »Kommt, dann wollen wir versuchen, ob wir ihm seinen Namen entlocken können.«

Der junge Mann saß mit Kissen abgestützt halb aufrecht im Bett, aber seine Augen waren geschlossen, als Dafydd und Samson den Raum betraten.

Dafydd war enttäuscht. »Ist er schon wieder eingeschlafen?« Er beugte sich hinunter zu dem Mann, lauschte auf seinen Atem, der nicht wie der langsame, tiefe Atem des Schlafes klang. »Versucht Ihr vorzutäuschen, daß Ihr schlaft, Pilger?«

Langsam schlug der Mann die Augen auf. Sie waren

meergrau. »Wer seid Ihr?« fragte er mit schwacher Stimme.

»Ich bin derjenige, der Euch verwundet auf Whitesands gefunden hat. Meine Name ist Dafydd.«

Mit den Fingern betastete der Pilger vorsichtig seine Verbände.

»Habt Ihr starke Schmerzen?« erkundigte sich Samson. »Wie steht es heute mit Eurem Hals?« Die blutunterlaufenen Flecken begannen blasser zu werden.

Die meergrauen Augen richteten sich auf den Mönch. »Bin ich in einem Kloster?«

Samson beugte sich von der anderen Seite zu dem Pilger hinunter. »Dies ist Master Dafydds Haus.« Er schaute dem jungen Mann prüfend in die Augen. »Könnt Ihr klar sehen?« Dafydd wunderte sich über die vielen Fragen, die der Pilger jedoch alle unbeantwortet ließ.

»Wie lange bin ich schon hier?«

»Erinnert Ihr Euch an gestern?« fragte Dafydd. »Oder an vorgestern?«

Der Pilger berührte Dafydds besticktes Gewand. »An das Gewand erinnere ich mich. Und daran, daß ich zuvor noch stärkere Schmerzen hatte als jetzt.« Er blickte auf und schaute Dafydd in die Augen. »Aber an die Reise kann ich mich nicht mehr erinnern.«

»Woran erinnert Ihr Euch, Rhys?« fragte Dafydd.

Die Augen leuchteten auf. »Rhys ap Tewdwr, der König von Deheubarth.«

»Nun, der seid Ihr ganz bestimmt nicht. Aber vielleicht ein anderer Rhys?«

Eine Hand fuhr über das eingebundene Ohr. »Ich kann auf dieser Seite nichts hören, und es tut sehr weh.« Die Augen des Mannes stellten die Frage, die er nicht über die Lippen brachte.

»Ihr habt das Ohr nicht verloren, mein Sohn«, sagte

Samson und schob behutsam die Hand weg. »Aber es ist wie Master Dafydds Gewand kunstvoll genäht worden.«

»Werde ich entstellt sein?«

»Für Tangwystl?« fragte Dafydd.

Die Augen leuchteten abermals auf, und der Pilger wandte den Kopf ab.

»Wie steht sie zu Euch?«

»Ich weiß es nicht.«

Dafydd richtete sich auf. »Ruht Euch jetzt aus.«

Samson folgte ihm aus dem Raum. »Seine Antworten klingen nicht gerade nach jemandem, der sich an gar nichts mehr erinnern kann.«

»Vielleicht komme ich besser voran, wenn ich ihm behutsam seine Geschichte zu entlocken versuche, Samson. Warum sollte er uns vertrauen?«

»Ihr habt ihm das Leben gerettet.«

»Zu welchem Zweck? Ich weiß es nicht. Er auch nicht. Und Ihr ebenfalls nicht. Es liegt alles in Gottes Hand.«

4 Ein Leichnam am Tor

Der Weg von Haverfordwest wand sich durch sanftes Hügelland. Der Duft erster Frühlingsblumen durchsetzte die salzige Luft. Owen sog sie tief ein, und es kam ihm vor, als labe er sich an einem schweren Wein. »Auf keiner meiner Reisen habe ich je einen Ort gefunden, der mich mehr angesprochen hätte.« Er hatte vergessen, wie sehr er dieses Land liebte. Sie ritten auf das Meer zu, und er sehnte den Augenblick herbei, wenn es sich unter den Klippen unter ihnen ausbreitete. Er war vor langer Zeit einmal hierhergekommen, damals von Norden her, und stolz darauf gewesen, daß er schon Manns genug war, seine Mutter und seinen kleinen Bruder auf einer Pilgerreise zu begleiten. Ihm war leicht ums Herz. Plötzlich tauchte unter ihnen das Meer auf, mit weißen Schaumkronen und schier unendlich.

»Gelobt sei Gott der Herr!« rief Sir Robert. »Daß ich es noch erleben durfte, diesen geheiligten Ort zu Gesicht zu bekommen. Michaelo, rührt nicht auch Euch dieser Anblick?«

Michaelo hüllte sich tiefer in seine Kapuze. »Mir behagt der rauhe Wind von der See nicht. Wasser ist nicht gerade das Element, das den Geist beflügelt.«

»Tröstet Euch«, sagte Owen, »die Kathedrale von St. David und der Bischofspalast liegen in einem Tal, das vor dem Meer geschützt ist.«

»Gott sei Dank«, murmelte Michaelo. »Wenngleich ich auch die feuchte Kälte nicht gerade bevorzuge.«

Geoffrey hab warnend einen Finger. »Hört auf mit diesen neckischen Spielchen, sonst könnte Gott zu der Erkenntnis gelangen, daß Ihr seiner Gnade nicht würdig seid, weil Ihr seine Schöpfung allzu kritisch betrachtet.«

Michaelo rümpfte die Nase.

Owen beruhigte seine Reisegefährten. »So Gott will, werden wir am Nachmittag St. David erreichen.«

Sir Robert lächelte. »Ich wünschte, ich hätte die Zeit, diese Reise ein zweites Mal zu unternehmen.« Es hieß, zwei Pilgerfahrten nach St. David, dem Bischofssitz von Menevia, seien gleichbedeutend mit einer nach Rom. *Roma semel quantum bis dat Menevia tantum.* »Aber vielleicht genügt auch eine, um Gott dafür zu danken, daß meine Familie von der Pest verschont wurde.«

Als sie sich St. David näherten, trafen sie auf eine Gruppe von Pilgern, die aus Nine Wells kam, und alle außer Sir Robert stiegen ab. Als auch er sich anschickte abzusitzen, hinderte ihn Owen daran.

»Ihr habt Euch ziemlich unwohl gefühlt. Für Euch ist das Reiten beschwerlicher als das Gehen für viele der Leute, die wir unterwegs getroffen haben.«

»Das Alter bringt viele Segnungen mit sich«, meinte Michaelo.

»Und große Demütigung«, erwiderte Sir Robert.

»Es ziemt sich für einen Pilger, demütig zu sein.«

Owen mischte sich nicht in ihren Wortwechsel ein, sondern unterhielt sich mit den Pilgern, fragte sie, woher sie kamen und was der Zweck ihrer Pilgerreise sei. Er war enttäuscht, als er hörte, daß viele nur Walisisch sprachen.

Jetzt identifizierte er viele Waliser, die Frauen mit gestärkten weißen Schleiern, die vorne wie Hauben zusammengefaltet waren, die Männer in leichten Wollumhängen und langen Hemden und häufig barfüßig. Niemand von ihnen ritt. Sir Robert überragte die Menge. Sein Gesicht wirkte wie aus Stein.

Schließlich stieg der alte Pilger vor einer Reihe verfallener Häuser ab, die zum Turmtor führten, dem Pilgereingang zur Stadt St. David. Sir Robert wünschte, zu Fuß zu der Kathedrale hinunterzugehen. Er lud Owen, Geoffrey und Bruder Michaelo ein, ihn zu begleiten, während die übrigen Männer die Pferde durch das Bonningtor und zu den Stallungen am Bischofspalast führten. Owen war der Meinung, daß der Spaziergang Sir Robert nicht schaden konnte. Die Stadt bestand aus kaum mehr als dem Bezirk der Kathedrale, der die Kirche, den Friedhof, die Behausungen jener umfaßte, die in der Kathedrale als Geistliche, Verwalter oder Diener tätig waren, sowie die Unterkünfte für die Pilger. Die vier bahnten sich langsam ihren Weg durch die Menge. Den Gewändern nach zu urteilen, handelte es sich sowohl um Stadtbewohner als auch um Pilger.

»Haben wir vergessen, daß heute ein Feiertag ist?« überlegte Sir Robert. »Gott vergebe mir, wenn ich ihn tatsächlich vergessen habe.«

Michaelo schüttelte den Kopf. »Der Namenstag von St. David ist schon vorüber. Wir haben Frühling, aber noch nicht lange.«

Eine Gruppe von Männern, die sich in der Nähe des Tores zusammendrängte, erregte Owens Aufmerksamkeit. Als er weiterging, hörte er, wie man sich erzählte, daß der Torwächter bei Tagesanbruch dort einen Leichnam entdeckt hatte. Alle hier schienen nun ihre Theorien darüber ausbreiten und düstere Prophezeiungen abgeben zu müssen.

»Der Tote muß in der Nacht hergeschafft worden sein«, sagte ein Mann. »Aber warum hat der Torwächter das nicht mitbekommen?«

»Der Mann sei regelrecht ausgeweidet worden, heißt es«, flüsterte ein anderer.

»Jetzt gibt es Krieg unter den Herren der Grenzmarken.«

»Es heißt, daß ein Schäfer in Ceredigion einmal eine Schatulle mit Hostien aufgegessen hat. Der Herr ließ ihn aufschlitzen und ausnehmen wie ein geschlachtetes Schwein, damit die Gläubigen sehen konnten, wie er für seine Sünde büßen mußte.«

»Was ist los?« fragte Sir Robert Owen von der Seite. »Wovon reden die Leute, und warum sprechen sie alle so leise?«

Gott sei Dank verstand Sir Robert kein Walisisch. »Nur eine kleine Meinungsverschiedenheit. Es hat für uns nichts zu bedeuten.« Owen wollte, daß weder Michaelo noch Sir Robert von dem Leichnam erfuhren – der eine würde in Panik geraten, der andere würde versuchen, sich einzumischen.

Als sie das Tor passierten, blieben sie erstaunt stehen. Hinter dem Tor konnten sie die Spitze des Hauptturms der Kathedrale sehen. Am Fuße eines schroffen Hügels und verteilt über das Tal breitete sich eine kleine Stadt aus mit Hütten und großen Herrenhäusern, die um zwei große, prachtvolle Gebäude gruppiert waren, die jeweils auf einer Seite des Flusses Alun lagen – die Kathedrale von St. David und St. Andrew und dahinter der Bischofspalast.

Bruder Michaelo war vor allem vom Palast beeindruckt. »Seht Ihr die mit Bogenkanten versehenen Arkaden? Das ist das Werk von Bischof Henry Gower. War er nicht ein wahrer Künstler? Ist es nicht so, wie ich es Euch beschrieben habe?«

Geoffrey lachte. »Ihr meint, so wie Owen es beschrieben hat?« Owen war das einzige Mitglied der Reisegesellschaft, das schon einmal in St. David gewesen war. »Aber ich gebe zu, Ihr habt häufig genug von der Pracht des Palastes geschwärmt.«

Vor vielen Jahren, als Owen dreizehn gewesen war, hatte seine Mutter ihn zusammen mit seinem kleinen Bruder Morgan hierher gebracht. Er erinnerte sich an Arbeiter auf Gerüsten, die saubere Steine auf verwitterte, moosbewachsene Mauern setzten. Seine Mutter hatte ihm erklärt, daß sie anschließend die älteren Steine säubern und frische Farbe auftragen würden. Jetzt sah Owen zum ersten Mal das fertige Ergebnis von Gowers Arbeit. Als er den steilen Hang an der Nordseite der Kathedrale hinunterging, nahm er mit Bewunderung wahr, wie das Sonnenlicht auf dem Rot, Blau, Grün und Gold der Palastmauern unten spielte. Er schirmte sein Auge gegen die helle Sonne ab und schaute fasziniert hinauf zu den fein gearbeiteten Arkaden auf den Mauern mit ihrem schachbrettartigen Muster sich abwechselnder kleiner Quadrate aus rotem und weißem Stein. Es war ein dekoratives Muster, das nicht irgendeinem Zweck, sondern nur der Schönheit diente – der Palast wurde durch eine Mauer geschützt, die den gesamten Komplex umschloß, die Kathedrale, den Palast und die übrigen Wohngebäude. Es bestand keine Notwendigkeit, daß Wachen auf den Palastdächern patrouillierten.

»Es ist sehr friedvoll hier«, sagte Geoffrey, als er vor der Steinbrücke stehenblieb, die über den schmalen, ruhigen Fluß Alun führte.

»Gebe Gott, daß ich hier meinen Frieden finde«, sagte Sir Robert.

Owen fiel die ungesunde Röte auf den Wangen und der Stirn seines Schwiegervaters auf, und er betete darum, daß ihr Aufenthalt im Bischofspalast warm und trocken sein würde. Aber er sagte nichts, weil er die Aufmerksamkeit nicht auf die Schwäche lenken wollte, die Sir Robert als demütigend empfand. »Schon bevor der Heilige David in diesem Tal sein Kloster gründete, war es ein heiliger Ort.«

»Ein ziemlich abgelegener heiliger Ort«, erinnerte Michaelo sie.

Die Brücke bestand aus einem großen Marmorblock, zehn Fuß lang, sechs Fuß breit und einen Fuß dick. Seine Oberfläche war durch die Füße von Hunderten von Pilgern abgeschliffen worden und hatte in der Mitte einen Sprung.

»Sie könnten eine bessere Brücke anbringen«, murmelte Michaelo.

»Man ersetzt eine solche Brücke erst, wenn sie nicht mehr begehbar ist«, erwiderte Owen. »Habt ihr noch nichts von den Legenden gehört, die sich um diese Brücke ranken?«

»Das ist nichts weiter als eine einfache Brücke.«

»Diese Brücke, die Ihr so verachtet, heißt Llechllafar – singender Stein«, sagte Owen. »Als einmal ein Leichnam darüber befördert wurde, schnellte die Llechllafar, um zu zeigen, daß sie damit nicht einverstanden war, so kraftvoll nach vorn, daß sie einen Sprung bekam. Seitdem ist es verboten, Tote über diesen Stein zu tragen.«

»Ein Stein kann nicht sprechen«, widersprach Michaelo.

Owen ließ sich nicht beirren. »Merlinus prophezeite, daß ein König von England bei der Rückkehr von einem Eroberungszug nach Irland von einem Mann mit einer roten Hand tödlich verwundet werden würde, wenn er diesen Stein überquerte. Heinrich Plantagenet passierte ihn bei seiner Heimkehr von einem Feldzug nach Irland ungeschoren und nannte Merlinus daraufhin einen Lügner.«

»Der Vater von Löwenherz war hier?« fragte Michaelo, der plötzlich interessiert zu sein schien.

»Ja, er war hier. Kommt, gehen wir hinüber.«

Aber jetzt wirkte Michaelo mißtrauisch, als er den Stein betrachtete. »Euer Volk kennt anscheinend Legenden über alles mögliche.«

»Alles hat seine Legende.«

»Was ist geschehen, nachdem der König Merlinus einen Lügner genannt hatte?« fragte Sir Robert.

»Jemand in der Menge lachte den König aus und sagte: ›Vielleicht handelte die Weissagung von einem anderen König, der erst noch kommt.‹ Es heißt, der König soll darüber nicht sehr erfreut gewesen sein, soll aber nichts mehr gesagt haben.«

»Törichter Stolz«, murmelte Geoffrey.

Die Reisegruppe war ziemlich nervös, als sie die Brücke überquerte.

Der Hof des Bischofspalasts schien ein Versammlungsort für Pilger und Geistliche zu sein, die im bischöflichen Bezirk lebten. Aus ihren flüchtigen Gesten und aufgeregtem Gemurmel schloß Owen, daß auch sie über den Leichnam diskutierten, der vor das Tor gelegt worden war.

Doch der Hof, in dem sie jetzt standen, nahm Michaelos Aufmerksamkeit völlig gefangen. »Wirklich wundervoll«, sagte er, während er den Blick umherschweifen ließ.

Sir Robert stimmte ihm widerwillig zu.

Zwei große Veranden, zu denen man über breite Steintreppen gelangte, führten zu den voneinander getrennten Flügeln. Der Gebäudeteil ganz vorn, in dem der große Saal untergebracht war, hatte eine ockerfarbene Fassade; der Flügel zur Linken, in dem die privaten Gemächer des Bischofs lagen, war verputzt und weiß getüncht. Owen und Geoffrey traten zur Seite, damit Bruder Michaelo und Sir Robert als erste zur Veranda des großen Saals hinaufsteigen konnten. Schließlich waren sie Pilger.

Der Torwächter blickte auf, als er Sir Roberts Namen hörte. »Seine Gnaden hat die Nachricht hinterlassen, daß

Ihr heute abend mit ihm speisen sollt, Sir Robert. Und dies ist wohl Bruder Michaelo? Der Sekretär des Erzbischofs von York?«

Bruder Michaelo verbeugte sich strahlend.

»Seine Gnaden erbittet auch Eure Anwesenheit beim Abendmahl. Und ebenfalls die von Master Chaucer.«

Geoffrey zuckte bei der Nennung seines Namens zusammen und machte eine elegante Verbeugung.

Aber der Wächter schaute bereits an Geoffrey vorbei. »Hauptmann Archer?«

Owen nickte kurz.

»Mein Herr, der Bischof, möchte Euch sofort sprechen, Hauptmann.«

»Jetzt gleich?« fragte Sir Robert. »Aber er hat eine lange Reise hinter sich ...«

Owen schüttelte den Kopf und brachte dadurch seinen Schwiegervater zum Schweigen. »Hat Seine Gnaden irgend etwas gesagt?« fragte er den Torwächter.

»Nein, Hauptmann.«

Hinter dem Torwächter erschien ein Schreiber und bat Owen, ihn über den Hof zu den Gemächern des Bischofs zu begleiten. Michaelo schickte sich an, ihnen zu folgen.

Der Torwächter hielt ihn durch eine Handbewegung zurück. »Bruder Michaelo, Seine Gnaden wünscht privat mit dem Hauptmann zu sprechen.«

Michaelo wandte sich um, und seine Wangen röteten sich vor Empörung. Geoffrey gelang es, ihn zur Treppe zurückzuholen, wo er zum wartenden Wächter hinaufstieg.

Owen folgte dem Schreiber die breiten Stufen hinab und hinauf zur Veranda des Bischofsflügels. Ein überlebensgroßes Bild des Heiligen David war das erste, was er sah, als er sich auf gleicher Höhe mit der großen Tür zum großen Saal des Bischofs befand. Owen erfüllte es mit Stolz, daß dem Schutzpatron seiner Landsleute so viel Ehre zuteil wurde. Livrierte Diener, die ihren Pflichten nachgingen, warfen den beiden neugierige Blicke zu, als sie eilig den hell gestrichenen Saal durchquerten und in einen kleinen Salon traten, durch dessen Fenster man den Eingang des Palastes sehen konnte. Die Stimmen aus dem Hof waren hier nicht mehr zu hören. Die Gestalten schienen eine stumme Vorstellung zu geben.

»Möchtet Ihr Wein?« fragte der Schreiber, um Owens Aufmerksamkeit vom Fenster abzulenken. Das runde Gesicht des Mannes war von der Anstrengung des kurzen Marsches gerötet.

»Dafür wäre ich sehr dankbar. Aber ich möchte Euch keine Umstände machen.« Reine Höflichkeit. Er wußte, dem bedauernswerten jungen Mann war aufgetragen worden, Owen eine Erfrischung anzubieten.

Nachdem der Schreiber gegangen war, kehrte Owen wieder ans Fenster zurück, um in den Hof hinabzuschauen. Aber er fand auch hier keine Erklärung für die Vorladung des Bischofs. Reichte Thoresbys Arm so weit? Hatte er wieder einen neuen Auftrag für Owen?

Bischof Adam de Houghton blieb in der Tür stehen, um die beiden Diener vorbei zu lassen, die einen Krug Wein und Becher hereintrugen. Hochgewachsen, blond, mit ebenmäßigen Gesichtszügen und freundlichem Wesen, brauchte Houghton nur ruhig dazustehen, um einem Fremden die Befangenheit zu nehmen. Nachdem die Diener ihre Arbeit erledigt und sich zurückgezogen hatten, trat der Bischof ein und machte in Richtung von Owen das Kreuzzeichen. »Gott sei mit Euch, Hauptmann Archer.« Houghton sprach Walisisch.

Owen war überrascht – obwohl Houghton ganz in der Nähe geboren war, in Caerforiog in der Gemeinde Whitchurch, entstammte er einer alten englischen Familie. Er war der erste Engländer, dem Owen begegnete, der ihm die Ehre erwies, in seiner Muttersprache mit ihm zu sprechen. Owen verbeugte sich tief und antwortete ebenfalls auf walisisch. Er brachte die Worte nur stockend heraus. Seit er dieses Land verlassen hatte, hatte er einiges verlernt, und er mußte nicht nur nach passenden Sätzen suchen, sondern auch jedes Wort abwägen und genau bedenken.

Der Bischof forderte Owen auf, Platz zu nehmen. »Setzen und laben wir uns an einer Erfrischung, während wir uns über Eure Reise und Eure Mission unterhalten, doch zunächst möchte ich Euch erklären, weshalb ich Euch hergebeten habe, ohne Euch Zeit zu geben, Euch zusammen mit Euren Mitreisenden auszuruhen.« Seine Stimme, die weich und ein bißchen heiser klang, schien nicht ganz zu seiner Erscheinung zu passen. »Mein Oberherr, der Herzog von Lancaster, hat sich sehr lobend über Eure Arbeit für ihn und Erzbischof Thoresby geäußert. Gott hat Euch mir in einem Augenblick geschickt, in dem ich Eure Talente sehr benötige. Hier gab es heute ein höchst unerfreuliches Ereignis. Ich möchte es nicht als Omen betrachten, aber ...«

»Es wurde ein Toter gefunden.«

Houghtons Gesicht verdüsterte sich. »Hat es Euch schon jemand erzählt?«

»Ich habe gehört, wie die Leute sich darüber unterhalten haben.«

Der Bischof entspannte sich. »Natürlich. Das war zu erwarten. Nun denn, wie Ihr bereits gehört habt, hat der Wächter heute morgen einen Leichnam vor dem Turmtor entdeckt.«

»Gab es Anzeichen für einen gewaltsamen Tod?«

»Die Wunde – nun, ich glaube, Ihr kennt Euch auf diesem Gebiet besser aus. Ich bin überzeugt, Ihr habt schon viele Mutmaßungen darüber zu hören bekommen, wie Ihr Euer Auge verloren habt.«

»Mein Augenlicht, Mylord. Das Auge habe ich noch.« Owen vermutete, der Bischof dachte an eine Strafe Gottes wegen irgendeiner Sünde, ähnlich wie die Geschichte, die er am Tor gehört hatte.

Houghton warf einen Blick auf Owens Augenklappe. »Wirklich? Nun, Ihr könntet daraus ja vielleicht eine Moralgeschichte machen.« Gütiger Himmel, was redete der Mann für einen Unsinn. »Mein Schreiber wird Euch den Leichnam zeigen. Ihr könnt den Zustand des Toten am besten beurteilen.«

»Ich ...« Owen schüttelte den Kopf. »Verzeiht mir, Euer Gnaden, aber ich muß Euch enttäuschen. Ich bin hier ...«

»Als mein Gast«, sagte Houghton mit lauter und fester Stimme. »Und als Vertreter des Herzogs von Lancaster. Ich bin ziemlich sicher, auch er würde erwarten, daß Ihr mich in dieser Angelegenheit unterstützt.«

Der unvermutete Hinweis darauf, daß er ein Befehlsempfänger war, raubte Owen einen Augenblick lang die Sprache. Bestand sein Schicksal im Leben darin, stets die Knie zu beugen und allen Gerüchen nachzugehen, die diese feinen Herrschaften belästigten? Ein Schreiber erschien hinter dem Bischof – es war nicht der bedauernswerte, schwitzende Fleischkloß, der ihn hereingeführt hatte.

»Ifan, das ist Hauptmann Archer, ein Mann, der für den Herzog von Lancaster und den Erzbischof von York schon viele ähnliche Probleme wie unseres hier gelöst hat. Zeige ihm die arme Seele unten. Ich erwarte Euch dann wieder hier.«

Owen verbeugte sich. »Euer Gnaden.«

Der junge Schreiber verneigte sich vor Owen und

bedeutete ihm, er solle ihm folgen. Sie durchquerten den Raum, schlüpften hinter eine Trennwand an der östlichen Mauer, passierten eine Tür und gingen über einen schmalen Gang zu einem Turm, der von Fackeln an der Wand erhellt wurde. Über eine Steintreppe stiegen sie in ein Kellergewölbe hinab, das widerhallte, als ein Wächter sie aus dem Dunkel anrief und fragte, wer sie seien.

»Ich bin Ifan und komme mit einem Gesandten des Herzogs von Lancaster«, antwortete der Schreiber.

Der Wächter schaute Owen prüfend an und nickte. »Ihr dürft passieren.«

»Hat es irgendwelche Schwierigkeiten gegeben?« fragte Ifan.

Weshalb denn, überlegte Owen, wenn das Opfer tot war? Vielleicht Probleme mit Pilgern, die in einem anderen Flügel des Gebäudes untergebracht waren?

»Alles ist ruhig, Gott helfe uns«, erwiderte der Wächter.

Der Schreiber führte Owen in einen Raum, der von vielen Kerzen erhellt wurde.

Die Düfte von Rauch, Bienenwachs, Weihrauch und verfaulendem Fleisch, die miteinander in Widerstreit lagen, schlugen Owen entgegen. »Er ist schon ein paar Tage tot.«

»Wir haben unser Bestes getan, um den Gestank zu überdecken.«

»Es gibt nichts, wodurch man den Geruch verbergen könnte.« Owen trat zu dem gut beleuchteten Tisch, auf dem eine Leiche unter einem Leintuch lag. Durch ein Nicken bedeutete er dem Schreiber, das Tuch zurückzuschlagen. Eine häßliche, klaffende Wunde kam zum Vorschein. Wenn dem Mann ursprünglich ein Messer in den Bauch gestoßen worden war, dann hatte irgend etwas später an dem Fleisch genagt. »Habt ihr die Wunde gesäubert?«

»Nein. Wir haben ihm die Kleider ausgezogen, das war alles. Der Körper ist ziemlich sauber, das weiß ich.«

Der Mann hatte eine Zeitlang ungeschützt dagelegen, nachdem ihm die Verletzung zugefügt worden war, vermutete Owen. Nacheinander hob er die Hände hoch und musterte die Fingernägel und die Handflächen. Die Nägel waren dunkel, was von Blut herrühren konnte, die Innenflächen abgeschürft. Blutergüsse im Gesicht und an den Armen wiesen auf einen Kampf hin. Auch die Knie waren durch Abschürfungen aufgerauht. Es war ein Mann in den besten Jahren gewesen, muskulös, ohne Mißbildungen. Seine dunkelblonden Haare waren sauber geschnitten, jetzt jedoch waren sie wild zerzaust und vom Salzwasser erstarrt.

»Wo sind seine Kleider?«

Der Schreiber trat zurück, holte einen Korb und reichte ihn Owen. Lancasters Livree, mit dem Emblem von Cydweli. Owen durchsuchte den Korb. »Sonst nichts? Keine Waffe?«

»Nein.«

Owen hob das Gewand hoch. Die aufgerissene Stelle zeugte von dem Messerstich. Was immer sich in die Wunde hineingefressen hatte, schien kein Interesse an dem Stoff gehabt zu haben, der um die verwundete Stelle herum von dem Blut starr geworden war, aber auch der Rest des Gewands war steif und brüchig. Owen hielt die Beinkleider hoch. Auch sie schienen sich mit Salzwasser vollgesaugt zu haben. Die Knie waren starr. Die Stiefel waren von guter Qualität, robust und noch nicht allzu oft getragen. Owen drehte die Stiefel um. Sand rieselte auf den Steinboden.

»Der Mann hat am Strand gelegen. Muß über den Strand gekrochen sein, glaube ich. Aber die Flut hat ihn eingeholt. Und eine Zeitlang hat er anscheinend den Krabben als Futter gedient.« Owen bückte sich und stellte eine Kerze neben das Sandhäufchen auf dem Boden. Er kannte einen Strand ganz in der Nähe, an dem es Sand mit dieser hellen Farbe gab. »Whitesands.«

Owen bemerkte, daß der Schreiber aufmerksam nach unten starrte, dann aber schnell den Blick abwandte, als Owen zu ihm hochschaute, als sei er unsicher, was er denken solle. Vielleicht, daß Owen zu viel sah, selbst wenn er auf einem Auge blind war? Der Teufel sollte den Bischof holen, daß er ihm solche Gedanken in den Kopf gesetzt hatte.

Owen stand auf. »Gehen wir wieder an die frische Luft, Ifan. Wärmen wir uns mit einem Schluck Wein.« Zunächst war es ihm in dem Kellergewölbe ziemlich stickig vorgekommen, aber diesen Eindruck hatte nur der Rauch des Weihrauchs und der Kerzen hervorgerufen. Langsam war die Kälte unter Owens lederne Reisekleidung gekrochen. Dieses Tal war früher ein Sumpf gewesen. Steine und Mörtel der Menschen konnten die feuchte Kälte nicht völlig verdrängen.

Der Schreiber beugte sich hinab, um den Toten wieder zuzudecken, denn führte er Owen dorthin zurück, woher sie gekommen waren.

Bischof Adam de Houghton ging auf und ab, während er Owens Ausführungen zuhörte. »Er ist an der Stichwunde gestorben?«

»Ich glaube schon, aber ich kann nicht sagen, wie schnell. Vielleicht war es ein langsamer Tod. Ich glaube, seine Wunde hat geblutet, während er im Wasser lag. Die Krabben ...« Er verstummte, als er sah, daß der Bischof erbleichte. »Verzeiht, Euer Gnaden.«

»Ihr tragt Euren Ruf zu Recht. Whitesands.« Houghton schwieg, und eine Weile hörte man nur das Rascheln seiner teuren Gewänder und seine Samtschuhe auf dem

Steinboden. »Mit einem Toten ist es ein weiter Weg von Whitesands zum Turmtor. Warum? Warum wurde er zum Glockenturm gebracht?«

Owen wußte es nicht, und es interessierte ihn auch nicht. »Euer Gnaden, gestattet Ihr mir jetzt, wieder zu meinen Reisegefährten zurückzukehren?«

Houghton wirkte zunächst überrascht, dann zerknirscht. »Natürlich. Gott vergebe mir, ich vernachlässige meine Pflichten als Gastgeber. Ihr habt einen langen Ritt hinter Euch, und ich habe Euch von Eurer wohlverdienten Rast abgehalten. Geht in Frieden, Hauptmann Archer. Und heute Abend, wenn wir zusammen speisen, sprechen wir nicht mehr über dieses Thema, einverstanden?«

»Natürlich, Euer Gnaden.«

Owen mußte geschlafen haben, denn als er verwirrt die Augen aufschlug, waren seine Gedanken in York. Er hatte seiner Tochter Gwenllian gerade die Geschichte vom Wasserpferd der St. Bride Bucht erzählt, und jetzt zerrte sie an ihm, weil sie eine weitere Geschichte hören wollte. Als er wach wurde, erkannte er, daß Sir Robert ihn am Arm zog.

»Seine Gnaden verlangt nach dir.«

»Schon wieder?« Owen stöhnte, erhob sich langsam und ging zu dem Tisch, auf dem ein Eimer mit Wasser stand, um sich zu waschen.

»Ich habe dem Diener gesagt, daß du schläfst. Es besteht kein Grund zur Eile.« Sir Robert setzte sich auf die Bettkante; er wirkte besorgt. »Seine Gnaden wünscht eine Unterhaltung vor dem Abendmahl. Mit dir und Master Chaucer. Worum geht es dabei, mein Sohn?«

»Houghton glaubt irrtümlicherweise, ich würde mich um seine Probleme kümmern«, antwortete Owen, während er sich einen Schwall kaltes Wasser ins Gesicht warf. Er ging weg, bevor Sir Robert weitere Fragen stellen konnte. Geoffrey wartete in der Haupthalle und unterhielt sich heftig gestikulierend und den Kopf hin und her wiegend mit einer Dame, die teuer gekleidet war und ein hübsches Gesicht hatte. Anmutig hielt sie sich eine Hand vor den Mund, wenn sie lachte.

»Wir sind vorgeladen«, sagte Owen zu Geoffrey.

Die Augen der Frau saugten Owen in sich auf, und sie lachte fröhlich, wobei sie dieses Mal vergaß, ihre schlechten Zähne zu verdecken.

»Mistress Somery aus Glenmorgan«, sagte Geoffrey.

»Gott sei mit Euch, Mistress«, erwiderte Owen. »Verzeiht mir bitte, aber der Bischof erwartet mich und Master Chaucer.«

»Hauptmann«, sagte die Dame und neigte neckisch den Kopf, »ich freue mich, Eure Bekanntschaft zu machen.«

Geoffrey und Owen eilten davon. »Es ist nicht gerecht, wie sie Euch anschauen«, maulte Geoffrey.

Der Mann hatte seltsame Vorlieben. »Habt Ihr eine Ahnung, weshalb der Bischof nach uns hat schicken lassen?« erkundigte sich Owen.

»Nicht im geringsten!« Mit seinen kurzen Beinen mußte Geoffrey praktisch kleine Sprünge vollführen, um mit Owen Schritt zu halten, weshalb er bald heftig zu keuchen begann.

Owen hielt inne, wurde langsamer und erzählte ihm von dem Toten.

Geoffrey war fasziniert, konnte sich aber nicht denken, was das mit ihnen zu tun haben könnte.

Damit hatten sie eine Gemeinsamkeit. »Ich kann mir nicht vorstellen, daß der Bischof etwas gefunden haben könnte, was den Toten mit uns in Verbindung bringt. Was ist mit John de Reine? Wißt Ihr, wie er ausgesehen hat?«

Geoffrey blieb stehen, denn ihm war sofort klar, was Owen vermutete. »Ich mag nicht glauben, daß ...«

»Ich auch nicht. War er blond?«
»Das weiß ich nicht.«
»Dann hoffen wir, daß ich mich irre.«

Sie gingen schweigend den Gang entlang, der vom großen Saal zum Salon des Bischofs führte.

Bischof Houghton kam gleich zur Sache, nachdem er erfahren hatte, daß Geoffrey bereits eingeweiht war. »Wie würdet Ihr in dieser Situation vorgehen, Hauptmann?«

Was war geschehen, seit Owen Houghton verlassen hatte? »Ihr habt doch gewiß einen Koroner, Euer Gnaden. Und Personal, das Euch bei der Aufrechterhaltung des Friedens unterstützt?«

Houghton spielte mit einem Ärmel und versuchte beiläufig zu klingen, als er sagte: »Er trug die Livree Lancasters.«

»Das habe ich gesehen.«

»Es ist eine komplizierte Angelegenheit. Der Herzog von Lancaster und Herzogin Blanche, möge Gott sich ihrer Seele erbarmen, haben mir zugesagt, die nötigen Mittel für den Bau eines Kollegs für die Vikare zu spenden. Es wird dringend benötigt. Ich kann Euch nicht sagen, welche Schwierigkeiten ich mit den Vikaren habe ... Aber jetzt zur Sache. Zu dieser Angelegenheit. Ich möchte, daß Ihr darüber Stillschweigen bewahrt ...«

Wie sehr klang er doch nach Thoresby. »Es ist zu spät, die Sache geheimzuhalten. In der ganzen Stadt spricht man schon von dem Toten am Tor«, sagte Owen.

Houghton schien vom Saum seines Ärmels abgelenkt zu werden. »Die Leiche kann ich natürlich nicht geheimhalten, das ist klar. Aber seine Identität. Einer meiner Chor-Vikare war vor einem Jahr in Cydweli Castle als Kaplan tätig. Er hat den Toten identifiziert.«

Das also war geschehen, als Owen geschlafen hatte. »Dann besitzt Ihr ja die Information, die Ihr wolltet.«

»Sein Name ist John de Reine«, sagte Houghton, als habe er Owen nicht gehört. »Der Mann, den Ihr in Carreg Cennen treffen solltet.«

»John de Reine«, murmelte Geoffrey, als würde er in seinem Gedächtnis nach diesem Namen suchen. Er warf Owen einen kurzen Blick zu.

Er hatte also recht gehabt. Aber die Bestätigung erzeugte ein gewisses Unbehagen. Wie viel wußte der Bischof? Da er unsicher war, was er antworten sollte, schwieg Owen.

Houghton blickte stirnrunzelnd von einem zum anderen, dann breitete sich auf seinem Gesicht plötzlich ein verlegenes Lächeln aus. »Ich habe zu weit vorgegriffen, ohne die Zusammenhänge zu erklären«, sagte der Bischof. »Verzeiht mir, bitte. Das ist eine Unsitte, mit der ich ständig zu kämpfen habe. Ich genieße das Vertrauen des Herzogs, meine Herren. Ihr braucht Euch keine Sorgen zu machen und könnt mir gegenüber frei sprechen. Der Herzog hielt es für klug, daß ein weiterer Herr der Grenzmarken von Eurer Mission erfuhr. Von seinen Sorgen wegen Owain Lawgochs Anhängern, ob Lascelles zu ihnen übergelaufen ist und was dies für Cydweli bedeuten könnte.«

Mit deutlicher Erleichterung sagte Geoffrey: »Ich wünschte, er hätte uns davon in Kenntnis gesetzt.«

Owen hätte deutlichere Worte als Geoffrey benutzt, denn er war weniger erleichtert als vielmehr empört.

»Was ich herausfinden möchte, ist, weshalb John de Reine sich in meinem Bezirk aufgehalten hat. Er hatte den Auftrag, sich mit Euch in Carreg Cennen zu treffen«, sagte Houghton.

»Vielleicht verspürte er plötzlich den Drang, eine Pilgerfahrt zu unternehmen«, bemerkte Geoffrey grinsend.

Houghton preßte die Lippen zusammen und holte tief Luft, als müsse er sich daran hindern, etwas zu sagen, was er später bedauern würde. »Der Mann wurde brutal ermordet, Master Chaucer.«

Owens Reisegefährte wurde rot und senkte den Kopf.

»Der Herzog hat Euch den genauen Ort mitgeteilt, an dem wir Reine treffen sollten?« erkundigte sich Owen.

»Ja.« Houghton nickte. »Ich muß gestehen, ich war nicht sonderlich angetan von der Absicht des jungen Mannes, seinen Vater an den Herzog zu verraten.«

Er wußte also genau Bescheid. »Daß er das getan hat, ist zweifellos unüblich«, stimmte Owen zu. »Aber daß sich Lascelles für diese Heirat entschieden hat, erscheint nicht gerade klug in diesen unsicheren Zeiten.«

»Natürlich. Trotzdem ...«

»Wem soll Lascelles Schwiegervater Unterschlupf gewährt haben?« fragte Geoffrey. »Einem Anhänger von Lawgoch?«

»Einem Mann, den die Leute nur den Flamen nennen. Das ist seltsam, wenn man bedenkt, daß die Gegend um Haverfordwest von Flamen überlaufen ist. Und was dessen Unterstützung Lawgochs betrifft, so ist er ein Opportunist. Es war die Mutter des Grafen von Pembroke, eine Mortimer, die das Gerücht in die Welt setzte, und als Lascelles Goronwy in der herzoglichen Grenzmark Zuflucht gewährte, setzte sie sofort den Herzog davon in Kenntnis. Sie kennt den Flamen, weil sie in der Vergangenheit für die Mortimers arbeitete. Ich weiß aber nicht, wie viel sie von seinen gegenwärtigen Aktivitäten weiß.«

»Daher die Zweideutigkeit.«

»Genau. Beherbergte Gruffydd ap Goronwy wirklich einen Verräter oder tat er nur etwas, was den Mortimers mißfiel?« Houghton rieb sich die Stirn. »Ich wußte nicht, daß es der Sohn des Kämmerers von Cydweli war, der im Kellergewölbe lag, als ich seine Leute wegschickte.«

»Wessen Leute habt Ihr weggeschickt?« fragte Owen.

»Reines Leute. Männer von Cydweli.«

»Wann?«

»Heute morgen. Sie ritten am Turmtor vor und verlangten den Toten zu sehen, der hier aufgefunden worden ist.«

Der Bischof hatte immer wieder eine Überraschung auf Lager. »Cydwelis Männer waren heute hier?«

Houghton nickte. »Ja, sie wollten den Leichnam sehen.«

»Und was haben sie gesagt, nachdem sie ihn gesehen hatten?«

»Sie haben ihn nicht zu Gesicht bekommen. Sie hatten kein Beglaubigungsschreiben bei sich und schon einige Tage vorher hier herumgeschnüffelt, wenngleich nicht so frech.« Houghton ging auf und ab. »Ich versichere Euch, Hauptmann, ich bin ein Verbündeter des Herzogs und werde es immer sein. Ich würde nie etwas tun, was ihm mißfallen oder seine Autorität oder seine Ehre in Frage stellen würde. Aber ich bin hier der Herr und kann nicht zulassen, daß der Konstabler des Herzogs – oder sein Kämmerer – seine Männer in mein Gebiet schickt und meine Autorität herausfordert.«

»Dagegen kann ich nichts einwenden.«

»Aber jetzt hat es den Anschein, daß ich überstürzt gehandelt habe. Ich hatte keine Ahnung, daß John de Reine der Tote ist. Vielleicht wußte er, daß ihm Gefahr drohte, und hat deshalb seine Männer kommen lassen, die aber zu spät eingetroffen sind. Aber sie haben mir keine Erklärung gegeben.«

»Dann bezweifle ich sehr, daß er nach ihnen geschickt hat«, sagte Owen. »Aber es ist seltsam, daß so viele Männer aus Cydweli nach St. David kommen.«

Houghton beschleunigte seine Schritte. »Reine ist ein Risiko eingegangen, als er dem Herzog brieflich von der unangemessenen Heirat seines Vaters berichtete. Wurde er vielleicht von seinem Vater zum Schweigen gebracht? Oder von Leuten, die seinem Vater ergeben sind?«

»Ihr habt ja keine sonderlich hohe Meinung von Lascelles«, meinte Geoffrey.

Der Bischof blieb stehen. »Ihr mißversteht mich. Ich hatte noch nie einen Grund, dem Mann zu mißtrauen. Ehrlich gesagt, ich wußte auch kaum etwas über Lascelles. Doch sein leiblicher Sohn wurde ermordet und vor meine Schwelle gelegt, und ich war einer der wenigen, die ihm nahestanden – nun, Ihr werdet verstehen, daß manch einer nun denken mag, Reine sei Lascelles in den Rücken gefallen.«

»War es ein Fehler des Herzogs, Reine zu vertrauen?« fragte Geoffrey.

Houghton blieb stehen. »Was?« fragte er geistesabwesend. »Ob es falsch war, ihm zu vertrauen? Nein, überhaupt nicht. Reine war der Leibwächter von Banastre, dem verstorbenen Kämmerer des Herzogs, der seine Männer immer mit großer Sorgfalt auswählte.«

»Ein Kämmerer, der Leibwächter hatte?« fragte Owen.

Houghton verschränkte die Hände hinter dem Rücken und nickte ernst. »Banastre hielt sich eher für einen Herrn denn für einen Kämmerer.«

»Ihr habt noch nicht mehr erfahren, als der Herzog Euch erzählt hat, das allgemeine Gerücht über Gruffydd ap Goronwy und den Flamen?«

»Nein, nicht mehr.«

»Was erwartet Ihr von uns? Was sollen wir tun?« fragte Geoffrey.

Owen hielt dies für eine unüberlegte Frage. Alles, was sie tun mußten, war dem Bischof zu sagen, daß sie mit dieser Angelegenheit nichts zu tun hatten.

»Ihr kehrt bald wieder nach Cydweli zurück?« erkundigte sich Houghton.

»Ich hatte die Absicht, in ein paar Tagen aufzubrechen«, antwortete Owen.

»Ich möchte Euch um einen Gefallen bitten.«

»Euer Gnaden, unsere Aufgabe besteht darin ...«, hob Geoffrey an.

»Euch um Lawgochs Anhänger zu kümmern und Lascelles Loyalität zu überprüfen«, sagte der Bischof, »und darüber hinaus die Garnisonen zu inspizieren und Bogenschützen für den Feldzug des Herzogs nach Frankreich anzuwerben. Was letzteres betrifft, bin ich mit dem Plan des Herzogs nicht einverstanden: Ihr zieht Soldaten aus den Grenzmarken ab, obwohl der König gerade jetzt befohlen hat, alles zu tun, um die Häfen zu sichern. Doch ich respektiere die Anweisungen des Herzogs und werde Euch keine Steine in den Weg legen. Ich habe nur eine schlichte Bitte: Ich möchte, daß Ihr still und heimlich aufbrecht, ohne daß jemand Eure Abreise mitbekommt, und daß Ihr John de Reines Leichnam nach Cydweli mitnehmt.«

»Das nennt Ihr eine schlichte Bitte?« murmelte Geoffrey.

»Ihr fürchtet Euch vor den Männern, die heute hier waren?« fragte Owen.

»Ich habe ein ungutes Gefühl. Und ich vermute, daß jemand einen bestimmten Zweck damit verfolgt hat, mir Reines Leichnam vor das Tor zu legen. Vorsicht scheint also angebracht zu sein. Ich werde Euch einige meiner Männer mitgeben, bewaffnete Männer, und einen Priester, wie es sich für einen Leichenzug gehört.«

»Einen Priester?« fragte Owen.

»Er war zuletzt Kaplan in Cydweli – der Vikar, der den Toten identifiziert hat. Wenn Euch auf der Straße Männer aus Cydweli begegnen, werden sie keinen Grund finden, mir vorzuwerfen, ich hätte zu wenig getan für den Sohn ihres Kämmerers. Offen gesagt, Edern hat sich freiwillig angeboten, Euch zu begleiten, nachdem er Reine identifiziert hatte.«

»Weshalb diese Sorge?« fragte Owen.

»Er ist ein ergebener Diener«, sagte Houghton.

Owen bezweifelte, ob es so einfach war. Diese Wendung der Ereignisse bereitete ihm Unbehagen. Aber es würde schwierig sein, Houghtons Begehren abzulehnen. Der Leichnam sollte nach Cydweli zurückgebracht werden, und auf diesem Weg würden sie bewaffneten Begleitschutz besitzen. »Kann dieser Edern in einem Tag reisefertig sein?«

»Morgen früh ist er bereit zur Abreise.«

»Morgen früh schon? Warum die Eile?« fragte Geoffrey.

»Reine ist schon seit ein paar Tagen tot«, sagte Owen. »Der Leichnam wird ohnehin ein unangenehmer Begleiter sein. Je länger wir warten, desto schlimmer wird es.«

Geoffrey verzog das Gesicht.

»Wo finden wir diesen Edern?« fragte Owen. »Ich möchte mit ihm reden, bevor wir aufbrechen.«

5 Vikar Edern

»Warum möchte Vater Edern uns begleiten?« murmelte Owen, als er und Geoffrey durch den Bischofssaal gingen. »Was will er dadurch erreichen?«

Geoffrey blieb stehen und drehte sich zu Owen um. »Ihr wollt, daß wir mit einer Leiche durch die Wildnis ziehen?«

»Wir werden mit unserer Last auf der Pilgerstraße reisen, nicht durch die Wildnis.« Aber Owen sah an Geoffreys gerötetem Gesicht, wie sehr ihn ihre neue Mission beschäftigte. »Wir brauchen keinen Führer.«

»Der Vikar möchte wahrscheinlich ein Mädchen besuchen, das er zurückgelassen hat, oder irgendein Geschäft erledigen – was ist daran schlimm? Warum müßt Ihr die Motive der Leute immer gleich hinterfragen?«

»Weil mir das sinnvoll erscheint. Ich bete, daß sich der Vikar als vertrauenswürdig erweist.«

Geoffrey sah aus, als wolle er etwas erwidern, ging dann jedoch schweigend einige Schritte weiter. Als er schließlich zu sprechen begann, überraschten seine Worte Owen. »Die Geschichte, die Ihr über die Brücke erzählt habt – der Mann mit der roten Hand, der durch den König tödlich verwundet wurde; ist nicht auch dieser Lawgoch als Owain Rothand bekannt?«

Owen spürte, wie sich seine Nackenhaare sträubten. Konnte Owain Lawgoch wirklich ein Erlöser sein? Er hatte dazu aber auch eine andere, weniger erfreuliche Erklärung gehört. »Mit ›Rothand‹ ist ›Lawgoch‹ oder Mörder gemeint. Seine Schwerthand ist rot von Blut.«

Geoffrey ließ nicht locker. »Die Iren betrachten ein rotes Geburtsmal auf der Hand als ein Zeichen des Messias.«

Owen schob dieses Thema beiseite, obwohl es ihn nicht so gleichgültig ließ, wie er den Anschein zu erwecken versuchte. Er ließ einen aufgeregten Geoffrey zurück, der im großen Saal des Palastes hin und her lief.

Draußen hatte ein Eisregen die Leute aus dem Hof vertrieben. Owen blieb auf der Veranda stehen, hob das Gesicht zum Himmel und ließ sich durch den Regen erfrischen. Lange konnte er ihn nicht genießen, denn bald würde er durch seine Kleider dringen und ihn durchnässen. Er hatte sich auf ein paar Ruhetage gefreut, bevor er wieder sein Pferd besteigen mußte. Mit Schaudern dachte er daran, daß er am nächsten Morgen wieder im Sattel sitzen würde. Das war eben ein Anzeichen dafür, daß er alt wurde, dachte er.

Er trat durch das Palasttor und ging auf dem ausgetretenen Weg zur Kathedrale. Der Regen verstärkte den Lehmgeruch der Erde unter seinen Füßen und den Kalkduft der Steine über ihm. Er war allein, als er die Llechllafar-Brücke überquerte und das westliche Ende der Kathedrale umrundete. Hier lag der Friedhof, im Schatten der großen Kathedrale und unweit des Flusses. Der Nieselregen und die Feuchtigkeit vom Fluß erzeugten einen leichten Nebel, der von den Gräbern aufzusteigen schien. Der weiche Boden verströmte noch einen weiteren seltsamen Geruch, vermutlich von Gebeinen, an denen nur noch Würmer nagten.

Würmer, die sich jetzt auch an dem Leichnam im Kellergewölbe des Palastes gütlich taten. Auch eingewickelt in mehrere Leichentücher und eingeschlossen in einem robusten Holzsarg würde der Leichnam ein schauderhafter und unangenehmer Reisegefährte sein. Eine solche Bürde war Owen nicht neu; im Feld, nachdem er sein Augenlicht verloren hatte, hatte er sich der Toten und Sterbenden angenommen. Törichterweise hatte er geglaubt, dies alles hinter sich zu haben.

In den nächsten Tagen würde er hinreichend mit dem Tod konfrontiert werden; er eilte durch die Gräberreihen hinüber zu den Wohnungen der Vikare, Steinbauten, an den Hügel geschmiegt, der zum Alun hin abfiel. Der Bischof hatte von einem kleinen Haus gesprochen, das ganz hinten lag und an die Mauer des bischöflichen Bezirks grenzte. Owen hoffte, daß der Vikar zu Hause und allein war.

Hier waren die Gerüche eher häuslich, ein willkommenes Anzeichen dafür, daß Owen wieder unter den Lebenden weilte. Der säuerliche Geruch von Bier, Herdfeuer, Schweiß und Urin. Eine Frau stand in der Tür, ein Kleinkind auf den Armen.

Bischof Houghton hatte es für notwendig gehalten, Owen zu warnen, er werde hier einiges zu Gesicht bekommen, was in der Behausung eines Vikars eigentlich fehl am Platze war. Die Waliser akzeptierten nur allmählich die Vorschrift des Zölibats in den Orden und nahmen auch andere ihrer Gelübde auf die leichte Schulter. Houghton hoffte, mit Unterstützung Lancasters ein Kolleg für seine Vikare bauen zu können, wo er sie besser unter Kontrolle haben würde. Owen hatte sich darüber amüsiert; Houghton war naiv, wenn er glaubte, durch die Schaffung eines Kollegs alle Gelegenheiten zur Sünde ausmerzen zu können. In den Waliser Abteien herrschte nicht gerade Keuschheit. Allenfalls konnte der Bischof darauf hoffen, getrennte Behausungen für die Mätressen und Bastarde der Vikare einzurichten.

Das kleine Häuschen, das in die Mauer hineingebaut war, war leicht zu finden. Ein Mann in dunkler Kutte saß auf einer Holzbank vor dem Haus, sein Rücken war gerade, er hatte die Hände in die Ärmel geschoben, die Augen geschlossen und bewegte die Lippen im Gebet. Neben ihm saß ein weiß gekleideter Zisterzienser. Sein Kopf war nach hinten gesunken, er schnarchte friedlich.

Der schwarz gewandete Geistliche schlug ein Auge auf, als Owen näherkam, schloß es wieder, neigte den Kopf, bekreuzigte sich und erhob sich, um den Besucher zu begrüßen.

»Hauptmann Archer?« sagte er. Er war durchschnittlich groß und sah durchschnittlich aus, ein Mann, der in einer Menschenmenge nicht auffiel.

»Vater Edern?«

Der Mann verbeugte sich leicht. »Wenn wir zusammen reisen sollen, ist ›Edern‹ weniger umständlich.«

Der weiße Mönch wachte mit einem Schnauben auf.

»Bruder Dyfrig aus Strata Florida«, sagte Edern und deutete mit einem Kopfnicken auf seinen Gast. »Er ist spät angekommen und müde von der Reise.« Der Vikar warf einen Blick hinauf zum Himmel. »Der Regen wird stärker. Laßt uns hineingehen.« Er öffnete die Tür und trat beiseite, um seinem Besucher den Vortritt zu lassen.

Bruder Dyfrig stand auf. Er war ein großer, schlanker Mann mit schmalem Gesicht und buschigen Augenbrauen. Er nickte Owen zu und schlurfte ins Haus.

»Ich hoffte, wir könnten Euren Vorschlag, uns nach Cydweli zu begleiten, unter vier Augen besprechen«, sagte Owen.

Edern zeigte den Anflug eines Lächelns, der aber sofort wieder verschwand. »Dyfrig weiß alles, was ich weiß, Hauptmann. Ich kann mir nicht vorstellen, daß wir etwas zu besprechen haben könnten, das seinen Ohren vorenthalten werden müßte. Und ich bezweifle auch, daß er uns viel Aufmerksamkeit schenken wird. Ihm ist schließlich sehr daran gelegen, daß ich diese Reise unternehme, damit er es sich in meinem Hause gemütlich machen kann, solange ich abwesend bin.«

»Ein Zisterzienser, der allein reist und in einem Privathaus wohnt?«

»Bruder Dyfrig ist ein außergewöhnlicher Mönch, das stimmt.«

Sie begaben sich ins Haus, wo sich der dunkle, fensterlose Raum als heller erwies, als Owen erwartet hatte, weil er durch eine Vielzahl von Kerzen und Öllampen erhellt wurde.

»Gütiger Himmel, für diese Verschwendung werde ich teuer bezahlen müssen«, murmelte Edern. »Ich hatte dies alles angezündet, um zu packen. Dyfrig hat mich gestört.« Er ging durch den Raum und blies alle Kerzen aus. »Öl ist schon teuer genug, aber auch noch die Kerzen ...« Er schüttelte den Kopf. »Ihr denkt nicht an solche Dinge, nehme ich an, da Ihr Lancasters Mann seid.«

»Wenn ich nicht im Auftrag des Herzogs unterwegs bin, kümmere ich mich um meinen eigenen Haushalt in York«, erwiderte Owen. »Ich weiß, wie teuer Vergeßlichkeit werden kann.«

Jetzt brannten nur noch vier Öllampen und ein kleines Feuer in der Mitte des Raums. Dyfrig hatte einen Schemel ans Feuer gezogen, setzte sich darauf und wärmte sich Hände und Füße.

Edern führte Owen zu einer Bank gegenüber dem weißen Mönch. Er füllte einen Holzbecher aus einem Krug und reichte ihn Owen. »Willkommen in meinem Heim, Hauptmann.«

Owen nahm den Becher entgegen und trank. Er enthielt starkes, bitteres Bier.

»Ihr habt eine Frau?« fragte Edern, als er sich neben Owen setzte. »Und Kinder?«

»Ja.«

»Es muß schwierig sein, wenn man so weit von ihnen weg ist.«

»Stimmt. Wenn wir schnell und sicher nach Cydweli kommen, bin ich sehr froh .«

»Ersteres kann ich fast versprechen, vorausgesetzt, Gott ist uns gnädig und wir halten durch. Doch für das letztere seid allein Ihr zuständig, Hauptmann. Ihr und Eure Männer.«

»Ich spreche von Überflutungen und scheuenden Pferden, nicht von Räubern. Die Straßen scheinen von ihnen frei zu sein – zumindest von Räubern, die mutig genug sind, bewaffnete Männer anzugreifen.«

»Das freut mich zu hören«, sagte Edern.

Owen beschloß, dieses Geplänkel zu beenden. »Warum habt Ihr Euch erboten, uns nach Cydweli zu begleiten?«

Dyfrig warf einen Blick herüber und runzelte die Stirn. Edern schüttelte den Kopf, als wolle er ihn ermahnen, den Mund zu halten. Der Vikar ließ sich Zeit mit seiner Antwort. Mit den Händen auf den Hüften und einem friedlichen Ausdruck auf dem Gesicht starrte er ins Feuer. Dann sagte er mit leiser, fast schläfriger Stimme: »Aus Gründen, die ich nie erfahren habe, gaben mir die meisten Männer in Cydweli das Gefühl, unwillkommen zu sein. John de Reine war einer der wenigen, die sich mit mir anfreundeten, die Messe besuchten und bei mir die Beichte ablegten. Ich möchte, daß er sicher zu seinem Vater gebracht wird und ein anständiges Begräbnis bekommt.«

Bruder Dyfrig lauschte diesen Erklärungen mit geschlossenen Augen und gesenktem Kopf. Als Edern fertig war, begann der Mönch sich sanft hin und her zu wiegen, als nicke er zustimmend.

Owen war klar, daß Edern log.

»Ihr müßt mir verzeihen, aber unter den gegebenen Umständen erscheint mir eine solch selbstlose Hingabe etwas zweifelhaft«, sagte Owen.

Seufzend drehte sich Edern um und sah Owen an. »Ihr seid ein mißtrauischer Fuchs, Hauptmann. Und darüber bin ich froh, wenn ich an unseren Auftrag denke. Ich hielt mich für klug. Ich dachte, ich könnte Euch davon überzeugen, daß ich eine ehrenwerte Seele bin. So sei es denn. Meine selbstlose Hingabe, wie Ihr es nennt, ist nur die halbe Wahrheit. Der Bischof schuldet mir einen Gefallen. Diese Mission zu unternehmen, dürfte meiner Sache förderlich sein.«

»Was ist das für ein Gefallen?«

Edern senkte den Kopf und hob die gefalteten Hände an die Stirn, als würde er über die Frage nachdenken. »Ich habe Euch alles erzählt, was zu erfahren Ihr ein Recht habt.«

»Habt Ihr Cydweli aus freien Stücken verlassen?«

Edern blickte verlegen auf. »Auf Weisung des Bischofs. Ich bin nach St. David gekommen, um hier eine neue Aufgabe als Vikar zu übernehmen.«

Owen nickte. »Ihr habt gesagt, Ihr wäret nicht willkommen gewesen auf der Burg. Was war mit John Lascelles? Wie hat er sich Euch gegenüber verhalten?«

»Höflich. Er ist ein Mann, der Gott respektiert.«

»Und der Konstabler?«

Ein Schnauben. »Burley respektiert niemanden außer sich selbst und den Mann, der ihm ein Messer auf die Brust setzt, Hauptmann.«

»Ihr habt nie seinen Respekt errungen?«

»Nein. Aber das machte auch nichts. Ich hätte gern sein Blut fließen sehen.«

»Man hat mir gesagt, daß Ihr den Toten am Turmtor identifiziert habt.«

»Ja, das habe ich getan.«

»John de Reine hätte in Carreg Cennen sein sollen, nicht in St. David.«

Dryfid hatte zu schnarchen begonnen. Edern schüttelte ihn.

Owen hatte den Eindruck, daß der Mönch ein bißchen zu schnell aufwachte. »Die Wärme hier drinnen hat Euch schläfrig gemacht nach der Reise«, sagte Owen. »Vielleicht solltet Ihr ein wenig an die frische Luft gehen.«

Dryfid lächelte matt und erhob sich. Er verbeugte sich vor Owen, wünschte ihm eine gute Reise und ging hinaus.

Edern hatte die Szene schweigend verfolgt. Als sich die Tür hinter dem Mönch geschlossen hatte, sagte er: »Ihr hättet es nur zu sagen brauchen.«

»Das habe ich getan.«

»Ja. Verzeiht mir. Laßt uns fortfahren. Bischof Houghton hat heute ein paar Männer in der Livree von Cydweli abgewiesen, wußtet Ihr das?«

»Ja. Weil man sie in sein Hoheitsgebiet entsandt hat, ohne ihnen die nötigen Beglaubigungsschreiben mitzugeben«, sagte Owen.

»Genau.«

»Aber was hat sie nach St. David geführt?«

»Hat er Euch das nicht gesagt? An Eurem Gesicht sehe ich, daß er es nicht getan hat. Trotz seiner Geschwätzigkeit liebt Bischof Houghton es, andere immer nur stückweise zu informieren. Ihr habt gesagt, Reine wurde in Carreg Cennan erwartet? Woher wißt Ihr das?«

Die Zeit der Geheimniskrämerei war vorüber. Owen berichtete Edern von seinem Auftrag und von Reines Rolle dabei.

Edern schüttelte den Kopf. »Der Enkel von Rhodri ap Gruffydd ap Llywelyn Iorwerth. Wer hätte gedacht, daß Lawgoch so viel Aufruhr verursachen kann?« Es gab viele

Waliser, die bei der Vorstellung, Rhodris Enkel sei der Retter von Wales, lachen mußten. Rhodri selbst hatte im Heer König Edwards gegen seinen Bruder Llewellyn gekämpft und war in seinem Bett gestorben, als englischer Ritter namens Sir Roderick de Tatsfield.

Doch Owens Aufgabe bestand nicht darin, über Lawgochs Ahnentafel zu diskutieren. »Jetzt erzähl mir, was die Männer Cydwelis nach St. David geführt hat.«

»Es waren Richard de Burleys Leute«, antwortete Edern, »die Männer des Konstablers von Cydweli. Sie haben behauptet, die Schatzkammer sei ausgeraubt worden. Sie verfolgten einen Mann, den Roger Aylward ihnen beschrieben hatte, der Abgabeneintreiber, der von dem Räuber verletzt worden war. Als sie hörten, daß ein Toter in ihrer Livree gefunden worden sei, dachten sie vielleicht, der Räuber hätte nicht nur Gold, sondern klugerweise auch gleich eine Livree mitgenommen.«

Owen war nicht erfreut über diese weitere Komplikation. »Warum dachten sie nicht, daß es Reine war? Oder sein könnte?«

»Vielleicht haben sie es nur nicht gesagt?« schlug Edern vor. Er versuchte gleichgültig zu wirken.

»War Reine nicht auch ein Mann von Burley?«

»Das weiß ich nicht. Als ich Reine zum letzten Mal traf, war er Leibwächter des ehemaligen Kämmerers William Banastre. Aber es würde mich überraschen, wenn er jetzt zu Burleys Leuten gehören würde. Ich glaube eher, er ist ein Mann Lascelles.«

»Man vertraut eher der Familie, statt einem Fremden.«

»Sir John ist klug. Aber nach dem, was Ihr mir erzählt, war der Sohn nicht gut zu sprechen auf seinen Vater.«

»Wir werden vielleicht nie erfahren, was ihn dazu gebracht hat, dem Herzog zu schreiben. Aber was immer auch hinter Reines Tod steckt, es bedeutet Schwierigkeiten.«

»Wo Richard de Burley ist, da gibt es immer Schwierigkeiten, Hauptmann. Er ist ein Mann mit einer befleckten Seele.«

»Inwiefern?«

»Das werdet Ihr schon noch sehen.«

»Burley ist Euch gleichgültig.«

»Engländer sind mir gleichgültig, Hauptmann. Und Euch?«

»Meine Frau ist Engländerin.«

Der Mönch zog die Augenbrauen hoch. »Dann hat sie Euch Toleranz beigebracht.«

Owen lächelte, als er daran dachte, wie Lucie auf diese Bemerkung reagieren würde. »Sie würde etwas anderes sagen.«

Edern klopfte sich auf die Schenkel. »Bestehe ich Eure Überprüfung, Hauptmann?«

Owen erhob sich. »Ja. Ich danke Euch für Eure Gastfreundschaft.«

»Bis morgen, Hauptmann.«

»Gott schenke Euch eine ruhige Nacht«, sagte Owen. Er duckte sich unter der Tür und schlüpfte hinaus in den Regen.

Er war nicht recht schlau geworden aus dem Vikar. Edern verheimlichte noch irgend etwas, aber er wirkte vertrauenerweckend und wußte viel mehr über die Situation, als Owen erwartet hatte. Er konnte sich als hilfreicher erweisen als ein rein geistlicher Begleiter. Dennoch mußte Owen ihn gut im Auge behalten.

Als Owen den Raum betrat, den er mit Sir Robert, Michaelo und Geoffrey teilte, packte Sir Robert seinen Schwiegersohn mit erstaunlicher Kraft am Arm, zuckte aber gleich wieder zurück.

»Du bist ja völlig durchnäßt. Ich dachte, du wärst beim Bischof gewesen.«

»Das war ich auch. Und dann habe ich noch einen Spaziergang unternommen.«

»Der Bischof hat dir von dem Toten erzählt, der heute morgen vor dem Tor aufgefunden wurde. Deshalb hat er dich zu sich gerufen, nicht wahr?«

Owen hängte seinen nassen Umhang an einen Haken, ließ sich auf das Bett fallen, das er mit Geoffrey teilen sollte, zog die Klappe von seinem erblindeten Auge und schloß das gesunde. »Ihr wollt mir bestimmt etwas darüber erzählen.«

Sir Robert zog sich einen Schemel heran und setzte sich. »Wir haben von einem jungen Mann gehört, einem Pilgerbruder, der plötzlich den Palast verlassen hat. Er ist schon seit einigen Tagen verschwunden – seit fünf, sagte man –, aber er hat seine Habseligkeiten zurückgelassen. Die Leute glauben, er war der Tote ...«

Morgen würde man den gesamten Hof mit angeblichen Leichen pflastern können.

Jeder, der nicht am Gemeinschaftstisch erschien, kam als Leiche in Frage. »Ihr dürft beruhigt sein wegen des Pilgers.«

»Wer war der Mann dann?«

Sollte Owen es ihm erzählen, obwohl der Bischof wünschte, die Identität des Toten geheim zu halten? Aber wie vergeblich war dieser Wunsch? Wenn der Mann in dieser kleinen Stadt dem Vikar bekannt war, dann kannten ihn wahrscheinlich auch andere. »Er stammte aus der Garnison von Cydweli.«

Sir Robert schwieg so lange, daß Owen sein Auge aufschlug. Der alte Mann betete.

»Es heißt, er wurde ermordet«, sagte Bruder Michaelo. Er saß auf dem gegenüberliegenden Bett.

»In der Tat«, murmelte Owen.

»Gütiger Himmel.« Bruder Michaelo zog eines seiner

lavendelgetränkten Tücher aus dem Ärmel und drückte es sich an die Schläfe.

Sir Robert unterbrach sein Gebet und betrachtete Michaelo angewidert. »Bei dieser Nachricht wird ihm schlecht, obwohl es überhaupt nichts mit ihm zu tun hat.«

Michaelo behauptete von sich, eine ausgezeichnete Konstitution zu haben – kalt und trocken, melancholisch. Das größte Problem, das Owen durch seine Anwesenheit in der Reisegruppe bekommen hatte, war die Abneigung des Mönchs gegen frische Luft und körperliche Aktivität gewesen. Er hatte erwartet, der Mann würde sich in schwere Umhänge hüllen und ständig über das Wetter schimpfen. Doch er war nicht schwieriger gewesen als Sir Robert.

»Seine Kopfschmerzen sind ziemlich harmlos«, sagte Owen.

Sir Robert, der alte Soldat, schnaubte. »Willst du etwa den Leichnam nach Cydweli bringen?«

»Ihr nehmt mir ja alle Neuigkeiten vorweg. Ja, ich breche in der Morgendämmerung auf. Ein Priester begleitet mich.«

»So bald schon?« rief Sir Robert verblüfft.

»Wir wären sowieso in ein oder zwei Tagen abgereist. Ruht Euch aus, der Bischof gibt uns einige bewaffnete Männer mit. Und er hat mir versichert, daß der Priester vertrauenswürdig ist.«

»Möge Gott dich sicher geleiten«, flüsterte Sir Robert. Er war ziemlich bleich.

»An diesem geheiligten Ort gelangen Gebete sehr schnell zu Gott. Ihr müßt mich in die Eurigen einschließen.«

Bischof Houghton hatte Sir Robert und Bruder Michaelo großzügigerweise eine geräumige Kammer mit einer Feuerstelle zur Verfügung gestellt, die unter der großen

Kapelle im Nordflügel des Palastes lag. Der Fliesenboden war gelb und schwarz gemustert, entsprechend den Farben der Livreen der Bediensteten, und ein Wandgemälde zeigte König Heinrich beim Überschreiten der Llechllafar-Brücke. Für Geoffrey und Owen war ein zweites Bett hereingestellt worden, und in einer Vorkammer waren acht ihrer Begleiter untergebracht worden; die beiden übrigen, die hier bleiben würden, hatte man unten bei den Pilgern einquartiert. Owen hatte an ihrer Unterbringung lediglich auszusetzen, daß er mit Sir Robert und Bruder Michaelo die Kammer teilen mußte – er bezweifelte, daß sie ihre ständigen Streitereien einstellen würden, nur weil sie jetzt in St. David waren. Doch private Gemächer gab es in der Regel nur für königliche Gäste, und es war schon eine große Ehre, daß die beiden eine solch geräumige Kammer zugewiesen bekamen.

Owen schlief gut, trotz der Aufregungen dieses Tages und der Schmerzen im linken Oberschenkel und der Hüfte, die ihn zwangen, auf der rechten Seite zu schlafen, was er seit dem Verlust seines linken Augenlichts nur noch sehr ungern tat. Seine Frau Lucie hielt dies für eine törichte Angewohnheit – was machte es aus beim Schlafen, ob sein gutes Auge an das Kissen gedrückt war oder nicht? Doch das Bett war weich und sauber, der Wein hatte vorzüglich gemundet, und Owen schlief, als würde ihn nichts auf der Welt bekümmern.

Doch mit dem Aufwachen kehrten alle Sorgen zurück.

Was bedeutete John de Reines Tod für seinen Auftrag? Es hatte schon immer Gerüchte gegeben, daß französische Spione an den Küsten von Pembroke und Dyfed umherstreiften. Hatte einer von ihnen erfahren, daß Reine Bogenschützen nach Plymouth führen sollte? Er verwarf diese Theorie. In diesem Fall hätte Reines Tod überhaupt nichts bewirkt, denn es würde sofort ein neuer Hauptmann ernannt werden. Nein, der Tod des Mannes hatte höchstwahrscheinlich nichts zu tun mit Owens Mission, Gott sei Dank. Und doch würde er die Erfüllung seines Auftrags erschweren.

Houghton hatte die Frage gestellt, weshalb Reines Leichnam zum Turmtor gebracht worden war. Owen hatte sich zwar entschlossen, der Frage des Bischofs nicht weiter nachzugehen, doch er wußte, daß die Bewohner des bischöflichen Bezirks darauf eine Antwort finden mußten. Diese Frage war nicht nur wichtig, sie war auch schwer zu beantworten, denn es gab keinen offensichtlichen Grund, weshalb jemand den Toten hierher hätte bringen sollen. Wenn jemand den Toten gefunden und befürchtet hatte, des Mordes beschuldigt zu werden, hätte er einfach nur wegzugehen brauchen. Der Mörder hatte sich vermutlich nach seiner Tat aus dem Staub gemacht; warum also hätte er zurückkehren und die Aufmerksamkeit auf sein Verbrechen lenken sollen? Es sei denn, er wollte seine Tat als Warnung verstanden wissen. Eine stumme Warnung, die jedoch wenig Sinn zu ergeben schien.

Sir Robert regte sich auf seinem Bett, das in der Nähe des Feuers stand. Owen stützte den Kopf auf eine Hand und schaute hinüber zu seinem Schwiegervater. Dessen dünne weiße Haare drangen in glatten Strähnen unter der Kappe hervor, die er nachts trug, um seinen Kopf warm zu halten. Eine knöcherne, von blauen Adern gezeichnete Hand ruhte auf der Decke, die Finger leicht eingebogen. Eher eine Klaue denn eine Hand. Das Alter brachte diese Hinfälligkeit mit sich und verschonte selbst einen alten Soldaten nicht. Doch bevor er jetzt zu kränkeln begonnen hatte, war Sir Robert noch recht rüstig gewesen. Immer wenn er sie in ihrem Haus in der Stadt besuchte, hatte er bei der Gartenarbeit geholfen. Im Sommer letztes Jahres war er auf seinem Gut Freythorpe Hadden in einen Teich gefallen, während er mit Owens kleiner Tochter Gwenllian gespielt hatte. Dadurch hatte er sich eine Lungenentzündung zugezogen. Obwohl seine Schwester Philippa ihm die bestmögliche Pflege angedeihen ließ und Lucie ihm alle nötigen Medikamente zubereitete, zeigte sich, daß er bleibende Schäden davongetragen hatte. Aber dennoch hatte er darauf bestanden, diese Pilgerfahrt zu unternehmen.

Plötzlich schlug der Gegenstand von Owens Überlegungen die Augen auf. »Was ist los?«

»Nichts. Schlaft weiter.«

Sir Robert setzte sich auf und bekam einen Hustenanfall. Owen stand auf und reichte seinem Schwiegervater einen Becher mit Honigwasser. Als der Anfall abklang, schloß Sir Robert die Augen für einen Moment, drückte die Handflächen auf seine Rippen und holte mehrmals vorsichtig Luft. Er verzog das Gesicht, dann nickte er.

»Jetzt ist es besser. Glaubst du, ich lerne es noch, den Becher ans Bett zu stellen?« Er versuchte zu lächeln, aber es wirkte nicht sehr überzeugend.

Owen befühlte Sir Roberts Hände und Füße. Kalt und trocken. Das war nicht sehr gut bei einem Husten. Er zog die Decken von seinem Bett und legte sie über Sir Roberts Füße, obwohl der alte Mann dagegen protestierte.

»Kein Pilger wird so verhätschelt wie ich.«

»Schont Eure Kräfte für das Gebet, Sir Robert.«

Geoffrey wurde wach und setzte sich auf. »Ist es schon Zeit zum Aufstehen?«

»Ja. Wir müssen uns bereit machen«, sagte Owen.

Als Owen sich anzog, erschienen mehrere Diener mit Brot, Käse und Bier – ein ausgesprochen stärkendes Frühstück. Auch die Männer in der Vorkammer wurden entsprechend verköstigt. Dann kam ein weiterer Diener, der das Feuer schürte. Als der Rauch durch den Raum zog, bevor er den Abzug fand, erhob sich Bruder Michaelo, rieb sich die Augen und begann zu jammern.

»Ihr seht, Sir Robert, nicht Ihr seid der Pilger, der am meisten verhätschelt wird«, sagte Owen.

»Ich möchte in die Kapelle gehen, bevor ich mein Frühstück einnehme«, sagte Sir Robert, »aber ich fürchte, ihr könntet schon weg sein, wenn ich zurückkomme.«

»Wenn wir vor Tagesanbruch aufbrechen sollen, müssen wir uns bald auf den Weg machen.«

Bruder Michaelo stand auf. »Ich werde in die Kapelle gehen und für den Hauptmann und seine Männer beten, Sir Robert. Ihr könnt Euch also in Ruhe verabschieden.«

»Eine freundliche Geste«, bemerkte Owen. »In unser beider Namen möchte ich Euch dafür danken.«

Michaelo schüttelte den Kopf. »Das tue ich weniger aus Höflichkeit, sondern eher, um Euren Abschied nicht miterleben zu müssen.«

Geoffrey griff sich ein Stück Brot und goß sich Bier in einen Becher. »Ich begleite Euch in die Kapelle.«

Als Geoffrey und Michaelo gegangen waren, widmeten sich Sir Robert und Owen ihrem Mahl, sprachen über Lucie und die Kinder und überlegten, ob Jasper, ihr Adoptivsohn, es schaffen würde, neben seinen Aufgaben als Lucies Lehrling zugleich die harte Gartenarbeit zu bewältigen. Jasper war dreizehn Jahre alt, ziemlich groß für sein Alter und recht kräftig aufgrund der Arbeit im Garten und dem fünfjährigen Training im Bogenschießen, das Owen mit ihm durchgeführt hatte. Die Zeit verging bei dieser Unterhaltung sehr schnell, dann hörten sie ein lautes Klopfen an der äußeren Tür und den Lärm der Männer, die ihre Habseligkeiten zusammensuchten.

Sir Robert lehnte sich über den Tisch, packte Owens Oberarme und schaute ihm tief in die Augen. »Viel Glück, mein Sohn. Möge der Herr über dich wachen auf deiner Reise nach Cydweli und auch sonst überall.«

»Und möget Ihr hier Ruhe finden. Geduldet Euch mit Eurer Rückreise. Wartet, bis eine größere Reisegesellschaft kommt, der Ihr Euch anschließen könnt.«

Sir Robert nickte kurz, dann küßte er Owen auf die Wangen und ließ ihn los.

Nachdem es ein zweites Mal geklopft hatte, trat Edern ein, blieb jedoch in der Tür stehen. Über die Schulter hatte er einen Reiseumhang geworfen, an seinem Gürtel hingen ein Schwert und ein Dolch. Eine Kappe verbarg seine Tonsur. Bis auf ein kleines Abzeichen an seinem Obergewand, das ihn als einen von Houghtons Männern auswies, deutete nichts darauf hin, daß er ein Geistlicher war.

Der Eifer des Vikars war Owen noch immer nicht ganz geheuer. Er hatte Iolo, einen seiner vertrauenswürdigsten Männer, der auch die Gegend gut kannte, damit beauftragt, den Gottesmann im Auge zu behalten und herauszufinden, ob er aufrichtig war.

Edern nickte Owen zu. »Wir müssen uns beeilen, Hauptmann. Wir sollten uns den Nebel zunutze machen, um uns vor neugierigen Blicken zu verbergen. Wenn wir aus dem Tal hinaufsteigen, müssen wir uns nach hinten absichern. Wir sollten versuchen, Reines Mörder oder wer immer ihn vor das Tor gelegt hat, nicht über den Weg zu laufen.« Es war noch dunkel, doch der Vikar zeigte keinerlei Anzeichen, daß er erst vor kurzem aufgestanden war, weder in seinen Augen noch in seinen Gesten.

Nicht so Owens Männer, die in der äußeren Kammer warteten. Der Schlaf hatte ihre Gesichter zerfurcht, ihre Haare zerzaust und ihre Augen umflort, und sie schienen alle noch ein bißchen verschlafen zu sein. Gestern hatten sich die Männer noch laut darüber beklagt, daß sie während der Reise mit schäbigen Quartieren hatten Vorlieb nehmen müssen, heute morgen aber waren sie still. Auf Owens Befehl folgten sie Edern hinunter in das Kellergewölbe. Ihnen schlossen sich vier Diener an, die den Leichnam, der jetzt in einer Holzkiste lag, zu dem Karren tragen sollten, der vor der Stadt mit zwei Wachen des Bischofs für sie bereitstand. Owen war aufgefallen, daß sich die Stimmung seiner Männer sichtlich verschlechterte, als sie erfuhren, daß ihnen Reine aufgehalst werden würde. Bereits letzten Abend hatten Gerüchte unter ihnen für Unruhe gesorgt, daß vier schwer bewaffnete Soldaten in der Livree von Cydweli vor zwei Tagen beobachtet worden seien, wie sie den Strand von Whitesands durchkämmt hatten. Vier bewaffnete Männer, die nun verschwunden waren.

Tom, der jüngste von Owens Männern, der aus Kenilworth stammte und als einziger vor dieser Reise noch nie den Fuß auf walisischen Boden gesetzt hatte, war bleich vor Angst, als Owen am vorhergehenden Abend von seinem Mahl mit dem Bischof zurückgekehrt war. »Sechs Männer sind inzwischen auf rätselhafte Weise von hier verschwunden, Hauptmann. Fünf davon Soldaten, einer ein Pilger.«

»Einer der fünf liegt unten im Keller«, hatte Jared gemurmelt. »Und er trug dieselbe Livree wie die anderen.«

»Es heißt, in diesem Tal leben die Geister der Toten«, hatte Tom gesagt, »und daß es bei St. Davids Head einen Platz gibt, von dem sich ein Christenmensch fernhalten soll, wenn er nicht in die Unterwelt hinabgezogen werden will.«

»Ich befehle euch nicht, nach St. Davids Head aufzubrechen«, hatte Owen erwidert. »Und die Männer sind auch nicht in die Unterwelt verschwunden, wie du das nennst. Ich möchte wetten, bei den vier Männern handelte es sich um dieselben, die gestern vor dem Palast aufgetaucht sind und den Toten sehen wollten.«

»Den wir heute mitnehmen müssen«, sagte Jared.

Sam spuckte in die Ecke. »Warum sollten die Wächter von Cydweli einen der ihren tot zurücklassen, Hauptmann? Der Geist des Toten hat sie verscheucht, das ist es!«

»Und hat sie dann wieder zurückgeholt?« Owen lachte.

Iolo, der einzige Waliser unter den Männern, grinste und schüttelte den Kopf. »Das ist geheiligter Boden, ihr Dummköpfe. Spart euch eure Angst für andere Orte auf, wo es wirklich mit dem Teufel zugeht.«

»Also, ich bete darum, daß es die Geister waren«, meinte Jared. »Mir ist es lieber, wenn uns unterwegs irgendwelche Geister auflauern statt bewaffnete Männer.«

Sam brummte, erwiderte aber nichts.

Iolos Gelassenheit bestärkte Owen in der Gewißheit, daß er für die Überwachung Ederns den richtigen Mann ausgesucht hatte.

Doch als Edern an diesem Morgen die Tür zu dem unterirdischen Durchgang öffnete, durch den sie aus dem Tal heraufsteigen würden, bekreuzigte sich auch Iolo angesichts der gähnenden Dunkelheit, die sich vor ihnen auftat.

»Was ist mit unseren Pferden?« fragte Owen.

»Sie warten bei Clegyr Boia auf uns, zusammen mit dem Karren.«

»Warum sollen wir diesem Mann trauen, Hauptmann?« fragte Sam.

»Weil Bischof Houghton ihm vertraut. Und was sollten wir deiner Meinung nach sonst tun? Sollen wir für alle sichtbar durchs Tor hinausspazieren?«

»Wir haben hier keine Feinde.«

»Vielleicht nicht. Aber der Mann, den wir mit uns führen, hat das vielleicht auch gedacht.«

»Was ist das für eine Stelle, an der wir dann herauskommen?« fragte Tom.

»Der Felsen, auf dem der irische Dieb Boia durch St. David bekehrt wurde«, antwortete Owen. Zu dieser Legende wäre noch mehr zu sagen gewesen, doch wäre dies nicht dazu angetan, Tom zu beruhigen – es ging um Menschenopfer und um Verwünschungen, die Tiere und Menschen heimgesucht hatten. Er war Iolo und Edern dankbar dafür, daß sie nichts sagten. »Laßt uns jetzt aufbrechen, bevor der ganze Haushalt aufwacht.«

6 Eine grauenvolle Reise

Als Owens Reisegruppe aus dem dunklen Tunnel, in dem alle Geräusche widerhallten, herauskam, wurde sie von dichtem Nebel umfangen, der das Tal einhüllte. Owen dachte an das Feuer, mit dem St. David dem irischen Häuptling und Druiden Boia seine Anwesenheit signalisiert hatte. David hatte ein riesiges Feuer entzündet, dessen Rauch sich zunächst im Tal gesammelt und sich dann über das umliegende Land verteilt hatte, das er dadurch für sich reklamierte. Als Boia dies von seiner Festung auf dem Hügel erblickte, hatte er erzürnt seine Krieger gegen David in Marsch gesetzt. Der Heilige hatte mit einem Zauberspruch geantwortet, und Boias Männer und sein Vieh fielen um wie tot. Aus Ehrfurcht vor Davids Macht hatte sich Boia bekehren lassen. Doch seine Gemahlin setzte den Kampf gegen Davids heilige Männer fort, was schließlich darin gipfelte, daß sie ihre Stieftochter im Tal opferte. Davor hatte sie es mit anderen, raffinierteren Mitteln versucht und ihre Frauen nackt im Fluß baden lassen, weil sie hoffte, dadurch die Mönche von ihren Gelübden abbringen zu können. Owen lächelte, als er sie sich im Fluß Alun vorstellte.

»Die Sonne heißt uns willkommen«, sagte Geoffrey.

Owen blickte verwirrt um sich. In der Tat, als sie weiter zum Clegyr Boia hinaufstiegen, ließen sie allmählich den Nebel hinter sich, der über dem Tal lag. »Was ist von Boias Festung übriggeblieben?« fragte Owen Iolo.

»Ein paar verfallene Mauern.«

Owen war enttäuscht, doch als der Zauber seines Tagtraums verflog, war er froh, daß zwei der Männer des Bischofs sie auf der Kuppe des Hügels zusammen mit einigen Helfern, dem Karren mit dem Leichnam und ihren Pferden erwarteten.

Bis zum Ende des ersten Tages hatte Owen an County Edderns Verhalten nichts auszusetzen. Edern hatte sogar dazu beigetragen, daß die Reise angenehmer verlief, als Owen erwartet hatte. Er kannte die Gegend bis in den letzten Winkel. Er hatte sie zu der Pilgerstraße geführt, die die Stadt im Norden umging und dann ostwärts entlang der bäuerlichen Wege verlief. Er wußte, wo man von der Straße abbiegen mußte, um Bäche mit frischem Wasser zu finden, und führte sie einmal sogar zu einem Bauernhaus, wo ihnen um die Mittagszeit im Austausch für eine gute Geschichte Apfelwein kredenzt wurde. Die Gesichter der Männer wirkten nicht mehr so finster und verdrossen, wenngleich die Augen des jungen Tom ängstlich in jeden Schatten spähten.

In der Spätnachmittagssonne musterte Owen Edern, als dieser einen vorbeikommenden Kesselflicker nach dem Zustand eines Flusses befragte, den sie in den nächsten Tagen würden überqueren müssen. Der Vikar war ein unscheinbarer Mann, hatte helles, aber weder rotes noch blondes Haar, graue Augen und Sommersprossen im Gesicht, jedoch keinerlei Narben. Der auffälligste Teil seines Gesichts war sein Mund, ein ziemlich schmaler Mund, aber mit ungewöhnlich vollen Lippen. Er war schlank und scheinbar nicht sehr kräftig, war aber den ganzen Tag geritten, ohne Anzeichen von Ermüdung zu zeigen, und hatte alle Fragen geduldig und erschöpfend genug beantwortet, daß niemand einen Grund fand, sich zu beklagen. Iolo, der so nahe wie möglich bei ihm zu bleiben versuchte, wirkte erschöpft.

Vielleicht aber war Iolo auch der Geruch des Toten auf den Magen geschlagen. Als die Nachmittagssonne auf die Holzkiste niederbrannte, hatte sich der zerfallende Leichnam John de Reines erwärmt, obwohl er mit einem schweren Leintuch umwickelt war. Dies hatte die meisten anderen Männer dazu veranlaßt, sich so weit wie möglich von dem Karren fernzuhalten, den sie zu beschützen hatten.

»Eine unwillkommene Erinnerung daran, daß wir sterblich sind«, sagte Geoffrey, als Owen laut darüber nachdachte, ob es ihnen jemals gelingen würde, diesen Gestank wieder aus ihren Haaren und Kleidern herauszuwaschen.

Der arme Tom hatte an diesem Nachmittag die Aufgabe, den Karren zu lenken.

Alle waren froh, als Haverfordwest über den Feldern vor ihnen sichtbar wurde; die Abtei lag ein Stück weit südlich der Stadt. Sie ritten in einer feierlichen Prozession über die belebte Straße, die zwischen den Stadtmauern und dem Westlichen Cleddau-Fluß nach Süden führte, vorbei am Dominikaner-Kloster. Die Leute hielten sich die Nasen zu und wichen zurück, um den Leichenzug passieren zu lassen. Doch trotz ihrer furchterregenden Last wurde die Reisegruppe vom Klosterarzt von St. Thomas, der Augustiner-Abtei, willkommen geheißen. Und so klang der erste Tag ihrer Reise an einem Tisch im Gästehaus aus, nachdem ihre Fracht sicher in einer Hütte verstaut worden war, die an der hinteren Klostermauer lag. Erleichtert stellte Owen fest, daß ein Becher des starken Biers der Kanoniker den schlechten Geschmack in seinem Mund soweit überdeckte, daß er wieder Appetit aufs Essen bekam.

Am zweiten Morgen erwartete sie ein kühler Nieselregen, den alle willkommen hießen. Nach einer erholsamen, erquicklichen Nacht setzten sie trotz ihrer grauenvollen

Fracht die Reise in besserer Stimmung fort als am Tag zuvor. Und nachdem sie festgestellt hatten, daß am Verhalten County und der anderen Männer des Bischofs nichts auszusetzen war, hörten Owens Männer auf, die Fremden in der Reisegruppe argwöhnisch zu beäugen.

Die Straße östlich von Haverfordwest war frei von Pilgern. Am frühen Morgen kamen ihnen Bauern entgegen, die mit vollbeladenen Karren in die Stadt fuhren, und später begegnete ihnen ab und zu ein Bote oder eine kleine Gruppe müder Reisender. Die Männer gewöhnten sich an das langsame, stetige Vorankommen und unterhielten sich ruhig untereinander. Sie erreichten ohne Zwischenfälle die Whitland-Abtei, wo sie die Nacht verbringen wollten. Der Abt jedoch erzählte ihnen, daß vor zwei Tagen eine Gruppe bewaffneter Männer aus Cydweli die Ruhe des Klosters gestört hatte. Er hatte ihnen den Zutritt zur Abtei verwehrt, sofern sie ihre Waffen nicht ablegten. Sie hatten davon gesprochen, daß die Schatzkammer ausgeraubt worden sei. Der Abt hatte ihnen versichert, daß es keine Diebe in der Whitland-Abtei gebe und auch keine Waffen. Um ein trockenes Bett zu erhalten und reichlich verköstigt zu werden, hatten die Männer schließlich ihre Waffen an der Pforte abgegeben.

Am dritten Tag brach Owens Reisegruppe mit der verhaltenen Hoffnung auf, vielleicht schon am frühen Abend ihre Fracht in Cydweli abliefern zu können. Wolken hingen tief am Himmel, und ein kalter Wind strich durch die von Knospen besetzten Zweige der Bäume. Doch am späten Vormittag verdunkelten sich die Wolken unheilverkündend, und der Wind peitschte den Männern die Umhänge ins Gesicht. Als sich die Gruppe St. Clears näherte, schlug Edern vor, an der Abtei haltzumachen und vielleicht bis zum Morgen zu bleiben.

»Ihr wollt doch nicht in einem Sturm oder kurz danach

die Fähre über den Llansteffan nehmen, wenn der Fluß angeschwollen ist. Nicht mit einem Karren!« warnte er.

Die Männer hatten sich in ihre Umhänge gehüllt, kämpften gegen den Wind und waren dennoch enttäuscht über die Verzögerung, als Iolo, der ganz vorn ritt, verkündete, daß eine Gruppe Bewaffneter, die die Livree Lancasters trugen, auf sie zugeritten kam. Edern nickte, als er den Reiter an der Spitze erkannte. »Das ist Burley persönlich. Wir sollten uns geehrt fühlen.« Nun kam es zu der Begegnung, auf die sie lange gewartet, vor der sie sich aber auch gefürchtet hatten.

Owen rief den Reitern zu, sie sollten anhalten. Burleys Gruppe, die insgesamt aus drei Männern bestand, kam eine Pferdelänge vor Iolo zum Stehen. Owen und Geoffrey ritten nach vorn.

Der Mann, auf den Edern sie hingewiesen hatte, straffte sich im Sattel und bellte: »Richard de Burley, der Konstabler von Cydweli.« Ein stämmiger Kerl, dachte Owen, obwohl er vermutete, daß er eher klein wirken würde, wenn er abgestiegen war, und das Kettenhemd, das er trug, ließ ihn zweifellos etwas kräftiger erscheinen. Seine Nase war schon so oft gebrochen worden, daß sie flach im Gesicht lag, und seine Oberlippe wurde durch eine Narbe unter der Nase verkürzt. Er hatte ein kräftiges Kinn und blitzende Augen unter hellen Brauen. Er sah wirklich ganz wie ein Konstabler aus.

»Hauptmann Owen Archer und Master Geoffrey Chaucer«, sagte Owen. Der Mann würde ihre Namen bestimmt kennen.

Burley nickte. »Einige Männer in Eurer Gruppe tragen die Livree von Bischof Houghton.« Seine Männer stiegen ab, nachdem der Konstabler sie durch einen Wink dazu aufgefordert hatte. »Reiten sie auch nach Cydweli?«

»Ja.«

Burleys Männer traten nach vorn. Owen nickte, und auch seine Leute saßen ab. Burleys Männer blieben stehen.

»Wir bitten Euch, uns nach St. Clears zu begleiten, wo wir den Sturm abwarten wollen«, sagte Owen. »Dort werden wir Eure Fragen beantworten, so gut wir können.«

»Was befördert Ihr hier unter dem Leintuch?« fragte Burley und deutete mit einem Kopfnicken zu dem Karren. Owens Einladung würdigte er mit keinem Wort.

»Es erstaunt mich, daß Ihr dies fragt«, erwiderte Owen. »Uns umgibt doch zweifellos ein Geruch der Verwesung, nicht wahr?«

Burley schnupperte, aber sein Gesicht zeigte noch immer keine Regung, und seine Augen bewegten sich nicht. Owen bewunderte widerstrebend die Disziplin dieses Mannes. »Einer Eurer Männer?« fragte Burley.

Owen sah keinen Sinn darin, hier eine Unterhaltung zu führen. »Wie ich schon sagte, wir werden Euch gern alle Fragen beantworten, wenn wir sicher in der Abtei angekommen sind.« Er gab seinen Leuten das Zeichen zum Aufsitzen. Sie teilten sich und ritten um Burley und seine beiden Begleiter herum, und auch der Karren mit Edern, der die Nachhut bildete, rumpelte an ihnen vorüber. Der Konstabler und der Vikar warfen sich feindselige Blicke zu.

»Ihr habt keine glückliche Hand bei der Wahl Eurer geistlichen Begleiter, Hauptmann!« rief Burley, als er und seine Männer sich anschickten, ihnen zu folgen.

St. Clears war eine kleine Cluniazenser-Gründung mit zwei Mönchen und ein paar Laienbrüdern. Eine unerwartete Besuchergruppe aus sechzehn Männern würde hier nur schwierig unterzubringen sein, doch Owen zog es vor, über John de Reines rätselhaften Tod innerhalb der Klostermauern zu sprechen, wo man annehmen durfte, daß Burley sich wegen der Heiligkeit des Ortes zurückhalten würde. Wenngleich die Mönche von St. Clears nicht gerade als besonders fromm und gesittet galten – Edern hatte Owen und Geoffrey unterwegs mit allerlei Geschichten unterhalten, bis sie genug hatten von den Anekdoten über die schillernden Bewohner dieses Klosters und die Taten, durch die sie sich seit dessen Gründung einen Namen gemacht hatten.

»Sie werden uns gutes Bier und vielleicht auch Wein anbieten«, hatte Edern gesagt, »was den Männern helfen wird, über die schäbige Unterbringung hinwegzusehen.«

Die Abtei schien daher ein gut geeigneter Ort zu sein für eine Unterredung mit Richard de Burley.

Burley hatte sich den besten Stuhl in den Raum geholt, den einzigen, der sowohl eine Rückenlehne als auch Armstützen hatte, und legte seine schmutzigen Stiefel auf die Kante der Bank, auf der Geoffrey saß. Der Konstabler unterbrach Geoffrey nicht bei seinen Ausführungen über den Tod John de Reines und darüber, wie der Tote zur Pforte von St. David gelangt war. Als Geoffrey fertig war, lehnte sich Burley in seinem Stuhl zurück, legte die Hände auf die Armstützen und schaute eine Weile grübelnd zur Decke hinauf, während er den Kopf leicht hin und her wiegte. »Reine sollte Euch also in Carreg Cennan treffen«, murmelte er. »Er reiste ab, bevor der Dieb die Schatzkammer von Cydweli ausraubte. Aber erfuhr er unterwegs, daß der Dieb nach St. David fliehen würde? Nein, wie hätte das möglich sein sollen? Was führte ihn also nach Westen?«

»Auch uns ist das ein Rätsel«, sagte Geoffrey. »Dem Konstabler von Carreg Cennan wurde nichts mitgeteilt über eine eventuelle Änderung der Pläne.«

Sie saßen im Hauptraum des Gebäudes, das großzügig als Gästehaus bezeichnet wurde, ein Bauernhaus mit einem an mehreren Stellen undichten Dach und einem schlammigen Boden, in dem ihre Stiefel einsanken. Owen hatte vorgeschlagen, sich in diesem ruhigen Moment zu unterhalten, während die übrigen Mitreisenden im Stall die Pferde versorgten, von denen einige von den Blitzen erschreckt worden waren. Der Abt und der einzige Mönch, der anwesend war, hatten sich nicht zu ihnen gesellt.

Burley wandte den Blick von den löchrigen Deckenbalken ab, zwischen denen das Wasser herabtropfte, und schaute Geoffrey an. »Mich wundert, daß Ihr Reine damit beauftragen wolltet, die Rekruten anzuführen«, sagte er. »Ihr hättet gut daran getan, mich vorher zu fragen.«

»Wäre Reine der Aufgabe nicht gewachsen gewesen?« fragte Geoffrey.

»Wer hat ihn Euch empfohlen?« wollte Burley wissen.

Owen saß unter dem einzigen Fenster und nutzte das Licht, um einen ausgefransten Sattelriemen auszubessern. »Es war alles schon festgelegt, bevor wir mit dieser Aufgabe betraut wurden«, sagte er, ohne sich jedoch die Mühe zu machen, Burley anzusehen.

Burley brummte, verstummte dann, als unmittelbar nach einem Blitz ein heftiger Donnerschlag ertönte, der das Dach zum Erzittern brachte. Die Männer draußen schrien auf, Gänse schnatterten, und ein Pferd wieherte ängstlich. »Warum reist Vater Edern mit Euch?« fragte Burley plötzlich.

Jetzt blickte Owen auf. »Der Bischof wollte seinen Respekt bezeugen, indem er uns eine Eskorte zur Verfügung stellte, die des Sohns des Kämmerers von Cydweli würdig ist.«

»Sehr löblich, wenn es stimmt«, sagte Burley, als ein paar Diener eintraten, die Tische und Bänke hereintrugen.

Am Abend, nachdem sie ein sättigendes, aber seltsames Mahl eingenommen hatten, aus Brot, vermischt mit Bohnen und Wurzelgemüse, das fast genauso wie das Brot schmeckte, suchte Owen abermals das Gespräch mit Burley.

»Werden wir zwischen hier und Cydweli noch auf weitere Leute von Euch treffen? Falls ja, möchte ich Euch bitten, uns einen Eurer Männer mitzugeben, der ihnen versichern kann, daß wir Euch unsere Mission schon erklärt haben.«

Burley hustete und spuckte vor Owens Stiefeln aus. »Würden meine Männer und ich die Nacht in diesem stinkenden Stall verbringen, wenn wir nicht vorhätten, Euch zu begleiten?«

Genau darüber hatte Owen nachgedacht – weshalb sie nach ihrer Unterredung nicht gleich weitergeritten waren. Der Sturm hatte nachgelassen, und es regnete nur noch leicht. Ohne einen Karren im Schlepptau würden sie schneller zur Whitland-Abtei gelangen, wo sie eine weit bessere Unterkunft bekommen würden. »Ich wollte Euch nicht von Euren Aufgaben abhalten. Uns genügt es, wenn Ihr uns nur einen Mann zur Verfügung stellt ...«

»Ich sollte an Reines Beerdigung teilnehmen«, sagte Burley. »Ihr seid ein Hauptmann, Ihr versteht, wie wichtig es ist, Gefallenen die letzte Ehre zu erweisen. Meine Männer erwarten das von mir.«

»Gut«, sagte Owen, »dann treffen wir uns bei Tagesanbruch im Hof.«

»Wir treffen uns, wenn wir wach sind und uns erleichtert haben, Hauptmann. Oder glaubt Ihr, ich würde hier bei meinen Männern und den Pferden schlafen?«

7 Cydweli

Sie überquerten den Towy mit der Fähre bei Llansteffan, wo sich der Fluß verbreiterte und im Schatten der Burg, die hoch oben auf dem Steilhang thronte, ins Meer mündete. Es hatte wieder zu regnen begonnen, zwar nur schwach, doch die Überfahrt wurde dadurch noch ungemütlicher. Die Strömung war reißend, der Fluß angeschwollen vom Frühlingsregen, und Owen beobachtete mitfühlend, wie Tom, der jüngste seiner Männer, seine Übelkeit vor den anderen zu verbergen suchte.

»Bist wohl noch nie über das Meer gefahren?« fragte Iolo, während er das Pferd des jungen Mannes beruhigte, das durch das Schwanken des Floßes erschreckt wurde.

Tom schüttelte den Kopf.

»Du machst es schon richtig, daß du nicht versuchst, gegen die Übelkeit anzukämpfen. Oft geht es einem Mann gleich wieder besser, nachdem er sich übergeben hat.«

Edern reichte Tom einen Weinschlauch. »Damit du den schlechten Geschmack aus dem Mund bekommst.« Er nickte dem jungen Mann zu, der ihm dankte, lächelte aber nicht. Offensichtlich war er noch immer wütend darüber, daß Burleys Männer die Kontrolle über den Karren übernommen hatten.

Als sie am anderen Ufer ankamen, mußten sie auf die zweite Ladung warten, zu der auch der Karren gehörte. Owen zog sich die Kapuze über den Kopf, als der Regen stärker wurde. Es war erst Mittag, aber er spürte schon ein

Ziehen in seiner Schulter. Eine alte Wunde. Eine Stahlklinge hatte hier ihre Spuren hinterlassen, und seitdem machte ihm diese Stelle bei feuchtem Wetter zu schaffen. Seine Mutter hatte ihm vorhergesagt, daß er sich solche Wunden zuziehen würde. Als er sich von ihr verabschiedet hatte, hatte sie ihm einen Krug Senf mitgegeben und ihn ermahnt, stets einen kleinen Vorrat davon mit sich zu führen. *Senf heizt dem Geist des Schwertes ein.* Warum nur die Schulter und nicht auch das Auge? Ein Dolch war in sein Auge gedrungen und hatte es erblinden lassen. Warum tat sein Auge in der feuchten Kälte nicht weh?

Erinnerungsfetzen aus der Kindheit suchten ihn heim. Der Schmerz, als sein Fuß zwischen zwei eisglatte Felsbrocken gerutscht war, als er in den Bergen nach einem entlaufenen Hund gesucht hatte, seine Hilferufe, die laut widerhallten in der Stille des Winters, und wie er daraufhin ängstlich den Atem angehalten hatte, weil er fürchtete, seine Rufe könnten eine Schneelawine auslösen. Die Mixtur aus Rosmarin und Salbei, die seine Mutter herstellte, um das Blut der Kinder im Winter warm zu halten. Wie er ihr auf einem steilen Weg vorangeleuchtet hatte, als sie unterwegs war, um bei der Geburt eines Nachbarkindes zu helfen. Die schweißtreibende Arbeit im Küchengarten nach der Schneeschmelze, wenn er die Steine und das Geröll beseitigte, die im Lauf des Winters mit dem Schnee und dem Regen von oben herabgerollt waren. Er hatte erwartet, daß sich seine Gedanken auf Cydweli richten würden, doch diese Erinnerungen entstammten einer viel früheren Zeit, als er im Norden, in Gwynedd, gelebt hatte.

Als Owen fünfzehn Jahre alt war, hatte seine Familie ihre Schafe durch eine Seuche verloren. Ihre Verwandten unterstützten sie, so gut sie konnten, doch Owens Vater sagte, dies sei eine Großzügigkeit, die sich seine Brüder und Cousins eigentlich nicht leisten konnten, denn auch sie kämpften um das Überleben. Rhodri ap Maredudd, Owens Vater, war ein sehr stolzer Mann gewesen. Dann kam es ihnen zu Ohren, daß im Süden Henry von Grosmont, Herzog von Lancaster und Herr von Cydweli, Familien die Erlaubnis erteilte, sich auf Land anzusiedeln, das an den Grundherrn zurückgefallen war, sofern sie einen Sohn hatten, der als Bogenschütze in seine Armee eintreten würde. Rhodri ap Maredudd sah darin eine Möglichkeit, seine Ehre und die seiner Familie zu retten, denn Owen war ein ausgezeichneter Bogenschütze. Und Cydweli lag im Süden, wo das Klima milder sein würde. Aber Owens Mutter war es schon schwergefallen, Clwyd zu verlassen, um nach Gwynedd zu ziehen, als sie geheiratet hatte; nun in den Süden zu ziehen, das war wie ein Todesurteil für sie gewesen.

Es war eine Verzweiflungstat Rhodris; er entwurzelte die Familie und führte sie in den Süden, ohne sich vorher des Wahrheitsgehalts der Nachricht zu vergewissern. Es zeigte sich, daß er einem Gerücht aufgesessen war, denn der Herzog von Lancaster hatte kein derartiges Angebot gemacht. Doch der Konstabler von Cydweli, ein Mann, der einen guten Bogenschützen zu schätzen wußte, wollte Owen einmal schießen sehen. Beeindruckt sprach er danach mit dem Kämmerer. Rhodri ap Maredudd erhielt einen kleinen Hof nördlich der Stadt. Dies war genau das, was er sich gewünscht hatte, doch bald erwies es sich als Enttäuschung. Der Boden war dürftig, wenngleich besser als im Norden, und ihre Nachbarn verhielten sich ihnen gegenüber feindselig, weil sie das Land eines Mannes übernommen hatten, dessen Familie hier viele Generationen lang gelebt hatte und das dieser nur deshalb verloren hatte, weil er als Waliser seine Zunge nicht im Zaum hatte halten können.

»Hängt Ihr schönen Erinnerungen nach?« fragte Geoffrey und störte damit Owens Träumereien.

Owen warf die Kapuze zurück, ließ den kühlenden Regen auf seinen Kopf fallen und schaute um sich. Der Karren war inzwischen am anderen Ufer angekommen, und die Männer stiegen wieder auf ihre Pferde. »Es ist schwer, nach all der Zeit wieder hierher zurückzukehren.«

Es war früher Nachmittag, als sie die Kuppe des Hügels erreichten, der Mons Salomonis genannt wurde und Cydweli vom Towy trennte. Schließlich erblickte Owen vor sich die weißen Mauern der Burg von Cydweli.

»Seht Ihr, weshalb der Herzog sie den Stolz seiner Grenzmarken nennt?« sagte Burley, der an Owens Seite geritten war.

»Stolz? Mir kommt es vor, als wäre er der Auffassung, daß sie dringend einer Renovierung bedürfe.« Steinmetze standen auf Gerüsten, die das südliche Torhaus umgaben. Es wirkte viel größer, als Owen es in Erinnerung hatte.

»Bei allen Burgen in den Grenzmarken müssen im Lauf der Zeit die Befestigungsanlagen verstärkt werden, sonst werden die Einheimischen zu übermütig.«

Owen spürte, daß Burley ihn beobachtete, um zu sehen, wie er reagierte. Er tat ihm den Gefallen nicht, sondern musterte nur ruhig die Burg. Innerhalb der prächtigen, weißgekalkten Mauern dieser Festung hatte sein Talent als Bogenschütze ihm zu einem Platz in Henry von Grosmonts Truppe walisischer Bogenschützen verholfen. Während Owen die Burg betrachtete, blickte ein Mann, der auf einem der Türme stand, in ihre Richtung, drehte sich dann um und verschwand. Bestimmt, um ihre Ankunft zu verkünden.

Geoffrey drängte sich zwischen Owen und Burley. »Es ist nicht gerade eine schöne Begrüßung, ihnen die Leiche eines ihrer Leute mitzubringen«, sagte er und deutete mit einem Kopfnicken zur Burg.

Es stimmte, daß Lascelles ihre Botschaft zum einen ersehnen, zum anderen aber auch fürchten mußte. Und jetzt erschienen sie mit der schlimmsten Nachricht, die man einem Vater überbringen konnte. Owen hatte selbst noch nie einen solch schlimmen Tag erlebt, doch er erinnerte sich noch gut an seine Verzweiflung, als Jasper, den sie damals noch nicht adoptiert hatten, verschwunden war und sie befürchtet hatten, er sei tot.

»Wenigstens haben wir ihm den Leichnam mitgebracht, so daß er weiß, daß sein Sohn in geheiligtem Boden bestattet wird.«

»Ein schwacher Trost.« Geoffreys Augen waren dunkel und eingesunken. Er hatte kaum Schlaf gefunden seit ihrem Aufbruch von St. David.

»Wir werden schneller vorankommen, wenn wir unsere Fracht abgeliefert haben.«

»Das stimmt. Und dafür bin auch sehr dankbar.«

Nach einer kurzen Pause setzten sie ihren Weg fort und passierten Scholand, die kleine Ansammlung von Behausungen, die zur Ditch Street führte, über die sie schließlich zum südlichen Tor von Cydweli gelangten. Der Karren zog die Blicke Neugieriger auf sich, die sich jedoch schnell entsetzt wieder abwandten.

Am Südtor der Stadt kam ihnen der Torwächter entgegen. Eine Hand auf dem Griff seines Schwerts, die andere am Knauf seines Dolchs, schritt der Mann krummbeinig und seltsam watschelnd auf sie zu.

Geoffrey neigte sich zu Owen und flüsterte ihm zu: »Mich würde interessieren, ob er zuerst mit der einen Hand seinen Bauch nach hinten drücken muß, wenn er seinen Dolch ziehen will.«

Der Wächter, der zum Glück nicht merkte, wie komisch seine Erscheinung wirkte, fragte barsch nach ihrem Begehren. Sein Englisch war so auffällig akzentuiert, daß es wie das eines Walisers klang.

»Diese Männer kommen in meiner Begleitung«, bellte Burley.

Der Wächter verbeugte sich steif vor dem Konstabler. »Das mag sein, Konstabler, doch meine Befehle lauten, alle Fremden zu fragen, was sie wollen.«

Fluchend winkte Burley seine Männer an dem sturen Wächter vorbei. Froh sprang der Mann herab, der für den Karren verantwortlich war. »Wir warten beim Torhaus auf Euch«, rief Burley Owens Männern zu.

Geoffrey war abgestiegen und zog nun feierlich seine herzöglichen Beglaubigungsdokumente hervor. Der Wächter warf einen Blick auf das Pergament und schaute wieder auf zu Geoffrey. Offensichtlich konnte er nicht lesen. »Ihr tragt die Livree des Herzogs von Lancaster. Dann wollt Ihr also in die Burg?«

»Ja, ich habe etwas mit dem Kämmerer und dem Konstabler von Cydweli zu besprechen.«

»Scheint in Ordnung zu sein«, sagte der Wächter, als er das Pergament zurückgab. »Ihr könnt gleich zur Burg weiterreiten, Mylord.«

»Wie wäre es mit einer kleinen Pause in der Schenke?«

»Nicht mit den Waffen.«

»Hat es in letzter Zeit hier Schierigkeiten gegeben?« fragte Geoffrey.

Der Torwächter zögerte. »Ich darf nichts erzählen von irgendwelchen Problemen in der Burg.«

Geoffrey begann sich abzuwenden. »Macht nichts. Ich werde es sowieso gleich erfahren.«

Der Wächter brummte. »Na gut, Ihr werdet viel mehr erfahren, als ich Euch sagen kann. Es hat einen Raubüberfall in der Burg gegeben. Wachen sind ausgeritten, um den Räuber zu fassen. Das ist alles, was wir wissen.«

»*Par Dieu!* Ein Diebstahl in der Burg? Das muß aber ein frecher Kerl gewesen sein.«

Der Torwächter wurde zutraulicher. »Man sagt, der alte Roger Aylward soll bei dem Angriff einen Zahn verloren haben.«

»Und wer ist dieser bedauernswerte Mann, der jetzt für ein paar Tage nur noch weiche Sachen essen kann?«

»Der Abgabeneintreiber des Herzogs in Cydweli und ein angesehener Bürger dieser Stadt, Mylord.«

»Der arme Mann. Verletzt zu werden, wenn man seinen eigenen Besitz verteidigt, ist schon schlimm genug, aber wegen dem des Herzogs ...«

»Er wird eine schöne Geschichte erzählen können und eine Zahnlücke haben, mit der er prahlen kann. Das wird die Schmerzen von Master Aylward ein bißchen lindern. Aber Ihr versteht, in welcher Gefahr wir schweben. Deshalb halte ich es für klug, mir alle Fremden genau anzuschauen.«

»Das ist richtig. Und ich werde dem Kämmerer von Eurer Umsicht berichten.«

»Äh, der Karren, Mylord. Was befördert Ihr darauf?«

Geoffrey nahm seine Kopfbedeckung ab und drückte sie ans Herz, während er den Kopf senkte. »Den Leichnam eines tapferen Soldaten aus der Garnison.«

Der Wächter runzelte die Stirn, machte ein paar torkelnde Schritte hin zu dem Karren und rümpfte die Nase. »Meine Güte. Kein Wunder, daß der mächtige Burley Euch diese Aufgabe überlassen hat.«

»Und Ihr versteht gewiß, daß wir unsere Fracht so schnell wie möglich abliefern möchten.«

Der Wächter winkte sie zum Tor. Alle Männer saßen ab und gingen hindurch; Edern führte den Esel mit dem Karren.

»Gut gemacht«, sagte Owen zu Geoffrey, als sie im Burghof waren.

Geoffrey verbeugte sich leicht und legte einen Finger an die Nase. »Mir will es einfach nicht gelingen, Eure Fertigkeiten zu erlernen, aber ich besitze einige andere, die uns gelegentlich ebenfalls von Nutzen sein können.«

Zuerst starrte Lascelles, ohne mit der Wimper zu zucken, den Vikar an, als warte er darauf, daß er zu sprechen beginne. Der Kämmerer der herzöglichen Grenzmarken war ein hochgewachsener, schlanker Mann mit dem verkniffenen Mund und den steifen Schultern eines Menschen, der großen Wert auf Selbstdisziplin legt. Seine Augen waren hell und kalt, seine Art zu reden und sein Auftreten jene eines Menschen, dem man beigebracht hatte, mit Verachtung zu herrschen. Doch während Edern davon berichtete, daß man den Toten am Tor gefunden und der Bischof darauf bestanden habe, den Leichenzug von seinen eigenen Männern begleiten zu lassen, bemerkte Owen in diesen kalten Augen ein Schimmern, das der Fassade völliger Selbstkontrolle widersprach, die Lascelles zu vermitteln versuchte.

Geoffrey, Edern und Owen waren in den Hauptsaal der Burg geführt und mit Erfrischungen bewirtet worden. Dann hatte sich Lascelles zu ihnen gesellt, ohne Ankündigung, allein und offensichtlich schon voll der Vorahnung, eine schlechte Nachricht zu erhalten.

»Ich weiß, daß er Euer leiblicher Sohn war«, sagte Owen.

Lascelles legte den Kopf zurück und leerte seinen Becher. Daraufhin trat ein Diener vor und füllte ihn nach. Auch diesen leerte er in einem Zug. Der Diener füllte den Becher ein drittes Mal. Lascelles stellte ihn auf dem Tisch neben sich ab. »John ist nach Carreg Cennan abgereist. In St. David hatte er nichts zu erledigen.« Er sah seltsam bleich aus für jemanden, der gerade in so kurzer Zeit zwei

Becher Wein in sich hineingeschüttet hatte. »Aber was wollte er beim Bischof?«

»Heben wir uns diese Frage für später auf«, sagte Owen.

»Nein, jetzt«, widersprach Lascelles und hob seinen Becher. »Ich will jetzt darüber sprechen.«

»Wir dachten nur, die Angelegenheit könne noch warten«, bemerkte Geoffrey ruhig.

»Ich möchte es lieber gleich hören.«

»Nun gut.« Owen nickte Edern zu.

Der Vikar, der mit gefalteten Händen auf seinem Platz saß, begann ruhig zu sprechen. »Mein Herr, der Bischof, möchte sich versichern, daß es nicht auf Euren Befehl geschah, daß Reine und später vier weitere bewaffnete Männer aus dieser Garnison in seinen Bezirk geritten kamen, ohne ihn vorher um Erlaubnis zu fragen.«

»Ist das seine Sorge? Daß ich seine Autorität antasten könnte? Nun, er kann beruhigt sein, ich war nicht dafür verantwortlich. Als ob ich nicht wüßte, daß er gleich zum Herzog läuft« – er unterbrach sich, fuhr mit einer Hand über die Augen und schüttelte den Kopf. »Ihr müßt mir verzeihen. Es ist der Schock über eure Nachricht. Ihr habt recht, Hauptmann. Wir werden über die Sorgen des Bischofs später zu passenderer Gelegenheit sprechen.« Er erhob sich schwerfällig und nickte knapp. Schweiß glänzte auf seinem bleichen Gesicht, seine Augen schweiften ab. »Ich vergesse mich, werte Herren. Euch lediglich einen kümmerlichen Becher Wein anzubieten. Meine Gemahlin hat dafür gesorgt, daß warmes Wasser in Eure Kammern gebracht wird, damit Ihr Euch den Staub der Reise abwaschen könnt. Und später wird noch eine kräftigere Erfrischung für Euch bereitgestellt werden.« Er drehte sich um und eilte aus dem Saal.

Edern hob eine Augenbraue.

Geoffrey schlug auf den Tisch und stand auf. »Ich habe

schon herzlichere Willkommen erlebt, doch unter den gegebenen Umständen hat er sich ausgesprochen höflich verhalten.« Er blickte in die Runde und nickte dem Diener zu, der an der Tür stand. »Wir möchten uns in die Gästekammer zurückziehen.«

Owen teilte Geoffreys Zufriedenheit mit dem Empfang durch den Kämmerer nicht. Was er hier erlebt hatte, schien ihm nicht die Reaktion eines Menschen zu sein, der gerade eine niederschmetternde Nachricht erhalten hatte, sondern das Verhalten eines Mannes, der dem ins Auge blickte, was er schon seit langem erwartet hatte. Zum ersten Mal fragte sich Owen, ob Lascelles mit John de Reines Tod vielleicht etwas zu tun gehabt haben könnte. War es möglich, daß er befohlen hatte, seinen Sohn zum Schweigen zu bringen?

Edern wurde beim gegenwärtigen Kaplan von Cydweli im Kapellenturm untergebracht. Geoffrey und Owen wurden über den inneren Burghof zum Gästehaus geführt, wo sie einen Raum miteinander teilen sollten. Diener und Soldaten standen in den Türen und den Ecken des Hofes umher, steckten die Köpfe zusammen und unterhielten sich leise, aber aufgeregt. Mehrere von ihnen blickten neugierig auf, als die beiden vorübergingen. Die Nachricht vom Tode Reines hatte sich bereits verbreitet.

Owen schickte den Diener weg, sobald der junge Mann ihm aus den Stiefeln geholfen hatte. Der Raum war groß und hatte ein Fenster mit Blick auf den Hauptsaal und ein zweites, durch das man einen kleinen Baum sah, der sich mühte, im Schatten der Burgmauer hochzukommen. Die Wände der Kammer waren mit gelben und roten Blumen bemalt. Sie war gut ausgestattet mit einem Kohlenbecken in der Ecke zwischen den beiden Fenstern, zwei ansehnlichen Betten, einem Brett mit Haken für ihre Kleider, einer Truhe, einem Tisch und zwei Stühlen.

»Hier läßt es sich aushalten«, meinte Owen. Er legte seine Augenklappe ab und rieb sich die Narbe.

»Irgend etwas beunruhigt Euch«, sagte Geoffrey.

Owen goß sich Wein aus einem erfreulich großen Krug auf dem Tisch ein und setzte sich auf das Bett, das nach Lavendel roch und frei von Holzklötzen zu sein schien. Hier würde er gut schlafen können, sofern es ihm gelang, seinen Geist zu beruhigen. »Sir John hat sich nicht gerade wie ein trauernder Vater verhalten. Oder wie ein niedergeschlagener Kämmerer.«

Geoffrey stand auf und trat zu dem kleinen Fenster, das zum inneren Burghof hinausging. Ohne sich umzudrehen, sagte er: »Er verbirgt seine Gefühle vor Fremden. Eine übliche Höflichkeitsgeste.«

»O ja, das sieht ihm ähnlich. Er wirkt wie ein Mann, der immer das getan hat, was andere von ihm erwarteten. Während seiner gesamten Laufbahn vom Knappen zum Kämmerer.«

»Und was ist mit seinem leiblichen Sohn? Zumindest hier zeigte er Anzeichen von Rührung.«

»Auch das durfte man erwarten.«

»Ihr seid nie zufrieden. Wäre er Waliser gewesen, hättet Ihr ihn wahrscheinlich als vollkommen bezeichnet.«

»Ihr glaubt, ich halte meine Landsleute für vollkommen? Wenn es so wäre, würden wir wohl kaum unter Eurer Herrschaft leben.«

Geoffrey seufzte und ließ sich auf das Bett sinken. »Meiner Ansicht nach ist er ein recht großzügiger Gastgeber.«

8 Die Herrin von Cydweli

Als Owen zur Abendmahlzeit den großen Saal betrat, erblickte er als erstes John Lascelles, dessen wuchtige Gestalt in ein blaues Seidenobergewand mit weiten Ärmeln gehüllt war, das einen deutlichen Kontrast bildete zu den eng anliegenden goldfarbenen Ärmeln seines Hemdes. Ein reich bestickter Goldhut bedeckte seinen kahl werdenden Schädel.

Geoffrey, der schon früher gekommen war und den meisten anwesenden Gesichtern bereits Namen zuordnen konnte, gesellte sich zu Owen und nickte einem Mann und einer Frau zu, die sich durch die Menge ihren Weg zu Lascelles bahnten. »Mistress Lascelles«, flüsterte Geoffrey. »Ist sie nicht die schönste Frau, die Ihr je gesehen habt?«

Dies also war die Tochter von Gruffydd ap Goronwy. Sie hatte Haare wie rotes Gold, die kunstvoll zu Locken eingerollt waren, wodurch ihr langer Hals und ihre anmutigen Ohren entblößt wurden. Ihre Figur war sanft gerundet und elegant in ein kurzes Gewand nach der neuesten Hofmode gekleidet, das aus kostbarer Seide und Samt bestand. »Allerdings«, sagte Owen. »Und wer ist der Mann?« Er war älter als sie, sah aber auch recht stattlich aus.

»Das weiß ich nicht.«

»Gruffydd ap Goronwy?« überlegte Owen laut. Der Mann trug ebenfalls teure Kleider, wenngleich dezenter als jene der Frau, dunkelbraun und frei von Verzierungen.

Er hatte dunkle Haare mit einem Anflug von Silber an der rechten Schläfe. Er mußte ziemlich stolz darauf sein, denn er hatte seinen blauen Samthut so aufgesetzt, daß die silbergraue Schläfe gut zur Geltung kam. Seine Gesichtszüge waren ebenmäßig, seine Augenbrauen vielleicht ein bißchen schwer, seine Augen so dunkel wie die Haare und sein Gesichtsausdruck freundlich. Seine Haltung betonte eine etwas breite Körpermitte. Owen vermutete, daß die Breite in seiner Jugend wohl mehr im Bereich der Schultern gelegen hatte. Seine linke Hand war verbunden, und er hielt sie so, als habe er noch Schmerzen.

»Ein gutaussehender Vater, eine gutaussehende Tochter«, sagte Geoffrey. »Wahrscheinlich habt Ihr recht.«

»Ein ziemlich frostiger Empfang«, meinte Owen, als Lascelles seine Gemahlin erblickte, erstarrte und dann sein Kinn hob. Als sie vor ihm einen Knicks machte, schien Lascelles zu schnauben und erwiderte den Gruß nur durch ein knappes Nicken.

»Was tut ein solcher Engel des Lichts an einem düsterem Ort wie diesem?« flüsterte Geoffrey.

»Wir dürfen nicht vergessen, daß sie die Rettung ihres Vaters war«, erwiderte Owen.

Sie gingen auf ihren Gastgeber, dessen Gemahlin und den Fremden zu.

Mistress Lascelles blickte auf und lächelte den Neuankömmlingen zu. Ihre Augen waren hellgrün, ihr Lächeln unergründlich.

Lascelles ergriff als erster das Wort. »Master Chaucer, Hauptmann Archer. Ich glaube, ich habe Euch noch nicht dafür gedankt, daß Ihr den Leichnam meines Sohnes von St. David hierher gebracht habt. Ihr seid heute abend unsere Ehrengäste. Ihr sollt alle erdenklichen Köstlichkeiten bekommen, die Ihr Euch nach dieser langen und beschwerlichen Reise wünscht.« In seiner Stimme lag nichts von der Wärme, die seine Worte zum Ausdruck bringen sollten.

»Ihr seid äußerst großzügig«, erwiderte Geoffrey und verbeugte sich, Owen tat desgleichen.

»Meine Frau«, sagte der Kämmerer und deutete durch ein Kopfnicken zu der Schönheit an seiner Seite.

Owen verneigte sich tief, begrüßte sie auf walisisch und brachte sein Bedauern darüber zum Ausdruck, daß sie ihrer Familie soviel Kummer hatten bereiten müssen. Ihr Lächeln verschwand, sie senkte den Kopf und sagte in ihrer Muttersprache: »Ich werde John de Reine vermissen. Er war ein aufrechter und guter Mann.«

»Das ist höchst ungerecht«, sagte Geoffrey, »auch ich möchte Euch gern begrüßen, doch ich beherrsche Eure Sprache nicht.«

Mistress Lascelles hob den Blick. »Verzeiht, Master Chaucer.« Ihre Stimme klang etwas zögerlich, als sie in der Sprache ihres Ehemannes redete. »Darf ich Euch meinem Vater vorstellen, Gruffydd ap Goronwy?«

Der stattliche Mann trat vor. »Master Chaucer, Hauptmann Archer.« Er verneigte sich. »In ganz Cydweli spricht man von Eurer Ankunft. Junge Männer üben sich in ihren Fertigkeiten, um Euch beeindrucken und die Streitkräfte des Herzogs in diesem Krieg verstärken zu dürfen.«

Owen warf einen kurzen Blick zu Mistress Lascelles, während ihr Vater sprach, und bemerkte erstaunt, daß sie überrascht zu sein schien. Und Gruffydds Worte hatten tatsächlich einen Unterton, der im Widerspruch stand zu seinem offensichtlich echten Lächeln.

Obwohl Geoffrey sich bemühte, die Konversation leicht und angenehm zu gestalten, schien das nachfolgende Mahl zu einer Kraftprobe zwischen den Anwesenden auszuarten: Jeder schien mit jedem in Konflikt zu liegen – John Lascelles gab sich Burley gegenüber recht kurz angebunden und schien darüber verärgert zu sein, daß seine Gemahlin immer wieder ins Walisische fiel, wenn sie mit Owen oder ihrem Vater sprach; Richard de Burly, der an ihrem Tisch saß, hielt der Gesellschaft einen langatmigen Vortrag darüber, wie töricht und widersprüchlich es sei, daß der Herzog einerseits Befehl gegeben habe, die Garnisonen zu verstärken, andererseits aber Bogenschützen aus ihnen abzog; Mistress Lascelles schalt den Konstabler wegen seiner schlechten Manieren. Gruffydd war der einzige, der entschlossen zu sein schien, diesen Abend zu genießen. Er erkundigte sich bei Owen und Geoffrey nach deren Reise und ihren Eindrücken von Carreg Cennan und St. David. Mistress Lascelles schenkte ihrem Vater ein strahlendes Lächeln, wann immer ihre Blicke sich trafen.

Als es spät wurde, ließ Owen die Ereignisse des Tages noch einmal in Gedanken vorüberziehen. Er dachte an Edern und suchte nach seinem Gesicht, konnte es aber nicht entdecken. Auf walisisch fragte er Mistress Lascelles, weshalb der Priester, der John de Reines Leichnam hierher geleitet hatte, nicht an den hohen Tisch eingeladen worden sei.

Mistress Lascelles' weiße Haut errötete, als sie ihren Vater, dann wieder Owen anblickte. »Vater Edern aus St. David?«

Owen nickte.

»Ist er hier?« flüsterte sie.

»Er wäre ein passender Tischnachbar gewesen.«

»Ich bezweifle nicht, daß er auch gern hier am Tisch gessen wäre«, sagte Gruffydd. Er unternahm keinen Versuch, seine harschen Worte durch ein Lächeln abzumildern.

»Ich fürchte, meine Frage war ungeschickt«, sagte Owen. »Verzeiht mir, Mistress Lascelles.«

»Es war Euer gutes Recht, nach Eurem Reisegefährten zu fragen«, sagte sie, schien jedoch verunsichert zu sein.

Nach einer Weile erhob sie sich und bat, sich zurückziehen zu dürfen.

Lascelles neigte sich zu ihr. »Ich komme später nach«, sagte er.

Gruffydd stand auf, um seiner Tochter zu folgen, die schon im Weggehen war. »Tangwystl!« rief er.

Sie blieb stehen und drehte sich um. »Ich bitte dich, bleib hier und unterhalte unsere Gäste an meiner Stelle.« Sie lächelte. »Genieße die Abende, die du nicht auf dem Hof verbringen mußt.«

Gruffydd verbeugte sich und nahm wieder Platz, schaute ihr jedoch mit besorgtem Blick nach.

Nachdem Mistress Lascelles gegangen war, klagte Geoffrey, er sei ziemlich müde. Kurz darauf verabschiedeten er und Owen sich von Lascelles. Gruffydd begleitete sie zur Tür des Saals.

»Weder Ihr noch der Konstabler scheinen Vater Edern besonders zu mögen«, sagte Owen. »Auf der Reise von St. David nach hier erschien er uns jedoch als ein durchaus angenehmer Zeitgenosse.«

»Ich kenne die Meinung des Konstablers nicht, Hauptmann. Meine Empfindungen gegenüber diesem Mann reichen viele Jahre zurück. Sie würden Euch nicht interessieren.« Er streckte sich und starrte hinauf zu den Sternen. »Das Wetter bessert sich. Ich wünsche Euch eine gute Nacht, Hauptmann, Master Chaucer.« Dann ging er weg.

»Ein angenehmer Mensch«, bemerkte Geoffrey.

»Er möchte, daß wir ihn für einen solchen halten«, sagte Owen. »Es ist bestimmt nicht einfach, zu wissen, daß einen alle beobachten und sich fragen, ob man ein Verräter ist oder nicht.«

»Zumindest versteckt er sich nicht.«

»Ich glaube, seine Tochter ist zu schön, als daß dies möglich wäre. Aber er speist ohne seine Gemahlin. Vielleicht fällt es ihr schwer, sich im Angesicht all der Menschen diesen Fragen zu stellen.«

»Tangwystl«, sagte Geoffrey leise. »Ein schöner Name.«
»Ja, das stimmt.«

Dafydd ap Gwilym trat an den Rand der Klippe, seine Gewänder bauschten sich im Aufwind, er hob die Arme, um den Tag zu umarmen. Der Nebel, der vom Meer aufstieg, netzte seine Haare, legte sich auf seine Augenbrauen und kühlte sein Gesicht. Es war ein wundervoller Morgen, den Gott ihm schenkte. Als er die Augen wieder vom Firmament abwandte, konnte er nicht erkennen, wo der graue Himmel begann und die graue See endete, die an diesem Morgen friedlich in der weitläufigen Cardigan-Bucht lag. Eine friedliche See, das war eine Vorstellung. Gefährlich für jeden, der daran glaubte. Die Gischt der weißgekrönten Wogen wurde fast völlig vom Morgennebel verschluckt, der auch das Geräusch des Meeres dämpfte, das sich an den Felsen unter ihm mit einer Kraft brach, der kein Mensch hätte standhalten können.

»Ich glaube nicht, daß wir ihn so nahe an den Rand heranbringen sollten«, sagte Bruder Samson mit tiefer, dröhnender Stimme. Dafydd war noch nie aufgefallen, wie sehr Samsons Stimme dem Dröhnen der See ähnelte.

»Es ist ziemlich eben hier.« Dafydd streckte seine Arme dem Pilger entgegen, der, gestützt von den schützenden Händen des Mönchs, auf ihn zuhumpelte.

Der Mönch sprach leise auf den jungen Mann ein, ermutigte ihn, warf Dafydd jedoch einen finsteren Blick zu. »Du verlangst zu schnell zu viel von ihm.«

Waren alle Heiler Scharlatane? Woher bezogen sie ihre Weisheiten? Der Pilger humpelte, und der Verband um seinen Kopf erinnerte Dafydd an seine schlimme Verletzung. Er wirkte erschöpft und hielt den Kopf gesenkt, die Schultern wirkten eingefallen, obwohl er erst ungefähr hundert Schritte vom Haus entfernt war. Doch sein Gesichtsausdruck, den Dafydd sah, als er den Kopf hob, war noch immer unverändert – müde, verzweifelt und bereit aufzugeben, sobald man es ihm erlaubte.

»Guter Junge«, sagte Dafydd, »du wirst sehen, all diese Anstrengungen werden sich lohnen.« Samson füsterte er zu: »Wir waren uns darüber einig, daß unser Pilger für die Reise wieder zu Kräften kommen muß.«

»Ja, er soll zu Kräften kommen. Aber das kann nur allmählich geschehen.« Samson wirkte feist und nervös, sah aus, als würde es ihm nicht schaden, einmal einen Monat lang auf dem Acker zu arbeiten, am besten hinter einem Pflug.

Dafydd war die Einwände des Mönchs leid. »Du machst dir Sorgen, daß die Männer des Herzogs zurückkommen könnten, daß wir unseren Pilger verstecken und Pläne machen müssen, und trotzdem glaubst du, wir könnten uns Zeit damit lassen, ihn wiederherzustellen? Wieso bist du plötzlich so sicher, daß die Leute des Herzogs nicht schon unten am Fuße des Hügels auf uns warten?«

Der kleine Mönch blickte zu seinem Schützling und wieder zurück zu Dafydd. »Ich weiß, daß ich die Natur nicht verändern kann. Warum flüsterst du? Fürchtest du, es könnte uns jemand belauschen?«

»Dies ist ein Morgen für Geheimnisse und Geflüster. Gott hat die Tonlage dieses Tages vorgegeben – höre auf das Meer, wie seine Stimme durch den Nebel gedämpft wird.« Dafydd deutete mit einem Kopfnicken zu dem Pilger, der an den Rand der Klippe getreten war. »Siehst du? Ist es nicht so, wie ich gesagt habe?«

Dafydd bereute seine Worte jedoch sogleich wieder, als er sah, daß der junge Mann sehnsuchtsvoll hinabblickte, und fürchtete schon, es sei unklug gewesen, den Pilger alleine so nahe an den Abgrund herantreten zu lassen. Er machte einen Schritt auf den jungen Mann zu. »Ist dir schwindlig?«

»Mir ist es, als könnte ich mich in den Wind legen und wie eine Möwe über das Wasser segeln.«

»Ich glaube nicht, daß dies Gottes Plan entspräche«, sagte Samson und machte eine nervöse Handbewegung, als könne er den jungen Mann dadurch zurückhalten.

»Ich weiß, daß ich keine Möwe bin.«

»Aber was bist du dann?« flüsterte Dafydd. »Bist du Rhys?«

Der junge Mann wandte sich wieder dem Meer zu, als habe er die Frage nicht gehört. Dafydd hoffte, Dyfrig möge bald mit den neuesten Gerüchten aus St. David zurückkehren.

Sir Robert war dem weißen Mönch sehr dankbar dafür, daß er ihm und Bruder Michaelo auf einem Rundgang die heiligen Quellen in der Umgebung zeigte. Bruder Dyfrig schien ein angenehmer Mensch zu sein, der gern lachte, und dank seiner Vertrautheit mit dem Land war er ein ausgezeichneter Führer. Als sie vor dem Brunnen von St. Non darauf warteten, die Grotte zu betreten, hatte Dyfrig Owen erwähnt. »Es ist sehr schade, daß Euer einäugiger Begleiter schon so schnell wieder abreisen mußte. Er hätte hier Ruhe gefunden, vielleicht auch Heilung. Schon viele Augenbeschwerden sind hier kuriert worden.«

»Er wollte hier haltmachen«, hatte Sir Robert erwidert. »Aber der Bischof drängte ihn zur Eile.« Sir Robert sah zu, wie Bruder Michaelo sich auf die Steine kniete, die Finger in das Wasser tauchte und sich damit die Schläfen benetzte. »Mein Begleiter hofft, hier Linderung für seine Kopfschmerzen zu finden.« Als er Blicke auf sich ruhen spürte, schaute Sir Robert auf und entdeckte, daß ihn vom

Hügel herab ein dunkelhaariger Mann neugierig ansah. Er kam ihm irgendwie bekannt vor.

»Und Ihr, Sir Robert?« fragte Bruder Dyfrig. »Ihr seid in einem Alter, in dem es bewundernswert ist, noch eine solche Pilgerfahrt zu unternehmen. Ihr kommt aus York, sagtet Ihr?«

»Es war eine lange Reise für mich, doch ich bin in meinem hohen Alter außerordentlich mit Gottes Gnade gesegnet. Der Herr hat es gegeben, daß sich mein einziges Kind wieder in Liebe mir zugewandt hat. Und er hat unsere Familie von der letzten Heimsuchung der Pestilenz verschont.«

»Ihr möchtet dem Herrn also danken, damit Ihr in Frieden sterben könnt?«

»Das ist mein Wunsch.«

»Ich werde für Euch beten.« Als Michaelo von der Quelle zurücktrat, faßte Dyfrig Sir Robert am Ellbogen und half ihm, sich auf die Steine am Rande der Quelle niederzuknien. Sir Robert tauchte seine Finger in das Wasser. Es war klar und kühl. Er bekreuzigte sich mit den nassen Fingern und wurde von einem Gefühl tiefen Friedens erfüllt. Er betete für Lucie und seine Enkelkinder und für Owen auf seinem langen Heimweg. Als Sir Robert seinen Gehstock hob und fest auf den Boden setzte, um sich aufzurichten, spürte er sogleich wieder die helfende Hand des Mönchs unter den Achseln. »Ihr seid sehr gut zu mir. Gott segne Euch, Bruder Dyfrig.« Von der Anhöhe herab beobachtete sie der Fremde noch immer. »Kennt Ihr diesen Mann?« fragte Sir Robert, doch als Dyfrig hinaufschaute, hatte sich der Mann schon abgewandt.

»Es gibt hier so viele Pilger. Es würde mich nicht wundern, jemandem zu begegnen, den ich kenne.«

Sie gesellten sich wieder zu Bruder Michaelo, der am

Rande der sanft geschwungenen Talsenke stand, in der die Quelle und die Kapelle St. Non lagen, und auf das Meer hinaustarrte. Sir Robert war noch nicht am Rande der Klippe gewesen. Dort ragten überall hohe, schroffe Felsen auf, die von Buchten durchbrochen und mit Höhlen durchsetzt waren. Unmittelbar unter ihnen hatte sich in grauer Vorzeit ein Felsen, der fast so hoch war wie die Klippe, vom Festland abgespalten und stand nun wie ein Wächter allein in der Bucht.

»Bei Flut ist er eine Insel«, sagte Bruder Dyfrig.

»Diese Höhle da hinten – wie kommt es, daß es innen so hell ist?«

»Das ist das Tageslicht, das von der anderen Seite hereinfällt«, sagte Michaelo. »Ich begreife, weshalb unser König fürchtet, an dieser Küste könnten sich Piraten und Schmuggler einnisten. Hier gibt es genug Höhlen, in denen sie sich verstecken können.«

»Solche Strolche sind hier seltener, als man allgemein annimmt«, sagte Dyfrig. Er deutete nach Nordwesten. »Ihr solltet eine Wanderung um die Klippen unternehmen, wenn die See ruhig und der Himmel klar ist. Vom nördlichen Ende dieses Landfingers aus könnt Ihr Irland sehen, so wie Bendigeidfran, der Sohn von Llyr, es sah, als Matholwchs dreizehn Schiffe über das Meer kamen, um Branwen zu holen.«

Owen hatte Sir Robert vor kurzem die Geschichte von Branwen erzählt, die ihn sehr interessiert hatte. »War das Llyrs Königreich?« fragte Sir Robert.

»Dies ganze Land war sein Reich. Aber er befand sich nicht in der Bucht von St. Non, als er die Schiffe sah. Er saß auf einem Felsen in Hardllech, in Ardudwy, auf einem seiner Höfe.«

»Euer Volk spricht in den Sagen von diesen Menschen, als gäbe es sie wirklich«, bemerkte Bruder Michaelo und grinste. »Aber die Geschichten enthalten viel zu viele Wunder, um wahr sein zu können.«

Bruder Dyfrig senkte den Kopf und schüttelte ihn, als habe er gerade über etwas Trauriges nachgedacht. »Was wir heute als Wunder bezeichnen, waren einst ganz gewöhnliche Ereignisse«, sagte er leise, wie zu sich selbst. »Wie sehr ist unser Ruhm doch verblaßt.«

Michaelo warf Sir Robert einen kurzen Blick zu. »Träumer«, murmelte er. Etwas lauter sagte er: »Wenn wir den Brunnen von St. David noch vor Sonnenuntergang erreichen wollen, müssen wir weiter.«

Dyfrig blickte hoch zur Sonne, die im Westen stand. »Ihr habt recht, mein Freund. Machen wir uns wieder auf den Weg.«

Als sie weitergingen, ließ Bruder Dyfrig eine Hand auf Sir Roberts Ellbogen ruhen, um ihn im Falle eines Stolperns stützen zu können. Der Pfad hinunter zum Hafen von Porth Clais war gut ausgetreten, nach den Frühlingsregen jedoch ein bißchen aufgeweicht, und als sie hinabstiegen, gab der Mönch deshalb ganz besonders acht. Sie unterhielten sich beim Gehen. »Der Palast in St. David – fühlt Ihr Euch dort wohl?« fragte Dyfrig.

»Man hat uns alles zur Verfügung gestellt, was wir uns nur wünschen konnten. Bischof Houghton hat sich als höchst großzügiger Gastgeber gezeigt«, sagte Sir Robert.

»Es muß eine Menge Gerede unter den Pilgern gegeben haben, nachdem die Nachricht von dem Toten vor dem Turmtor bekannt wurde.«

»Ja, das stimmt. Vor allem, seit man einen jungen Pilger vermißte. Sie waren sehr erleichtert, als sie hörten, daß nicht er der Tote war.«

»Der junge Mann ist munter und gesund wieder aufgetaucht?«

»Leider nein. Bis jetzt ist er nicht zurückgekommen,

und es hat auch niemand Anspruch auf seine Habseligkeiten erhoben.« Sir Robert verhielt den Schritt, verwirrt wegen Dyfrigs Frage. »Aber Ihr wißt doch bestimmt, daß Vater Edern den Toten identifiziert hat? Ich habe gehört, daß Ihr mit dem Vikar bekannt seid.«

Bruder Dyfrig lächelte. »Ich wußte davon, ja. Aber der Tote hätte auch ein junger Mann sein können. Ich dachte, er wäre vielleicht der junge Pilger, von dem Ihr gesprochen habt.«

»Nein, der vermißte Pilger ist ein Waliser namens Rhys ap Llywelyn, wie man mir sagte.«

Bruder Michaelo, der bereits die Kapelle erreicht hatte, kam zurück, um sie zur Eile aufzufordern. »Es wird spät«, flüsterte er.

Sir Robert war das schroffe Verhalten seines Begleiters peinlich, nachdem Bruder Dyfrig ihnen gegenüber so freundlich gewesen war.

Doch Dyfrig schien es nichts auszumachen. »Vielleicht sollten wir zuerst zur Quelle gehen und erst dann in die Kapelle, falls uns noch Zeit bleibt.« Er führte sie zu der kleinen Menschenansammlung hinter der Kapelle. »Hat der Bischof jemanden ausgeschickt, um nach dem vermißten Pilger zu suchen?« fragte er, als sie über die sumpfige Wiese gingen.

»Davon ist mir nichts bekannt«, antwortete Sir Robert.

»Aber seine Habseligkeiten hat er im Palast zurückgelassen?«

»Ja.«

»Er muß ein Mann von Rang sein, wenn er im Palast untergebracht wurde.«

»Er hatte um eine Audienz beim Bischof nachgesucht«, sagte Michaelo. »Am besten, Ihr fragt Seine Exzellenz, wer dieser junge Mann war.«

Bruder Dyfrig ließ das Thema auf sich beruhen.

Nun war Sir Robert dankbar für Michaelos Ruppigkeit, denn wenn es eine Weile still bliebe, würde er in Ruhe beten können. Die Geschwätzigkeit des Mönchs störte ihn.

Später, als sie sich nach dem Aufstieg von Porth Clais zur Kathedrale ausruhten, damit Sir Robert wieder zu Atem kam, begann der Mönch weiterzuschwatzen. Diesmal fragte er nach Owen Archer und Geoffrey Chaucer. Es hätte ihn überrascht, zu erfahren, daß ersterer Sir Roberts Schwiegersohn wäre. »Dann seid Ihr also darüber unterrichtet, weshalb er nach Wales gekommen ist?«

»Der Zweck seiner Reise ist kein Geheimnis. Wales ist verwundbar und schutzlos gegen Angriffe der Franzosen, wenn seine Festungsanlagen und die geistige Verfassung seiner Bewohner schwach sind und eine Gefahr für die Sicherheit des Reiches darstellen. Owen soll für den Herzog von Lancaster Bogenschützen rekrutieren, während sein Begleiter die Festungen und Garnisonen inspiziert.«

»Aha.«

Bruder Michaelo hatte seit seinem Ausbruch am Hafen geschwiegen. Doch sobald er und Sir Robert sich im Palast von Bruder Dyfrig verabschiedet hatten, wandte Michaelo sich an seinen Begleiter und zischte: »Ihr laßt jegliche Diskretion vermissen. Begreift Ihr denn nicht, daß er für irgend jemanden als Agent arbeitet? Habt Ihr nicht bemerkt, wie hartnäckig er seine Fragen vorgebracht hat?«

In der Tat, als Sir Robert im Bett lag und über die Unterhaltung mit dem Mönch nachdachte, beschlich ihn wachsendes Unbehagen. Am Morgen suchte er nach Bruder Dyfrig. Auch er hatte Fragen zu stellen. Er wollte mehr wissen über Bruder Edern, mit dem Owen nach Cydweli reiste. Aber man sagte ihm, daß Bruder Dyfrig nicht mehr hier sei.

In der steinernen Welt einer Burg erschien Owen ein wolkenverhangener, regnerischer Tag noch grauer als an irgendeinem anderen Ort. Er hatte daran gedacht, einen Bogen zu spannen, um etwas gegen die Steifheit seiner Arme zu unternehmen, die er heute verspürte. Doch mit der feuchten Kälte kehrten die Schmerzen in seiner Schulter wieder. »Ich muß es tun, wenn es mir am meisten weh tut«, murmelte er.

»Seid Ihr heute morgen in Büßerstimmung?« fragte Geoffrey. »Habt Ihr von Mistress Tangwystl geträumt?«

Geoffrey hielt Tangwystl ferch Gruffydd offensichtlich für den Inbegriff der Weiblichkeit. Sie vereinte in sich alle herkömmlichen Merkmale von Schönheit – sie war schlank, hatte eine helle Haut, bewegte sich elegant, hatte eine liebliche Stimme, ein freundliches Lächeln und ebenmäßige Gesichtszüge, und in ihren Haaren lag ein weicher, goldener Schimmer.

»Wenn ich die Schulter nicht trainiere, wird sich die Steifheit verschlimmern.«

Geoffreys Grinsen verstärkte sich. »Ich jedenfalls habe von ihr geträumt.«

Da Owen bereits in schlechter Stimmung war, verärgerten ihn Geoffreys alberne Bemerkungen noch mehr. »Wann habt Ihr das letzte Mal einen Bogen in der Hand gehabt?«

»Ich?« Geoffrey hob seine kurzen Arme, schaute sie nacheinander an und blickte dann mit einem belustigten Gesichtsausdruck zu Owen. »Glaubt Ihr etwa, daß mein Körper mir derartige Fertigkeiten zur Verfügung stellt?«

Warum machte es ihm solchen Spaß, sich wie ein alberner Tor aufzuführen? »Ihr seid am königlichen Hof aufgewachsen und müßtet deshalb eigentlich am Schießstand unterwiesen worden sein.«

Ein Kichern, dann ein Nicken. »Ja, das stimmt. Aber es

ist schon lange her, seit ich zum letzten Mal einen Bogen gespannt habe.«

»Dann kommt mit.«

»Ist das meine Strafe dafür, daß ich von der Gemahlin des Kämmerers geträumt habe?«

»Es ist mein Heilmittel für Albernheit.«

Geoffrey lachte und griff zu seinem Filzhut. »Ich nehme die Herausforderung an.«

Als sie das Gästehaus verließen, sahen sie, wie ihre Gastgeber und Gruffydd ap Gorornwy aus dem großen Saal kamen. Gruffyd ging zwischen Lascelles und Tangwystl, leicht nach vorn gebeugt, und redete aufgeregt. Lascelles schüttelte den Kopf. Tangwystl ging neben ihnen her und hörte zu. Plötzlich blieben alle drei stehen.

»Oh, du Holde, wenn du wüßtest, welch ein Zauber von dir ausgeht«, murmelte Geoffrey.

Die Gemahlin des Kämmerers war groß, ihr langer Hals bog sich über ihrem tief ausgeschnittenen Kleid. Sie blickte gehorsam zur Seite, als eine sehr weiße Hand, ihre rechte, von ihrem Vater hochgehoben wurde. Dann griff er nach Lascelles rechter Hand.

»Anscheinend hat ihr Vater eine Versöhnung befohlen«, sagte Owen.

»Das klappt nicht«, meinte Geoffrey, als Gruffydd die Hände der beiden ineinander legte. »Schaut Euch ihre Gesichter an.«

Die Eheleute sahen einander nicht an, so als ob ihnen die Hände gar nicht gehörten, die Gruffydd so fest umfaßt hielt.

Owen legte Geoffrey eine Hand auf die Schulter. »Kommt. Ich glaube, sie wünschen keine Zeugen.«

Aber Geoffrey hatte andere Pläne. »Ich möchte Edern aufsuchen, um zu sehen, wie es ihm geht.«

»Ihr seid faul.«

»Ich möchte wissen, was sie für John de Reine arrangiert haben.«
»Wie Ihr wollt.«

Owen machte sich auf zum Übungsplatz. Er mußte ihn sowieso bald aufsuchen, um festzustellen, ob Burley Fortschritte bei der Anwerbung der Bogenschützen gemacht hatte. Er erwartete nicht, daß die Rekruten schon eingetroffen waren, aber er hoffte, Fässer voller Pfeile und Bogen zum Üben sowie einige Zielscheiben vorzufinden, und wo es einen Übungsplatz gab, da traf man immer auch auf einen hungrigen Soldaten, der wußte, was in der Küche alles geredet wurde. Das gemeinsame Essen machte Soldaten oft gesprächig. Owen würde vielleicht mehr über John de Reine erfahren und über dessen abgebrochene Reise nach Carreg Cennen.

Der äußere Burghof von Cydweli Castle war wie ein D angelegt, wobei die gerade Linie an der hohen Klippe über Gwendraeth im Südosten entlangführte. Der Innenhof war quadratisch und besaß Türme an jeder Ecke. Die Haupthalle lag an der Südostmauer im Innenhof, dem Gästehaus im Schatten der Nordwestmauer gegenüber. Owen vermutete, daß sich der Übungsplatz im äußeren Burghof befand, der eine bogenförmige Fläche innerhalb der Außenmauern bildete. Als er das südliche Torhaus passiert hatte, entschied er sich für die entgegengesetzte Richtung und verließ den Innenhof durch eine Tür in der Nähe des Nordostturms. Dort stieß er auf das nördliche Torhaus, das jedoch nicht so eindrucksvoll wirkte wie jenes auf der Stadtseite, aber gut bewacht war. Einer der Männer zeigte ihm den Weg um den Nordwestturm zum Übungsplatz.

Man konnte ihn kaum verfehlen, denn im Augenblick war er von einigen keuchenden Ringkämpfern belegt. Sie waren nackt bis auf die Beinkleider und mit Schweiß überzogen, ihre Muskeln waren kräftig, ihre Gesichter angespannt. Einer warf Owen einen kurzen Blick zu – eine vorübergehende Unachtsamkeit, die ihn diese Runde kostete, denn sein Gegner nutzte die Gelegenheit und warf ihn zu Boden. Owen nickte den Männern zu und ging zu dem Holzfaß, das in einer kleinen, offenen Hütte hinter ihnen stand. Er war gerade im Begriff, den Deckel anzuheben, als sich eine Hand fest um seinen Oberarm schloß.

»Ein neugieriger Fremder lebt gefährlich in diesen Zeiten«, sagte eine brummige Stimme auf englisch, aber mit starkem walisischen Akzent. Sie gehörte dem Sieger des Ringkampfes.

»Owen Archer«, sagte Owen auf walisisch. »Ehemaliger Hauptmann der Bogenschützen des alten Herzogs.«

»Owen Archer?« Der Mann trat einen Schritt zurück und musterte Owen. »Man hat mir berichtet, daß Ihr auf einem Auge erblindet seid. Willkommen.« Er drückte Owen die Hand. »Ich bin Simwnt. Harold heißt der andere, der nach Revanche schreit. Er spricht unsere Sprache nicht, also reden wir besser auf englisch weiter.«

»Ich dachte, in diesem Faß würden Pfeile und Bogen liegen«, sagte Owen.

»Das tun sie auch, Hauptmann.« Während Simwnt sprach, streifte er sich ein Hemd über und wischte sich dann mit dem linken Ärmel den Schweiß von der Stirn. »Aber wir haben noch keine Bogenschützen, die wir Euch vorstellen könnten.«

»Ich kann noch eine Weile warten. Im Moment könnte ich eher ein Essen vertragen.«

Ein breites Grinsen enthüllte kleine, überraschend makellose Zähne. »Wir haben einen Laib Brot und etwas Wurst beiseitegelegt – wir teilen das Essen mit Euch, wenn Ihr uns dafür eine gute Geschichte erzählt. Eine ganz besondere Geschichte.«

»Und wovon sollte die Geschichte handeln?«

»Vom Tod unseres Freundes John. John de Reine, dessen Totenmesse wir heute besuchen. Es heißt, Ihr hättet Ihn gefunden.«

»Nein, aber ich habe ihn gesehen. Und ich weiß etwas über die Umstände seines Todes.«

»Schön. Genau das wollen wir hören. Harold war einer seiner Männer, müßt Ihr wissen.«

Gott meinte es gut mit Owen. Simwnt und Harold schienen Männer zu sein, mit denen er keine Schwierigkeiten bekommen würde. »Für ein bißchen Speis und Trank erzähle ich euch gern, was ich weiß.« Owen ließ sich auf einer Steinbank an der Mauer nieder.

Nachdem er den Männern einige sorgfältig ausgewählte Ereignisse berichtet hatte, schwieg Owen. Bald begann Harold über Reine zu reden, seinen ausgezeichneten Charakter und seinen plötzlichen Sinneswandel. »Er hat gesagt, er würde eine Woche wegbleiben, nicht länger, und ich sollte mich bereithalten, um anschließend mit ihm nach Carreg Cennen zu reiten. Es gefiel mir nicht, daß er allein wegreiten wollte, aber was hätte ich tun sollen?« Seine Stimme bebte vor Mitgefühl.

»Hatte er keine anderslautenden Befehle?« fragte Owen.

»O nein. Burley ist fuchsteufelswild geworden, als er erfuhr, daß Reine ohne mich weggeritten war. ›Eine ganze Woche! Wo will er hin in dieser verdammten Woche?‹ hat er geschrien.«

»Nach St. David«, sagte Owen.

»Ja«, flüsterte Harold.

Später, nachdem er die Messe für John de Reine besucht hatte, schlenderte Owen zu den Steinmetzen hinüber, die am südlichen Torhaus arbeiteten. Harold und Simwnt hatten von ihrer Arbeit gesprochen und den alten Herzog gepriesen, der entschlossen sei, die Burg von Cydweli so eindrucksvoll zu gestalten, daß sie sich hinter keiner Festung Englands zu verstecken brauchte. Owen erwähnte nicht, um wieviel größer und schöner die Burg des Herzogs in Kenilworth war. Große Burgen dienten zum Wohnen, große Torhäuser zur Verteidigung. Und wie immer lautete in diesem Land die Frage, ob Lancaster Cydweli gegen die Waliser oder gegen die Franzosen schützen wollte. Oder gegen beide.

»Es wird ein Wunderwerk sein, wenn es fertig ist«, sagte Gruffydd ap Goronwy, der sich zu Owen gesellte, als er vor den Gerüsten stand und hinaufschaute. »Ein Gefängnis auf der einen Seite, ein Torhaus auf der anderen.« Er kicherte. »Sie fürchten uns, diese Engländer, nicht wahr?«

Hatte er Owens Gedanken gelesen? »Im Augenblick fürchtet man eher die Franzosen«, sagte er, um seine Verwirrung zu verbergen.

Gruffydd senkte die Augen. »Ihr habt von meiner Demütigung gehört.«

Owen hatte nicht mehr daran gedacht. »Verzeiht. Ich habe es nicht so gemeint.«

»Warum sollen wir dem Erben des großen Llywelyn nicht erlauben, an diesen Küsten zu laden? Einen Augenblick – gleich kommt die Antwort. Die Franzosen würden Owain ap Thomas ap Rhodri benutzen, um die Herren der Grenzmarken zu vernichten und dann über ihn hinwegsteigen, um ihren Sieg zu verkünden. Ich bin kein solcher Narr, zu glauben, daß sie es gut mit uns meinen.«

»Ich freue mich, das zu hören. Ich glaube nicht, daß meine Landsleute so töricht sind, einen derartigen Fehler zu begehen.«

Gruffydd wandte sich an Owen und nickte zustimmend. »Eure Landsleute. Ich bin froh, daß Ihr dieses Land noch immer für Eure Heimat haltet. Was mich zu dem Thema bringt, über das ich mit Euch sprechen wollte. Man sagt, Ihr wäret in die Dienste Henry von Grosmonts getreten. Ist das wahr?«

»Ja.«

»Und Eure Familie lebt noch hier?«

»Sie ist noch dort, wo sie war, als ich sie verlassen habe. Meine Eltern und meine Geschwister. Sie sind aus dem Norden heruntergekommen.«

»Ich glaube, ich kenne Euren Bruder.«

Owens Herz begann schneller zu schlagen. »Meinen Bruder Dafydd?«

»Nein, Morgan. Morgan ap Rhodri ap Maredudd.«

Morgan war das jüngste Kind seiner Mutter, das noch recht klein gewesen war, als Owen gegangen war. »Er würde mich nicht erkennen.«

»Ihr habt also einen Bruder dieses Namens. Dunkel, schlank?«

»Man fürchtete, er würde die ersten Jahre nicht überleben. Er war ein recht kränkliches Kind.« Ein schwieriges Kind, schwierig zu lieben. Was bedeutete es, daß Gruffydd ausgerechnet von ihm sprach? Eigentlich müßte doch der Älteste am bekanntesten sein.

Gruffydd nickte begeistert. »Er ist es. Er muß es sein. Ich werde zu ihm gehen. Ihn in die Burg einladen.« Er redete, als wäre er der Herr von Cydweli.

»Von Dafydd habt Ihr nichts mehr gehört?«

Gruffydd fuchtelte mit den Händen umher. »Ich wußte nicht, wen ich hätte fragen sollen. Das werde ich jetzt tun. Wer weiß, welche Wunder dabei ans Tageslicht kommen werden?«

9 Erwartung

Gruffydd war entschlossenen Schrittes weggegangen. Vieleicht würde er nicht nur Morgan in die Burg holen, sondern auch Dafydd, Angie, Gwen und Owens Eltern Rhodri und Angharad.

Als Owen zum Gästehaus zurückging, versuchte er sich vorzustellen, was er empfinden würde, wenn er seine Familie nach all dieser Zeit wiedersehen würde. Er bezweifelte, daß er auch nur einen von ihnen wiedererkennen würde. Und was würden sie von ihm denken, mit dem erblindeten Auge und einem Akzent, der von seinen Jahren in der Armee des englischen Königs Zeugnis ablegte? Seine Eltern würden sich wohl daran erinnern, daß er die Familie gerettet hatte, indem er sich in die Dienste des Herzogs begeben hatte, aber seine Geschwister? Er fürchtete, seine Heimkehr würde zu einer bitteren Enttäuschung geraten.

Als Owen in seine Kammer im Gästehaus zurückkehrte, traf er auf Geoffrey, der niedergeschlagen an einem Tisch in der Nähe des Fensters saß. In der einen Hand hatte er einen Becher Wein, die andere lag auf einem Pergament, berührte einen Federkiel, hielt ihn aber nicht richtig fest, obwohl er darauf starrte. Sein Gesicht war von Sorgen gezeichnet.

Owen hatte Geoffrey noch nie in einer solchen Stimmung erlebt. »Geht es Euch nicht gut?«

Geoffrey seufzte, hob den Federkiel, steckte ihn in sein Tintenfaß und schob seinen Schemel zurück. »Wäre dies der

Fall, dann hätte ich nicht hier den Nachmittag verbracht und hätte mir die Demütigung erspart.« Er blickte nicht auf zu Owen, sondern redete zu der gegenüberliegenden Wand.

»Seid Ihr zu Edern gegangen?«

»Ja, aber ich mußte bis zum Ende der Messe warten, um mit ihm zu sprechen.«

»Und ...?«

»Ich habe ...« Geoffrey schüttelte den Kopf.

»Hat er Euch beleidigt?«

»Nein. Ich habe mir die Demütigung selbst zuzuschreiben. Edern war sich dessen nicht bewußt.«

»Wollt Ihr mir nicht erzählen, was geschehen ist?«

»Ich habe gesehen, wie der Vikar in der Kapelle – mein Gott! Ich weiß, daß solche Dinge passieren, aber nie hätte ich gedacht, daß ich es selbst einmal mit eigenen Augen sehen würde!«

»Geoffrey!«

»Ich habe gesehen, wie er sich mit der Magd von Mistress Lascelles vergnügt hat, besser gesagt, wie sie sich ihm hingegeben hat. Ihre Brüste schlugen gegen ihren Bauch. So riesig und schwer waren sie. Und sie hat gekreischt und gekichert, während er stöhnte.« Plötzlich wandte sich Geoffrey zu Owen, für den die Bilder, die Geoffreys Worte in ihm heraufbeschworen, eine willkommene Ablenkung von den Gedanken an seine Familie waren. Er konnte sich ein Lächeln nicht verkneifen. Geoffrey errötete. »Nicht, daß ich große Brüste besonders aufreizend fände ... Aber diese Hingabe ... Gütiger Himmel, in der Kapelle, Owen! Nach einer feierlichen Messe!«

»Und was bereitet Euch solche Sorgen?«

»Vater Francis, der Kaplan, entdeckte mich in der Tür. Was mag er wohl denken?«

Owen bemühte sich, wieder ein ernstes Gesicht aufzusetzen. »Es war ein dummer Zufall.«

»Ich habe einen Fehler gemacht. Als ich näherkam, eilte ein Mann aus der Kapelle und murmelte etwas vor sich hin. Wäre ich näher dran gewesen, hätte er mich vielleicht gesehen und gewarnt.«

»Und deshalb sitzt Ihr hier so bekümmert herum, unfähig zu schreiben?«

»Es sollte noch schlimmer kommen.«

»Noch schlimmer? Vielleicht sollte ich auch einmal die Kapelle aufsuchen.«

»Ihr macht Euch über mich lustig.«

»Nein, ich wollte Euch nur ein bißchen aufheitern.«

»Das ist aber eine seltsame Methode.«

»Ich bitte Euch, erzählt mir, was Euch traurig gemacht hat.«

»Der Kaplan – das, was er mir erzählt hat. Gladys – die Zofe von Mistress Lascelles – verkehrt mit allen Männern in der Burg, vor allem mit John Lascelles.« Geoffrey sprach die letzten fünf Worte betont langsam aus und wartete auf eine Reaktion.

Owen hielt es für bedauerlich, daß der Kämmerer schon so kurz nach seiner Eheschließung ein Auge auf andere Frauen warf, aber Männer wie er waren beileibe nicht selten.

»Ich dachte, Sir John würde seine junge Frau anbeten. Warum hätte er sonst das Risiko auf sich genommen, sich mit der Familie eines Mannes zu verbinden, der des Verrats beschuldigt wird?«

»Eine Frau, die man anbetet, ist nicht immer auch eine Frau, mit der man den Beischlaf pflegt.«

»Das stimmt. Und Zofen haben auch früher schon ihre Herrinnen hintergangen.«

»Auf Befehl ihrer Herrinnen?«

Owen horchte auf. Er setzte sich auf den Platz gegenüber von Geoffrey. »Was meint Ihr damit?«

»Was ich gesagt habe. Sie hat Gladys und ihren Gemahl dazu angestiftet.«

»Hat der Kaplan das gesagt?«

»Ja.«

»Er – Vater Francis, der Kaplan – ist überzeugt, daß Edern zurückgeholt wurde, um hier wieder als Kaplan tätig zu werden, weil Francis, ein unglücklicher, weinerlicher Tropf, mit Gladys überrascht wurde, so wie ich sie heute mit Edern gesehen habe. Er möchte, daß ich Sir John berichte, was ich beobachtet habe. Und ihm sage, daß Edern auch nicht besser sei, zumindest nicht besser als Francis.«

»Aber weshalb hat er Euch von Sir John und der Zofe erzählt?«

»Ich habe es abgelehnt. Ich möchte Sir John nicht behelligen und durch ihn seine Gemahlin. Und außerdem wurde Edern nicht zurückgeholt, um hier wieder als Kaplan zu arbeiten.«

»Ihr habt ein weiches Herz, Geoffrey. Dieser Kaplan könnte von Euch eine Menge über christliche Barmherzigkeit lernen.«

»So hat er es nicht gesehen.«

»Habt Ihr ihm versprochen, mit Sir John zu reden?«

»Ich habe einen Fluch auf Italienisch vor mich hingemurmelt, aber in einem Ton, aus dem er schließen mußte, daß ich ihm meine Hilfe zusagte.«

»Ihr seid wirklich ein schlauer Kopf.«

»Wenn man sich selbst in Schwierigkeiten bringt und dann seinen ganzen Verstand darauf verwenden muß, wieder aus dem Schlamassel herauszukommen, zeugt das nicht gerade von großer Klugheit.«

Heute abend trug Gruffydd ap Goronwy ein schlichtes Gewand, das einem Mann seiner Statur gut stand, jedoch aus Seide war und im Licht glänzte, was die Aufmerksamkeit auf ihn lenkte. Tangwystls Vater war ein eitler Geck. Hatte ihn deshalb seine Gemahlin nicht zur Burg begleitet – weil sie zu Hause damit beschäftigt war, seine teuren Gewänder auszubessern?

Gruffydd ließ seine dunklen Augen durch den Raum schweifen. Als er Owen erblickte, hob er in einem stummen Gruß das Kinn und zog die Augenbrauen hoch, dann begann er auf ihn zuzugehen. Als Gruffydd näherkam, wurde er ernst. Owen vermutete, daß er sich in dem Mann getäuscht hatte, den er für seinen Bruder Morgan gehalten hatte.

»Ihr seht gut aus heute abend«, sagte Owen.

»Gott hat meine Familie mit guter Gesundheit gesegnet, Hauptmann.« Gruffydd trat näher, senkte den Kopf leicht und sagte mit ruhigerer Stimme: »Ich habe mit Eurem Bruder gesprochen.«

Owen wurde warm ums Herz. »Ich dachte, weil Ihr allein gekommen seid ...«

Kopfschütteln. »Er will nicht zur Burg kommen.«

»Warum nicht?«

»Das hat er nicht gesagt. Aber er lädt Euch ein, besser gesagt, bittet Euch, ihn zu besuchen.«

»Geht es ihm nicht gut? Kann er nicht reisen?«

»Er ist gesund und wohlauf. Ich sage Euch, wie Ihr zu ihm kommt.«

Owen brachte es nicht über sich, ihn nach den anderen zu fragen.

Dafydd ap Gwilym beobachtete den Sonnenaufgang und erinnerte sich daran, wie an einem Frühlingsmorgen vor langer Zeit die aufgehende Sonne auf die hellblonden

Haare seiner Geliebten gefallen war und sie rot und golden hatte erglühen lassen und wie jede Strähne aufs neue erstrahlte, als die Sonne weiter am Himmel emporstieg. Auch sie, die Geliebte, war an jenem Morgen aufgetaut, als habe die Sonne sie erwärmt.

Nicht jedoch durch seine Leidenschaft, obwohl er törichterweise geglaubt hatte, sie würde ihn lieben. Nie liebte ihn eine Frau so sehr, daß sie ihre Familie zurückließ und mit ihm wegging. Eine Frau liebt die Lobgesänge eines Dichters, das Versprechen von Ruhm und Unsterblichkeit in seinen Versen. Sie sehnt sich nach einem Soldaten und heiratet einen Mann mit Besitz.

Er blinzelte bei diesen wehmütigen Gedanken. Warum fielen auf diesen wunderschönen Morgen solch düstere Schatten? Vielleicht trübte seine kurz bevorstehende Abreise von diesem Ort, den er so sehr liebte, seine Stimmung und seine Erinnerungen. Er mußte diese Trübsal abschütteln, sonst würde es ihm nicht gelingen, die Männer aus Cydweli – deren Rückkehr unausweichlich war – davon zu überzeugen, daß das Haus das letzte Mal, als sie gekommen waren, genauso leer gewesen war wie jetzt und Dafydd keine andere Aufgabe auf der Welt kannte als seine Arbeit.

Bruder Samson und der Pilger waren gestern nach Strata Florida aufgebrochen. Ein Ritt von drei, vielleicht vier Tagen, wenn man berücksichtigte, daß Samson sich große Sorgen machte um den jungen Mann. War Samson schon so alt im Geiste, daß er vergessen hatte, wieviel Kraft ein junger Mensch hatte? Wie schnell Knochen wieder zusammenwuchsen, Wunden sich schlossen, Narben verschwanden und Muskeln heilten? Ach, wenn man nur noch einmal jung sein könnte! Es würde Dafydd nichts ausmachen, über Berge zu wandern, um einen bestimmten See wieder aufzusuchen, Erinnerungen wieder aufzufrischen, zum Beispiel an einen Baum, unter dem er geschlafen hatte, an eine Lichtung, auf der er mit einer Geliebten gelegen hatte. Er würde alles dafür geben, mit dem Pilger zu tauschen.

Genug davon. Bald würde er beweisen, aus welchem Holz er geschnitzt war, wenn er ihrer Spur folgte. Aber zuerst würde er sich noch ein bißchen mit den Männern von Cydweli abgeben müssen. Er wartete auf ihre Rückkehr. Wäre er mit Samson und dem Pilger gegangen, hätten die Männer das Haus leer vorgefunden und nach Spuren des Pilgers gesucht. Aber wenn sie bei ihrer Rückkehr sahen, daß alles noch so war wie zuvor – soweit sie es beurteilen konnten –, würden sie weniger Aufmerksamkeit auf diese Spurensuche verwenden.

Dafydd freute sich auf eine weitere Runde mit diesen Männern. In diesen Tagen gab es kaum etwas, das ihn von seiner Dichtung abzulenken vermochte. Jede Zerstreuung war kostbar.

Dafydd streckte sich, warf einen letzten Blick auf die sonnenbeschienene Irische See, wandte sich dem Haus zu und pfiff nach seinen Hunden. Nest und Cawdy ließen vom Stechginster ab und leisteten dem Befehl Folge. Dafydd ging langsam, nahm die Krokusse, das Vogelgezwitscher und die Knospen der Bäume wahr. Wenn er aus Strata Florida zurückkehrte, wo er einige Zeit im Gebet zu verbringen beabsichtigte, würde der Sommer in voller Pracht stehen – vielleicht aber würde er auch bis zum Herbst dort aufgehalten werden. Wer konnte wissen, welche Abenteuer vor ihm lagen?

Denn er hatte noch immer nicht die Wahrheit über den Pilger herausgefunden. Er wußte nicht, ob die bewaffneten Männer aus Cydweli das Recht hatten, ihn mitzunehmen. Er wußte nicht, wie sicher Bruder Samson war, da ihn und den Pilger nur ein junger Laienbruder begleitete.

Und diese Unsicherheit ließ es ihm ratsam erscheinen, für eine Weile dieses geliebte Plätzchen zu verlassen. Er fühlte sich lebendig und jünger denn je, seit er den Pilger auf Whitesands gefunden hatte.

Gott sei gepriesen.

10 Familienbegegnung

Morgan ap Rhodris Haus stand auf einem Hang am Ausgang eines schmalen Tals, hinter dem sich ein Berg erhob, der von mehreren Flüssen durchzogen wurde. Dies war nicht der Ort, an dem Owen das Ende seiner Jugendzeit verbracht hatte; er erinnerte ihn mehr an Llyn. Wie schnell sich das Land verändert hatte in den wenigen Stunden, die er seit Cydweli geritten war. Das Haus war klein, lang und niedrig, ein bescheidenes Bauernhaus, weißgekalkt und sauber gedeckt. Hühner liefen auf dem Hof umher, und eine Ziege mit ihren Zicklein beobachtete sie von einer Wiese neben dem Haus.

In der Tür saß eine Frau, die in einer großen Schüssel etwas umrührte und mit den nackten Füßen eine Wiege schaukelte.

Sie stand auf, um Owen zu begrüßen, aber als das Schaukeln aufhörte, protestierte das Baby schreiend. Rasch stellte die Frau die Schüssel ab und kümmerte sich um das heulende Kind. Aber Owen war jetzt schon ziemlich nahe und sah ein schönes, sehr junges Gesicht, das aus den säuberlich gefalteten Tüchern lugte. Die junge Frau war schnell und flink.

»Owain ap Rhodri?« fragte sie.

Owen war froh, daß er nicht hierhergekommen war, bevor seine Ohren sich wieder an die Sprache gewöhnt hatten, denn die Frau besaß einen sehr starken Akzent. »Verzeiht, daß ich unangemeldet komme«, sagte er auf walisisch. »Ich wollte nicht warten, bis ein Bote ein Treffen vereinbart hat.«

»Das hättest du auch nicht tun müssen, wo du doch ein Verwandter bist!« Sie berührte mit der freien Hand ihr linkes Auge. »Es stimmt also, was man sich über dein Auge erzählt. Es soll durch die Hand einer Frau geschehen sein, heißt es. Hat sie es getan, weil du ihr nachgestellt hast?« Sie schaute ihn spöttisch an.

»Sie war nicht gerade eine Schönheit. Ich hatte nicht viel zu lachen bei diesem Kampf.«

»Es tut mir leid.« Sie lächelte und zeigte dabei ihre Grübchen.

Owen fand sie bezaubernd. »Ich kenne deinen Namen noch nicht.«

»Ich heiße Elen.«

»Wann habt ihr erfahren, daß ich ein verletztes Auge habe?«

»Deine Ankunft in Cydweli war hier im Tal Tagesgespräch.«

»Das hätte ich mir denken können. Es ist schön hier, aber ich könnte schwören, daß ich noch nie einen Fuß in dieses Tal gesetzt habe.«

»Wir haben mehrere Jungen, die darauf hoffen, als Bogenschützen in die Dienste des Herzogs zu treten.«

»Aha. Ich hoffe, sie bereuen ihren Eifer später nicht.«

Elen wirkte ein bißchen verunsichert nach diesen Worten.

»Macht nichts. Warum wollte Morgan nicht zu mir nach Cydweli kommen?«

Elen zog die Schultern ein. »Das soll dir mein Mann selber erklären. Er ist nicht weit weg, bessert eine eingestürzte Mauer aus. Komm mit.«

Als sie zu gehen begannen, warf Owen einen Blick hinunter auf das Baby, das sich anschickte, gleich wieder loszuheulen. »Und wer ist dieser Kleine mit dem roten Flaum, der meinem Bruder Dafydd so ähnlich sieht?«

»Luc, dein jüngster Neffe.«

Das Baby umklammerte den Zeigefinger, den Owen ihm hinstreckte, was beide Erwachsene zum Lachen brachte.

»Er ist ziemlich kräftig«, meinte Owen.

»Starrsinnig trifft es eher.« Elens Kichern klang fröhlich und entwaffnend.

Sie hatten die Wiese hinter sich gelassen und wandten sich nun dem Berg zu. Eine niedrige Mauer umgab einen Obstgarten, auf dem ungefähr drei Dutzend Bäume unterschiedlichen Alters standen.

»Der Obstgarten war verwildert, als Morgan hierhergekommen ist«, sagte Elen. »Mein Vater war der Meinung, ein Obstgarten wäre eine Beschäftigung für einen feinen Herrn, ein Bauer hätte dafür keine Zeit. Aber Morgan liebt die Bäume und das Obst.«

In dieser Hinsicht war er ganz nach ihrer Mutter geraten. »Das ist also der Hof eurer Familie?«

»Ja.«

»Er ist wirklich schön.«

»Das war er nicht immer.« Elen blieb stehen und zeigte auf eine Gestalt in der Ferne, am hinteren Ende des Obstgartens, die an der Mauer kauerte. »Da ist er. Geh hin zu ihm. Er wird sich freuen, dich zu sehen.«

Ein Lufthauch, dem etwas Eisiges anhaftete, strich vom Berg herab. Im Obstgarten wurde es kühl, obwohl die Sonne schien. Owens Stiefel machten saugende Geräusche auf dem Grasboden. Ziemlich sumpfig für einen Obstgarten. Aber er sah gesund aus. Seine Mutter hatte Owen einmal gesagt, daß ein Bauer, der seinen Grund und Boden nicht liebte, keine gute Ernte würde einbringen können, wieviel Erfahrung er auch besitzen und wie hart er auch arbeiten mochte.

Als Kind hatte Morgan an Magenausfluß und wiederholt an Ausschlag gelitten. Dies hätte sein Wachstum behindert, glaubte zumindest seine Mutter. Sie hatte Rhodri überredet, ihr zu erlauben, den Jungen nach St. David und zu den heiligen Quellen in dessen Umgebung zu bringen, weil sie hoffte, das Wasser werde ihn heilen. Owen, der damals dreizehn Jahre alt gewesen war, hatte sie nach Westen begleitet. Morgan hatte unterwegs einen schlimmen Ausschlag bekommen. Jeden Morgen wachte er blutig auf, weil er sich im Schlaf gekratzt hatte. Einmal war Owens Mutter unsicher geworden, überlegte, ob sie es wagen konnte, den Jungen noch weiter zu quälen, doch ein Traum hatte sie überzeugt, daß ihr Sohn durch das geheiligte Wasser geheilt werden würde. Beim Brunnen von St. Non tauchten sie Tücher ins Wasser und umwickelten damit Morgans wundgekratzte Unterarme und einen Oberschenkel, der blutig war. Dann reisten sie weiter zur Kathedrale, wo Owens Mutter sich im Hauptschiff zu Boden warf, nachdem sie vor dem Schrein des Namenspatrons ihres ältesten Sohnes gebetet hatte.

Am Morgen war Morgans Ausschlag verschwunden gewesen. Nach drei Tagen hatte sich auch sein Magen beruhigt. Ende des Sommers waren drei seiner Finger schon länger geworden.

Eine solche Heilung mußte jedermann im Glauben bestärken. Zweifellos war dieser Glaube auch hier bei der Arbeit im Obstgarten am Werk.

Als er auf ihn zuging, überlegte Owen abermals, was er zu seinem Bruder sagen sollte, den er kaum kannte. Sollte er mit einer Entschuldigung für seine lange Abwesenheit beginnen? Erklären, weshalb er hier war? Aber das hatte Gruffydd ihm wahrscheinlich schon gesagt. Sollte er ihn zu seiner hübschen Frau beglückwünschen? Sie schien noch ziemlich jung zu sein, aber Morgan war schließlich zwölf Jahre jünger als Owen, so daß er höchstens zehn älter war als seine Frau. Hatte er erst spät geheiratet? Viele Männer taten das, wenn sie sich kein eigenes Land leisten konnten. Hatte er Elen dieses Hofes wegen geheiratet? Es war unüblich für eine walisische Familie, ein solches Gehöft ihrer Tochter und deren Ehemann zu überlassen.

Morgan riß den Kopf hoch. Er hatte bemerkt, daß er nicht allein im Obstgarten war. Er legte den Stein ab, den er in die eingesürzte Mauer hatte einsetzen wollen, erhob sich langsam und wischte sich die Hände an seinem Obergewand ab. Anders als die meisten seiner Landsleute trug er Beinkleider, doch ebenso wie Elen war er barfuß. Er sah nicht viel größer aus als seine Frau und war schlank wie ein Knabe; seine Haare waren so dunkel wie die von Owen. Er überschattete seine Augen mit den Händen starrte Owen entgegen, dann nickte er.

»Du sieht ja aus wie der Leibhaftige, Bruder.«

Morgan hatte blaue Augen, die so hell waren, daß man ihn an den Quellen manchmal schon für einen Blinden gehalten hatte, und eine blasse Haut, auf der sowohl all seine Narben als auch alle Gefühle sichtbar waren. Er war noch immer derselbe. Aber auf seinem Gesicht verliefen tiefe Furchen von der Nase zum Kinn, und seine Stimme war heiser und klang nicht gerade gesund.

»Kein Wunder«, erwiderte Owen. »Ich habe eine lange Reise hinter mir.«

Morgan machte ein paar Schritte nach vorn und streckte die Hand aus. »Das glaube ich gern.«

Sie schüttelten sich die Hände, dann umarmten sie sich. Morgan war dürrer, als er aussah. Er löste sich als erster aus der Umarmung, trat zurück und schaute Owen ins Gesicht.

»Du hattest keine leichte Zeit, nicht wahr?«

»Darauf braucht man nicht zu hoffen, wenn man Soldat wird.«

»Du besitzt das Vertrauen des Herzogs von Lancaster. Du hast es zu etwas gebracht.«

»Stolz bin ich in erster Linie auf meine Frau und meine Kinder.«

»Ist sie Engländerin?«

»Ja.«

»Trägst du deshalb diesen Bart?«

Owen befühlte sein Kinn. »Sie hat mich noch nie ohne Bart gesehen.«

»Dann wäre es am besten, ihn nicht abzurasieren und die Kinder zu erschrecken.«

Owen grinste und dachte, Morgan habe einen Witz machen wollen. Aber sein Bruder lächelte nicht. »Elen hat mir erzählt, daß du diesen Obstgarten ziemlich umgekrempelt hast.«

Morgan sah ihn einen Augenblick lang ruhig an, schüttelte dann den Kopf, als habe er nicht gehört, was Owen gesagt hatte. »Ihr Vater war der Meinung, ein Obstgarten würde nicht in dieses Tal passen. Gott war anderer Ansicht.«

Owen hatte noch nie gewußt, was er auf solche Bemerkungen erwidern sollte. Konnte sich eine sterbliche Seele Gottes Willen so sicher sein? Owen betrachte den Berg mit den dahinströmenden Flüssen und dem sumpfigen Boden. Er konnte verstehen, warum jemand in dieser Gegend keinen Obstgarten haben wollte. Und doch waren einige der Bäume schon ziemlich alt, was zeigte, daß sie hier durchaus überleben konnten. Vielleicht hatte sein Bruder gemeint, die Bäume seien ein Zeichen dafür, daß Gott dieses Fleckchen Erde gesegnet hatte.

»Gott hat es gut mir dir gemeint.«

Morgan nickte.

Owen fühlte sich unbehaglich unter dem forschenden

Blick seines Bruders. »Warum wolltest du nicht mit Gruffydd ap Goronwy zu mir in die Burg kommen?«

»Ich muß an meine Familie denken. Unsere Ehre.«

»Wäre es entehrend für dich, mit mir in der Burg zu speisen?«

»Mit ihm. Mit Gruffydd. Dem Verräter.« Der Blick seiner blauen Augen bohrte sich in Owen.

»Für den englischen König möglicherweise. Aber unsere Landsleute denken darüber vielleicht anders.«

»Ein Verräter ist ein Verräter, ganz gleich, welche Seite er verrät.«

»Aha.« Morgan war also ein ziemlicher Moralist. »Und die Mächtigen werden sich vielleicht daran erinnern, daß du in seiner Begleitung warst.«

»Warum hast du dich mit ihm angefreundet?«

»Ich weiß nicht, ob ich das getan habe. Aber ich dachte, er könnte unsere Familie kennen, die sich ebenfalls auf Land angesiedelt hatte, das an den Grundherrn zurückgefallen war. Wie ich sehe, hast du diese Probleme hinter dir gelassen.«

»Ich hatte Glück mit meiner ersten Frau. Die jüngste Tochter einer angesehenen Familie.«

»Deiner ersten Frau? Dann ist Elen ...«

»Meine zweite Frau. Meine erste ist bei der Geburt unseres dritten Kindes gestorben. Aber ich bin ein schlechter Gastgeber. Komm mit ins Haus. Du mußt Elens Apfelwein probieren.«

Sie schlenderten durch den Obstgarten, und Morgan sprach von den Bäumen, wobei er auf einige von ihnen deutete und ihr Alter erwähnte. Trotz seiner schwächlichen Erscheinung machte er den Eindruck eines glücklichen Mannes.

»Was ist mit den anderen? Mit unseren Eltern? Angie und Gwen? Dafydd?«

Morgan schwieg einen Moment und kratzte sich am Kopf. »Hast du nichts von ihnen gehört?«

»Du bist der erste aus unserer Familie, den ich hier treffe.«

»Und auch der einzige. Du hättest früher kommen sollen, wenn du die anderen noch hättest sehen wollen.«

Es war nicht gerade besonders zartfühlend, einem Familienangehörigen eine solch schlechte Nachricht auf diese Weise zu überbringen. Zugegeben, Owen hatte etwas Derartiges befürchtet, doch wäre es an ihm gewesen, Morgan eine solche Nachricht mitzuteilen, wäre er etwas rücksichtsvoller vorgegangen. »Gott lasse sie ruhen in Frieden.«

»Gwen lebt noch«, sagte Morgan, als er weiterzugehen begann. »In einem Frauenkloster in Usk.«

»Gwen ist eine Nonne?« Owens Stimme schwankte zwischen Erleichterung und einem plötzlichen Drang zu lachen.

Morgan rümpfte die Nase. »Du solltest stolz auf sie sein.«

»Das bin ich. Stolz und voller Freude darüber, daß sie noch am Leben ist.« Und er wünschte, er wäre jetzt in Usk und müßte nicht neben seinem kalten Bruder hergehen.

»Die anderen sind alle tot. Ich werde deine Fragen nach bestem Wissen beantworten, wenn wir im Haus sind.«

Elen hatte die Wiege ins Haus gebracht und erwartete sie an der Tür mit zwei schäumenden Bechern Apfelwein. Als sie Owen einen davon reichte, suchte sie seinen Blick und berührte seine Schulter. »Ich habe gesehen, daß mein Mann schon die ganzen schlechten Nachrichten herausposaunt hat, vor denen du dich wahrscheinlich gefürchtet hast.«

»Da täuscht du dich, Frau«, sagte Morgan. »Ich habe ihm noch nicht erzählt, wie unser Vater gestorben ist.«

Sie hatten auf zwei gegenüberliegenden Bänken in der Nähe des einzigen Fensters Platz genommen, als Morgan sagte: »Du sollst wissen, daß unser Vater bei der Feldarbeit vom Blitz erschlagen wurde.«

»Gütiger Himmel!« Genoß sein Bruder es, schlechte Nachrichten so kalt und unverblümt zu überbringen?

»Ja, es war ein plötzlicher Schlag, ohne Vorwarnung. Kein Gewitter hatte sich angekündigt, den ganzen Tag über sah es nicht danach aus. In Cydweli hat man noch Jahre später davon gesprochen – ich bin überrascht, daß du nicht davon gehört hast. Ich glaube, das hat die Leute uns gegenüber freundlicher gestimmt, der schreckliche Tod unseres Vaters.«

»Wann ist das geschehen?«

»Im Jahr des großen Sterbens. Sein Tod galt als ein Omen.«

Sein Vater hatte also nach Owens Weggang nur noch ein paar Jahre gelebt. Er hatte damit gerechnet, daß sein Vater vor seiner Mutter sterben würde – Rhodri hatte wenig Geduld mit Angharads Bemühungen, die Familie gegen Krankheiten zu schützen, und er war jähzornig. Aber daß es schon so lange her und ein solch fürchterlicher Unfall gewesen war... »Ich habe schon von solchen Dingen gehört, aber daß ausgerechnet unserem Vater so etwas zugestoßen ist. Allmächtiger!«

Morgan war seltsam verkrampft, er hielt den Rücken gerade, die Hände ruhten auf den Knien. »Ich mag nicht darüber nachdenken, für welch schreckliche Sünde er so bestraft wurde.« Er preßte mißbilligend die Lippen zusammen.

»Morgan!« zischte Elen.

Owen schaute von Elens Augen, die vor Kummer dunkel waren, zu seinem Bruder, der mit verkniffenem Gesicht dasaß. »Unser Vater war ein guter Mensch.«

»Ein guter Mensch stirbt nicht durch Feuer.«

»Ich habe viele gute Menschen gesehen, die durch Feuer oder noch Schlimmeres umgekommen sind, Morgan.«

»Wir alle haben verborgene Sünden.«

Owen konnte nur mit Mühe eine zornige Erwiderung unterdrücken. »Was ist mit den anderen?«

»Unsere Mutter hat meine ersten beiden Kinder noch gesehen. Sie starb, als die Pest uns zum zweiten Mal heimsuchte. Unser Bruder Dafydd ist einem Fieber erlegen. Er hatte ein Bein verloren – sein Wagen war auf ihn gestürzt, als er ein Rad wechseln wollte. Viele Leute haben gesagt, wäre unsere Mutter noch am Leben gewesen, würde auch er noch leben. Der Barbier hat seine Arbeit viel zu schnell erledigt und keine Rücksicht auf seine Patienten genommen. Doch Gott bestimmt, wann wir kommen und wann wir gehen.« Morgan schloß für einen Moment die Augen.

Wer blieb noch übrig? »Angie?«

Morgan schaute Owen ins Auge, zeigte jedoch noch immer keine Gefühlsregung. »Die süße Angie. Sie starb bei der Entbindung eines totgeborenen Kindes.« Die hellen Augen schimmerten nun auf einmal. »Es tut mir leid, daß ich dir soviel Kummer bereiten muß, aber ich glaube nicht, daß es leichter zu ertragen wäre, wenn ich die Geschichte langsamer erzählen würde.«

Owen drehte sich um und starrte durch das Fenster zu der kleinen Anhöhe, die zum Haus führte. »Wie lange ist es her, daß Dafydd und Angie gestorben sind?«

»Dafydd ist erst vor ein paar Jahren gestorben, bei Angie sind es sechs Jahre.«

Wenigstens hatte ihre Mutter ihre Kinder nicht überlebt, was, wie man sagte, der schlimmste Fluch sei, den eine Mutter treffen konnte. Aber das tröstete Owen nur wenig. Wäre er vor drei Jahren zurückgekommen, hätte er Dafydd noch gesehen und ihm sagen können, wie oft er an ihn gedacht hatte. Eines jedoch war sicher: Dafydd hätte nur wenig Geduld gehabt mit Owen.

Sobald es die Höflichkeit erlaubte, verabschiedete sich Owen von seinem Bruder und Elen und ritt zurück nach Cydweli. Auf dem Hinweg war er voller gespannter Erwartung gewesen; jetzt wußte er, daß seine Befürchtungen nicht übertrieben gewesen waren. Welch grausame Fügung war es, die ihn ausgerechnet mit jenem Mitglied seiner Familie wieder zusammenführte, das er nie besonders hatte lieben können? Gott stellte ihn auf eine harte Probe. Zu erfahren, daß ein Familienangehöriger gestorben war, wäre schon schlimm genug gewesen, aber in seinem Fall waren es vier, und einer davon, sein Vater, hatte noch dazu einen solch fürchterlichen Tod erleiden müssen. Owen bekam ein flaues Gefühl im Magen, als er an Morgans Bemerkung von der *schlimmen Sünde* dachte, die dadurch vielleicht gesühnt worden war. Er bat Gott, sich seiner zu erbarmen, aber er konnte sich nicht vorstellen, daß er seinem Bruder diese Worte jemals würde verzeihen können.

Müde und schwermütig wünschte Owen dem Wächter am Südtor der Burg einen guten Tag. Dafür wurde er mit der Nachricht belohnt, daß Burley ihn in der Halle des Gästehauses erwartete. Er wußte, daß es sinnlos war zu fragen, was der Konstabler wollte. Burley erteilte Befehle, er brauchte sie nicht zu erklären.

Geoffrey befand sich bereits beim Konstabler, und aus seinen herabgesunkenen Augenlidern und seiner geröteten Nase schloß Owen, daß sie schon eine ganze Weile zusammensaßen und einige Becher Wein oder Bier miteinander getrunken hatten.

Burley erhob sich bei Owens Eintreten, und war überraschend höflich, bot ihm Wein an, fragte ihn nach seinem Bruder und entschuldigte sich dafür, daß er seine Zeit in

Anspruch nehme. Seine rauhe Stimme und seine abgehackten Sätze ließen deutlich erkennen, daß ihm diese Höflichkeit unvertraut war und Schwierigkeiten bereitete. Owen fragte sich, was er im Schilde führte. Aber er antwortete höflich, setzte sich auf einen Stuhl und streckte die Beine zum Feuer aus, das in der Mitte des Raumes brannte. Er erzählte ihnen vom schönen Obstgarten seines Bruders, seiner liebenswerten Frau und seinem Sohn, der Dafydds prachtvolle Haare hatte.

»Aber Ihr habt Euch doch gewiß nicht die Zeit vertrieben, indem Ihr Euch über meine Familie unterhalten habt«, sagte Owen, als er seinen Bericht beendet hatte. »Seid Ihr hier, um über die Bogenschützen zu reden? Über die Garnison?«

Burley wiegte den Kopf von einer Seite zur anderen. »Mein Plan bestand darin, nach Eurer Ankunft Bogenschützen anzuwerben. Ich kann Euch sagen, daß sich diese Nachricht bereits unter den jungen Männern in den Marken von Cydweli verbreitet hat und daß viele sich melden werden. Wir dürften keine Schwierigkeiten haben, Euch die gewünschte Zahl von Rekruten zur Verfügung zu stellen.«

»Das freut mich.«

»Und was die Garnison betrifft, so habe ich Master Chaucer ermutigt, sich frei unter den Männern zu bewegen, sie zu fragen, was ihn beliebt und sie in ihren Unterkünften aufzusuchen. Ich habe ihn schon mit den nötigen Schreiben ausgestattet.«

Geoffrey nickte und deutete auf ein Stück Pergament unter seinem Ellbogen.

»Natürlich könnt auch Ihr Euch völlig ungehindert unter ihnen bewegen«, fuhr Burley fort.

»Ich danke Euch, Konstabler.« Owen blickte von Geoffrey zu Burley und spürte, daß zwischen den beiden Männern eine gewisse Spannung herrschte, die er sich nicht erklären konnte. »Nun, dann habt Ihr also ohne mich Eure Arbeit getan«, sagte er und machte Anstalten aufzustehen.

»Bleibt noch einen Augenblick!« rief Burley. »Wenn Ihr wollt«, fügte er leiser hinzu. »Da gibt es noch etwas.«

»Ja?« Owen setzte sich wieder auf den Stuhl und legte die Beine auf die gegenüberliegende Bank.

»Der Tod von John de Reine. Was könnt Ihr mir noch über dieses Ereignis erzählen? Ihr habt gesagt, er wurde vor einem der Tore von St. David gefunden. Hat jemand gesehen, wer ihn dort abgelegt hat? Wo war er gewesen? Wie ist er zu Tode gekommen?«

»Bis jetzt hat sich niemand gemeldet, der gesehen hätte, wie ihn jemand dort hingelegt hat«, sagte Owen. »Es war Sand an Reines Kleidung. Weißer Sand. Er war wohl am Strand, und er hatte eine Stichwunde am Hals …« Owen schüttelte den Kopf. »Mehr kann ich Euch nicht sagen.«

»Was wollte er in St. David?«

»Das wissen wir nicht. Auch Bischof Houghton nicht, so daß ich beweifle, daß er sich in der Stadt aufhielt.«

»Wenn er nicht in St. David war, wo dann?«

»Ich weiß es nicht. Vielleicht im Hospiz von Llandruidion, wenn er als Pilger dorthin gereist ist.«

»Er sollte Euch in Carreg Cennen treffen«, sagte Burley. »Weshalb sollte er sich statt dessen plötzlich auf eine Pilgerreise begeben?«

»Ich kannte ihn nicht«, sagte Owen. »Ich dachte, Ihr würdet mehr wissen über seine Seele.«

»Ich war sein Kommandeur, nicht sein Beichtvater«, erwiderte Burley. Er senkte den Blick auf den Tisch, schüttelte den Kopf und schwieg eine Weile. Dann seufzte er, schüttelte abermals den Kopf und schaute erst Geoffrey an, dann Owen und fragte: »War Whitesands sein Ziel?

Oder Porth Clais? Er hat niemanden mitgenommen. Hatte er etwas zu verbergen, wartete er vielleicht auf ein Schiff?«

Owen überlegte, ob die Absicht des Konstablers darin bestand, Reine in ein schiefes Licht zu bringen oder ob er diese Fragen ohne Hintergedanken stellte. »Ihr meint also, er könnte zu den Anhängern von Owain Lawgoch gehört haben?«

»Es wäre doch möglich, oder nicht?«

»Da er Engländer war, ist es unwahrscheinlich, daß er Lawgoch unterstützt haben könnte«, sagte Geoffrey. »Was meint Ihr, Owen?«

»Ich bezweifle es auch. Welchen Zweck hätte er damit verfolgen wollen?«

Burley holte tief Luft und nickte zufrieden. »Ich bin froh, daß ich nicht schlecht über ihn denken muß. Was könnt Ihr mir sonst noch erzählen?«

»Ich weiß nichts mehr«, antwortete Owen.

»Vater Edern wurde von Bischof Houghton beauftragt herauszufinden, weshalb Reine und vier Eurer Männer ohne Erlaubnis in den Bezirk des Bischofs geritten sind«, sagte Geoffrey.

Owen und Geoffrey tauschten Blicke, als Burley den Kopf senkte und sich räusperte. Sie waren übereingekommen, mitEderns Einverständnis, daß sie warten würden, bis sie mit Burley allein waren, um ihn nach seinen Männern zu fragen. Da Lascelles sich nicht in Burleys Angelegenheiten einzumischen schien, nahmen sie an, daß der Konstabler die Männer geschickt hatte.

»Wie habt Ihr von ihnen erfahren?« Burley kämpfte darum, seine Stimme unter Kontrolle zu halten, doch an seiner Schläfe schwoll eine Ader an und pulste vor Aufregung.

»Sie haben an das Tor des Bischof gehämmert und den Leichnam zu sehen verlangt, der dort gefunden worden war«, sagte Geoffrey. »Man könnte sagen, sie haben sich auf eine nicht gerade höfliche Art angemeldet.«

»Ah.« Burleys Hände schlossen sich um die Tischkante. »Und hat man es ihnen erlaubt, den Toten zu sehen?«

»Nein«, antwortete Geoffrey. »Sie hatten keine Beglaubigungsschreiben bei sich. Ein schweres Versäumnis.«

Burley machte eine wegwerfende Handbewegung. »Ich sah keine Notwendigkeit für ein solches Schreiben. Meine Männer hatten den Auftrag, sich an die Spuren des Diebes zu heften, ohne großes Aufsehen zu erregen.«

»Und was haben sie getan, Konstabler?« fragte Owen. »An die Pforte des Bischofs zu hämmern, zeugt nicht gerade von einer diskreten Vorgehensweise. Was soll der Vikar dem Bischof berichten?«

Burley hatte sich wieder im Griff. Seine Hände waren entspannt, der Puls hatte sich beruhigt. »Daß meine Männer auf der Suche nach demjenigen waren, der die Schatzkammer ausgeraubt hat.«

»In St. David?« fragte Owen.

»Sie sind der Spur eines Mannes gefolgt, der sich in einer Schenke in Cydweli, wie man hörte, gebrüstet haben soll, er würde bald der gesamten Garnison Schwierigkeiten bereiten und sich den Sieg mit einer Handvoll Gold versüßen.«

Das war interessant. Dem Bischof hatte man gesagt, daß der verwundete Abgabeneintreiber den Angreifer erkannt habe. »Wer war der Mann?« erkundigte sich Owen.

»Ein Fremder. Ein Waliser.«

»Kann Edern mit dem Mann sprechen, der das erzählt hat?« fragte Geoffrey.

Burley erhob sich. »Ich muß leider einräumen, daß er zu jenen Männern gehört, die den Bischof behelligt haben. Sie sind bis jetzt nicht zurückgekommen. Ich danke Euch, daß Ihr Euch die Zeit genommen habt, mit mir über dieses

Thema zu sprechen. Ich werde den Vikar aufsuchen und ihm versichern, daß meine Männer keineswegs die Autorität des Bischofs zu mißachten beabsichtigten.«

»Das wird dem Bischof nicht viel bedeuten«, sagte Geoffrey. »Ihr habt Männer in sein Gebiet entsandt, ohne von ihm die Erlaubnis erhalten zu haben, dort einen Flüchtigen zu fassen. Dies steht nicht in Eurer Macht.«

Owen war verblüfft über Geoffreys ungewöhnlich scharfen Ton.

»Wie konnte ich wissen, daß die Spur nach St. David führen würde? Ich werde mich in aller Form entschuldigen«, knurrte Burley und verließ den Raum.

»Arroganter Kerl!« zischte Geoffrey, nachdem sich die Tür hinter Burley geschlossen hatte.

Owen fand diesen Abgang überzeugender als Burleys zerknirschtes Getue. »Ich möchte gern wissen, welche Version der Geschichte der Konstabler dem Kämmerer aufgetischt hat«, sagte Owen.

Goeffrey wärmte sich die Hände an dem Feuer, das allmählich ausging. »Das würde ich auch gern erfahren.« Er drehte sich um und hob seinen Umhang an, um seine Waden zu wärmen. »Ich habe ihn nach dem Abgabeneintreiber gefragt – habe ich Euch davon erzählt? Er ist noch immer bettlägerig und noch durcheinander nach dem Überfall, hat Burley gesagt. Er hatte mehr als vierzehn Tage Zeit, sich zu erholen, trotzdem konnte er seinen Angreifer identifizieren.«

»Was hat Burley dazu gemeint?«

Geoffrey verzog das Gesicht. »Ich habe mich nicht getraut, ihn danach zu fragen.«

»Seine Geschichte klingt nicht sehr überzeugend. Ich möchte mehr über den Abgabeneintreiber erfahren.«

Geoffrey setzte sich auf den Tisch neben Owen. »Ich konnte herausfinden, daß er in der Stadt lebt und daß er allein in der Schatzkammer und damit der einzige Zeuge war. Er ist Waliser, was man aber aufgrund seines Namens nicht vermuten würde – er heißt Roger Aylward. Ich dachte, Ihr könntet mehr Glück bei ihm haben als ich.«

»Warum seid Ihr so erpicht darauf? Wir sollten uns um unsere Aufgaben beim Kämmerer und dem Konstabler kümmern und dann aufbrechen.«

»Woher wissen wir, daß das alles nichts mit Owain Lawgoch zu tun hat? Oder mit dem, was Gruffydd ap Goronwy getan hat, um Pembrokes Mutter gegen sich aufzubringen?«

Das stimmte. »Der Abgabeneintreiber lebt in der Stadt? Das höre ich gern, aber was bedeutet es?«

»Was es bedeutet? Steht es dem Abgabeneintreiber nicht zu, in der Stadt zu leben?«

»Es gab eine Zeit, in der es Walisern nicht erlaubt war, in der Stadt zu wohnen. Dieses Gesetz besteht zwar noch immer, wird aber nicht mehr angewandt. Ich glaube aber dennoch, daß sich ein Waliser, den man innerhalb der Stadtmauern akzeptiert, als besonders loyal gegenüber Lancaster erwiesen haben muß.«

»Und sich daher gut eignet als Abgabeneintreiber.«

»Er könnte sich aber auch eingekauft und dadurch die Unterstützung des Kämmerers oder des Konstablers gewonnen haben ...«

Geoffrey schloß die Augen und seufzte tief. »Natürlich. Nun gut. Ihr werdet Euch den Mann einmal anschauen, wenn Ihr ihn am Krankenbett besucht, nicht wahr?«

Doch Owen dachte über das zerrüttete Verhältnis zwischen Lascelles und dem Konstabler nach. »Was ist von Burleys Aussage zu halten, er habe nicht wissen können, daß die Spur des Diebs nach St. David führen würde? Ist es möglich, daß Burleys Männer Reines Spuren folgten? Durch Absicht oder Zufall?«

Geoffrey sprang vom Tisch. »Genug jetzt. Was habt Ihr für einen Eindruck von Eurem Bruder?«

»Fragt mich morgen wieder«, erwiderte Owen. »Ich muß über vieles nachdenken. Und ein bißchen trauern.«

Owen erwog, sich für das Abendessen entschuldigen zu lassen, doch er und Geoffrey waren eingeladen, mit Lascelles in dessen Gemach zu speisen. Geoffrey hielt dies für eine Ehre, Owen hatte eher gemischte Gefühle. Welche weiteren unerfreulichen Nachrichten standen ihm an diesem Tag noch bevor?

Die Gemächer des Kämmerers lagen nicht über dem hohen Tisch am Ende der Halle, wie Owen vermutet hatte, sondern über dem Südflügel, der an die Mauer der Kapelle angrenzte. Es waren zwei große Räume, von denen einer, in den man durch eine Innentür hineinsah, ein großes, mit Wandteppichen behangenes Bett und ein hohes Fenster besaß, das auf den Fluß hinausging. In der Vorkammer, in der sie standen, befand sich ein teurer Tisch mit thronähnlichen Sesseln.

»Wunderschön«, sagte Geoffrey, fuhr mit der Hand über den Rücken eines der Sessel und betastete die kunstvolle Schnitzerei.

»Meine Eltern hielten es für nötig, meiner neuen Braut etwas Komfort zu bieten«, sagte Lascelles, nachdem Owen und Geoffrey Platz genommen hatten.

»Dafür bin ich ihnen sehr dankbar«, sagte Geoffrey, als er es sich bequem machte. Er war in bemerkenswert guter Stimmung für jemanden, der den größten Teil des Nachmittags mit Burley verbracht hatte. Er hatte das Talent zu einem berufsmäßigen Diplomaten, dachte Owen.

Owen dagegen wurde nicht recht schlau aus Lascelles. »Ihr seid schon lange in Cydweli«, sagte Owen. »Deshalb möchtet Ihr wohl bald nach England zurückkehren, um

Mistress Lascelles Eurer Familie vorzustellen. Oder ist sie zur Hochzeit nach Cydweli gekommen?«

Lascelles' Lachen klang überraschend bitter. »Der Tisch und die Stühle, diese Gesten können auch still und leise getätigt werden, ohne viel Gerede. Ich habe in ihren Augen nicht die richtige Frau geheiratet – in den Augen aller.«

»Sie werden anders denken, wenn sie sie erst einmal kennengelernt haben«, sagte Owen, der es bereute, dieses heikle Thema angeschnitten zu haben.

»Wird Mistress Lascelles uns Gesellschaft leisten?« fragte Geoffrey.

Lascelles räusperte sich und bedeutete einem der Diener durch einen Wink, Wein einzuschenken. »Meine Frau hat es sich in den Kopf gesetzt, heute ihrer Mutter einen Besuch abzustatten. Sie wird über Nacht wegbleiben.«

»Geht es ihrer Mutter nicht gut?« fragte Geoffrey.

»Im Kopf ist sie nicht mehr ganz richtig. Mistress Goronwy ...« Als Lascelles sich bei dem Namen verhaspelte, erkannte Owen, daß der Mann schon kräftig dem Wein zugesprochen haben mußte. Der Kämmerer schüttelte den Kopf, als wolle er ihn wieder klar bekommen. »Die Mutter meiner Frau tut so, als hätte ich mich ihrem Gemahl gegenüber nicht richtig verhalten. Sie trauert um ihr Heim in Tenby und beklagt sich darüber, daß die Nachbarn sie meiden. Aber trotzdem weigert sie sich, unsere Gastfreundschaft anzunehmen. Gruffydd muß ohne sie kommen, wenn er seine Tochter sehen will. Deshalb muß ich heute abend auf meine Gemahlin verzichten, damit sie in einem einfachen Bauernhaus übernachten und sich um ihre verwirrte alte Mutter kümmern kann.«

Owen erschien es seltsam, daß Lascelles sich so sehr über Tangwystls Abwesenheit beklagte, vor allem nach all dem, was er von Geoffrey über Gladys gehört hatte. Der

Höflichkeitsfloskeln überdrüssig, fragte er: »Begleitet Ihre Zofe sie?«

Geoffrey stieß Owen unter dem Tisch an und sah aus, als würde er gleich an seinem Schluck Wein ersticken.

Lascelles schnaubte. »Warum? Habt Ihr Lust auf Gladys? Ihr könnt sie haben, wenn Ihr nach Ihr fragt, Hauptmann. Sie ist für jeden Mann zu haben, der nach ihr fragt, genauer gesagt. Ich habe gehört, daß sogar der einbeinige Bettler vom Markt sie schon einmal besessen hat. Nein, sie ist nicht mit meiner Frau gereist. Sie hat es sich mit Mistress Lascelles verscherzt, seit ...« Er fuhr sich mit der Hand über die Augen. »Verzeiht mir. Ich habe Euch zu einem schönen, ruhigen Abendessen eingeladen als Dank für den Respekt, den Ihr John de Reine bezeugt habt. Verzeiht mir.«

»Vater Edern hat diesen Dank genauso verdient wie wir«, sagte Geoffrey.

Lascelles rückte seinen Sessel zurecht und musterte Geoffrey einen Augenblick.

»Ihr rühmt und preist ihn, als habe der Bischof mir durch seine Anwesenheit eine Ehre erweisen wollen. Doch erst gestern abend hat mir Vater Francis etwas über ihn berichtet, das Euch dazu bringen sollte, etwas sparsamer mit Eurem Lob zu sein.«

Geoffrey errötete. »Euer Kaplan ist, wie mir scheint, ein Mensch, der sich gern in die Angelegenheiten anderer einmischt. Ich hielt es nicht für notwendig, Euch von diesem Vorfall zu berichten. Aber es hat den Anschein, als fürchte Vater Francis, Edern sei geschickt worden, um seine Stelle einzunehmen. Ich bin sicher, er wollte, daß Ihr wißt, daß Edern auch nicht besser ist als er. Ein seltsames Volk, diese Kleriker.«

»Und deshalb lade ich sie niemals ein, mit mir zu speisen«, sagte Lascelles. »Doch Ihr erinnert mich an meine Pflichten. Ich werde ihm ausrichten lassen, daß er sich später zum Branntwein zu uns gesellen soll.« Er rief den Diener herbei und erklärte ihm den Auftrag.

Als der Fisch serviert wurde, nahm sich Owen vor, die Unterhaltung auf ein anderes Thema zu lenken. »Gruffydd ap Goronwy war so freundlich, meinen Bruder ausfindig zu machen und ein Treffen zu arrangieren«, sagte er.

Lascelles nickte begeistert, als er ein Stück Fisch aufspießte und es sich in den Mund schob. »Er ist ein guter Mensch, dieser Gruffydd.« Er wischte sich den Mund ab und nahm einen großen Schluck Wein. »Ein Opfer der Panik, der Arme. Pembrokes Mutter erfuhr, daß Owain Lawgochs Schiffe draußen auf dem Kanal seien, und machte dafür den erstbesten Mann verantwortlich, den sie sah. Sie waren unterwegs nach Anglesey. Dort haben sich Lawgochs Anhänger verschanzt. Nicht in Tenby.« Er schüttelte den Kopf. »Würde sich ein Eindringling so nahe bei Pembroke Castle sehen lassen? Pah!« Er wandte sich wieder seinem Essen zu.

»Habt Ihr Mistress Lascelles schon vor diesem Ereignis gekannt?« fragte Geoffrey.

Langsam hob der Mann den Kopf; seine Augen blickten finster. »Weshalb fragt Ihr?«

Als sei er sich der Drohung, die in diesem Blick lag, nicht bewußt, sagte Geoffrey frohgemut: »Ich möchte einfach nur erfahren, ob die Geschichte, die ich mir ausgedacht habe, der Wahrheit nahekommt.«

»Wenn Ihr Euch vorgestellt habt, daß ich mir von einer schönen jungen Frau habe den Kopf verdrehen lassen, dann habt Ihr recht«, brummte Lascelles. »Ich habe von den Schwierigkeiten ihrer Familie erfahren, wollte ihnen helfen und durch diese noble Geste auch mein eigenes Glück finden.«

»Ihr seid ein glücklicher Mann«, sagte Geoffrey.

Ihrem Gastgeber entfuhr ein freudloses Lachen. »Das ist

die Tücke eines Zaubers, daß der Wunsch, der einem gewährt wird, sich am Ende gegen einen selbst wendet. Seit unserer Hochzeitsnacht habe ich nur noch wenig Glück erfahren.«

Lascelles versank in Gedanken, während der Diener die Fischpastete zur Seite schob und Hirschbraten und einen Eintopf aus jungem Gemüse auf den Tisch stellte.

Owen prostete Geoffrey schweigend zu und widmete sich den Köstlichkeiten vor sich.

Langsam kam Lascelles wieder zu sich und probierte das Wildbret. »Aus den Wäldern des Herzogs«, sagte er. »Ich gehe gern auf die Jagd, wenn mein Geist keine Ruhe findet.«

»Eine gute Möglichkeit, böse Teufel auszutreiben«, stimmte ihm Geoffrey zu. »Eine Eberjagd aber ist noch besser.«

Die beiden begannen sich über das Jagen zu unterhalten. Owen konnte dazu nichts beitragen. In der Welt, in der er aufgewachsen war, galt ein getötetes Tier als ein Segen, nicht als eine Beute, die man bei einer sportlichen Betätigung erlegte. Er nutzte die Zeit, um Lascelles zu studieren, einen gehetzten Mann, der wesentlich faszinierender war, als er anfangs angenommen hatte.

Es war ein fast angenehmer Ausklang eines aufregenden Tages. Als der Diener den Branntwein brachte, eilte ein anderer, ebenfalls in eine Livree gekleideter Diener herein, der kreidebleich war und neben Lascelles Sessel auf die Knie fiel. Lascelles beugte sich zu ihm hinunter, hörte ihm stirnrunzelnd zu, flüsterte etwas, schüttelte den Kopf und erhob sich, während er dem Diener sagte, er solle im Raum bleiben und warten, bis er zurückkomme. »Hauptmann, Master Chaucer, ich wäre Euch dankbar, wenn Ihr mich begleiten würdet.« Lascelles eilte aus dem Raum.

Welche Nachricht auch immer er erhalten haben mochte, sie hatte ihn auf einen Schlag wieder nüchtern gemacht.

11 Der Umhang des Vikars

Als sie sich in den außerhalb liegenden Flur begaben, nahm Lascelles eine Fackel von einer Wandhalterung. »Ein paar Lichter mehr könnten nicht schaden«, rief er über die Schulter. Owen und Geoffrey blieben im Flur hinter den anderen zurück.

»Was ist Eurer Meinung nach geschehen?« flüsterte Geoffrey.

»Etwas, das er vor den anderen Dienern geheimhält, und das bedeutet, daß jemand Kummer widerfahren ist«, erwiderte Owen.

Geoffrey nickte, als sei er mit dieser Erklärung zufrieden, und eilte Lascelles hinterher, der hurtig mit der Fackel die Turmtreppe hinuntereilte. Owens Schritt war nicht so leichtfüßig. Am liebsten hätte er sich schnurstracks zum Gästehaus begeben, um sich auf dem Bett auszustrecken und diesen unglückseligen Tag zu beenden.

Geoffrey blieb kurz stehen, bevor er hinter der Biegung der Treppe verschwand. »Owen, kommt Ihr?«

Natürlich würde er kommen, verflucht wie er war mit diesem verdammten Verantwortungsgefühl.

Sie stiegen die Treppe weiter hinunter, bis sie bei der Speisekammer anlangten. Dann wandten sie sich unvermittelt einer Tür zu, die neben jener lag, aus der sie gerade gekommen waren. Diese führte in die Krypta der Turmkapelle. Der kleine Raum unterhalb der Sakristei war die Kammer des Kaplans, die er zur Zeit mit Edern teilte. Die

Tür stand halb offen. Lascelles hielt die Fackel hoch und leuchtete in den Raum. Es paßten gerade zwei Matratzen, ein Tisch, zwei Stühle und eine Truhe hinein. Und unterhalb des hohen Fensters lag jemand zusammengekrümmt, eine Hand zur Wand ausgestreckt.

Owen erkannte den Pelzbesatz an dem Wollumhang. »Vater Edern.«

Lascelles wandte sich nach Owen um. »Woran erkennt Ihr ihn?«

»An dem Umhang.«

»Gott ist barmherzig«, flüsterte Lascelles.

»Ich weiß nicht, wofür ich dankbar sein sollte«, brummte Owen.

Lascelles trat auf eine Seite des Eingangs und nickte Owen zu. »Hauptmann, Ihr habt einmal erwähnt, daß Ihr im Feld den Ärzten des Herzogs geholfen habt. Vielleicht solltet Ihr ihn untersuchen.«

»Seid Ihr sicher, daß er tot ist?«

»Zumindest hat dies der Diener berichtet.«

»Jugendliche Dummköpfe geraten oft in Panik, wenn sie einen Ohnmächtigen sehen.« Widerstrebend ließ sich Owen neben dem Mann auf die Knie, dessen Kopf unter der Kapuze verborgen war. Vielleicht war er nach einem langen Tag eifrigen Zechens besinnungslos geworden – alles war möglich. Aber er hatte, seit das Licht der Fackel auf ihn gefallen war, keinen Ton von sich gegeben, kein Stöhnen, keine Bewegung irgendwelcher Art, und dann war da noch der Gestank nach Blut. Owen zögerte. Sobald das Gesicht enthüllt war, kam die Stunde der Wahrheit. Auch wenn Owen schon viele Tote gesehen hatte, konnte er sich nicht an den Anblick gewöhnen. Der Tod trieb die Seele zur Verzweiflung. Owen sprach ein Gebet für Edern, den er angefangen hatte zu mögen. Dann schlug er die Kapuze zurück.

»Was ist denn das?«

Lascelles kam näher. »Was?«

»Vielleicht findet Ihr Gott doch nicht so barmherzig. Das ist Vater Francis, nicht Edern.«

»In County Umhang?«

Dies war einer dieser scheinbaren Zufälle, denen Owen von jeher mißtraute. Er reichte die Fackel Lascelles, der sie in den Halter neben der Tür steckte. Dann wandte er sich um und hielt seine eigene Fackel über den Toten. Owen neigte sich über Francis, betastete seinen Hals, fühlte den Puls am Handgelenk – vergeblich.

»Ist er tot?« erkundigte sich Lascelles.

»Ja.«

»Wie lange schon?«

»Er ist kalt, aber seine Finger sind noch nicht steif. Es kann noch nicht lange her sein, vielleicht ein paar Stunden. Helft mir, ihn umzudrehen.«

Geoffrey nahm Lascelles' Fackel. Der Kämmerer kauerte sich auf einer Seite neben die Leiche, Owen stand auf der anderen. Auf dessen Zeichen hin begann er, den Leichnam in Owens Richtung zu drehen. Owen fing Francis auf und legte ihn auf den Boden, mit dem Gesicht nach oben. Das Gesicht und der Hals des Mannes waren so stark von Blut verschmiert, daß man nicht festzustellen vermochte, woher es rührte.

Auf dem Tisch neben der Leiche befanden sich die Überreste eines Mahles, über das sich ein Becher Wein ergossen hatte. Eine Kerze war ebenfalls umgestürzt – zum Glück für die Burg war die Flamme in dem durchweichten Chaos erloschen. Owen zog eine Decke vom Bett und tauchte eine Ecke des Stoffes in den Wein.

»Kommt mit der Fackel näher.«

Geoffrey trat heran.

Behutsam reinigte Owen das Gesicht vom Blut.

»Barmherziger!« rief Geoffrey.

»Ja, es ist wirklich kein schöner Anblick!« Die Nase des Gottesmannes war gebrochen, ein Auge stark geschwollen, und auf seiner Stirn klaffte eine tiefe Wunde.

»Könnte er gestürzt sein?« fragte Geoffrey. »Vielleicht hat er sich dabei den Kopf am Tisch oder an der Truhe angestoßen?«

»Ein Sturz hätte nicht so schwere Verletzungen verursacht.« Lascelles Stimme klang fast besorgt.

Owen warf Lascelles einen nachdenklichen Blick zu, denn er wunderte sich über dessen schnellen Stimmungsumschwung.

»Nein.« Er untersuchte die Hand des toten Priesters. Eine Handfläche zeigte leichte Abschürfungen, die vermutlich vom Sturz herrührten, aber wohl nicht von einer Auseinandersetzung mit einem Angreifer. »Vater Francis wurde geschlagen. Und dann ist er gestürzt oder wurde zu Boden geworfen. Welche Leidenschaft hat jemanden zu einem solch barbarischen Überfall getrieben?«

Geoffrey starrte auf den toten Priester hinunter. »Warum trug er County Umhang?«

»Ja, warum?« wiederholte Owen. »Wer sollte eigentlich das Opfer sein?«

»Wir müssen die Burg nach Edern durchsuchen«, sagte Lascelles.

Owen hatte sich über den Tisch gebeugt. Darauf breitete sich eine Lache aus Siegelwachs aus – karmesinrot, nicht hellrot wie das Wachs der umgekippten Kerze. Eine Feder und ein Tintenfaß waren zur Seite geschoben worden.

»Konnte Vater Francis schreiben?« erkundigte er sich.

»Natürlich«, antwortete Lascelles ungeduldig. »Einen unwissenden Priester hätte ich nicht geduldet.«

Owen drängte seinen auf dem Boden kauernden Gefährten zur Seite, kniete sich neben dem Leichnam nie-

der und untersuchte sein Priestergewand. Der Gottesmann mußte wohl erst gestürzt sein, kurz nachdem seine Nase zu bluten angefangen hatte, denn auf dem Gewand unterhalb der Brust war nur wenig Blut. Weiter unten entdeckte Owen ein Stück des getrockneten roten Wachses.
»Er hatte auf dem Tisch ein Dokument versiegelt«, meinte Owen. »Dabei ist etwas von dem Wachs auf sein Gewand und den Tisch getropft.« Er erhob sich wieder und wurde sich plötzlich seiner Erschöpfung bewußt. So ein langer, freudloser Tag. Wie passend, daß er mit einem Toten endete. »Ich glaube, Ihr braucht mich nicht, um die Burg zu durchsuchen. Ich gehe zu Bett.«

Ein heftig klappernder Fensterladen riß Dafydd aus einem süßen Frühlingstraum.

Wenn die Fensterläden ordnungsgemäß verriegelt wurden, waren sie ein Luxus, aber wenn nicht, stellten sie ein verflixtes Übel dar. Er lag da und hielt den Atem an, um herauszufinden, um welchen Laden es sich handelte. Und dann fingen die Hunde an zu bellen.

Dafydd erhob sich lautlos und tastete nach dem Schemel am Bettende. Es war der einzige greifbare Gegenstand, den er als Waffe benutzen konnte. Laute Schritte im Flur verrieten die Eindringlinge, denn seine Diener kamen stets barfuß ins Haus. Ein dumpfer Schlag ließ ihn zusammenzucken. Auch die Eindringlinge erstarrten. Klapp, klapp. Der Fensterladen. Doch nicht so übel. Ein Schrei. Ah. Sie waren im Flur auf den Riesen gestoßen – Cadwal schlief nachts auf der Schwelle von Dafydds Schlafgemach. Daher konnte er auf Waffen verzichten.

Dafydd hatte gewußt, daß die Männer zurückkehren würden. Und dieses Mal würden sie das Vordertor meiden. Das war zwar unhöflich von ihnen, aber schlau.

Jetzt vermischte sich das klappernde Geräusch mit

Schreien. Dafydd verfluchte sich, weil er Nest und Cadwy in der Küche eingeschlossen hatte. Er flehte darum, daß einige der anderen Männer die Hunde herauslassen würden, damit sie Cadwal zu Hilfe eilen konnten.

Indessen stand er wie ein verschüchterter alter Mann da und umklammerte einen Schemel. War er wirklich noch ein Mann? Nun, er war nicht mehr so jung, wie er einst gewesen war. Und er war nie geschickt im Umgang mit Waffen – höchstens mit denen der Frauen. Waffen hatten ihn nie interessiert. Er mußte nachdenken. Was konnte er tun, um Cadwal, dessen Vorteil seine Größe war, zu unterstützen? Licht. Ja, denn die Eindringlinge waren bestimmt nicht mit Fackeln hereinspaziert. Dafydd griff nach der Schirmlampe neben seinem Bett und hielt sie mit der freien Hand hoch. Nein. Den Flur zu beleuchten, wäre das Dümmste, was er tun konnte. Cadwals Vorteil bestand auch darin, daß er den Gang so gut kannte, selbst in der Dunkelheit. Die Eindringlinge wußten ja nicht, wohin sie treten, wo sie sich bücken mußten und welche Türen wohin führten. Ah.

Dafydd umklammerte seinen Schemel, rannte mit einem Gebrüll, das seinen Mut beweisen sollte, zur Tür und riß sie auf. Eine Gestalt fiel herein, aber, dem Himmel sei Dank, der Aufprall war viel zu leicht, als daß es hätte Cadwal sein können. Dafydd schwang den Schemel, berührte etwas Weiches. Fluchend griff der Mann auf dem Boden nach dem Schemel. Dafydd entriß ihn ihm und schwang ihn erneut. Dieses Mal jedoch ohne großen Erfolg, denn der Mann kam auf die Knie.

»Geht zur Seite!« rief Madag auf walisisch. »Ich schnappe ihn mir!« Der hochgewachsene Mann schien förmlich durch die Tür zu fliegen und landete im richtigen Winkel, um den sich hochrappelnden Eindringling wieder zu Boden zu werfen. Der Kopf des Eindringlings landete unsanft und geräuschvoll auf dem Boden – Böden aus Schiefer waren für die Knochen viel unangenehmer als solche aus Holz.

Draußen im Flur hörte Dafydd die Hunde bellen. Flüche und Schreie auf walisisch, englisch und französisch ertönten. Die walisischen und englischen waren lauter, und die walisischen wurden von mehreren Stimmen ausgestoßen. Zum Glück waren die Hunde und alle Männer Cadwal zu Hilfe geeilt, und es klang ganz so, als ob sie gewinnen würden.

In kurzer Zeit hatte sich die Situation so weit beruhigt, daß Dafydd überlegte, ob er nach der Laterne greifen und die Läden weit öffnen solle. »Bei den Knochen meiner Urgroßmutter«, murmelte Dafydd, als er das Gemetzel sah. »Ich dachte, diese Männer stammen aus einer Garnison.«

»Das stimmt auch«, erwiderte Madog, der über dem Mann kauerte, der verdächtig ruhig im Eingang zu Dafydds Kammer lag. Nest beschnüffelte ihn von oben bis unten, »aber sie waren unvorsichtig, weil sie Euch für einen alten, hilflosen Mann hielten.«

»Bei ihrem letzten Besuch hatte ich sie Cadwal, Nest und Cadwy vorgestellt.«

»Ein Riese und ein paar Hunde. Ich glaube, sie meinten, mit ihnen könnten sie es aufnehmen. Aber nicht mit fünf weiteren Männern. Welcher englischer Barde verfügt über eine persönliche Leibwache, die ihn gegen verärgerte Hahnreise schützt?«

Cadwal wirkte zufrieden. Sein Mund war blutverschmiert und ein Auge geschwollen. »Kommen noch mehr?«

Dafydd trat vor und zählte vier Männer auf dem Fußboden. »Ich glaube nicht. Hast du noch nicht genug Aufregung für eine Nacht gehabt?«

Patrick kauerte über dem größten der Männer und rieb die Klinge seines Messer an ihm sauber. »Ich hatte schon befürchtet, diese arme Klinge würde nie mehr mit Menschen in Berührung kommen«, sagte er. »Aber Gott war gnädig.«

»Sechs gegen vier«, bemerkte Madog. »Es war keine große Herausforderung.«

Die Diener kamen jetzt aus ihrem Versteck und gingen mit erstaunten Blicken zwischen den Männern hin und her. Die Hunde saßen stolz dazwischen und schienen zu grinsen.

Mair, die von dem Mann auf Dafydds Türschwelle niedergeworfen worden war, bekreuzigte sich.

»Ist er tot?« flüsterte sie. In ihren Augen glitzerten Tränen.

»Tot? Keuchen Tote denn?«, spöttelte Madog. »Vielleicht wünscht er sich tot zu sein, wenn er aufwacht und sein Schädel brummt. Und sein Unterleib – unser Herr besitzt einen kräftigen Schlag.« Er grinste Dafydd an.

»Du redest zuviel«, murmelte Dafydd. »Trag sie zusammen, bring sie in die Halle, reinige ihre Wunden und sorg dafür, daß sie's bequem haben. Da wir jetzt unser Heim in Sicherheit wissen, können wir die Samariter spielen.«

Dafydd kniete neben Mair nieder und sagte ruhig: »Nimm die vom Blut des Pilgers befleckten Laken, um sie darin einzuwickeln. Wenn jemand eine Untersuchung anstellen sollte, wird er nichts entdecken, was ihn auf die Idee bringen könnte, wir hätten einen blutenden Besucher gehabt.«

Mair lächelte. »Ist er inzwischen sicher in der Abtei angekommen?«

Dafydd hatte ihre Zuneigung zu dem gutaussehenden jungen Pilger sehr wohl bemerkt. »Noch nicht, aber sehr bald. Und heute nacht haben meine Männer dafür gesorgt, daß er eine ungestörte Reise hat.«

»Das freut mich, Master Dafydd.« Die Frau erhob sich und folgte den anderen.

Dafydd setzte sich auf den Boden und dachte an das Leuchten in Mairs Augen. Ach, wäre er doch noch einmal jung und könnte noch solches Verlangen erwecken.

12 Unterbrochener Schlaf

»Wie könnt Ihr um diese Zeit schlafen?« raunzte Geoffrey, als er seinen zweiten Stiefel noch geräuschvoller auf den Boden fallen ließ als den ersten.

Er hatte Owen bereits geweckt, als er die Tür gegen die Wand knallte. Dann ließ er die Stiefel fallen und brummte lautstark vor sich hin. Owen hoffte, er würde endlich Ruhe geben und ihm erlauben, wieder in süße Träume zu versinken. Eine trügerische Hoffnung, denn er kannte Geoffrey inzwischen gut genug, um zu wissen, wie hartnäckig er sein konnte.

»Edern ist unauffindbar. Sie haben die ganze Burg durchsucht und keine Spur von ihm gefunden«, erklärte Geoffrey.

Owen spürte Geoffreys Blick auf sich ruhen. Er bemühte sich, tief und gleichmäßig zu atmen.

»Der Torwächter erinnert sich, daß Vater Francis mit Mistress Lascelles aufgebrochen ist. Er sagt, selbst wenn er den Umhang des Priesters nicht erkannt hätte, wäre ihm klar gewesen, daß es der Kaplan war, weil ihn Mistress Lascelles beim Namen nannte. Sie hat ihm erzählt, ihre Mutter sei krank und Vater Francis könne sie trösten. Ihr werdet Euch wohl erinnern, daß mir Sir John, als ich ihn nach der Gesundheit von Tangwystls Mutter fragte, antwortete, sie sei nicht krank.«

Owen erinnerte sich tatsächlich daran. Und er fand Geoffreys Geplauder durchaus faszinierend. Aber jetzt, da er das Katz-und-Maus-Spiel begonnen hatte, wollte er es nicht aufgeben. Und außerdem würde er dadurch alle Neuigkeiten erfahren, ohne sich aufsetzen und die Augen öffnen zu müssen.

Die Priester hatten die Umhänge getauscht. Damit Edern durch das Tor schlüpfen konnte? Warum nicht in seinem eigenen Umhang? Wer hätte Grund gehabt, ihn aufzuhalten? Hatte er Vater Francis geschlagen? Aber warum? Und wohin war er mit Tangwystl gegangen? Owen bemerkte, daß er schneller atmete, und versuchte, sich zu beruhigen.

»Ihr könnt mich nicht täuschen, Owen. Ich kenne den Unterschied zwischen dem Atem eines Schlafenden und dem eines Mannes, der sich schlafend stellt.« Geoffrey ging in der Kammer hin und her. Sicherlich entkleidete er sich. »Der arme Francis. In Eurem Land ist es gefährlich, Priester zu sein.«

Ächzend setzte sich Owen auf und stützte sich auf den Ellbogen. »Warum sagt Ihr das?«

»Ich wußte doch, daß Ihr wach seid.« Geoffrey saß auf der Bettkante, grinste und ließ seine bestrumpften Füße in der Luft baumeln. In solch einem Augenblick erschien er Owen seltsam kindlich, auch wenn ihm während der Reise ein kräftiger Bart gewachsen war. Geoffrey hatte sich eines der Schaffelle über die Schulter geworfen, das sein zartes Leinenhemd bedeckte. Anscheinend wollte er die Unterhaltung noch eine Weile in Gang halten. »Ich wußte, Ihr würdet die Verteidigung Eures Volkes übernehmen. Aber Ihr werdet es nicht leicht haben, die Behandlung seiner Priester zu rechtfertigen.«

Wußte er Neues über Edern? »Was meint Ihr damit?«

»Erinnert Ihr Euch an den Priester in Carreg Cennen?«

»Es gab dort keinen.«

»Genau. Er ist nämlich eine Klippe hinuntergefallen. Erinnert Ihr Euch?«

»Wollt Ihr damit sagen, daß zwischen dem Tod der beiden Priester ein Zusammenhang besteht?«

»Nein.«

»Dann hebt Euch Eure Energie für sinnvollere Überlegungen auf.«

»Ihr hört Euch an wie meine Frau.«

»Ich fange allmählich an, sie zu bemitleiden.«

»Vielleicht vermute ich einen Zusammenhang.«

»Ich halte es für unwahrscheinlich.«

»Und wie steht's mit dem augenfälligen Zusammenhang?«

Owen runzelte die Stirn.

»John de Reine.«

»Er ist tot.«

»Er ist nicht in Carreg Cennen erschienen.«

»Und hier auch nicht? Seht Ihr darin einen Zusammenhang? Hört endlich auf, Eure Füße umherbaumeln zu lassen.«

Geoffrey gehorchte und schnitt eine freche Grimasse. »Ich vermute lediglich«, sagte er ruhig, »daß John de Reine den Schlüssel für alle Geschehnisse darstellt. Ihr erinnert Euch, daß Edern die Bitte vorbrachte, John de Reines Leichnam nach Cydweli zu geleiten, oder?«

»Ja.«

»Und jetzt hat er genau an dem Tag vorgegeben, Vater Francis zu sein, als dieser ermordet wurde. Wirklich gerissen!«

»Fahrt fort.«

Geoffrey rang die Hände. »Das war alles. Es verrät uns allerdings weder, wohin Edern gegangen ist, noch welche Rolle die reizende Tangwystl dabei spielt.«

»Vielleicht sollten wir warten, bis sie morgen zurückkommen und sie dann fragen. Oder habt Ihr vergessen, daß sie vielleicht Tangwystls Mutter besucht haben könnten?«

Geoffrey schien diese Möglichkeit zu betrüben. Mit einem abgrundtiefen Seufzer schwang er die Beine aufs Bett, löschte die Laterne, die an einem Haken neben ihm hing, und legte sich zurück. »Einen Moment lang habe ich mich vergessen«, sagte er in die Dunkelheit.

Owen tat es leid, daß er ungehalten gewesen war, und er sagte: »Wir sollten jetzt besser schlafen. Vielleicht bringt der morgige Tag mehr Fragen als Antworten.«

Owen drehte sich auf die rechte Seite, stellte fest, daß seine Schulter immer noch schmerzte, und rollte sich auf die linke. Er dachte an Lucie, überlegte, ob sie ihren einjährigen Sohn immer noch in der Wiege neben sich stellte, oder ob sich jetzt Hugh in der Ecke eine Matratze mit seiner Schwester Gwenllian teilte. Es war eine große Schlafkammer, und wenn Owen von zu Hause weg war, liebte Lucie Gwenllians Gesellschaft. Diese war ebenfalls gern bei ihr, aber als praktisch veranlagte Dreieinhalbjährige sorgte sie sich um Jasper, der sich in dem Raum daneben einsam fühlen könnte. Gwenllian konnte nicht wissen, daß Jasper mit seinen dreizehn Jahren eher erleichtert war, das Kind eine Zeitlang nicht in seiner Kammer zu haben.

Mit diesen Gedanken an seine Familie versank Owen allmählich in Schlummer.

Aber ein leises Klopfen an der Tür riß ihn wieder hoch. Auch Geoffrey war sofort hellwach. »Wer ist da?« flüsterte er.

»Ich glaube nicht, daß man Euch hören kann.«

»Vielleicht will ich gar nicht, daß man mich hört.«

Es klopfte abermals, lauter diesmal.

»Ein Angreifer würde sich nicht so ankündigen«, murmelte Owen, stand auf, um zur Tür zu gehen und schlang sich eine Decke um die Schultern. »Könntet Ihr Euch aufraffen, Eure Laterne anzuzünden?«

Geoffrey tat, wie ihm geheißen.

Owen öffnete die Tür. Eine Gestalt in einem Umhang huschte in den Raum.

»Macht die Tür zu!« rief eine atemlose Frauenstimme auf walisisch.

Owen schloß die Tür und ging auf die Frau zu, die sich auf seine Bettkante gesetzt hatte. Er schob die Kapuze, die ihr Gesicht bedeckte, zurück. »Gladys.« Ihre Augen waren verquollen und ihre Nase gerötet, offensichtlich vom Weinen.

»Du lieber Himmel«, murmelte Geoffrey und zog seine Beine hoch, als würde er vor der Gegenwart der Frau zurückweichen, die ihn vor zwei Tagen noch so verwirrt hatte.

»Ihr müßt mich beschützen«, wimmerte Gladys. »Ihr seid Männer des Herzogs und müßt mich beschützen.«

»Was sagt sie da?« fragte Geoffrey.

»Sie bittet um Schutz.«

»Ich hätte nicht gedacht, daß sie sonderlich schutzbedürftig ist«, erwiderte Geoffrey.

Owen kniete neben der Frau nieder und musterte ihr Gesicht. Sie war viel jünger, als er vermutet hatte. »Eure Augen verraten, daß Ihr lange geweint habt.«

Sie nickte.

Er nahm ihre Hände in seine. Trotz des schweren Umhangs, in den sie gehüllt war, waren sie eiskalt. »Ihr habt anscheinend viel Angst.«

Owens Mitgefühl löste einen Tränenstrom aus.

»Könnt Ihr Englisch oder Französisch sprechen?« erkundigte sich Owen.

»Ein bißchen«, erwiderte die junge Frau auf englisch. »Aber Ihr beherrscht ja meine Sprache.«

»Master Chaucer nicht. Wenn Ihr ihn genauso wie mich um Schutz bittet, muß auch er Euch verstehen können. Aber vor wem sollen wir Euch beschützen?«

Gladys rieb sich die Nase am Umhang und wandte sich Geoffrey zu. »Es heißt, Ihr dient sowohl dem König als auch dem Herzog.«

»Ja«, erwiderte Geoffrey zögernd, statt eine genauere Antwort zu geben.

Gladys bekam einen Schluckauf.

Geoffrey erhob sich, überzeugte sich, daß noch etwas Wein in der Flasche war, goß ihn in einen Becher und brachte ihr diesen. Sie dankte ihm und nippte geziert daran. Er entfernte sich wieder von ihr.

»Vater Francis ist tot, habt Ihr das gewußt?« bemerkte sie. »Und *sie* ist mit dem walisischen Priester weggegangen.«

»Mistress Tangwystl?« fragte Owen.

»Ja.«

»Was hat Euch so erschreckt?« wollte Owen wissen. »Der Tod des Kaplans?«

Gladys' Unterlippe begann zu zittern, in ihren Augen schimmerten Tränen. »Sie hat mich ins Bett meines Herrn gedrängt und dafür gesorgt, daß Vater Francis uns beobachtete. Und jetzt ist er tot.«

»Vater Francis hat also doch die Wahrheit gesagt«, flüsterte Geoffrey.

Gladys schaute Geoffrey beunruhigt an. »Warum hat er es Euch gesagt? Ahnte er die Gefahr?«

»Welche Gefahr?« fragte Owen.

»Ich tat, was sie mir befohlen hatte«, schluchzte sie. »Sie macht mir angst. In dem Augenblick, als ich sie durch das Burgtor reiten sah, hatte ich Angst um meinen Herrn. Sie sieht aus wie ein Dämon. Ich erklärte dem Herrn, daß ich mich nicht zur Zofe eignete, ich würde die Frisur der Herrin durcheinanderbringen und wegen meiner Ungeschicklichkeit ihre Kleider bekleckern. Aber er sagte, sie würde mich mögen und hätte mich ausgewählt, und dann brachte sie mich dazu, daß ich mit ihm das Lager teilte. Vorher war es etwas anderes, aber jetzt war er verheiratet, und ich war die Zofe seiner Gemahlin. Das war nicht recht.«

»Gladys, was ist heute geschehen?« fragte Owen.

Gladys Augen füllten sich erneut mit Tränen. Sie drückte den Becher an ihre Brust. »Sie hat mir befohlen, ich solle sie in der Zelle des Kaplans treffen, und hat gesagt, ich solle eine Zeugin sein. Ich habe sie gefragt, ob jemand heiraten wollte, aber sie lachte. Wenn sie lacht, lachen nur ihr Mund und ihre Stimme, aber nicht ihre Augen, habt Ihr das bemerkt? Es ist, als ob sie aus zwei Personen bestehen würde.« Gladys bekam wieder ihren Schluckauf. Owen nahm ihr behutsam den leeren Becher aus der Hand. Sie wischte mit einem Zipfel des Umhangs die Tränen fort. »Also bin ich zur Zelle des Kaplans gegangen. Ich wußte, daß etwas nicht stimmte, und dachte, es sei der Vikar, der da kauerte, den Rücken mir zugekehrt, als ob er etwas auf dem Boden verloren hätte. Ich rief seinen Namen, aber es antwortete Vater Francis' Stimme. Seine Stimme war ganz schwach. Ich kniete neben ihm nieder und habe versucht, ihm hoch zu helfen, aber er schüttelte den Kopf.«

Sie warf abermals den Kopf hin und her. »Und das viele Blut! Ich dachte, er wäre gestürzt. Also sagte ich, ich würde Hilfe holen, und dann rief sie nach mir.«

»Mistress Lascelles?« fragte Owen.

Gladys nickte. »Und auch Vater Edern. ›Lauf weg, mein Kind‹, sagte Vater Francis zu mir. Seine Augen waren so traurig. Er lag im Sterben, nahm seine letzte Kraft zusammen, um mich zu warnen. ›Lauf weg‹, befahl er mir. ›Rette dich.‹« Sie begann erneut zu schluchzen.

»Vor wem? Vor Mistress Lascelles?« wollte Geoffrey wissen. Er klang skeptisch.

»Ich weiß nicht«, rief die junge Frau schluchzend.

Ihre Tränen hielten Geoffrey nicht davon ab, die Frage

zu stellen: »Weshalb hast du keine Hilfe für Vater Francis geholt?«

»Ich habe mich gefürchtet.«

»Vor wem?«

Gladys konnte jetzt die Tränen nicht mehr zurückhalten.

Owen zwang Geoffrey, seine Fragen zu unterlassen, sonst würden sie Gladys so erschrecken, daß sie nichts mehr sagen würde. Aber sie erfuhren ohnehin nicht viel mehr. Am Nachmittag hatte sie sich zur Kammer des Kaplans begeben. Dann hatte sie sich im unterirdischen Gewölbe versteckt. Sie wußte nicht, wie lange Tangwystl und Vater Edern nach ihr gesucht hatten.

Als Gladys schließlich in Owens Bett eingeschlafen war, teilten sich die beiden Männer Geoffreys Bett. Aber Owen fand keinen Schlaf mehr. Ihm ging alles mögliche durch den Kopf. Die unglückliche Heirat. Die Zofe, die ins Bett ihres Herrn gedrängt wurde. *Sie hat dafür gesorgt, daß Vater Francis uns beobachtete.* Owen hatte gefragt, wie oft der Kaplan sie beobachtet hatte. Gladys wußte es nicht. Dreimal, vermutete er. Es gab ein altes walisisches Gesetz, eine Möglichkeit für Tangwystl, einen untreuen Ehemann loszuwerden. Sollte Vater Francis dafür eingespannt werden? Sollte er einen Brief schreiben, in dem er darstellte, was er gesehen hatte? Aber was würde das für Tangwystls Familie bedeuten, die dank der Gnade ihres ungeliebten Gemahls hier war? Und wie konnte ein altes walisisches Gesetz John Lascelles binden, den Vertreter des Herzogs? Warum hatte Vater Francis dafür sterben müssen? Nein. Owen wurde ganz wirr. Vater Edern hätte das Opfer sein sollen, nicht Francis. Was allerdings noch weniger Sinn ergab.

Gladys fing an zu schnarchen. Bei allen Heiligen, was sollten sie nur mit ihr anfangen?

Am Morgen versteckte sich Gladys unter einem der Betten, als der Diener das Feuer anmachte und das morgendliche Bier sowie Brot und Käse auf den Tisch stellte. Geoffrey bestand auf solchem Luxus, wenn sie einen offiziellen Auftrag zu erledigen hatten. Heute war Owen dafür dankbar. Das Bier verhalf ihm zu einem klaren Kopf. Gladys sah nach dem Schlaf besser aus; auch wenn die Schwellung an ihrem Auge nur unmerklich zurückgegangen war, wirkte sie ruhiger und schien nicht mehr jeden Augenblick in Tränen ausbrechen zu wollen, zudem hatte sie einen herzhaften Appetit.

»Wir können sie nicht weiter hier verstecken«, sagte Geoffrey.

»Ihr habt es erfaßt«, meinte Owen. Er beobachtete, wie Gladys eine kleine Scheibe Brot mit drei Bissen verschlang und mit Bier hinunterspülte.

»Gladys, warum hat deine Herrin dich gebeten, mit ihrem Gemahl das Lager zu teilen? Ich wäre dir dankbar, wenn du so laut sprechen könntest, daß auch Master Chaucer es verstehen kann.«

Gladys stellte ihren Becher ab und fuhr sich mit dem Ärmel über den Mund. »Um ihm zu beweisen, daß sie seine Männlichkeit nicht mit einem Fluch belegt hatte.«

»Weshalb sollte er so etwas glauben?«

»Er sagte, er hätte Weißdornblätter unter der Matratze und im Raum verteilt gefunden.«

»Weißdorn soll bei Ehepaaren Fruchtbarkeit bewirken«, erklärte Geoffrey.

»Ja«, erwiderte Owen, »aber die Blätter werden auch dazu verwendet, die Tugend eines jungen Mädchens zu bewahren, wenn es in Versuchung gerät.«

»Ich habe ganz vergessen, daß Ihr ja in einer Apotheke gelernt habt.«

»Meine Frau würde sagen, solche Dinge sind eigentlich

keine Angelegenheit, um die sich ein Apotheker kümmern sollte, aber die Leute fragen danach. Und sie zahlen gutes Geld für die Blätter.« Doch Owen konnte sich nicht vorstellen, wie Lascelles seine Matratze hochhob, noch weniger, wie er die Weißdornblätter erkannte, die darunter zermalmt wurden oder im Raum verstreut lagen. »Ist deine Herrin in jemand anderen verliebt?«

Gladys blickte auf ihre Hände hinunter. »Ich weiß nicht.«

»Weshalb sonst hat sie ihren Gemahl in dein Bett gedrängt?« fragte Owen.

Gladys hielt den Blick gesenkt. »Es ist nicht meine Aufgabe, mir über solche Dinge Gedanken zu machen.«

Owen schüttelte den Kopf, als habe er es mit einem Kind zu tun, das eine eindeutige, aber harmlose Lüge erzählt hatte. »Du mußtest dich natürlich darüber wundern, das ist klar.«

Gladys studierte ihre Schuhspitzen.

Geoffrey blickte erzürnt vom einen zum anderen. »Angenommen, er wurde ermordet, weshalb wollte deine Herrin, daß Vater Francis dir und Sir John nachspionierte?« Owen hatte ihm seine Theorie nicht verraten; er bezweifelte, ob Geoffrey sie gutgeheißen hätte.

»Sie nannte ihn ihren Zeugen.«

»Zeugen für wen?«

Gladys blickte hoch, ihre Unterlippe zitterte. »Ich kenne mich in solchen Dingen nicht aus, Master Chaucer. Ich bin nur eine Dienstmagd.«

Geoffrey hob die Hände. »Nichts davon ergibt einen Sinn, und nichts davon scheint zur Aufklärung der Sache beizutragen.« Er erhob sich. »Der Torwächter wollte mir heute morgen das südliche Torhaus zeigen.«

Owen fand, daß Geoffrey eine seltsame Zeit gewählt hatte, um sich mit seinem offiziellen Auftrag zu befassen.

Owen befand sich im Zwiespalt. Er war hier im Auftrag des Herzogs; den Zwist in Lascelles Haushalt beizulegen gehörte nicht zu seinen Aufgaben. Andererseits konnte er nicht beschwören, daß der geheimnisvolle Lawgoch *nicht* in die Probleme verwickelt war, und Geoffrey konnte nicht sicher sein, daß die Burg zur Verteidigung bereit war, wenn Lawgoch hier Anhänger hatte. Selbst wenn die Probleme nichts mit dem Waliser zu tun hatten, gefährdete das Chaos in der Burg die militärische Bereitschaft.

Und obwohl Geoffrey seinen Verdacht, daß alle Probleme miteinander in Zusammenhang standen, nicht untermauern konnte, war es sehr wohl möglich, daß er recht hatte.

Nachdem Owen Gladys versprochen hatte, daß er überlegen würde, was getan werden mußte, verabschiedete er sich von ihr und begab sich in den Burghof. Genau in diesem Moment kamen zwei Benediktinermönche in den Hof, geleitet von einem Diener. Mit gesenkten Häuptern gingen sie, ohne sich umzusehen, über den Hof und zur Halle und verschwanden hinter der Tür. Das Requiem für Vater Francis fand also heute morgen statt. Owen erriet, daß dies auch bedeutete, daß Vater Edern nicht zurückgekehrt war.

Owen bemühte sich, seine Gedanken zu ordnen. Tangwystl und Edern. Welcher Zusammenhang konnte zwischen ihnen bestehen? Er erinnerte sich an seine Verwirrung, als Tangwystl es versäumt hatte, ihn an ihren Tisch zu bitten. »Vater Edern aus St. David?« hatte sie gefragt. Sie kannte ihn, ebenso wie ihr Vater. Es hatte sich eindeutig gezeigt, daß Gruffydd Edern nicht mochte, aber Owen war nicht in der Lage gewesen, die Gefühle seiner Tochter richtig einzuschätzen.

Und wie verhielt es sich mit Edern? Nach Geoffreys Worten hatte Edern von sich aus angeboten, John de Reine zu begleiten. Welche Verbindung bestand zwischen ihnen?

Es war an der Zeit, daß Owen seine Kenntnisse einsetzte, die er sich in Thoresbys Diensten angeeignet hatte. Aber er konnte nichts erreichen, solange auf der Burg dieses Durcheinander herrschte. Und zuerst mußte er sich um Gladys kümmern.

13 Ein mitgehörter Streit

Owen ging über den Burghof zum Übungshof. Vermutlich war dies eine Fügung des Himmels, denn Harold und Simwnt luden gerade mehrere leere Fässer auf einen mit Heu ausgepolsterten Karren.

»Fahrt ihr weit?« fragte Owen sie und unterbrach damit einen Streit darüber, wer wohl so ungeschickt gewesen war, daß ein Faß aus dem Karren gerollt und auf Harolds Fuß gelandet war.

Beim Klang von Owens Stimme wandte sich Simwnt um. Sein Gesicht hellte sich auf. »Hauptmann Archer! Gott mit Euch, Hauptmann. Um die Wahrheit zu sagen, wir erledigen gerade eine Aufgabe für Euch.«

Harold stützte sich theatralisch am Karren ab, zog den linken Stiefel aus und rieb sich übertrieben den Fuß. »Euch mache ich nicht dafür verantwortlich, Hauptmann«, murmelte er.

Owen lachte, als er das freundliche Geplänkel durchschaute. »Da bin ich aber froh, denn ich weiß nichts von eurem Auftrag.«

»Nein?« erwiderte Harold, der seinen Fuß wieder in den Stiefel zwängte. »Wir besorgen die Bogen für Eure Rekruten.«

»Ja«, stimmte Simwnt zu. »Der Konstabler ist auf den Bogenmacher nicht gut zu sprechen, weil er mit den Bogen, die wir bestellt haben, zu spät dran ist. Die Bogen sind zwar fertig, aber am Karren des Bogenmachers fehlt ein Rad. Er erhält keine Bezahlung, wenn er noch weiter in Verzug kommt. Da ich mit ihm verwandt bin, wollte ich ihm helfen, denn er ist ein guter Mann und ein geschickter Bogenmacher.«

»Und ihr reitet gern über Land«, fügte Owen hinzu.

»Das ist nicht so vergnüglich, wie Ihr annehmt«, sagte Harold. »Aber so wie die Dinge hier stehen« – er senkte die Stimme und schüttelte den Kopf –, »die Burg ist ein Ort, von dem man lieber verschwindet.«

»Ist eine Suche im Gange?«

»Ja«, antwortete Simwnt. »Sie haben nach dem Vikar gesucht und suchen jetzt nach der Zofe Gladys. Niemand hat gesehen, wie sie die Burg verlassen hat.«

»Der Torwächter hätte sich bestimmt an sie erinnert«, sagte Harold mit einem Augenzwinkern.

Owen freute sich, daß sie ihm in die Hand spielten. »Hättet Ihr etwas dagegen, wenn ich euch auf eurer Fahrt begleite?« fragte er.

»Ihr spürt die düstere Stimmung ebenfalls«, bemerkte Harold.

»So würde ich es nicht nennen«, erwiderte Owen und gab den beiden Männern ein Zeichen, sich ans andere Ende des Wagens zu begeben. »Würden euch zwei Gefährten belasten? Ich werde neben dem Karren herreiten, und mein Begleiter macht es sich im Heu gemütlich?«

Simwnt blickte stirnrunzelnd auf den Boden. »Ihr wißt, daß das Ärger bedeuten kann, Hauptmann.«

Owen konnte es nicht leugnen. »Ich kann es nicht von Euch verlangen«, sagte er und schickte sich an, sich zu entfernen.

»Halt, wartet«, rief ihm Simwnt hinterher. »Ist der andere Gefährte die hübsche Gladys?«

Owen verlangsamte seine Schritte und wandte sich um. »Könnte sein.«

»Sie wird es im Heu gemütlich haben«, sagte Harold und knuffte Simwnt.

»Ich will sie in Sicherheit bringen«, erklärte Owen, »nicht in Eure begehrlichen Arme treiben.«

»Weshalb wollt Ihr sie aus der Burg schmuggeln?« erkundigte sich Simwnt. »Ihr glaubt doch nicht, daß sie die Mörderin ist? Um so etwas anzustellen, braucht man Kraft.«

»Es ist zu ihren Schutz. Mehr kann ich nicht sagen.«

Simwnt und Harold tauschten einen Blick. »Wie weit würdet Ihr fahren?« fragte Harold.

»Nicht weit.« Owen beschrieb das Tal, in dem sein Bruder lebte.

Simwnt nickte. »Wir bringen den Wagen zum Gästehaus.«

Gladys schlang ihre Arme um Owen. Sie roch nach Schweiß und dem morgendlichen Bier. »Ich werde hart für sie arbeiten; sie werden froh sein, daß sie mich aufgenommen haben.«

Owen zuckte zusammen. Da mittlerweile seine erste Begeisterung über seine glänzende Idee verflogen war, war er nicht mehr so sicher, ob sie in Morgans Heim wirklich willkommen sein würde. Wenn er sie nicht vor sich sah, konnte er es sich vorstellen, aber jetzt, da er ihre aufreizenden Bewegungen sah, ihren Schmollmund, ihre klimpernden Wimpern, beschlichen ihn Zweifel. Liebe Muttergottes, wie konnte er seinen Bruder täuschen? »Wir wissen nicht, ob mein Bruder einverstanden ist. Wenn es stimmt, daß du in Gefahr schwebst, wird es meinem Bruder vielleicht zu gefährlich sein, denn er muß in erster Linie an seine Familie denken.«

Gladys hielt den Kopf schräg und die Hüfte vorgeschoben, was bei jeder anderen Frau weniger aufreizend gewirkt hätte. Sie zog einen Schmollmund, dann lächelte sie. »Wie könnte Euer Bruder weniger christlich sein als Ihr? Wurdet Ihr nicht von der gleichen Mutter gestillt?«

Bei diesen Worten spürte Owen, wie ihm die Röte ins Gesicht stieg. »Morgan hat seine eigene Meinung, Gladys. Ich warne dich.«

»Ich habe es gehört. Und ich vertraue darauf, daß Gott weiterhin über mich wacht.«

Da er ein Mann war, würde der Herr zweifellos über sie wachen. Dann fuhr Owen fort: »Mein Bruder ist ein sehr frommer Mann, Gladys. Du solltest besser nicht so vor ihm herumstolzieren.« Er spürte, wie ihm das Blut ins Gesicht schoß, und war froh, daß Geoffrey noch draußen war.

Aber Gladys nahm seine Hand und drückte sie fest. »Ich schwöre Euch, daß ich mich ihm gegenüber wie eine keusche Jungfrau benehmen werde, die keinen Gedanken an Männer verschwendet, Hauptmann.« Ihre Wimpern flatterten.

Owen mußte noch deutlicher werden. »Du mußt bescheiden den Kopf senken und deine Hände und deinen Körper so ruhig wie möglich halten.«

Gladys nahm sofort Haltung ein.

»Und deine Kleidung. Hast du einen Schal?«

Gladys überraschte ihn, da sie errötete und die Hände hob, um ihren Brustansatz zu bedecken. »Ja, aber ich wage es nicht, in das Gemach meiner Herrin zurückzukehren, um ihn zu holen.«

Sie improvisierten mit einem der Vierecktücher, mit denen Geoffrey seine Hände von Tinte reinigte.

Harold und Simwnt waren enttäuscht, als Owen sie warnte, daß jede Unterhaltung mit Gladys ihre Sicherheit gefährden und sie deshalb während der gesamten Fahrt im Heu versteckt bleiben müsse. Aber Harold heiterte sich und Simwnt mit der Bemerkung auf, daß Gladys ihnen für immer dankbar sein würde.

Harold und Simwnt saßen hoch auf ihren Sitzen auf dem Karren und vertrieben sich die Zeit mit Klatsch über die Garnison. Owen, der dicht neben ihnen ritt, fand ein Thema von besonderem Interesse.

»Pech, wenn dieser Priester geflohen ist«, sagte Harold. »Wir werden unsere Wette verlieren.«

»Ja, inzwischen sollte ich wissen, daß Kirchenmänner ganz schön gerissen sind«, sagte Simwnt.

Anscheinend hatten sie beide erwartet, daß der Konstabler Edern nach seiner Rückkehr angreifen würde, denn der Priester hatte Burleys Geliebte vor ein paar Jahren davon überzeugt, zu ihrem Gemahl zurückzukehren.

»Er kann sie nicht vergessen«, erklärte Simwnt. »Mererid war schön und geistvoll. Er sagt, er habe noch keine Frau wie sie kennengelernt.«

Owen hätte dies Edern gar nicht zugetraut.

»Er hat seinen angenehmen Posten als Vikar in St. David dank einer guten Tat bekommen«, erklärte Harold. »Mererids Gemahl hat einen Bruder, der zu den Weißen Mönchen gehört und das Vertrauen vieler Erzdiakone von St. David genießt.«

Owen erinnerte sich an den weißgekleideten Mönch, der behauptet hatte, im Haus des Vikars im Klosterbezirk genächtigt zu haben. Hatte Edern nun einen weiteren Auftrag für Bruder Dyfrig erledigt? Als sie bei dem Bauernhof ankamen, zeigte sich Elen erstaunt über Owens Bitte, den Wagen in der Scheune unterzustellen.

»Glaubst du, ein Dieb könnte mit ihm davonfahren, während wir drinnen sind?« bemerkte sie lächelnd. »Ich habe ihn schon lange gehört, bevor ich ihn gesehen habe.« Aber da Owen darauf bestand, nahm sie das Baby Luc auf den Arm und führte sie zur Scheune.

Als sie im Innern der Scheune waren, rief Owen Gladys zu, sie könne jetzt herauskrabbeln. Es bedurfte einiger Mühe, sie unter dem Heu hervorzuholen und aufzuwecken.

Als sie sich aufsetzte und erkannte, wo sie sich befand, erklärte Owen der verblüfften Elen, was das ganze Theater sollte.

»Von der Burg kommt sie?« Elen schüttelte den Kopf. »Morgan wird das nicht gefallen. Er hat nur wenig Achtung vor dem Kämmerer, weil er die Tochter eines Verräters zur Frau genommen hat.«

Owen hatte dies über seiner Sorge in bezug auf Gladys Betragen völlig vergessen. Er war wirklich ein Narr gewesen, daß er sich darauf eingelassen hatte.

Gladys blickte ängstlich von Owen zu Elen. »Ich bitte Euch, liebe Dame, ich kann nicht zurück, denn ich habe Angst vor dem Kämmerer und seiner Frau.«

Owen überlegte, ob sie jetzt endlich die Wahrheit sagte, oder ob sie einfach eine geschickte Intrigantin war.

Elen warf Gladys einen mitleidvollen Blick zu. »Ich werde versuchen, meinen Mann zu überreden. Kommt ins Haus und erfrischt Euch ein wenig.«

»Es ist am besten, wenn sie solange in der Scheune bleibt, bis wir drei wieder wegfahren«, erklärte Owen. »Harold und Simwnt müssen die Scheune im Auge behalten, wenn ich mit Morgan rede.«

Es würde ein schwieriges Gespräch werden, das stand fest.

Sobald Owen Gladys Namen und ihre Stellung in der Burg erwähnt hatte, fluchte Morgan vor sich hin, und Elen griff beruhigend nach dem Arm ihres Gemahls, um den Hieb zu dämpfen, mit dem er die Faust auf den Tisch sausen ließ. Dann befahl sie ihren Kindern, den Raum zu verlassen.

»Du mutest uns zu, diese Magdalena bei uns aufzunehmen?« Auf Morgans fahlen Wangen zeigten sich zwei rote Flecke.

»Magdalena?« wiederholte Owen und spielte den Unschuldigen.

»Was weißt du über diese Frau, Mann?« fragte Elen.

»Schick sie zum Teufel«, brummte Morgan.

»Mann!«

»Was weißt du über sie?« fragte Owen.

»Ich reite jetzt zum Markt in Cydweli, Bruder.« Morgan preßte die Worte hervor, als handele es sich um einen Fluch. Er starrte Owens gesundes Auge mit beängstigender Intensität an, als würde er jeden Augenblick einen Wutanfall bekommen. »Die ganze Stadt weiß, daß sie eine Burghure ist.«

»Heilige Muttergottes«, flüsterte Elen. »Stimmt das, Owen?«

Wie konnte er es abstreiten? »Elen, vergib mir, ich hatte gehofft ...«

»... du könntest uns Bauern zum Narren halten«, erwiderte Morgan.

»Es ist nur ein Gerücht«, sagte Owen. »Ich habe nichts gesehen, was darauf hindeutet.« Das war keine Lüge, denn nur Geoffrey hatte es gesehen, Owen nicht. »Ich hatte gehofft, du würdest dich daran erinnern, daß sich Christus für Maria Magdalena eingesetzt hat.«

Morgan murmelte etwas Unverständliches, aber seine Haltung hatte sich etwas entspannt.

»Was würde mit ihr geschehen, wenn sie sie fänden?« fragte Elen.

»Sie hat Angst, daß der Mörder des Kaplans auch sie töten will. Ich weiß nicht, wer die Tat begangen hat, also wem kann ich sie anvertrauen? Es würde mein Gewissen belasten, wenn ihr etwas zustoßen sollte.«

»Warum?« wollte Elen wissen. »Was hast du damit zu tun?«

»Sie hat mich um meinen Schutz gebeten. Ich bin verpflichtet, zu tun, was ich kann.« War er ein Dummkopf? Sie hatte auch Geoffrey um seinen Schutz gebeten – und der hatte sich nicht so in die Pflicht genommen gefühlt.

Morgan schniefte. »Du hegst edle Gefühle für diese Frau.«

»Ich wäre froh, wenn ich eine Hilfe hätte«, sagte Elen leise.

»Du würdest eine solche Frau in unserem Haus dulden?« meinte Morgan.

»Und was ist, wenn wir sie falsch beurteilen, Morgan? Dann wird ihr von zwei Seiten Unrecht zugefügt – von jenen, die Lügen über sie verbreiten, und von uns, die ihnen glauben, ohne daß ihr jemand die Möglichkeit gibt, sich selbst zu verteidigen.«

»Dummes Geschwätz.« Morgan starrte auf seine Hände hinunter.

Doch wie durch ein Wunder besserte sich Morgans Stimmung. Owen erkannte, daß er seine ganze Hoffnung auf Elens Überredungskünste setzten mußte. »Ich gehe jetzt hinaus, damit ihr unter vier Augen darüber reden könnt.«

Owen ging nicht weit. Er kauerte sich draußen unter den geschlossenen Fenstern nieder und spielte mit einer Katze. Er mußte in der Nähe des Fensters bleiben, damit er trotz des Lärms der drei im Hof herumtobenden Kinder, die Unterhaltung im Haus verfolgen konnte.

»Wenn die Gerüchte wahr sind, ist Gladys nicht schlechter als ihre Herrin«, sagte gerade Elen zu Morgan. »Und Tangwystls Bastard Gruffydd verurteilst du ja auch nicht.«

»Ein Kind mit in die Ehe zu bringen, ist nicht das gleiche, als den zweifelhaften Ruf zu genießen, die Burghure zu sein«, erwiderte Morgan. »Es heißt, Gladys verkehrt sogar mit den Priestern.«

Es folgte ein kurzes Schweigen. Dann fuhr Elen fort: »Vielleicht tragen wir zu ihrer Erlösung bei, denn mit wem kann sie in unserem Hause sündigen?«

»Mir gefällt das gar nicht.«

»Wenn wir sie zurückschicken, und sie kommt um ... O Morgan, du würdest es nicht ertragen, wenn du ihren Tod auf dem Gewissen haben müßtest. Ich weiß, das könntest du nicht.«

»Und wie steht es jetzt mit meinem Gewissen, Weib? Ich habe nichts getan, habe meinen Bruder nicht gebeten, sie zu uns zu bringen. Es geht um sein Gewissen.«

Langsam und mit viel Geduld gelang es Elen, Morgan umzustimmen. Auch wenn sie noch ziemlich jung war, besaß sie einen klaren Verstand und wußte sich zu behaupten. Owen überdachte, daß sie Lucie gefallen würde.

Schließlich trat Morgan auf den Hof. »Komm, Bruder. Laß uns zur Scheune gehen, ich nehme dir deine Last ab.«

Als Owen weiterritt, betete er für Elen, die Friedensstifterin. Er bat Gott um einen kleinen Gefallen: Hoffentlich tat Gladys – Elen zuliebe – nichts, was Morgan verärgerte.

Harold summte eine traurige Melodie vor sich hin, als er den Wagen lenkte. Er hatte die Kapuze tief ins Gesicht gezogen, um sich gegen den Regen zu schützen, der plötzlich eingesetzt hatte, als sie bei dem Weg hinter dem Bauernhof angelangt waren.

Simwnt ritt neben Owen. »Ihr und Euer Bruder, Ihr seid gute Männer, weil ihr Gladys helft. Ich habe sie noch nie so ängstlich erlebt. Sie ist keine Frau, die sich leicht fürchtet.«

Owen hörte nur mit halbem Ohr zu. Seine Gedanken waren noch bei der Unterhaltung, die er mitgehört hatte. Tangwystl hatte ein Kind. In der Burg hatte er nichts davon erfahren. Bedeutete dies, daß das Kind irgendwo anders war? Es war durchaus üblich, ein Kind zu Adoptiveltern zu geben. Hatte sie sich mit dem Priester dorthin begeben? Er wollte gerade Simwnt fragen, was er darüber wußte, überlegte es sich dann aber anders. Simwnt und Harold waren bereits mit genug gefährlichem Wissen belastet. Er wollte sie nicht noch mehr in die Sache hineinziehen. Doch es gab einen Ort, wo er mehr erfahren konnte.

»Wißt ihr, wo Gruffydd ap Goronwy lebt?« fragte Owen und riß die beiden aus ihren Phantasien über Gladys und ihre körperlichen Vorzüge. Er hatte eigentlich vorgehabt, seinen Bruder zu fragen, es sich dann aber anders überlegt.

»Was? Gruffydd? O ja. Der Kämmerer hat der Familie seiner Frau einen hübschen Bauernhof verschafft. Er liegt südlich der Burg, auf einem steilen Felsufer über dem Sumpfland.«

»Könnte ich bis Mittag dort sein?«

»Wenn Ihr schnell reitet, ja.« Simwnt wandte sich im Sattel um und musterte Owen. »Meine Herrin braucht Eure Begleitung nicht, Hauptmann. Der Kämmerer hat heute früh einen Boten dorthin geschickt. Ich glaube, wenn er ihr begegnet, dürfte sie sich schon wieder auf dem Heimweg befinden.«

»Wenn uns jemand folgen sollte, würde ich ihn gern auf eine falsche Fährte führen«, bemerkte Owen. »Er müßte sich zwischen euch und mir entscheiden.«

Simwnt blickte sich um. »Habt Ihr etwas bemerkt?«

»Nein. Aber wenn er gut ist, würde ich ihn ja auch nicht sehen, oder?«

»O ja.« Simwnt erklärte Owen ausführlich den Weg zu Gruffydds Bauernhof.

14 Dyfrig sät Zweifel

Nieselregen zwang Dafydd, mit den verletzten Eindringlingen im Haus zu bleiben. Wäre es ein richtiger Sturm gewesen – dräuende Wolken, ein brausender Wind und strömender Regen – hätte sich Dafydd hinausgewagt, um die Naturgewalten auf sich wirken zu lassen, ihre Energie in sich aufzunehmen, sich an der Gegenwart des Allmächtigen zu laben. Aber ein halbherziger Regen lähmte ihn geistig wie körperlich.

Dafydd zog sich in seine Schreibkammer zurück, wo Nest und Cadwy geräuschvoll an ihren Knochen nagten und das leise Plätschern des Regens auf dem Dach übertönten. Dafydd stützte das Kinn auf die Hand und schwelgte melancholisch in Erinnerungen: Er hörte das Trommeln des Regens auf dem Ziegeldach eines reichen Herrn, in dessen Haus er einst glücklich gewesen war, als er eine reizende junge Frau unterrichtet hatte, eine Frau, die ihn geliebt und ihm die Quelle allen Wissens zugänglich gemacht hatte. Sie war der Inbegriff der Schönheit gewesen.

»Master Dafydd«, rief ihn Mair leise von hinten, »vergebt mir, daß ich Euch bei der Arbeit störe, aber der weiße Mönch Dyfrig ist gekommen.«

Dafydd erhob sich schnell und entdeckte, daß der Mönch bereits hinter ihm stand, ein hochgewachsener, schlanker, feierlicher Wächter. Er hatte die Kapuze ins Gesicht gezogen. Dafydd überlegte, weshalb er Bruder

Dyfrig traute. War es seine Schweigsamkeit, die Vertrauen und Vertraulichkeiten förderte? Das Habit des Mönchs dampfte, weil er neben dem Kohlenbecken stand. Nach seiner Reise nach St. David und der Rückkehr von dort war es nicht mehr ganz so weiß. Als er hereinkam, blickte Nest, die immer noch an ihrem Knochen nagte, hoch und beschnüffelte ihn, fand es aber nicht für nötig, aufzustehen, um ihn zu begrüßen.

Dafydd riß sich zusammen. »Mair, bring uns eine Erfrischung. Bruder Dyfrig hat eine lange, verregnete Reise hinter sich.«

Mair machte einen Knicks und schlüpfte hinaus.

»*Benedicte*, Master Dafydd«, begrüßte ihn Dyfrig. »Wie ich sehe, wurde Euer großer Saal in ein Spital verwandelt. War das Eure Absicht?«

»Klingt Kritik in Eurer Stimme, Dyfrig? Von einem Mönch, der mehr Gelübde bricht, als er hält?«

»Ich wollte Euch nicht kritisieren, Master Dafydd.«

Er war also doch nicht schlau genug, zu wissen, wann die Gelegenheit günstig war, seine Meinung vorzubringen, denn er hatte recht mit seiner Kritik. »Ich gestehe, daß ich diese Unannehmlichkeiten nicht bedacht hatte. Aber ich habe auch nicht mit einem solchen Gemetzel gerechnet – wie nutzlos ist doch ein menschlicher Leichnam, er dient niemandem zur Nahrung.«

Dafydd hatte gehofft, der Mönch würde Anzeichen von Abscheu zeigen, aber Dyfrig erwiderte lediglich: »Mutter Erde wird von uns genährt, Master Dafydd.«

»Ah. Dann sollte ich sie vielleicht im Garten begraben.«

»Ich habe nicht bemerkt, daß es hier Tote gibt.«

Er gab sich völlig unbewegt und ausdruckslos. War ihm dies im Kloster beigebracht worden? Nein, der Mönch hatte es irgendwo anders gelernt, denn sein Gefährte, der Zisterzienser, benahm sich ganz anders. An Bruder Samsons gerötetem Gesicht konnte man jede Gefühlsregung ablesen.

»Alle vier sind noch am Leben und werden sich erholen. Aber genug von meinen Problemen. Setzen wir uns doch und nehmen eine Erfrischung zu uns, während Ihr mir von Eurer Reise erzählt.«

Mair trug ein Tablett mit Bechern, einem Krug Apfelwein, Käse und Brot heran. Die beiden Männer setzten sich an den Tisch.

Als Mair wieder gegangen war, sagte Dafydd zu Dyfrig: »Eßt und erzählt mir dann, was Ihr über die Geschenke des Meeres erfahren habt.«

Nachdem Dyfrig durstig zwei Becher mit Apfelwein geleert und den größten Teil des Käses gegessen hatte, lehnte er sich zufrieden auf seinem Stuhl zurück und begann zu berichten. Was er zu sagen hatte, war höchst beunruhigend. Dafydd hatte von John de Reines Tod erfahren, denn die Eindringlinge hatten darüber geredet. Aber irgendwie war ihm die Tatsache entgangen, daß der Mann am Strand von Whitesands ermordet worden war. Er erhob sich von seinem Stuhl und begab sich mit einem flauen Gefühl zum Fenster. Es regnete nach wie vor. »Ich habe nichts davon gehört, daß er Sand in den Gewändern gehabt hätte.«

»Das wissen nur wenige. Allen Berichten zufolge dürfte er ungefähr zur selben Zeit am Strand gewesen sein, zu der Ihr Euren Pilger gefunden habt«, sagte Dyfrig zu Dafydd, der ihm den Rücken zugekehrt hatte. »Ich erfuhr auch, daß ein junger Pilger im Palast des Bischofs abgängig sei – einer, der gekommen war, um sich an den Bischof zu wenden. Auch er verschwand zu der Zeit, als Ihr Euren Pilger gefunden habt.«

Das heiterte Dafydd auf. »Dann ist er also wirklich ein Pilger.«

»Möglicherweise.« Bruder Dyfrigs Ton verriet Zweifel. »Bittsteller beim Bischof suchen oft etwas anderes als Nachsicht und Absolution, zum Beispiel Gerechtigkeit oder Schutz ...«

Dafydd gefiel Dyfrigs Verhalten nicht. Er wandte sich um und betrachtete den Mönch mit strenger Miene. »Wer ist die Quelle Eurer Information?«

»Niemand Bestimmter.« Das Lächeln des Mönches war rätselhaft. Er gefiel sich in der Rolle des Detektivs. Sein Verstand war scharf und klar. »Momentan herrscht auf der Burg von Cydweli viel Geschäftigkeit«, fuhr Dyfrig fort. »Zwei von Lancasters Männern sind aus England angereist, um die Verstärkung der Garnison zu überwachen. Einer der beiden ist ein Waliser, der nur noch ein Auge hat und vormals beim alten Herzog als Hauptmann der Bogenschützen beschäftigt war. Auch beim derzeitigen Herzog steht er hoch in der Gunst – er rekrutiert Bogenschützen für den nächsten Versuch König Edwards, den Thron von Frankreich zu erobern.«

»Hatten diese Männer etwas mit dem Tod von des Kämmerers Sohn zu tun?«

»Es läßt sich nur schwer sagen, wie die Anwesenheit solcher Autoritätspersonen einen unsicheren Waffenstillstand beeinflussen kann.«

Dafydd hatte die rätselhaften Andeutungen des Mönches satt. »Redet deutlich.«

Der Mönch verzog den Mund, unterdrückte ein Lächeln. »Dieser Vorfall in Whitesands erinnert an Owain Rothand, Master Dafydd.«

»Heilige Dreifaltigkeit, Ihr meint den Franzosen, der sich für den rechtmäßigen Prinzen von Wales hält? Ein Nachkomme von Rhodri ap Gruffydd?«

»Ja, sein Enkel. Viele setzen Hoffnungen auf ihn.«

»In jeder Generation gibt es eine Menge Dummköpfe,

Dyfrig.« Aber Dafydd dachte über die Bemerkung des Mönchs nach. Wenn der Tod von John de Reine etwas mit Owain Lawgoch zu tun hatte, drohte dem Pilger ernste Gefahr, nicht nur durch die machtlosen Krieger von Cydweli, sondern auch entweder durch Lawgochs Anhänger oder durch jene König Edwards. Und es spielte keine Rolle, ob der Pilger unschuldig am Tod des Mannes war, denn er wurde verdächtigt, und das genügte, um ihn in Schwierigkeiten zu bringen und jeden, der ihm Unterschlupf gewährte.

Aber Gott hatte ihm den Pilger gesandt – gewiß wollte er, daß Dafydd dem verletzten Mann half.

Dyfrig nutzte die Gelegenheit, den Käse aufzuessen und den Apfelwein auszutrinken.

»Ihr habt einen gesunden Appetit«, bemerkte Dafydd.

»Wie Ihr bereits gesagt habt, hatte ich eine lange, verregnete Reise, um Euch meine Nachricht zu überbringen«, erwiderte Dyfrig.

»Ja, das stimmt. Ihr meint also, der Pilger könnte einer von Lawgochs Anhängern sein?«

Dyfrig nickte langsam, als erwäge er immer noch die in Frage kommenden Möglichkeiten. »Oder vielleicht war es John de Reine. Sein leiblicher Vater hat die Tochter von Gruffydd ap Goronwy geheiratet, dem vorgeworfen wird, Lawgoch zu unterstützen.«

Dem Mönch gefiel es, schlechte Nachrichten zu übermitteln. »Und diese Männer wurden vom Konstabler von Cydweli geschickt?« fragte Dafydd. »Glaubt Ihr, sie waren einem Verräter ihres Königs auf den Fersen und nicht einem Dieb?«

»Vielleicht glauben sie, daß sich beides im selben Mann vereint. Man muß über beträchtliche finanzielle Mittel verfügen, um eine Invasion durchführen zu können. Lawgoch hat vielleicht Diebe, die für ihn arbeiten.«

»Wenn Ihr recht habt, könnte es mißverstanden werden, daß ich dem Pilger Zuflucht gewähre.«

»Aber er ist schließlich nicht mehr hier, oder?«

»Nein, aber die Männer von Cydweli sind zurückgekehrt – ich glaube nur deshalb, weil sie sich ziemlich sicher waren, daß er sich hier befindet. Mein Name ist jetzt mit seinem verbunden. Dabei weiß ich nicht einmal, wer er ist.«

Dyfrig hob seinen Becher und bemerkte, daß er leer war. »Ich wäre dankbar, wenn ich mich etwas ausruhen könnte«, sagte er.

Und Dafydd wünschte sich etwas Zeit zum Nachdenken. Er erhob sich. »Wenn Ihr auf einen der Männer aus Cydweli stoßt, dann verratet Ihnen nicht, wo Ihr Euch aufhaltet. Ich hätte es nicht gern, wenn sie in Eurer Anwesenheit einen Anhaltspunkt für den Verbleib des Pilgers sehen würden.«

»Dann befindet er sich also mit Bruder Samson auf dem Weg nach Strata Florida?«

»Vielleicht.«

Dyfrig war bereits halb zur Tür hinaus, als er sich umwandte und leise sagte: »In der Natur richtet sich alles nach Mustern, und der Mensch ahmt bei seinem Tun die Natur nach. Überlegt einmal – John de Reine war der leibliche Sohn von John Lascelles, der die Tochter von Gruffydd ap Goronwy heiratete, dem man es zum Vorwurf macht, daß er einem Flamen, der für Lawgoch arbeitete, Obdach gewährte. Und den Namen dieser Tochter, die irgendwie mit dem Pilger in Zusammenhang steht, kennen wir – Tangwystl.« Dyfrig legte die Fingerspitzen zusammen und bildete mit den Händen einen Kreis. Dann lächelte er schwach, nickte und zog sich zurück.

Dafydd legte den Kopf in die Hände und betete zu Gott, daß Dyfrig unrecht hatte, daß der Pilger nichts mit Owain ap Thomas ap Rhodri ap Llywelyn zu tun hatte.

Dafydd wollte nicht sterben, noch nicht. Und nicht wegen einer edelmütigen Geste. Gütiger Himmel, was hatte sich Gott dabei gedacht, ihn diesen Gefahren auszusetzen? Warum wurde von allen Walisern ausgerechnet er in Lawgochs Probleme verwickelt? Er glaubte nicht an die Ehre dieses Mannes. Rhodri ap Llywelyn, der Bruder von Llywelyn dem Großen, war der schwächste der Brüder gewesen. Wie konnte man von seinem Enkel Edelmut erwarten?

Owen brachte sein Pferd zum Stehen, als er inmitten von Eichen und Weiden ein stattliches Bauernhaus erblickte. Er wollte kurz ausharren, um sich zu sammeln. Durch eine Lücke im Baumbestand konnte er erkennen, daß sich das Haus in sicherem Abstand zu einem schroffen Felsen befand, der steil zu dem darunterliegenden Sumpfland abfiel. Lascelles war seinem Schwiegervater gegenüber recht großzügig gewesen, denn hier handelte es sich nicht um ein gewöhnliches Bauernhaus.

Eine hübsche junge Frau mit Gruffydds dunklem Haar und ausgeglichenen Gesichtszügen öffnete die Tür und betrachtete Owen mit unverhohlener Neugier.

Er stellte sich vor.

Ihr Augen strahlten. Sie deutete einen Knicks an und sagte auf walisisch: »Es heißt, Ihr seid schon bis ans Ende der Welt gereist, Hauptmann Archer.«

Owen lachte. »Die Geschichten übertreiben immer. Ich bin einmal übers Meer nach Frankreich gesegelt, nicht mehr.«

»Es heißt, eine Amazone habe Euer Auge geraubt.«

»Und ist dafür gestorben«, fuhr Gruffydd fort, der sich neben das Mädchen gestellt hatte. »Meine jüngste Tochter Awena.« Sie knickste und schlüpfte unter dem ausgestreckten Arm ihres Vaters ins Haus. »Ich fühle mich durch

Euren Besuch geehrt, Hauptmann, aber ich versichere Euch, Tangwystl ist nicht hier, war auch gestern nicht hier.« Die Worte klangen höflich, aber bestimmt, der Ton war leicht angespannt. Gruffydd trug heute ein einfacheres Gewand als in Cydweli, und seine Haare waren nachlässiger frisiert als sonst.

»Ich bin nicht im Auftrag des Kämmerers hier«, versicherte ihm Owen. »Ich wollte Euch danken, daß Ihr mich mit meinem Bruder Morgan zusammengebracht habt.«

Gruffydd schloß die Augen und nickte. »Verzeiht mir. Der Bote, der aus Cydweli kam, hat meine Gemahlin beunruhigt. Aber ich hätte wissen müssen, daß Ihr ein anderes Anliegen habt. Kommt herein.«

Wie Owen bereits von außen vermutet hatte, wohnte hier ein reicher Bauer, der über eine geräumige Halle mit gefliester Feuerstelle verfügte, an deren anderem Ende ein Söller lag. Ein Junge, der schlichter gekleidet war als Awena, vermutlich ein Diener, half ihr, ein Brett auf ein Gestell zu heben. Eine hochgewachsene, überschlanke Frau mit dem blassen Teint der Rothaarigen trug ein Tablett mit Bechern und einem Krug zum Tisch. Sie war barfuß, einfach gekleidet und trug die gestärkte Haube einer walisischen Bauersfrau.

Gruffyd geleitete Owen zum Tisch und hieß ihn sich neben das Feuer zu setzen, das nach dem langen, regennassen Ritt angenehme Wärme spendete.

»Meine Frau Eleri«, stellte Gruffydd die schlanke Frau vor. Owen wunderte sich über den deutlichen Unterschied in der Kleidung zwischen Eleri und ihrem Gemahl und den Kindern. »Meine Liebe, das ist Owain ap Rhodri, der ehemalige Hauptmann der Bogenschützen, über den wir so viel gehört haben.«

Eleri stand an einem Ende des Tisches und schien stark

mit den Bechern beschäftigt zu sein. Erst verteilte sie sie, dann stellte sie sie ineinander, um sie kurz danach wieder auf dem Tisch zu verteilen. Sie hörte ihn nicht.

Gruffydd legte seine Hand auf ihre. »Eleri.« Seine Knöchel waren rauh und geschwollen. Anscheinend mußte er auf dem Hof hart arbeiten.

Eleri wischte ihre Hände an der Schürze ab, hob den Kopf, dann die Augen, als hätte jemand ihre Bewegungen gesteuert. Einen kurzen Augenblick lang verweilte ihr Blick auf Owen, wanderte dann wieder zu den Bechern. »Da ist Wein«, sagte sie auf walisisch und schickte sich an, den Raum zu verlassen.

Gruffydd umfaßte ihre schmalen Schultern und dirigierte sie zum Tisch zurück. »Setz dich, Eleri, und unterhalte unseren Gast.«

Awena trat neben ihre Mutter und schenkte den Wein ein.

»Komm«, forderte Gruffydd Eleri auf und führte sie zu einer Bank.

Kaum hatte sie Platz genommen, begann sie an ihrem Gewand herumzuzupfen, glättete die Falten an ihrem Rock und rückte ihre Haube zurecht. Als sie diese Tätigkeit, die wie ein Ritual aussah, beendet hatte, bedachte sie Owen mit einem flüchtigen Blick, der völlig klar wirkte. »Kommt Ihr von der Burg?«

»Ich halte mich im Augenblick dort auf.«

»Warum seid Ihr nicht auf der Suche nach meiner Tochter?«

»Eleri, er ist als Gast auf der Burg und gehört nicht zur Garnison.«

Eleri berührte ihre Schulter, furchte beim Anblick der Hand die Stirn, hob sie hoch und musterte sie. »Es hieß, sie habe veranlaßt, daß ein Priester mich wegen meiner Krankheit aufsuche. Aber ich bin nicht krank.«

»Es handelt sich wohl um ein Mißverständnis, Liebes«, beruhigte sie Gruffydd.

Eleri ließ die Hand fallen und blickte zu Owen hoch, und in ihren eingefallenen Augen blitzte ein verschwörerischer Funke auf. »Sie ist nie erschienen, der Priester auch nicht!« Sie beugte sich zu Owen und flüsterte: »Stimmt es, daß Vater Edern gekommen ist?«

»Eleri!« wies sie Gruffydd mit donnernder Stimme zurecht.

Verblüfft zuckte die Frau zurück, atmete tief durch und senkte den Kopf. Awena legte den Arm um die Schultern ihrer Mutter und flüsterte ihr etwas zu.

Gruffydd schüttelte traurig den Kopf. »Meine Frau ist leicht verwirrt, Hauptmann«, sagte er und fuhr sich mit der Hand durch sein volles dunkles Haar. Owen bemerkte auf seiner Handfläche eine übel aussehende, zum Teil verheilte Narbe. Er erinnerte sich, daß die Hand bei ihrer ersten Begegnung bandagiert gewesen war. »Sie hört einen Namen und glaubt, er sei ihr vertraut. Welchen Eindruck hat Euer Bruder auf Euch gemacht?«

War es der plötzliche Themenwechsel, oder fand Owen es lediglich unglaubwürdig, daß Eleri nach einem Priester fragte, den sie nie kennengelernt hatte? »Meinem Bruder geht es gut; er ist glücklich mit seiner Frau und seinen Kindern. Ich freue mich für ihn.« Wie konnte er es anstellen, allein mit Eleri zu reden? Ihr Mann und ihre Tochter ließen sie nicht aus den Augen.

Eleri erhob sich so plötzlich, daß der Tisch wackelte. Sie ordnete ihre Röcke, durchquerte eilends die Halle und stieg die Stufen zum Söller hoch. Weder Gemahl noch Tochter folgten ihr.

Gruffydd blickte ihr mit trauriger Miene hinterher und sagte: »Ihr müßt ihr verzeihen. Sie ist von Dämonen besessen.«

Awenas Besorgnis schien praktischerer Natur zu sein. »Soll ich ihr nachgehen?« fragte sie ihren Vater.

Gruffydd schüttelte den Kopf und hob seinen Becher. »Du mußt jetzt anstelle deiner Mutter die Gastgeberin spielen. Schenk uns noch Wein ein.«

»Verzeiht mir«, sagte Owen. »Offensichtlich bin ich ungelegen gekommen.«

Gruffydd preßte die Hand gegen seine Schläfen, als ob er müde wäre. »Es liegt nicht an Euch. Meine Frau gerät bei der kleinsten Kleinigkeit außer Fassung.«

Vom Söller ertönte kindliches Gelächter, tief und kehlig. Owen hob den Kopf in Richtung des Lautes. Genauso lachte seine Tochter Gwenllian, überlegte er. Eleri tauchte wieder auf und rief nach Awena, die ihr helfen sollte.

Gruffydd erhob sich gleichzeitig mit Awena und legte eine Hand auf ihre Schulter. »Awena, sorg dafür, daß das Kind oben bleibt«, sagte er ruhig.

Aber Eleri kam bereits die schmalen Stufen herunter, mit einem Kind in den Armen. In der Halle setzte sie den kleinen, pummeligen Jungen ab. Dieser rannte schnurstracks zum Tisch und starrte zu Gruffydd hoch.

Er war blond und blauäugig und so hübsch, daß es einem Vater vor Stolz warm ums Herz werden konnte. Owen ließ den Blick von dem Jungen zu Gruffydd wandern, der entschuldigend die Augen verdrehte.

Eleri faßte den Jungen bei der Hand und führte ihn um den Tisch zu Owen. »Er heißt Hedyn«, sagte Eleri. »Glaubt Ihr nicht, daß Vater Edern stolz auf ihn wäre?«

»Eleri!« wies sie Gruffydd in scharfem Ton zurecht.

Aber sie beachtete ihn nicht. »Könnt Ihr Euch vorstellen, daß der englische Gemahl meiner Tochter diesen Engel zurückgewiesen hat? Tangwystl sollte mit ihrem wahren Ehemann vereinigt werden.«

Gütiger Himmel, überlegte Owen, war es das? War dieser Junge Ederns Sohn? Deshalb also war der Name des Vikars im Haus verpönt.

Gruffydd fuhr sich mit der Hand durch die Haare. »Sie weiß nicht, was sie sagt. Sie würde Tangwystl mit einer solchen Geschichte beschämen.«

Eleri kauerte sich neben dem Jungen auf den Binsen nieder. Hedyn umklammerte ihre Hand und blickte zu Owen hoch.

Owen streckte die Hand nach dem Kind aus; er vermißte plötzlich seine eigenen Kinder. Seine Finger wurden fest umklammert. »Er hat einen Griff wie meine Tochter Gwenllian. Wie alt ist dieser hübsche Junge?«

Eleri schenkte Owen ein strahlendes Lächeln. »Im Frühsommer wird er zwei. Er ist seinem Vater wie aus dem Gesicht geschnitten.«

Gruffydd erhob sich. »Es ist besser, Ihr geht jetzt, Hauptmann. Wenn sie sich so verhält, kann ich sie nicht mehr beruhigen.«

Helle Haare, volle Lippen, darin konnte man durchaus eine Ähnlichkeit mit Edern sehen, doch im Grunde hätte diese Beschreibung genausogut auf andere blonde Männer gepaßt. Owen kniete sich neben dem Jungen nieder, freute sich, als das Kind Eleris Hand losließ und mit einem vergnügten Kreischen nach Owens Augenklappe grabschte. Manche Kinder fürchteten sich vor seinem Anblick. »Gott sei mit dir, Hedyn, und möge dein Vater die Gelegenheit erhalten, sich davon zu überzeugen, was für ein reizender Kerl du bist.«

»Kommt«, sagte Gruffydd, »ich begleite Euch hinaus.«

Awena wünschte Owen eine gute Reise und bückte sich, um das Kind bei der Hand zu nehmen. Eleri erhob sich, umfaßte ihre Ellbogen mit den Händen und wiegte sich leicht hin und her.

Die arme Frau. Was hatte sie in diesen Zustand versetzt?

Jetzt erkannte Owen auch, weshalb Gruffydd allein in die Burg gekommen war.

Draußen im Hof blieb Gruffydd unter einem Baum stehen, der Schutz vor dem Nieselregen bot. Er entschuldigte sich für das Verhalten seiner Frau und für die Geschichten, die allesamt aus der Luft gegriffen seien.

»Ihr habt den Jungen statt Mistress Lascelles?«

Gruffydd trat von einem Bein aufs andere, stritt es nicht ab, sondern sagte lediglich, es sei alles nicht so einfach zu erklären. »Es stimmt, daß meine Tochter ein Kind hatte, bevor sie mit John Lascelles vermählt wurde. Aber ich versichere Euch, Vikar Edern ist nicht Hedyns Vater. Meine Eleri pickt sich eine Geschichte heraus und webt Lügen darum.«

»Sie scheint den Jungen sehr gern zu haben.«

»Ja, das stimmt.« Gruffydds blaue Augen verrieten Mitgefühl. »Aus einer mißlichen Lage erwuchs eine Freude. Eleri hat sich erboten, das Kind zu nehmen, als mein Schwiegersohn sagte, der Junge müsse in Pflege gegeben werden.«

»Verzeiht mir, aber ist sie ... «

»Zuverlässig?« Gruffydd schüttelte den Kopf. »Nicht mehr so wie einst. Awena kümmert sich um den Jungen.«

»Dann ist Eure Frau noch nicht lange in diesem Zustand?«

Gruffydd wandte sich ab und trat unter dem Baum hervor. »Ah. Der Regen hat aufgehört.« Er kehrte Owen immer noch den Rücken zu. Seine Stimme klang weniger fest, als er sagte: »Meine arme Frau ist an unseren Problemen in Tenby zerbrochen. Als man sie ihres Heimes beraubt hatte, war es, als hätte man ihr die Seele aus dem Leib gerissen.«

»Ihr müßt das Gefühl haben, daß Ihr und Eure Familie

schlecht behandelt wurdet«, sagte Owen. Es war wirklich eine Tragödie, wenn die Anklage ungerechtfertigt war.

Der Junge, der Awena in der Halle zur Hand gegangen war, brachte jetzt Owens Pferd.

Gruffydd wandte sich um. Wenn ihn die Gefühle übermannt hatten, war er jetzt wieder gefaßt, aber als er zu sprechen begann, mied er Owens Blick. »Es war schwierig für uns alle, am meisten vielleicht für Tangwystl. Sie glaubt, sie habe ihren Sohn uns zuliebe geopfert, und hat Angst, er könnte Groll gegen sie hegen. Sie hatte erwartet, Sir John würde Heydn wie sein eigen Fleisch und Blut aufnehmen, wie es walisische Art ist. Es ist schwer für sie, daß man den Jungen als Bastard bezeichnet. Aber sie ist jetzt die Frau eines Engländers und muß sich fügen. Ich habe ihr versichert, Sir John würde sich um Heydn kümmern, wie er es für John de Reine getan hatte. Und inzwischen ist der Junge zumindest bei seiner Familie, wenn auch nicht bei seiner Mutter.«

Und so waren zwei gute Menschen aufgrund ihrer Verbindung unglücklich geworden. War es unter diesen Umständen verwunderlich, daß Tangwystl aus ihrer Ehe zu entkommen suchte? Als Owen auf dem Pferd saß, blickte er auf Gruffydd herunter und fragte: »Warum hat sie nicht Heydns Vater geheiratet?«

Mit einem finsteren Blick hob Gruffydd eine Hand, als wolle er Owens Pferd zum Galoppieren bringen, aber er beherrschte sich und rieb sich die Stirn. »Natürlich mußte diese Frage kommen. Verzeiht mir meine Unbeherrschtheit. Er hat sie im Stich gelassen, als Lady Pembroke mich des Verrats beschuldigte. Plötzlich hatte meine Tochter keine Mitgift mehr und einen befleckten Namen. Es konnte keine offizielle Hochzeit stattfinden, da mir die entsprechenden Geldmittel fehlten.«

Owen wußte sehr wohl, daß eine traditionelle walisische Hochzeit sehr kostspielig war, mit der Mitgift, dem Hochzeitsfest für die Trauzeugen, den Kosten für den Pfarrer und eine Abgabe an den Herrn. Die Herren der Grenzmarken förderten diese Tradition, weil sie die Gebühren einheimsten. Aber würde ein Mann mit einem Sohn wie Heydn und einer solchen Frau nur deswegen auf dieses Glück verzichten, weil ihr Vater kein Geld mehr hatte? »Bei uns würde eine solche Anklage nicht automatisch ihren Namen beflecken. Ich nehme an, daß viele Owain ap Thomas ap Rhodri im Herzen unterstützen, wenn auch nicht offen.«

Gruffydd erwiderte lediglich: »Schließlich hat sie mit John Lascelles einen besseren Mann gefunden.«

Einen, der der Familie nützlicher war. »Wohin ist Eure Tochter Eurer Meinung nach gegangen?«

»Tangwystl ist eine temperamentvolle junge Frau. Gewiß haben sie und Sir John sich gestritten, und sie will ihm eine Lektion erteilen. Ich bin überzeugt, es wird sich alles regeln.« Da Gruffydd so leidenschaftlich besorgt um alles zu sein schien, was seine Familie anging, wirkte seine Gleichgültigkeit gegenüber dem Verschwinden seiner Tochter sehr überraschend.

»Hat Euch der Bote aus der Burg etwas über Vater Francis berichtet?«

Gruffydd senkte den Kopf und bekreuzigte sich. »Möge er in Frieden ruhen.«

»Beunruhigt es Euch nicht, daß Eure Tochter am selben Tag verschwand, an dem dieser Überfall stattfand?«

Die dunklen Augen weiteten sich überrascht. »Glaubt Ihr, der Priester hat den Tod gefunden, als er sie verteidigte?«

Daran hatte Owen nicht gedacht. »Ich will damit sagen, man glaubt, daß sie mit Vater Edern auf und davon ist.«

»Warum mit ihm?«

»Eure Frau ... «

»Wie Ihr gesehen habt, Hauptmann, ist meine Frau geistig verwirrt. Ich vertraue darauf, daß Sir John meine Tochter findet.«

»Ich hoffe, Ihr habt recht.«

»Ich bin froh, daß ich Euren Bruder für Euch gefunden habe, Hauptmann. Und jetzt entschuldigt mich, ich muß mich um meine Frau kümmern.«

Gruffydd wandte sich dem Haus zu und entließ damit Owen, der auf seinem Pferd saß und ihm hinterherstarrte, bis der Stalljunge ihn fragte, ob etwas nicht in Ordnung sei. Der junge Mann beobachtete, wie Owen sich auf den Weg machte, und blieb an seinem Platz stehen, als wolle er Alarm schlagen, falls Owen umkehren sollte.

Als Owen nach Cydweli zurückritt, nahm er nur wenig von der Landschaft um sich herum wahr. Die dürre Eleri mit dem fahlen Teint ging ihm nicht aus dem Sinn, ebensowenig ihr Gemahl. Er mußte viel an die arme Frau denken. Owen konnte nicht begreifen, weshalb Gott ihr den Verstand genommen hatte. Sollte es eine Strafe sein? Weil sie Tangwystl zu der Verbindung ermutigt hatte, der Heydn entsprungen war? Sie hatte von Hedyns Vater als Tangwystls wahrem Ehemann gesprochen – erkannte Gott das Gelübde zwischen einem Paar nicht an? So manche walisische Ehe gründete lediglich darauf. Doch wenn ihr Zustand tatsächlich durch Pembrokes Anschuldigung hervorgerufen worden war, wie konnte ein gottesfürchtiger Mann das verstehen? Er würde sie in seine Gebete einschließen. Sie schien eine liebenswürdige Frau zu sein.

Unter einem Baum neben dem Weg erregte eine Bewegung Owens Aufmerksamkeit und riß ihn aus seinen Gedanken. Ein Junge war aus seiner Hockstellung hochgeschnellt und wandte sich jetzt Owen zu. Er rief ihm einen fröhlichen Gruß zu, hatte dabei jedoch eine Hand hinter dem Rücken verborgen.

Ein Wilderer, überlegte Owen. Da er offenbar Angst hatte, Owen könnte seine Beute entdecken, wollte er ihm die Angst nehmen. »Ich grüße dich auch, und du kannst mit dem, was du hinter deinem Rücken verbirgst, tun, was du willst, Junge. Ich werde dich nicht melden.«

»Gott segne Euch, Herr, und all Eure Kinder und Eure Kindeskinder.«

»Deine Schuld steht dir ins Gesicht geschrieben, Junge. Schau, daß du im Schatten bleibst.«

Als Owen weiterritt, überlegte er, daß der Junge etwas von Gruffydd ap Goronwy hatte. Bei allen Heiligen, das war es. Er war ein Geschenk Gottes, dieser Junge. Genau das hatte Owen gespürt, ohne es beweisen zu können – Gruffydds Gleichgültigkeit war nur gespielt. Es wäre besser gewesen, er hätte sich die Haare gerauft und gegen die Brust gehämmert, als den Gleichgültigen zu spielen. Was verbarg er? Hatte er etwas mit Tangwystls Verschwinden zu tun?

War das möglich? Befand sich Tangwystl etwa noch auf dem Hof? Hatte sie sich dorthin begeben, nicht um bei ihrer kränklichen Mutter zu sein, sondern bei ihrem Sohn? Ließen Awena und Gruffydd deshalb Eleri nicht aus den Augen? Weil sie Angst hatten, sie könnte das Geheimnis verraten?

Aber was war dann aus dem Vikar geworden? Es schien nicht sehr wahrscheinlich, daß er einfach abgereist war – ohne die Gefolgsmänner des Bischofs. Edern würde nirgendwo sonst hingehen als zurück nach St. David – er hatte diese Aufgabe übernommen, um dem Bischof gefällig zu sein. Aber er war verschwunden, und die beiden Gefolgsmänner waren zurückgeblieben.

Owen wünschte sich, Lucie wäre bei ihm. Er brauchte

jemanden, mit dem er reden konnte, jemanden, der zuhörte und die richtigen Fragen stellte, damit er erkannte, was er bereits wußte, was er herausfinden mußte und mit wem er noch reden sollte. Geoffrey schien sich für diese Rolle nicht zu eignen, denn er sah alles, was geschah, nur unter einem Blickwinkel: wie es sich auf ihn und ihren Auftrag auswirkte. Es brachte nichts, zurückzukehren, um Gruffydd zur Rede zu stellen. Owen sah keine Möglichkeit, den Mann dazu zu bringen, daß er ihm vertraute.

Wo hatte alles begonnen? Mit der Anklage gegen Gruffydd? Mit Lascelles' erster Begegnung mit Tangwystl? Mit Tangwystl und dem Vater ihres Sohnes?

Oder waren diese Ereignisse lediglich kleine Wellenbewegungen, die den Tod von John de Reine herbeigeführt hatten? Warum hatten sich Burleys Männer nach St. David begeben? Wer kannte die Wahrheit über den Raubüberfall in der Schatzkammer?

Mit pochendem Herzen und den Kopf voller Gedanken trieb Owen sein Pferd zum Galoppieren.

Er hatte eine Menge zu tun, und das erfüllte ihn mit Freude.

15 Der Abgabeneintreiber des Herzogs

Als Owen nach Cydweli ritt, wehte ein kühler Wind. Zu seiner Linken glänzte das Sumpfgebiet in der Nachmittagssonne; die durch den Winter braun gefärbten Gräser zitterten im Wind. In ein paar Monaten würden sich hier grüne Grasflächen ausbreiten, und die Vögel würden wieder zwitschern.

In der Nähe der Mühle außerhalb der Stadt stieg Owen vom Pferd, fuhr sich mit den Fingern durch seine wirren Haare und verstaute seine Waffen in der Satteltasche, denn er erinnerte sich an die Sorge des Torwächters über bewaffnete Fremde in der Stadt. Er empfand Schuldgefühle, weil er sein Pferd so hart hergenommen hatte und dann im kühlen Schatten am Südtor hatte stehen lassen. Aber Owen wollte einen Abstecher in die Schenke machen, bevor er zur Burg zurückkehrte. Und wenn ihm das Glück hold war und er das Vertrauen des Wirts gewinnen konnte, würde er noch länger in der Stadt verweilen. Er hoffte, zum Haus von Roger Aylward geführt zu werden, dem Abgabeneintreiber des Herzogs, der verletzt worden war, als er die Schatzkammer verteidigt hatte. Er wollte, daß ihm der Mann in eigenen Worten diesen Vorfall schilderte, nach dem vier bewaffnete Männer nach St. David geschickt worden waren, John de Reines Ziel. Es war natürlich möglich, daß auch Aywlward die Wahrheit verschleiern wollte, aber Owen hoffte, daß dies nicht der Fall war.

Aber zuerst wollte er so viel wie möglich über den Abgabeneintreiber erfahren. Wenn Owen zu Hause Informationen über jemanden in der Stadt benötigte, begab er sich in die York Tavern. Bess und Tom Merchet schnappten viel auf, während sie ihre Gäste bewirteten. Auch die Hebamme Magda Digby war eine zuverlässige Informationsquelle, ebenfalls Owens Frau Lucie, die in ihrer Apotheke viel hörte – oder intuitiv erriet. Alle vier fehlten ihm sehr.

Der Gasthof war bei weitem weniger ansprechend als die York Tavern, aber über die steinerne Türschwelle waren schon viele Gäste ein- und ausgegangen. Owen zog den Kopf ein, als er durch die Tür ging, unter rauchgeschwärzten Balken. Auf jeden Fall konnte sich diese Schenke nicht mit der von Bess Merchet vergleichen.

Mit hochgeschürzten Röcken und barfuß schrubbte eine junge Frau ein langes Brett, vermutlich eine Tischplatte. Als Owen grüßte, blickte sie hoch, erhob sich schnell und verschwand hinter einer anderen Tür.

Kurz darauf erschien ein dünner, griesgrämiger Mann und musterte Owen mit vorsichtiger Neugier, als er ein Tablett mit Trinkbechern absetzte. Seine Ärmel waren voller Flecken.

»Seid Ihr der Wirt?« erkundigte sich Owen auf walisisch.

»Und Ihr seid von der Burg?« fragte der Mann auf englisch.

Owen war enttäuscht, denn er dachte, ein walisischer Wirt würde umgänglicher sein. Aber vielleicht ließ sich dieser Mann beeindrucken, wenn er erfuhr, daß Owen einer der Gesandten des Herzogs war. »Ja, ich heuere Bogenschützen für den Herzog an.«

Der Mann verzog das Gesicht und nickte. »Jetzt erinnere ich mich. Es heißt, Ihr wäret Hauptmann der Bogenschützen des alten Herzogs gewesen.« Er legte den Kopf schräg und musterte Owen von oben bis unten. »Ich nehme doch an, man hat Euch in der Burg einen entsprechenden Empfang bereitet. Was wollt Ihr in meiner bescheidenen Schenke?«

»Ich hätte gern einen Schluck von Eurem besten Bier und ein bißchen Unterhaltung, die nichts mit Bogenschützen oder Frankreich zu tun hat.«

»Oder dem Verschwinden der Gemahlin des Kämmerers?«

Die Neuigkeiten hatten sich also bereits in der Stadt verbreitet. »Keineswegs.«

»Fein. Er ist besser dran ohne sie, da ihr Vater ein Verräter und ihre Mutter geistig verwirrt ist.«

Der Wirt schien einiges zu wissen. »Wollt Ihr mir beim Trinken Gesellschaft leisten?«

Der Mann wandte sich um, rief nach einem Krug Bier und zwei Bechern, führte Owen inmitten des Rauchs zu einem kleinen Tisch und kratzte sich am Kopf.

Owen mochte keinen Rauch – es mißfiel ihm, wenn sein gesundes Auge dadurch tränte und seine Sicht schlechter wurde, aber es war nicht angebracht, zu protestieren. Er überlegte, ob der Wirt diesen Tisch gewählt hatte, damit er sich im Nachteil befand.

»Ich heiße Beeker«, stellte sich der Wirt vor, als er selbst Platz nahm. Er brummte der jungen Frau, die einen Krug und zwei Becher vor sie hinstellte, etwas zu. »Es heißt, Ihr seid der Sohn von Rhodri dem Schwarzen.«

»Ich bin Owain ap Rhodri ap Maredudd.«

»Ja, Rhodri ap Maredudd – das war der Schwarze Rhodri.«

»Ich habe noch nie gehört, daß er so genannt wurde.«

»Nun, dann wart Ihr wohl schon verschwunden, als der Blitz einschlug, was?« Beekers schiefes Grinsen enthüllte seine verfaulten Zähne.

Owen schenkte sich einen Becher Bier ein und kippte ihn hinunter. Das Bier war dick und überraschend schmackhaft, wenn auch nicht so gut wie das von Tom Merchet. »Pflegt Ihr immer die Gäste, die bei Euch ein Bier trinken wollen, zu beleidigen?« fragte er.

»Das sollte keine Beleidigung sein«, murmelte Beeker. »Ich dachte, Ihr wüßtet es.«

Schließlich brachte Owen den Mann doch dazu, daß er ihm erzählte, was er wissen wollte. Und er drohte ihm, daß er jenen Teil seines Körpers, den er so gern kratzte, ein bißchen bearbeiten würde, sollte er Burley über dieses Gespräch informieren.

Das Stadthaus des Abgabeneintreibers besaß zwei Stockwerke, das obere sogar mit Fensterscheiben. Von der schönen Eichentür führte ein gepflasterter Weg zu einem eingefriedeten Garten und eine Steintreppe zu der Seitentür, durch die man in den zweiten Stock gelangte. Laut Beeker besaß Roger Aylward ein weiteres, größeres Haus auf dem Land. Er verdiente sein Geld durch Einfuhr von Wein und war ein wohlhabender Kaufmann. Zweifellos würde er es sich zweimal überlegen, bevor er erneut die »Ehre« des Abgabeneintreiber-Amtes annehmen würde. Weshalb sollte er sich solchen Ärger aufladen?

Ein barfüßiges Dienstmädchen öffnete Owen die Tür, ließ ihn draußen warten und eilte die Treppe hinauf, um »zu fragen, ob der Herr zu Hause war«. Ihre Unbeholfenheit war geradezu lachhaft, denn Roger Aylward mußte zu Hause sein, da er ja dem Vernehmen nach bettlägerig war. Owen mußte lange warten. In der Zwischenzeit schloß er Bekanntschaft mit einer gelbbraunen Katze, die ihn wohl verdächtigte, Milch oder Fleisch bei sich zu haben. Erneut wanderten seine Gedanken nach York: Jasper hatte eine ähnliche Katze wie diese. Crowder liebte es, vom Fensterbrett den Jungen bei seiner Arbeit in der Apotheke zu beobachten und in der Sonne zu dösen. Nachts war er einer der besten Mäusefänger Yorks – sein Bauch war der beste Beweis dafür.

»Master Aylward empfängt Euch jetzt«, rief ihm das junge Mädchen von der Mitte der Treppe aus zu und riß Owen aus seinen Gedanken an zu Hause. Als er hinter ihr stand, senkte sie den Kopf und sagte leise: »Tut mir leid, daß Ihr habt draußen warten müssen.«

»Mach dir keine Gedanken. Ich habe mich mit der Katze beschäftigt.«

Der Herr ruhte in einem großen Eichenbett, trug ein Leinenhemd mit bauschigen plissierten Ärmeln und eine Nachthaube, die unter dem Kinn zusammengebunden war. Im Lampenlicht erkannte Owen einen korpulenten Mann mit heiterer Miene, der sich zu freuen schien, einen Besucher zu haben.

»Verzeiht, daß ich Euch hier empfangen muß«, sagte er auf walisisch, »aber mein Kopf ist immer noch ganz benebelt, wenn ich stehe. Ich hoffe, Ihr versteht, weshalb ich Euch nicht in unser Haus geladen habe, als Ihr eingetroffen seid. Habt Ihr von dem Raub und der Attacke gehört?« Wenn er redete, sah man seine Zahnlücke – in Wahrheit das einzige sichtbare Zeichen des Überfalls, der auf ihn verübt worden war.

Warum entschuldigte sich der Mann dafür, etwas verabsäumt zu haben, was nie von ihm erwartet worden war? »Ich habe von Eurem Pech gehört, Master Aylward.«

»Aber ich bin froh, daß Ihr gekommen seid. Ich denke gern an Euren Vater, meinen alten Freund Rhodri ap Maredudd. Bitte, nehmt Platz. Das Mädchen bringt Euch Apfelwein, sobald sie Zeit hat.«

Alter Freund? Diese unerwartete Verbindung war Owens zweites Geschenk an diesem Tag. Und warum sollte er nicht über seine Familie reden – es würde alles vereinfachen. Er setzte sich auf eine gepolsterte Bank neben dem Bett seines Gastgebers. »Ich hoffte, von ihm und meiner Mutter zu hören.«

»Seid Ihr in Morgans Haus gewesen?«

»Ja.«

»Dann wißt Ihr ja wohl, daß sie beide bei Gott sind.«

»Mein Bruder sah keine Notwendigkeit, mir diese Neuigkeit vorzuenthalten«, sagte Owen. Wenn der Mann seine Familie kannte, wußte er wohl auch über Morgans Charakter Bescheid.

»Ja. Meine Frau meinte, wir sollten es Euch sagen, aber ich hielt es für besser, daß Ihr es von Eurer Familie erfahrt. Natürlich ist Eure Mutter sanft entschlafen. Sie ging abends zu Bett und ist am nächsten Morgen nicht mehr aufgewacht. Aber Rhodris Tod« – Roger Aylward neigte den Kopf und bekreuzigte sich – »ich muß zugeben, ich hätte nicht derjenige sein wollen, der Euch berichtet, wie er zu Tode kam.« Er klatschte in die Hände, als das Dienstmädchen mit einem Tablett den Raum betrat. »Nun aber möchte ich Euch meine Gastfreundschaft erweisen, und wir können über die Vergnügungen Eures Vaters reden.«

Owen freute sich, als er hörte, wie stolz sein Vater gewesen war, daß er als einer von Lancasters Bogenschützen ausgewählt worden war, und wie die Familie schließlich in die Gemeinschaft aufgenommen wurde, zum großen Teil aufgrund der Geschicklichkeit, die seine Mutter mit Kräutern und sein Vater mit kranken Tieren an den Tag legten. »Sie haben die Talente, die Gott ihnen verlieh, großzügig weitergegeben«, sagte Roger, »und Euer Freund, Master Chaucer, berichtete mir von Euren Talenten – wie Ihr Euch sowohl für den Erzbischof von York als auch für Euren Herzog unentbehrlich gemacht habt.«

»Chaucer? Ihr habt ihn getroffen?« Aylward schien eine Überraschung nach der anderen parat zu haben.

Aylward gab dem Mädchen, das mit einer Handarbeit beim Fenster saß, ein Zeichen, ihm Apfelwein nachzuschenken.

»Ja, ja«, sagte Aylward, als er seinen Becher hob, »es war ein Tag voller angenehmer Begegnungen, der mich aufgemuntert hat. Und ein Tag der Sorgen. Ich habe großes Mitgefühl für John Lascelles. Er hat eine gute Tat vollbracht, hat sich edelmütig gegenüber einer Familie verhalten, die meiner Meinung nach in Schwierigkeiten steckte, und bekam nur Sorgen dadurch. Sie ist wirklich eine Schönheit, aber völlig ungeeignet für die Rolle der Ehefrau eines Kämmerers von Lancaster. Trotzdem sehe ich keinen Zusammenhang zwischen ihr und dem Überfall auf Vater Francis. Es wird der Kirchenmann gewesen sein, denkt an meine Worte. Auch wenn ich dies Vater Edern ungern unterstelle, denn ich mochte ihn, als er Burgkaplan war.«

Owen strengte sich an, der Spur von Aylwards lockerer Zunge zu folgen. Einen Augenblick lang blieb er ruhig, nickte aber von Zeit zu Zeit, um seinen Gastgeber zu ermutigen, weiterzureden. Hatte ihm Geoffrey dies alles erzählt? Mit welcher Absicht?

»Ich gestehe, ich war enttäuscht, daß Ihr Euren Kameraden zu mir geschickt habt«, fuhr Aylward fort. »Ich bin froh, daß Ihr noch Fragen hattet, obwohl ich mir – das schwöre ich beim heiligen David – nicht vorstellen kann, weshalb Mistress Lascelles sich Vater Edern hätte zuwenden sollen.«

»Hat Euch Master Chaucer berichtet, daß er mir bei einer Untersuchung geholfen habe?«

»War es nicht richtig es zuzugeben? Aber weshalb sollte jemand Vertrauen haben, wenn er nicht weiß, zu welchem

Zweck?« Aylward hielt inne, als Owen eine abwehrende Handbewegung machte.

»Ich bin froh, daß er offen war«, sagte Owen. Er überlegte schnell. »Hat er Euch berichtet, daß wir glauben, die jüngsten Probleme des Kämmerers – der Raub, der Tod von John de Reine und des Kaplans sowie Mistress Lascelles Verschwinden – könnte auf einen einzigen Mann zurückgehen?«

Das gerötete Gesicht zeigte Verblüffung, dann Erheiterung. Aylward versuchte, ein Lächeln zu verbergen, indem er den Becher an den Mund führte, aber Owen hatte es schon gesehen.

»Ihr findet das unwahrscheinlich?« fragte Owen.

Aylward setzte den Becher bedächtig auf den Tisch neben seinem Bett und fuhr sich mit einem Tuch über die Lippen. »Verzeiht mir. Ich kenne mich in solchen Dingen nicht aus. Ich wollte lediglich ... meiner guten Frau, müßt Ihr wissen, würde Eure Theorie gefallen. Sie führt gern alle ihre Probleme auf eine Quelle zurück. Und als Ihr sagtet ... nun, das erinnerte mich an sie.«

Wenn Roger Aylward nicht die Wahrheit sagte, war er zumindest ein guter Lügner mit einem scharfen Verstand, denn seine Erklärung war in ihrer Ungewöhnlichkeit glaubhaft.

»Ich hoffe, daß nicht Ihr die Ursache all ihrer Probleme seid«, bemerkte Owen lächelnd.

Aylward kicherte. »Nein, wir sind glücklich miteinander. Und ich hoffe aufrichtig, daß Ihr nicht in mir die Ursache von John Lascelles Problemen seht.«

»Ich wäre ein Dummkopf, hier Eure Gastfreundschaft in Anspruch zu nehmen, wenn dem so wäre«, erwiderte Owen und hob seinen Becher. »Aber erweist mir bitte einen Gefallen und berichtet mir in Euren Worten, woran Ihr Euch in der Nacht des Raubes erinnern könnt.«

Der Abgabeneintreiber schloß die Augen und machte es sich auf seinem Kissenberg bequem. »Es war eine verfluchte Nacht, man wird immer wieder von neuem danach gefragt.«

Geoffrey hatte sich also ebenfalls danach erkundigt. Was hatte er damit bezweckt? »Nur noch ein letztes Mal, Master Aylward. Ich wäre Euch sehr dankbar, denn dann könnte ich beruhigt sein, daß ich alles weiß, was es zu wissen gibt.«

Aylward öffnete ein Auge. »Ihr traut Master Chaucers Gedächtnis nicht? Aber das solltet Ihr. Er hat eine lange, wunderbare Erzählung von Seys und Alcyone vorgetragen, die er in ein von ihm verfaßtes Gedicht verwob. Er hatte es zu Ehren unserer hübschen Herzogin geschrieben, die so traurig von uns gegangen ist.«

Geoffrey hatte also den Barden gespielt und dadurch die Freundschaft des Mannes gewonnen. Wenn Owen nicht so verärgert gewesen wäre, hätte er seinen Einfallsreichtum bewundert. Was hatte sich Geoffrey dabei gedacht, hierher zu kommen und den Abgabeneintreiber des Herzogs zu befragen? Er hatte doch keine Ahnung, welcher Gerissenheit es für derartige Unternehmungen bedurfte. Nun, vielleicht doch, mußte Owen knirschend einräumen. »Ich habe Angst, er könnte die Feinheiten übersehen haben.«

Aylward seufzte und begann mit seinem Vortrag, denn genauso hörte es sich an: wie eine eingeübte Beschreibung des Vorfalls. Aylward hatte allein an einem Tisch in der Schatzkammer der Burg gesessen und sich nach einer langen Sitzung mit seinem Sekretär, dem er Briefe an Lancaster und seinen Hauptabgabeneintreiber diktiert hatte, einen Becher Wein gegönnt. Während des Herbstes hatte Aylward die bevorstehende Expedition des Herzogs organisiert. Um die Schiffsbuchungen vorzunehmen, war er zu verschiedenen Häfen in Südwales gereist und stellte jetzt einen Bericht über seine Unternehmungen in dieser Angelegenheit, die Ergebnisse und Ausgaben, zusammen. Während er am Tisch saß, den Rücken der Tür zugekehrt, betrat ein Fremder den Raum, packte ihn von hinten und zerrte ihn vom Stuhl, der nach hinten fiel und solchen Lärm verursachte, daß er hoffte, die Wachen würden sofort herbeistürmen. Doch an jenem Abend war ihm das Glück nicht hold. Der Eindringling hielt ihm ein Messer an die Kehle und zwang ihn, eine Truhe zu öffnen. Dann stieß er den Abgabeneintreiber mit solcher Wucht von sich, daß dieser über den umgekippten Stuhl fiel und bei dieser Gelegenheit einen Zahn verlor. Als er sich erhob, um sich auf den Räuber zu stürzen, wurde er gegen die Wand geschleudert. Das war alles, woran er sich erinnerte.

In Anbetracht der Körperfülle des Mannes – zumindest nach dem, was Owen unter der Bettdecke erkennen konnte – mußte der Räuber beachtliche Kraft besessen haben. Doch nach Aylwards verschwommener Beschreibung des Eindringlings war dieser weder besonders groß noch sonderlich kräftig.

»Hatte er Komplizen?« fragte Owen stirnrunzelnd.

»Nein.«

»Ihr sagtet, er sei ein Fremder gewesen. Habt Ihr sein Gesicht gesehen?«

Aylward schüttelte den Kopf. »Er trug eine Maske und keine Livree.« Er schüttelte abermals den Kopf. Dann stöhnte er und rief nach dem Mädchen. »Mein Kopf«, flüsterte er heiser, als strenge ihn das Reden an.

»Eine kalte, in Lavendelwasser getauchte Kompresse«, sagte Owen, »und ein Fiebermittel in den Apfelwein. Das sollte lindernd wirken.«

Das Mädchen blickte verwirrt drein. Sogar Aylward öffnete die Augen.

»Meine Frau ist Apothekerin, und ich habe viel von ihr gelernt. Das ist das mindeste, was ich anbieten kann, nachdem ich die Ursache für Euer derzeitiges Unwohlsein bin. Gott mit Euch, Master Aylward. Ihr wart mehr als freundlich.«

Owen schüttelte den Kopf, als er auf die Straße trat. Aylwards Bericht und sein Verhalten wirkten unglaubwürdig. Aber wem konnte dies nutzen?

»Ihr seht enttäuscht aus, Hauptmann.« Ein Mann trat aus dem Schatten und zog Owens Pferd hinter sich her. Es war einer von Burleys Männern, mit Hakennase und kräftiger Statur, großen Händen und einem kahlen Kopf. Duncan.

»Wie nett von Euch, daß Ihr mir mein Pferd bringt«, sagte Owen.

Der Mann grinste und entblößte dabei eine große Zahnlücke. »Habt Ihr von Master Aylward erfahren, was Ihr wissen wolltet?« fragte Duncan und täschelte Owens Pferd.

»Ja. Er kannte meine Eltern gut. Aber bestimmt seid Ihr nicht von der Burg heruntergekommen, um Euch nach meiner Familie zu erkundigen?«

»Sir John ist heute morgen ausgeritten und nicht zurückgekommen. Der Torwächter berichtete, Euer Pferd habe Schaum vor dem Maul gehabt, als Ihr beim Tor angelangt seid. Wir hofften, Ihr hättet Neuigkeiten über den Kämmerer.«

Owen brummte. »Ein weiteres Problem, das die Garnison beunruhigen würde? Ich werde meinen Auftrag wohl nie zu Ende bringen.« Seine Klage hörte sich hohl an.

»Woher seid Ihr so eilig gekommen?«

Owen erfand eine glaubwürdig klingende Lüge, die man wohl nicht so schnell entlarven würde. »Von Gruffydd ap Goronwy. Ich bin ausgeritten, um Mistress Lascelles und den Priester nach Cydweli zurückzubegleiten. Aber ich fand heraus, daß sie überhaupt nicht auf dem Bauernhof gewesen waren. Ich war der Meinung, der Kämmerer sollte es so bald wie möglich erfahren.«

»Hat Euch Sir John gesandt?«

»Er hat es gestern abend vorgeschlagen.«

»Seltsam.« Duncan übergab Owen die Zügel. »Heute morgen hat er jemand anderen geschickt.«

»Dann habe ich mein Roß umsonst strapaziert.«

»Ja, das stimmt.« Duncan gab Owen ein Zeichen, vorzugehen.

Als sie den Weg zum Südtor der Burg entlanggingen, wichen ihnen die Leute aus. Die Menschen hier hatten Angst vor Burleys Männern, das war offensichtlich. Owen überlegte, warum Burleys Mann ihn vor Aylwards Haus erwartet hatte. War Burley über Owens Besuch unterrichtet worden? Hatte Owen deshalb so lange vor dem Eingang warten müssen?

Hatte ihm Burley nachgespürt, vielleicht schon, seit er heute morgen mit Gladys die Burg verlassen hatte? Duncans Stiefel und Beinkleider wiesen keine durch einen Ritt verursachten Flecken auf, aber das besagte noch nichts.

Mehr noch nagte an ihm der Einbruch in die Schatzkammer. Als er sich auf den Weg machte, dachte er über Aylwards Geschichte nach. Nichts daran klang glaubwürdig – die einstudierte Geschichte des Abgabeneintreibers, seine Bettlägerigkeit, die wenig überzeugende Suche, auf die Burley seine Männer geschickt hatte, ohne eine genaue Beschreibung des Angreifers. Und jetzt warteten Burleys Männer vor dem Haus des Abgabeneintreibers auf Owen – warum?

»Der Konstabler will Euch sehen«, erklärte Duncan.

»Das habe ich mir fast gedacht.« Und Owen wollte ihn gerne sehen, um alles noch einmal in Ruhe überdenken zu können. Wenn er mit dem Konstabler nicht zu einer Verständigung gelangen konnte, würde er bei jedem Schritt über ihn stolpern. Jetzt war die Zeit zu reden, er durfte die Dinge nicht mehr dem Zufall zu überlassen. »Sagt ihm, ich komme zu ihm, sobald ich mich um mein Pferd und meine schmutzigen Stiefel gekümmert habe.«

Burley saß auf einer langen Bank im Übungshof, die Füße auf ein Faß gestützt. Seine hellen Haare waren dunkel vor Schweiß, sein Gewand schmutzig. Duncan beugte sich zu ihm hinunter, zweifellos berichtete er ihm von seiner kurzen Unterhaltung mit Owen. Burley nickte, gab Duncan ein Zeichen, sich zu entfernen, und lächelte Owen an. »Ich freue mich, Euch zu sehen, Hauptmann Archer. Ich hatte schon befürchtet, Ihr hättet uns auch verlassen.«

»Es ist gut, wenn man mit einem Konstabler zu tun hat, der sich immer kampfbereit hält«, sagte Owen. »Aber gewiß hättet Ihr den Herzog um die nötigen Geldmittel für die Garnison bitten können, statt einen Überfall auf die Schatzkammer vorzutäuschen?«

Burleys Miene war ausdruckslos, als er dem wartenden Diener befahl, sich zurückzuziehen. »Laß das Bier da«, schnarrte er. Der Diener stellte einen Krug und einen Becher auf die Bank neben Burley und entfernte sich eilends. Burley goß das Bier ein, nahm einen Schluck und rülpste. »So, jetzt geht's mir besser.«

Dann wandte er sich wieder Owen zu. »Es hatte nichts mit der Garnison zu tun.«

»Das habe ich auch nicht angenommen.«

»Was wollt Ihr mit Eurer Entdeckung anstellen?«

»Gar nichts, denn sie betrifft weder mich noch meinen Auftrag hier.«

»Und was ist mit Master Chaucer?«

»Ich kann nicht für ihn sprechen, aber ich glaube, Ihr

tätet gut daran, dafür zu sorgen, daß er einen guten Eindruck von Cydwelis Verteidigungsanlagen bekommt. Überzeugt ihn, daß die Garnison in der Lage ist, die Interessen des Herzogs gegen den französischen oder walisischen Feind zu verteidigen, und Ihr werdet Euch einer langen und einträglichen Zeit als Konstabler erfreuen.«

»Und Ihr? Was habe ich von Euch zu befürchten?«

»Wenn der Raub Eure schwerste Sünde ist, nichts. Aber es würde mich interessieren, weshalb Ihr und der wohlhabende Abgabeneintreiber es für nötig befunden habt, die Schatzkammer zu plündern.«

»Eine unglückliche Investition, ein tollkühnes Wagnis ...« Burley starrte auf seine schmutzigen Stiefel. »Traut nie einem Kaufmann. Er hat geschworen, das Risiko sei gering, als er mich zu der Investition überredete, und nachdem das Schiff gesunken war, hat er behauptet, es sei für ihn ein genauso großes Unglück wie für mich. Aber ich habe meine Rache bekommen.« In Burleys Augen blitzte es vergnügt.

»Der ausgeschlagene Zahn?«

Burley blickte hoch und brach in Gelächter aus. »Und er kann kein Wort davon sagen, dieser eitle, aufgeblasene Dummkopf!« Er griff nach einem Tuch und schickte sich an, seine Haare trockenzureiben. Der Himmel hatte sich erneut bewölkt, und die Luft war kühl.

Owen empfand Mitleid mit Roger Aylward. Er schien jemand zu sein, der sich nicht gern auf große Risiken einließ. Und dieses hätte auch nicht so übel ausgehen müssen, wenn er nicht Burley mit ins Spiel gebracht hätte. »Hatte John de Reine etwas damit zu tun?«

»Nein. Und als ich meine Männer ausschickte, wußte ich nicht, daß er nach St. David geritten war – das war es doch wohl, was Ihr als nächstes fragen wolltet?«

Owen lachte. »Ja.«

»Wir dachten alle, er sei auf dem Weg nach Carreg Cennen. Meine Männer müssen durch Zufall auf seine Spur gestoßen sein. Bei allen Heiligen, ich wüßte zu gern, wo sie sich jetzt gerade aufhalten.«

»Ich dachte eher, Ihr würdet ihr Tun loben.«

Burley schnaubte. »Stümper sind sie, Holzköpfe!«

Owen war enttäuscht, aber das war's. Er hatte ein Rätsel gelöst und dabei entdeckt, daß es nichts mit dem großen Geheimnis zu tun hatte. »Ist es möglich, daß John Lascelles Owain Lawgoch unterstützt?«

Burley grummelte. »Ihr Waliser seid besessen von der Marionette des französischen Königs. Wißt Ihr, wie viele Eurer Landsleute dort sind und für den häßlichen du Guesclin kämpfen? So viele, wie auf ein Schiff passen.«

»Es ist eine Möglichkeit, dem Gestank der englischen Eindringlinge zu entfliehen.«

»So ist es«, sagte Burley gelassen. »Ich fand es seltsam, daß ein Waliser Bogenschützen anheuert. In Wirklichkeit seid Ihr hier, um Gruffydd ap Goronwy zu treffen. Deshalb seid Ihr zu seinem Hof geritten.«

»Ich wäre ein Narr, wenn das stimmte. Ich kenne den Herzog von Lancaster gut genug, um zu wissen, was er mit einem Verräter in seinem Haus anstellen würde. Oder einem Räuber.«

Burleys Miene sprach Bände. Aber er nahm keinen Schlag hin, ohne zurückzuschlagen. »Es überraschte mich, daß Ihr für eine gewisse Dame eingetreten seid, Hauptmann. Anfangs habe ich Euch falsch eingeschätzt. Ich dachte, Ihr wärt auf der Seite des Kämmerers – Ehrgeiz ist nicht vereinbar mit Nächstenliebe.«

Er war ihm also gefolgt. Owen setzte sich rittlings auf die Bank, so daß Burley seine Füße herunternehmen und ihn direkt ansehen mußte. »Und was war das für eine Dame?«

»Gladys, die Burghure.«

»Ich kann mir nicht alles in die Schuhe schieben lassen. Sie hat sich an mich gewandt, und ich konnte ihr meine Hilfe schlecht verweigern.«

»Natürlich. Das tun die wenigsten.«

»Wird sie an ihrem Zufluchtsort unbehelligt bleiben?«

Burley schüttelte den Kopf. »Nur Duncan und ich wissen davon, und natürlich Harold und Simwnt. Sobald wir den Mörder des Kaplans gefunden haben, schicke ich die beiden zu ihr.«

»Habt Ihr eine Spur?«

»Ihr und Master Chaucer habt doch gestern abend in den Gemächern des Kämmerers gespeist. Wie war er gelaunt?«

»Melancholisch. Keine Stimmung, die einen Mann unbedingt zu Mord treibt.«

»Meiner Meinung nach war er es, seine Frau oder der walisische Vikar, die den Kaplan erschlagen haben. Beziehungsweise, falls es die Lady war, ihn erschlagen ließen.«

»Und wenn ich Euch verraten würde, wohin sich alle drei begeben haben?«

Burley schenkte sich Bier nach und betrachtete Owen aus halb geschlossenen Augen, als er den Becher leerte. »Nun, genau das ist Eure Aufgabe – Mörder aufzuspüren. Aber Ihr seid gekommen, um Bogenschützen anzuheuern. Was bedeuten Euch diese drei Personen?«

»Vielleicht nichts.«

Burley nickte, als habe er eine Entdeckung gemacht. »Der Herzog hat von Sir Johns zweifelhafter Heirat erfahren. Ihr seid hier, um ihn zu beobachten. Aber er ist kein Waliser. Warum sollte er Lawgoch unterstützen?«

Owen hatte nicht die Absicht, sich mit Burley in Spekulationen zu ergehen. »Ich verfolge alle drei. Ich brauche dazu Eure Männer nicht, meine genügen mir. Ich benötige auch keinen Schatten.«

»Duncan wäre ein großartiger Führer.«

Duncan wäre wohl auch ein großartiger Mörder. »Er würde mir zur Last fallen.«

»Er erhält den Befehl, Abstand zu halten. Ihr braucht bestimmt nicht alle Eure Männer mitzunehmen.«

»Nein.«

»Und was ist mit Master Chaucer?

Ja, was war mit Geoffrey? »Er wird ganz bestimmt das tun, was ihm gefällt.«

Als Owen den Raum betrat, senkte Geoffrey die Feder. Er fluchte, als ein Tropfen Tinte auf das Pergament fiel und dort einen häßlichen Klecks hervorbrachte. »Ihr seid ein richtiger Satansbraten«, murmelte Geoffrey und beseitigte den Klecks mit Feuereifer. »Wo seid Ihr gewesen? Wo ist Gladys?«

»In Sicherheit.« Owen wollte sich erst entschuldigen, unterließ es dann aber. Erst sollte Geoffrey seine Fragen beantworten. »Ihr helft mir also bei einer Untersuchung, he? Und was habt Ihr bei Euren Befragungen erfahren?«

Geoffrey rieb sich die Nase, wobei er sie mit Tinte beschmierte, und blickte Owen seltsam düster an. »Ich habe erfahren«, sagte er langsam, »daß Aylward eine verschwommene Beschreibung abgegeben hat, die man auf jemanden bezog, der sich in der Schenke groß aufspielte.«

»Eine verschwommene Beschreibung. Ja. Eine, die nicht zu der Geschichte paßt.« Owen schüttelte den Kopf. »Der Mann kennt die Geschichte auswendig, habt Ihr das bemerkt? Und er sieht viel zu gesund aus, um noch unter den Nachwirkungen eines Überfalls zu leiden, der vor achtzehn Tagen stattgefunden hat.«

Geoffrey strich sich ärgerlich über den Klecks auf seiner Nase. »Und was ist mit dem Zahn?«

Owen unterdrückte ein Lächeln. »Was wißt Ihr über Sir Johns Verschwinden?«

»Burley meint, es erfolgte zu unmittelbar nach Eurem. Und daß er lediglich mit seinem Knappen ausgeritten sei.«

»Roger Aylward glaubt, Ihr seid ein Barde.«

Geoffrey errötete. »Ich behauptete nicht ... «

»Das war ziemlich schlau.« Owen erhob sich, weil es an der Tür klopfte.

Draußen stand Iolo. »Ihr habt nach mir gesandt, Hauptmann?«

»Du, Jared und die Männer des Bischofs reitet morgen früh mit mir los.«

»Und was ist mit den anderen? Und mit den Bogenschützen?«

»Die holen wir später. Wir begeben uns im Auftrag des Herzogs nach St. David. Duncan, Burleys Mann, wird uns begleiten.«

Als Owen die Tür schloß, stand Geoffrey direkt hinter ihm. »Was ist das für eine Intrige?«

»Burley meint, daß ich der beste Mann sei, um Sir John, seine Gemahlin und Edern zu verfolgen.«

»Nach St. David?«

»Das ist wohl der geeignete Ort für sie.«

»Ich komme mit.«

»Und was ist mit Eurem Auftrag?«

»Ich glaubte, wir hätten denselben Auftrag. Hat sich das geändert?«

16 Sein Name lautet ...

Beunruhigt durch Bruder Dyfrigs Information, hatte Dafydd die Zeit seit der Unterhaltung mit dem Mönch damit verbracht, den immer größer werdenden nassen Fleck an der weißgetünchten Wand über dem Gartenfenster zu beobachten. Es schien sich um einen einfachen Fleck zu handeln, über den er die Diener informieren mußte. Doch als der Fleck sich über bislang unsichtbare Risse im Putz ausdehnte, erkannte er, wie heimtückisch diese undichte Stelle war, wie leicht sie ein Einbrechen der Decke und folglich des Daches bewirken konnte. Wie fing so ein Unglück an? Hatte sich ein kleines Tier im Strohdach eingenistet und einen Teil der Mauer abgenagt? Oder hatte ein Balken zu verfaulen begonnen? Oder war es einfach Gottes Wille, daß die Mauer herunterbrach?

Genauso verhielt es sich mit dem Pilger. Gab es einen Moment, in dem Dafydd erkannt hatte, welche Gefahr es für ihn bedeutete, ihm Obdach zu bieten? War es Hochmut gewesen, der ihn bewogen hatte, ihm in seinem Haus Zuflucht zu gewähren? War Gott erzürnt, weil er den Pilger nicht zu einer ordnungsgemäßen Unterkunft gebracht hatte – nach St. David, der Kirche des heiligen David und des heiligen Andrew? Wollte Gott Dafydd prüfen?

Langsam breitete sich die Dunkelheit über die Mauer aus, wie eine Ameisenkolonne.

Während Dafydd in Gedanken versunken war, trat

Mair zu ihm. Ihr reizendes Gesicht war überschattet von Kummer. »Verzeiht, Herr, aber Ihr habt mein Klopfen nicht gehört. Seit heute morgen habt Ihr weder etwas gegessen noch getrunken. Fühlt Ihr Euch unwohl?«

»Unwohl?« Dafydd dachte an sein wild pochendes Herz, seinen feuchten Nacken. »Meine Seele leidet. Bring mir einen Becher Apfelwein.« Als Mair hinauseilte, um seinen Wunsch zu erfüllen, rief ihr Dafydd hinterher: »Gott hat mir durch deine Sorge eine Antwort zuteil werden lassen. Er möge dich segnen.«

Nachdem sich Dafydd gestärkt hatte, lockte ihn die späte Nachmittagssonne in den Garten. Er atmete tief durch, fühlte sich jetzt viel ruhiger.

Dann betrat Bruder Dyfrig den Garten. Auch wenn er die Kapuze tief ins Gesicht gezogen hatte, spürte Dafydd seinen Blick auf sich. Dyfrig, die Ursache von Dafydds Sorgen, war der letzte Mensch, mit dem er jetzt zu sprechen wünschte, doch ihm fiel keine Ausrede ein. So breitete er die Arme aus und verneigte sich vor dem Mönch. »*Benedicte*, Bruder Dyfrig.«

Dyfrig verbeugte sich und schlug die Kapuze zurück. »*Benedicte*, Master Dafydd.«

Er musterte Dafydd eindringlich, was eigentlich gar nicht seine Art war. Dafydd befürchtete weitere beunruhigende Enthüllungen. »Habt Ihr Euch inzwischen ein bißchen erholt?«

»Ja, meine Gewänder sind wieder trocken, und ich habe mich ausgeruht. Gott vergelte Euch Eure großzügige Gastfreundschaft.« Bruder Dyfrig schlug das Kreuzzeichen über Dafydd und dem Garten.

Vielleicht war es jetzt an der Zeit, seine Besorgnis zum Ausdruck zu bringen. »Ich habe lange über Eure Vermutung nachgedacht«, sagte Dafydd, »über die Verbindungen – Tangwystl, mein Pilger, Lawgoch ...«

Dyfrig nickte knapp. »Ihr erkennt das Muster.« Dann blickte er zur Seite und fuhr gelassener fort: »Master ...«

»Schlimmer!« unterbrach ihn Dafydd, der nicht den Faden verlieren wollte. »Ich erkenne die Gefahr. Meine Absicht war es, dem Pilger Zuflucht zu gewähren, bis er wieder gesund ist. Ich glaubte, Gott habe ihn mir zu diesem Zweck geschickt. Ich hatte nicht vor, mein Leben für ihn zu riskieren – heilige Dreifaltigkeit, ich kenne nicht einmal seinen Namen. Seine Familie ...«

»Aber ich ....«

»Ich weiß lediglich, welche Absichten er verfolgt.«

Dyfrig wirkte überrascht. »Wirklich?«

»Ihr habt gesagt, daß er diesen Hitzkopf mit der roten Hand unterstützt, diesen Lawgoch.«

»Nein. Ich habe einen Zusammenhang vermutet, mehr nicht. Kann der Pilger ein Anhänger von Lawgoch sein? Oder hat er Lawgochs Gefolgsleute ermordet? War er der Begleiter des toten Mannes, und wenn ja, waren sie Anhänger von König Edward oder von Lawgoch?« Dyfrig schüttelte den Kopf. »Ihr wißt immer noch nichts über den Mann. Aber ...«

»Nur daß er mich in große Gefahr gebracht hat und meinen ehrbaren Namen in den Schmutz zu ziehen droht.« Dafydd hob die Stimme, als Dyfrig sprach. »Da ich jetzt weiß, wie gefährlich es ist, sich in Gesellschaft des Pilgers aufzuhalten, mache ich mir Sorgen um Bruder Samson und seine Männer. Ich würde mich gern zu ihnen begeben, eine bewaffnete Eskorte zusammenstellen, aber soll ich meine Diener allein mit diesen Männern aus Cydweli zurücklassen?« Er hatte seinen Gedanken bis zur Schlußfolgerung weitergesponnen.

Bruder Dyfrig schüttelte den Kopf. »Ihr habt Bruder Samson keine bewaffnete Eskorte mitgegeben?«

Nun kam die Kritik. »Ich dachte, das würde Aufmerksamkeit erregen. Aber ein Mönch mit einem Diener und einem verwundeten Pilger würde niemandem auffallen.«

»Bis auf Diebe und Straßenräubern. Sie glauben, alle Kirchenmänner führten Beutel voller goldener Meßkelche und Pilgergaben mit sich.« Dyfrig senkte den Blick und fuhr sanfter fort: »Aber das ist nicht das Thema. Mein Gewissen läßt mir keine Ruhe, Master Dafydd. Ich habe Euch etwas verschwiegen.«

Da war sie also, die gefürchtete Enthüllung.

»Der Mann, den die Männer aus Cydweli suchen, heißt doch Rhys ap Llywelyn, nicht wahr?«

»Genau.«

»Das ist der Mann, dem Ihr Obdach gewährt habt, Euer Pilger.«

Glaubte Dyfrig etwa, daß Dafydd dies noch nicht erraten hatte? »Ich habe es vermutet. Er war auffällig verlegen, als wir ihn mit diesem Namen ansprachen. Und die Männer aus Cydweli waren sich wohl recht sicher, daß er es sein muß.«

Dyfrig hielt den Blick gesenkt und gab nicht zu erkennen, ob er erleichtert war über Dafydds Gelassenheit.

Dies stimmte Dafydd nachdenklich. »Aber was sagt Ihr da? Ihr kennt ihn?«

»Ich kenne seine Verwandten.«

Dafydd spürte, wie sich seine Angst in Zorn verwandelte. »Woher?«

»Er hat einmal meiner Familie einen Gefallen erwiesen.«

Einen Gefallen? Verflixt, er mußte ihn gut kennen. »Und Rhys' Absichten? Wißt Ihr etwas darüber?«

»Nein. Ich glaube, seine Schwierigkeiten sind persönlicher Art, haben nichts mit Politik zu tun. Aber wenn er John de Reine ermordet hat … »

Es ziemte sich für einen Barden nicht, sich von Gefühlen

in Verlegenheit bringen zu lassen. Dafydd beherrschte seine Stimme, unterdrückte seinen Zorn. Er trat von einem Bein aufs andere. »Wie lange kennt Ihr seinen Namen schon?«

»Von Anfang an.«

»Warum habt Ihr ihn mir nicht verraten?« fragte Dafydd etwas ungeduldiger.

»Anfangs schien es mir nicht wichtig zu sein. Ich habe noch nie Schlechtes über Rhys gehört. Seine größte Sünde schien darin zu bestehen, daß er eine Frau gegen den Willen ihres Vaters liebte. Eine solch läßliche Sünde versetzte mich nicht in Aufregung.«

»Tangwystl ist die Angebetete?«

Dyfrig schwieg.

»Natürlich ist sie es – durch ihren Namen habt Ihr seinen erfahren.«

»Ich dachte, Rhys sei bei einem Kampf um eine Kuh oder bei der Verteidigung einer Frau verwundet worden. Aber der Tod John de Reines – dadurch änderte sich einiges.«

»In der Tat.«

»Auf dem Weg von St. David entschloß ich mich, mein Versäumnis zu gestehen und Euch darüber aufzuklären, wem Ihr Obdach gewährt habt. Aber als ich erfuhr, daß die Männer aus Cydweli zurückgekehrt waren, hielt ich es für klüger, Euch nichts zu sagen. Dadurch konnten weder Eure Augen noch Eure Stimme Euch verraten.«

»Ihr seid ein Dummkopf. Wenn sie mir das erste Mal meine Beteuerung, daß ich den Mann nicht kannte, geglaubt hätten, wären sie nicht zurückgekehrt.«

»Sie sind also schlauer, als ich es ihnen zugetraut hätte.«

»Und warum also sagt Ihr es mir jetzt?«

»Ich kann nicht länger mit dieser Täuschung leben.«

»Tatsächlich?« Dafydd merkte, daß seine Stimme so laut

war, daß sie am Haus widerhallte, und senkte sie. »Vorher habt Ihr es ja auch ganz gut geschafft.«

Jetzt hob Dyfrig endlich den Kopf. Als Dafydd in seine Augen blickte, war er verblüfft, denn die Miene des Mönchs war ausdruckslos. Entdeckte er so etwas wie Zerknirschung in seinen Augen? Er war sich nicht sicher.

»Verzeiht mir«, sagte Dyfrig leise.

»Was spielt es für eine Rolle, ob ich Euch verzeihe? Ihr habt keine Seele. Wie könnt Ihr mir so etwas völlig ungerührt gestehen?

Dyfrig ließ den Kopf hängen.

»Seht mich an, nicht den Fußboden.«

Dyfrig gehorchte ihm. War es besser, den Blick dieser kalten Augen ertragen zu müssen?

»Ich begreife jetzt, welche Gefahr dahinter steckt. Was soll ich tun?«

»Wir müssen Bruder Samson suchen, ihn beschützen. Wir wissen nicht, ob die Männer aus Cydweli Kameraden haben, die wissen, wo sie hinwollen. Schon in diesem Augenblick könnten sie auf dem Weg zu diesem Haus sein.«

Das hatte Dafydd nicht bedacht. »Aber meine Diener.« Mair war gerade in den Garten gekommen. Dafydd bedeutete ihr zu bleiben, wo sie war.

»Euren Dienern wird nichts geschehen«, sagte Dyfrig ruhig. »Welchen Grund sollten die Männer haben, ihnen etwas anzutun? Sie sind ja auf sie angewiesen, damit sie ihnen etwas zu essen und zu trinken bringen.«

»Wir setzen unsere Unterhaltung beim Abendessen fort.« Dafydd gab Mair ein Zeichen näherzukommen. Er sah die Schatten unter ihren Augen, ihre gefurchte Stirn, und hatte Mitleid mit ihr. Wann würde in seinen Haushalt wieder Ruhe einkehren?

»Maelgwns jüngster Sohn hat Euch eine Botschaft überbracht, Master Dafydd.«

Maelgwn bewirtschaftete einen Hof, der an Dafydds Besitz angrenzte. Er war ein seltsamer kleiner Mann, der sich für einen Propheten hielt. »Er will mir wohl meine Zukunft deuten, oder?«

»Dieses Mal nicht, Master. Der Junge sagt, im Wald lauern Mörder.«

Der barfüßige Junge verbeugte sich vor Dafydd, streckte die Arme aus und verneigte sich ebenfalls vor Bruder Dyfrig. »Erteilt Ihr mir Euren Segen, Vater?«

Dyfrig machte ein Kreuzzeichen über dem Jungen.

»Was redest du da von Mördern, Junge?« erkundigte sich Dafydd.

»Mein Vater sagt, Ihr sollt kommen.« Der Junge starrte Dyfrig an. »Wir haben einen Eurer Brüder gefunden.«

»Ihr habt einen Mönch gefunden?« wollte Dafydd wissen.

Der Junge nickte.

»Junge, sag mir um Himmels willen, in welcher Verfassung ihr ihn gefunden habt?«

»Er war halbtot. Neben ihm saß sein Diener und hat geweint.«

»War sonst noch jemand da? Ein junger Mann, ein Pilger?«

Der Junge schüttelte den Kopf.

»Weißt du den Namen des Mönchs?«

»Sein Diener nennt ihn Bruder Samson.«

Schweren Herzens wandte sich Dafydd Dyfrig zu. »Wir müssen Rhys ap Llywelyn finden.«

»Zuerst müssen wir uns um Bruder Samson kümmern. Ihr habt ihn mit Eurem Pilger losgeschickt.«

»Dem Verwandten Eures Freundes.«

»Wir müssen zu ihm.«

»Natürlich. Wir nehmen Cadwal und Madog mit und genug zu essen und zu trinken.«

»Ihr solltet die Gefangenen fesseln, damit sie uns nicht folgen können.«

»Sie sind verwundet. Ich lasse genug Männer zurück, die sie bewachen. Und die Hunde.«

»Sie sind aber Soldaten.«

»Wir haben sie schon zweimal überlistet.«

»Hört mir zu, Master Dafydd. Ich finde es reichlich seltsam, daß die Männer aus Cydweli so ruhig in Eurer Halle liegen. Sie beobachten uns und warten ab. Auch wenn Ihr es nicht gern hört, aber ich muß Euch sagen, daß Ihr Euch durch Euer ungewöhnliches Verhalten diese Schwierigkeiten eingebrockt habt – und Bruder Samson. Ein anderer hätte den Verwundeten nach St. David zurückgebracht. Das ist ein angemessener Ort für ihn, nicht das Haus eines Barden.«

»Gott hat ihn zu mir gesandt.«

»Vielleicht habt Ihr die Absicht des Herrn falsch gedeutet.«

Owen stand auf dem Turm der Kapelle von Cydweli und bemühte sich, einen klaren Kopf zu bekommen. Der Tag war zu schnell vergangen, und er war gezwungen gewesen, eine vielleicht voreilige Entscheidung zu treffen. Er betete darum, daß er keinen Fehler begangen hatte, daß er nicht sein Gespür für die Beurteilung sich bekämpfender Männer verloren hatte, daß man Burley trotz seiner »makelbehafteten Seele« in bezug auf seine Ergebenheit gegenüber Lancaster und Cydweli trauen konnte. Eigentlich war es Vater Edern gewesen, der von Burleys Seele gesprochen hatte – doch auf sein Urteil konnte man sich wohl nicht verlassen.

Jemand trat durch das Turmtor. Owen zog sein Messer und blickte sich um, bereit, sich zu verteidigen.

»Ich bin es, Iolo.«

Owen steckte sein Messer zurück. »Bist du sicher, daß dir niemand gefolgt ist?«

»Bin ich«, sagte Iolo zuversichtlich.

Owen war beruhigt, denn er wußte, daß Iolo sich so lautlos wie eine Katze bewegen konnte.

»Geht es um Duncan?« fragte Iolo.

»Ja. Du läßt ihn nicht aus den Augen. Sollte er den geringsten Versuch machen, einen von uns oder von jenen, die wir verfolgen, anzugreifen, weißt du, was du zu tun hast.«

»Ja, Hauptmann.« Iolo konnte auch kämpfen wie eine Katze – er schlug blitzschnell und mit tödlicher Zielsicherheit zu.

Dafydd, Bruder Dyfrig, Madog und Cadwal nutzten den Schutz der Dunkelheit, als sie ihre Pferde aus dem Stall führten. Außer Dyfrig kannten alle den Weg zu Maelgwns Hof sehr genau. Es war ein ausgetretener, schmutziger Pfad, der in dem hohen Gras und dem Stechginster verlief, die die Landspitze überzogen. Er endete in einem Wald, der einem Bachlauf folgte. Das Wetter hatte wieder umgeschwenkt, es nieselte. Tiefhängende Wolken verdeckten den Mond. Im Wald war es ruhig. Die vier Männer dachten an den verwundeten Samson und bewegten sich lautlos. Dafydd zog die Kapuze über seine Haare, um nicht aufzufallen, denn man hing ja auch keiner Katze auf Mäusejagd eine Schelle um. Doch das Schnauben der Pferde ließ sich nicht unterdrücken. Als sie schließlich an der Tür des Bauernhauses ein schwaches Licht entdeckten, sprach Dafydd ein Dankgebet.

Maelgwns Frau empfing Dafydd und Dyfrig mit einer solch feierlichen Miene, daß sie sich fragten, ob Samson noch lebte. Sie neigte ihren mit einem weißen Schleier geschmückten Kopf, breitete die Arme aus und bat Bruder

Dyfrig um den Segen. Er erteilte ihn ihr schnell und wiederholte seine Frage.

»Er lebt, Vater«, sagte sie. »Aber er hat hohes Fieber, und eines seiner Beine ist gebrochen. Sein Diener aber ist unverletzt.« Sie erblickten Samsons Diener, der mit hängenden Schultern neben der Matratze seines Herrn saß.

Beiderseits der Matratze flackerten Öllampen auf Regalen. Als sich Dafydd und Dyfrig näherten, wachte Bruder Samson auf und blinzelte, als könne er das Licht nicht ertragen. Er legte eine zitternde Hand über die Augen, um sie abzuschirmen. Sein Atem ging unregelmäßig. Sein kahler Kopf war eingebunden.

Aled, der Diener, hielt einen Löffel mit Wein an die rissigen Lippen seines Herrn. Samson öffnete den Mund und ließ sich Wein in den Mund laufen.

»War es der Pilger?« fragte Dafydd. Aled nickte. Dafydd fiel neben dem Lager auf die Knie und senkte den Kopf. »Vergebt mir, Bruder Samson.«

»Dieser Mann hat ihn überfallen?« zischte Maelgwns Frau. Sie ging einen Schritt auf das Bett zu, als wolle sie ihren Patienten beschützen.

»Nein«, erwiderte Bruder Dyfrig und gebot ihr mit einer Geste Einhalt. »Aber er hat Bruder Samson gebeten, den Pilger nach Strata Florida zu begleiten.«

»Bruder Samson, könnt Ihr mich hören?« flüsterte Dafydd.

Der Mönch stöhnte.

»Hier sind Master Dafydd und Bruder Dyfrig.«

Samson öffnete die Augen weit, blickte von einem zum anderen und schloß die Augen wieder.

»Schaut Euch seinen Diener an. Er hat nicht die geringste Schramme«, bemerkte Maelgwns Frau und rümpfte die Nase.

Aled blickte hoch. Seine Stimme klang schrill vor Entrüstung. »Bruder Samson hat sich nach dem Pilger auf die Suche gemacht.« Da Dafydd jetzt sein Gesicht betrachten konnte, entdeckte er, daß er viel geweint hatte.

»Hör zu, Aled«, sagte Dyfrig mit strenger Miene, »ohne deine Hilfe können wir die Wahrheit nicht herausfinden.«

Maelgwn, der Bauer, hatte bis jetzt reglos in seiner Ecke verharrt. Nun rührte er sich und rückte sich einen Schemel heran. Er zog seine buschigen Augenbrauen zusammen, als er den jungen Mann stirnrunzelnd betrachtete.

Aled wischte sich mit dem Ärmel die Nase und musterte seine Zuhörer. Aber als Dyfrig den Mund öffnete, um ihn aufzufordern, mit seinem Bericht zu beginnen, nickte er und fing an zu erzählen: »Wir waren noch nicht weit gekommen, nur bis zum Eichenwald hinter diesem Hof. Der Pilger hat angefangen zu stöhnen und ist auf seinem Pferd zusammengebrochen. Ich bin vom Pferd gestiegen, um ihm zu Hilfe zu eilen. Er gab mir einen Tritt gegen die Schläfe« – der junge Mann drehte seinen Kopf ins Licht, so daß alle die Wunde an seiner linken Schläfe erkennen konnten – »und versetzte meinem Pferd einen Hieb mit der Peitsche, so daß es durchging. Bruder Samson trieb sein Pferd an und verfolgte ihn. Aber was sollte ich ohne Pferd machen?« Aled schniefte und warf den anderen einen hilflosen Blick zu.

»Fahr fort«, forderte in Dyfrig auf.

»Ich weiß nicht mehr, wie lange ich gesucht habe und wie weit ich gelaufen bin, bis ich mein Pferd an einem Fluß entdeckte. Nachdem ich es beruhigt hatte, setzte ich mich und überlegte, was ich tun sollte ...« Aled leierte seine Geschichte herunter, berichtete, wie er eine Weile unschlüssig gewesen war und wie er im Schlamm steckengeblieben war, Hunger bekam und schließlich am nächsten Morgen auf Bruder Samson stieß, der durchnäßt und zitternd neben dem Fluß saß, während sein Pferd graste.

»Aus der klaffenden Wunde an seinem Kopf und seinem gebrochenen Bein schloß ich, daß er gegen einen niedrigen Ast gestoßen und vom Pferd gestürzt sein mußte. Er hat erzählt, er hätte sich in den Fluß gelegt, um die Schmerzen in seinem Bein zu lindern, sei aber dann zu weit hineingerutscht.«

»Die Kälte steckt noch in seinen Knochen«, sagte Maelgwn. »Und der Pilger ist nach Süden geritten.«

»Ist das auch eine Eurer Prophezeiungen?« fragte Dafydd.

Maelgwn blickte nach oben, hob die Arme und verkündete mit tiefer Stimme: »Der Brunnen füllte sich mit Licht, und sodann erhoben sich aus dem Wasser zuerst Carn Llidi und dann Penmaen Dewi.«

St. David's Head und die darüber liegende Grabkammer. Wohin sonst würde sich Rhys wenden, als dorthin, wo er noch eine Aufgabe zu erledigen hatte? Dafydd warf Dyfrig einen kurzen Blick zu. »Wir müssen ihn verfolgen.«

»Heute nacht bleibe ich bei Bruder Samson.«

»Und morgen früh …«

»Werden wir entscheiden, was wir zu tun haben.«

17 St. Nons Wohltätigkeit

Bruder Michaelo schreckte mit einem Schrei hoch. »Wulfstan!« Wirr starrte er auf die ferne Wand. Sir Robert eilte sofort zu ihm, beruhigte ihn, versicherte ihm, er habe lediglich von Bruder Wulfstan geträumt. Es befand sich kein Geist des Mönchs im Raum. Es war das dritte Mal, daß Michaelo einen solchen Alptraum hatte. Sir Robert befürchtete, daß sein Dauerhusten den Schlaf des Mönchs störte und ihm schlechte Träume bescherte.

Michaelos Blick verweilte auf Sir Robert, schweifte dann zu der Lampe neben seinem Bett ab. Aber er zitterte immer noch und traute sich nicht, in den Raum zu blicken. »Ich habe ihn abermals gesehen, wie er den Becher an den Mund führte.« Michaelo bekreuzigte sich. »Bei allem, was heilig ist, wie konnte ich einem solch guten Menschen so etwas antun?« Vor sieben Jahren hatte er Bruder Wulfstan einen Gifttrunk verabreicht, weil er gehofft hatte, durch den Tod des Klosterarztes einen Freund zu schützen.

»Er ist nicht durch Eure Hand gestorben, Michaelo. Gott war noch nicht bereit für ihn.« Das Gift hatte bewirkt, daß Wulfstan sehr krank wurde, aber nicht daran starb. Doch die Pest im vergangenen Sommer hatte Wulfstans großes Herz zum Stillstand gebracht. Sir Robert drückte Bruder Michaelo einen Becher Wein in die zitternden Hände. »Trinkt das.« Er wandte sich ab, da er husten mußte.

»Meine Alpträume haben Euren Zustand verschlechtert. Ihr solltet mit mir das machen, was ich mit ihm machen wollte.«

Sir Robert brachte ein Lächeln zustande, bevor er erneut husten mußte. »Das ist ein verführerischer Vorschlag, das kann ich Euch sagen«, meinte er, »aber so leicht lasse ich Euch nicht davonkommen.« Er mühte sich wieder mit seinem Husten ab. »Zudem will ich nicht mein ewiges Seelenheil durch Euer Blut an meinen Händen aufs Spiel setzen.«

»Das Böse wird die Gottlosen dahinraffen, und diejenigen, die die Rechtschaffenen hassen, werden in Verzweiflung stürzen«, flüsterte Michaelo.

Sir Robert hielt diesen Psalm zwar für sehr passend, aber der Mönch hatte zu früh aufgehört. »Dann sprach David: ›Der Herr erlöst die Seele seiner Diener: und keiner von ihnen, der auf ihn setzt, wird verloren sein.‹«

»Ich bin Eurer Sorge nicht würdig«, sagte Bruder Michaelo.

»Kommt, trinkt den Wein.«

In seiner Not ließ Bruder Michaelo den Wein die Kehle hinunterfließen, schüttelte sich und legte sich wieder zurück.

»Gott hat Euch schon längst vergeben, ebenso wie Wulfstan«, sagte Sir Robert. »»Gesegnet sei der, dessen Vergehen verziehen wurde und dessen Sünde getilgt ist.‹« Er schwieg, als er feststellte, daß der Mönch bereits wieder eingeschlafen war. Sir Robert nahm ihm den Becher weg, goß sich etwas von der Arznei ein, die Owen ihm für den Husten gegeben hatte, begab sich mit dem Becher in der Hand zu seinem Bett und schlüpfte unter mehrere Decken und ein Fell.

Die Wärme tat ihm gut, aber als Sir Robert das Arzneimittel hinunterschluckte, spürte er, wie sein Husten besser wurde. Zumindest hatte er jetzt für eine Weile Ruhe. Er schloß die Augen und dachte an seine vor langer Zeit verstorbene Gemahlin Amelie. Er sah sie an jenem Tag, als er auf dem Herrensitz ihres Vaters in der Normandie vorsprach und ihrer Mutter berichtete, sie könne ihren Gatten gegen ein Lösegeld unverletzt und in guter Verfassung zurückbekommen. Sie hatte sich mit ihrem Schwiegervater zurückgezogen. Dann kehrte sie mit der bezaubernd jungen Amelie zurück. Die junge Frau, die den Blick züchtig gesenkt hielt, machte einen Knicks vor ihm. Dann stand sie schweigend da und hielt einen Rosenkranz zwischen den Fingern. Sie wurde ihm im Tausch für ihren Vater angeboten. »Eine Gemahlin ist Euch mehr von Nutzen als ein stolzer Mann, der sich von Euch Essen und Wein servieren läßt und auf die Gelegenheit wartet, Euch die Kehle aufzuschlitzen, *n'est-ce pas*?«

Robert hatte Amelie geliebt, ja, und wie er sie geliebt hatte. Aber er wußte nicht, wie er ihr seine Liebe zeigen sollte. Wie er es gewohnt war, stellte er sich ein anderes Ende ihrer Geschichte vor: daß sie sich nicht in einen anderen verliebt hatte, daß sie nach seiner Rückkehr ihn und nicht Montaigne im Irrgarten in Freythorpe Hadden erwartet hatte. Wie oft hatte er sich nach ihrem Tod dorthin begeben und sich vorgestellt, wie es sein mußte, derjenige zu sein, der erwartet wurde und dem sie die Arme um den Hals schlang. Er vergoß bittere Tränen, die seine Wangen hinunterrollten. Er war ein alter Narr, daß er sich so nach einer neuen Chance mit ihr sehnte. Gott hatte seine eigenen Gründe, weshalb er ihm das Glück erst in Gestalt einer liebevollen Tochter und zweier wohlgeratener Enkel geschenkt hatte.

Das unsichere Wetter des Vortages wich einem leichten Dunst, der im Laufe des Vormittags einen sonnigen Tag versprach. Geoffrey sah darin ein Zeichen, daß sie Gottes

Segen hatten. Sie ritten durch das Nordtor der Burg von Cydweli, um nicht durch die Stadt zu müssen. Auch wenn es noch früh am Morgen war, hätte das Hufgetrappel die Aufmerksamkeit der Menschen erregt, und das wollte Owen nicht. Denn soweit er wußte, hielt sich der Mörder des Kaplans immer noch in der Stadt auf. Burley sollte sich mit ihm beschäftigen.

Duncan und Iolo führten die Gruppe an. Es folgten Owen und Geoffrey, dann kamen die Männer des Bischofs, und Jared bildete die Nachhut. Owen hatte Bedenken wegen der Größe ihrer Gruppe. Aber schließlich verfolgten sie ja lediglich einen älteren Mann und dessen Knappen. Die Geschwindigkeit war wichtiger als die Anzahl der Männer. Aber übertriebene Geschäftigkeit würde nur eine Verzögerung zur Folge haben.

Sir Robert öffnete die Augen, um einen neuen Tag willkommen zu heißen, und Bruder Michaelo war bereits im Begriff, sich anzukleiden.

»Ich war froh, daß Ihr friedlich geschlafen habt«, sagte Michaelo.

Sir Robert richtete sich langsam auf, da er befürchtete, er könne sich benommen fühlen, weil er eventuell zu viel von der Arznei eingenommen hatte. Aber er fühlte sich recht wohl, so daß er vorschlug, nach St. Non zurückzukehren.

»Ich möchte noch einmal für meine Familie beten, und ich dachte, daß Ihr vielleicht für Wulfstans Seele beten wollt und darum, daß Ihr von Euren Alpträumen befreit werdet.«

Bruder Michaelo war mit der Reise einverstanden, aber er machte deutlich, daß seine eigenen Gebete Sir Robert gelten würden. »Ich halte Euch durch meine Alpträume wach, und deshalb hat sich Euer Husten verschlimmert.«

»Jetzt fangen wir schon an, nett zueinander zu sein«, protestierte Sir Robert. »Wir werden törichte, ängstliche alte Männer.«

»Alt?«

Sir Robert amüsierte sich, als Bruder Michaelo schnaubte und eine entsetzte Grimasse zog. Der gewöhnlich egozentrische Mönch war ihm lieber als ein zögerlicher Gefährte.

Dafydd spürte eine weiche Hundeschnauze an seinem Gesicht und schlug die Augen auf. Das war ein angenehmes Erwachen in Maelgwns ruhigem Haus. Der Hund besaß ein weißes Fell, das so gut gebürstet war, daß es glänzte, und lange Ohren, die so zart waren, daß sie unter dem weißen Fell rosig schimmerten. Jetzt schnüffelte er unter Dafydds Arm – er suchte wohl Wärme oder einen Schatz, dessen Natur Dafydd nicht erraten konnte. Er kicherte und tätschelte den Kopf des Hundes.

Aber Cadwal, der neben Dafydd auf einer breiten Matratze in der Nähe des Feuers schlief, war nicht so begeistert über den Besucher. »Cwn Annwn!« zischte er. »Auf dieser Reise begegnet uns der Tod!« Die Cwn Annwn waren Hunde, die Arawn, einem König der Unterwelt gehörten und jenen Menschen über den Weg liefen, die im Laufe des Jahres sterben würden.

Die anderen Männer versuchten ihn zu beruhigen. Vielleicht waren die Ohren des Hundes deshalb rot, weil das Fell so hell war. Seine Augen sprühten kein Feuer, er hinterließ auch keine Blutspur, er war sanft und aus Fleisch und Blut, und er hieß Cant.

»Hätte er sich dir bei Nacht genähert, und nur dir«, sagte Madog, »dann müßten wir uns bekreuzen und für Eure Seele beten!«

Dafydd zischte Madog zu, er solle schweigen – seine

lose Zunge würde ihnen nicht helfen, Cadwal zu beruhigen.

Während sie miteinander sprachen, war der Bauer ins Haus gekommen und wandte sich kopfschüttelnd an Cadwal. »Ein solcher Riese und feige?«

»Ihr wagt es, mich einen Feigling zu nennen?« brüllte Cadwal. Im Nu war er hochgesprungen und stand drohend neben dem grinsenden Bauern. Madog versuchte die Arme seines Gefährten zu packen und sie im Rücken festzuhalten, aber er konnte es mit Cadwals Kraft nicht aufnehmen.

Cants Knurren ließ Cadwal innehalten.

»Mit einer solchen Gemütsart könnt Ihr sehr wohl innerhalb eines Jahres tot sein«, sagte Maelgwn. »Ist das der Lohn für meine Hilfe?«

Cadwal fiel vor dem Bauern auf die Knie und senkte den Kopf. »Ich bitte Euch, sagt mir, daß Ihr keine Vision meines Todes gehabt habt.«

Dafydd hätte Cadwal nicht in das Haus eines Sehers bringen dürfen. Der riesige Mann fürchtete nichts, was es in der Realität gab, aber alles Spirituelle.

»Ich hatte keine Vision Eures Todes«, erklärte Maelgwn. »Aber wir sollten alle in Gnade leben, denn wir wissen nie, wann Gott geruht, uns zu sich zu rufen.«

Cadwal kniete immer noch, seine riesigen Hände über dem Kopf gefaltet.

Dafydd berührte die Schulter des Riesen. »Beruhige dich. Maelgwn wollte lediglich deinen Zorn besänftigen.«

Schließlich gelang es Maelgwns Frau, den Riesen mit Wein, Brot und Käse zu besänftigen.

Als Sir Robert und Michaelo den Schutz der Bäume verließen, ging die Sonne auf. Sie tauchte den See in helles Licht und blendete sie. Sir Robert zog sich den Pilgerhut tiefer ins Gesicht. Als sie zusammen mit anderen Pilgern den Pfad zum heiligen Brunnen hinuntergingen, flatterten ihre Mäntel im Wind. Sir Robert sah Gottes Atem im Wind, das Licht des Glaubens im sonnenüberfluteten See. Ihm stockte der Atem, Tränen rollten seine Wangen hinunter. Gott hatte ihm ein kostbares Geschenk gemacht, indem er ihm die Kraft zu dieser Reise gab.

Bruder Michaelo erwies sich ausnahmsweise als schweigsamer Gefährte. Obwohl sie vor dem Brunnen lange warten mußten, bis sie an der Reihe waren, sagte der Mönch nichts. Er stand mit gesenktem Kopf da, seine Lippen bewegten sich im stillen Gebet.

Als Sir Robert endlich an die Reihe kam, nahm er den Hut ab und kniete sich schwerfällig neben dem mit einem Steindach versehenen Brunnen nieder. Es schwammen ein paar Frühlingsblüten darauf, Gaben der Pilger. Eine Brise kräuselte das Wasser und trieb die Blüten an den Rand. Als sich das Wasser wieder glättete, atmete Sir Robert tief durch und bekreuzigte sich, denn seine tote Frau Amelie starrte mit bleichem, feierlichem Gesicht zu ihm hoch, ihre schwarzen Haare waren wie ein Teppich über das Wasser gebreitet.

»Amelie, meine Liebste«, flüsterte er. »Vergib mir.« Sie schloß die Augen und öffnete sie wieder. Als sich das Bild allmählich auflöste, sah er einen kurzen Augenblick, wie ihr reizender Mund lächelte. »Meine Geliebte!« Er berührte das Wasser mit den Fingerspitzen und hatte das Gefühl, als tauche sein ganzer Körper in das ruhige Wasser ein. Hatte sie ihn mit sich gezogen? Er lächelte, als sich das Wasser über ihm schloß.

Er erwachte in dem Feld neben der St. Non Kapelle und blickte zum blauen Himmel hoch. Er blinzelte, weil ihm die Sonne in die Augen schien, legte die Hand über seine tränenden Augen und kämpfte gegen die Verzweiflung an, die ihn ergriffen hatte, als er erkannte, daß Amelie ihn nicht geholt hatte. Welch bitteres Erwachen, nachdem er mit einer solchen Vision gesegnet gewesen war. Als er seine Hand zurückzog, erblickte er am Himmel ein Gesicht mit dunklen Augen, das ihm irgendwie bekannt vorkam, wenn es auch in einem seltsamen Winkel stand. Sir Robert hatte wohl seinen Kopf in den Schoß des Mannes gelegt, der sich über ihn beugte. Die Lippen des Mannes bewegten sich, aber Sir Robert konnte ihn nicht hören, da es in seinen Ohren dröhnte. Er schloß die Augen wieder, versuchte normal zu atmen und sein hämmerndes Herz zu beruhigen. Allmählich verebbte das Dröhnen, und er hörte nur noch das Plätschern der Wellen auf den Felsen unter ihm. Sir Robert öffnete die Augen. Das Gesicht tauchte wieder auf. Der Mann erinnerte ihn an Owen, aber er war es nicht.

»Könnt Ihr mich jetzt hören?« fragte der Mann auf französisch. Er sprach ein Pariser Französisch, auch wenn sein Akzent nicht der eines Franzosen war. Sir Robert konnte ihn nicht einordnen. Aber er freute sich, daß er so klar denken konnte.

»Vielleicht versteht er Euch nicht«, hörte er Bruder Michaelos Stimme, der wohl neben dem Fremden kniete.

»Ich kann Euch hören«, sagte Sir Robert im besten Französisch. »Ich hatte eine Vision.«

»Eine Vision!« flüsterte Bruder Michaelo.

»Ah. Das erklärt die Ohnmacht«, sagte der Fremde.

»Er fühlte sich nicht wohl«, erklärte Michaelo.

Die Anstrengung des Sprechens brachte Sir Robert zum Husten. Er bemühte sich aufzusitzen. Eine starke Hand stützte ihn, als sich das Feld vor seinen Augen zu drehen begann. »Gott segne Euch«, sagte Sir Robert ziemlich atemlos.

»Gott hat Euch gesegnet, Sir Robert«, sagte der Mann,

»weil Ihr an dem heiligen Brunnen eine Vision gehabt habt.«

Sir Robert konnte jetzt den Mann deutlich erkennen, nicht nur sein Gesicht. Mit dem dunklen Bart, den dunklen Haaren und dem Ohrring hätte man ihn irrtümlich für Owen halten können – bevor er wegen der schrecklichen Narbe an seinem linken Auge die Augenklappe hatte tragen müssen. Doch bei näherer Betrachtung sah Sir Robert, daß die Haare des Fremden glatter und dünner waren als die von Owen. Er trug schlichte Kleidung, ein dunkles Obergewand, einen Mantel und Beinkleider aus Leder. Diese Kleidung war Sir Robert in Erinnerung. »Ich habe Euch schon früher gesehen, hier beim Brunnen.«

Der Fremde legte den Kopf schräg. »Eure Erinnerung trügt Euch nicht. Auch ich habe Euch schon hier gesehen.«

Bruder Michaelo nutzte diesen Moment, um sich einzumischen. Er kniete sich neben Sir Robert nieder, fühlte seine Stirn und seine Wangen. »Ihr fröstelt.« Er nahm eine Flasche aus seinem Ränzel und reichte sie Sir Robert. »Trinkt das.«

Sir Robert schniefte. »Ihr führt Wein in Eurem Pilgerbeutel mit?«

Der Fremde lachte. Nach den Lachfalten um seine Augen zu schließen, war er ein fröhlicher Mensch. »Ihr redet wie alte Freunde miteinander. Ihr seid der Sekretär des Erzbischofs von York, nicht wahr?«

Michaelo strahlte, freute sich, daß die Bedeutung seiner Stellung gewürdigt wurde. »Ja, ich bin der Sekretär Seiner Gnaden. Er verzichtete freundlicherweise auf seine Bequemlichkeit, damit ich diese Pilgerreise unternehmen konnte. Kennt Ihr Seine Gnaden?«

Die Augen des Fremden blickten weniger fröhlich, als er knapp erwiderte: »Wir kennen uns.«

Sir Robert wunderte sich über den plötzlichen frostigen Ton in der Stimme des Fremden.

Offensichtlich hatte es Michaelo ebenfalls bemerkt. Er klang nicht mehr so freundlich, als er fragte: »Wie habt Ihr erfahren, wer ich bin?«

»Wenn man allein reist, freut man sich über den Klatsch«, erwiderte der Fremde wieder in freundlichem Ton. Er erhob sich, ordnete seine Kleidung, bückte sich und streckte Sir Robert die linke Hand hin. »Und nun, Bruder Michaelo, helfe ich Euch, Sir Robert zum Palast zurückzubegleiten. Nach einer Vision ist man ja anscheinend sehr erschöpft.«

Als sich Sir Robert mit Hilfe des Fremden und auf Michaelos Schulter gestützt erhob, bemerkte er, daß der Unbekannte die rechte Hand in den Falten seines Mantels verborgen hielt.

»Ihr seid wegen Eurer Hand hergekommen?« fragte Sir Robert.

Der Fremde blickte auf die verborgene Hand hinunter und dann wieder zu Sir Robert. »Ich bin eines solchen Wunders nicht würdig.«

Als sie sich langsam vom Wasser und der Pilgerschar entfernten, stützte der Fremde mit der linken Hand Sir Roberts Ellbogen. Bruder Michaelo ging auf der anderen Seite.

»Jetzt geht es mir wieder besser«, versicherte ihnen Sir Robert. Aber sie blieben bei ihm. »Seid Ihr immer so eifrig, Fremden zu helfen?« fragte er neugierig.

»Vor langer Zeit hatte ich das Vergnügen, mit Eurer Tochter und deren Mann befreundet zu sein, Sir Robert«, erwiderte der Fremde.

»Tatsächlich?« Sir Robert war verblüfft.

»Ihr kennt ja einige Leute in York«, bemerkte Michaelo stirnrunzelnd.

»Ich hatte irgendwann in Eurer hübschen Stadt geschäftlich zu tun. Hauptmann Archer und Mistress Wilton waren freundlich zu mir. Und zu einem Jungen, den ich mochte – Jasper de Melton. Was ist aus dem Jungen geworden?«

Obwohl Sir Robert Michaelos Unbehagen spürte, sah er in der Tatsache, daß der Fremde seine Familie kannte, nichts Bedrohliches. Im Gegenteil, dies ließ ihn die Fürsorge des Mannes besser ertragen. »Jasper arbeitet in der Apotheke meiner Tochter als Lehrling.«

Der Mann schwieg einen Moment. Sir Robert warf ihm einen Blick zu und sah Tränen in seinen Augen.

»Jasper war eine große Hilfe für Lucie, als die Pest York heimsuchte«, erklärte Sir Robert.

»Ich bin froh, daß er seinen Platz in der Welt gefunden hat«, sagte der Fremde gerührt.

Sir Robert versuchte verzweifelt sich an etwas Bestimmtes zu erinnern. Aber Michaelo sagte schnell: »Ich weiß, wer Ihr seid. Der Flame Martin Wirthir.«

»Ah!« Sir Robert nickte eifrig, als er den Namen hörte. Wenn der Mann nicht nach Jasper gefragt hätte, hätte er Stunden, ja vielleicht sogar Tage damit verbracht, um sich zu erinnern, wo er ihn gehört hatte. Er war dem Mann, der das Leben des Jungen gerettet hatte, nie begegnet, hatte aber viel über ihn vernommen, wenngleich nicht nur Gutes.

»Euer Gnaden wäre bestimmt interessiert daran, zu erfahren, daß Ihr hier seid«, sagte Michaelo, nicht wesentlich freundlicher als zuvor. »Ist der Musikant bei Euch?«

»Ihr erinnert Euch gut an mich, ich fühle mich geehrt«, entgegnete Wirthir. »Nein, er ist nicht bei mir. Ambrose wohnt jetzt in Paris und tritt oft vor König Karl auf.«

»Wenn ich demnächst meine Tochter und ihren Gemahl sehe, berichte ich ihnen von Eurer Freundlichkeit mir gegenüber«, sagte Sir Robert. Er fand Michaelos Feindseligkeit peinlich.

»Verzeiht meine Kühnheit, Sir Robert«, sagte Wirthir, »aber ich möchte Euch fragen, ob Ihr über die Möglichkeit verfügt, einen Boten zu Hauptmann Archer zu senden?«

»Einen Boten? Weshalb?«

»Ich habe einen dringenden Brief für den Hauptmann. Habt Ihr jemanden, den man nach Cydweli schicken könnte?«

»Woher wißt Ihr, wo er sich aufhält?«

»Den Gerüchten zufolge soll er den Leichnam von John de Reine nach Cydweli zurückführen.«

»Ah.« Natürlich redete man darüber. Sir Robert sah keinen Grund vorzugeben, daß Owen sich irgendwo anders aufhielt. »Ihr habt einen Brief erwähnt?«

Wirthir zog eine Pergamentrolle aus seinem Beutel. Auch dieses Mal benutzte er dazu lediglich seine linke Hand. »Ich glaube, wenn Hauptmann Archer ihn gelesen hat, wird er sofort den Wunsch verspüren, nach St. David zu reiten.« Er hielt den Brief Sir Robert hin, der bemerkte, daß er verschnürt und versiegelt war.

»Warum wollt Ihr Hauptmann Archer hierherlocken?« wollte Bruder Michaelo wissen.

Sir Robert schüttelte den Kopf. »Ruhig Blut, Michaelo.«

Aber Martin Wirthir verneigte sich vor Bruder Michaelo. »Ihr verdient eine Erklärung, auch wenn diese nicht umfassend sein kann. Ich weiß etwas über den Tod von John de Reine. Und es gibt zwei Personen, die heute eingetroffen sind und mit denen der Hauptmann bestimmt reden will.«

»Aber das hat nichts mit dem Auftrag des Hauptmanns zu tun«, wandte Sir Robert ein.

»Aber mit der anderen Angelegenheit. Es geht um Verrat und eine gefährliche Verbindung.«

»Woher wißt Ihr davon?« fragte Bruder Michaelo. »Seid

Ihr der Flame, der in die Unruhen in Pembroke verwickelt war?«

Wirthir grinste. »In Pembroke gibt es viele Flamen, Bruder Michaelo, die Euer kluger König dorthin beordert hat.«

»Aber ...«

»Ich sagte, Friede, Michaelo!« fauchte Sir Robert. Er mußte einen Boten senden, und sei es auch nur, um Owen darauf aufmerksam zu machen, daß Wirthir über sein Interesse an Gruffydd ap Goronwys Problem Bescheid wußte. Es konnte nicht schaden, ihm einen Brief zu überbringen – vorausgesetzt, Sir Robert las ihn zuerst. Er sagte zu Wirthir: »Ich habe einen Mann, den ich schicken könnte. Er ist vertrauenswürdig. Aber Ihr habt noch nicht erklärt, weshalb die beiden Personen, die heute eingetroffen sind, für Owen von Bedeutung sind. Wer sind sie?«

»Die Gemahlin des Kämmerers von Cydweli. Und der Priester, der mit dem Hauptmann nach Cydweli reiste. Es ist besser, ich verrate nicht mehr, denn einer dieser Menschen könnte in Gefahr schweben. Aber ich bitte Euch, niemandem, außer natürlich dem Boten und Hauptmann Archer, etwas über unser Treffen zu sagen.«

»Anmaßend ...« Bruder Michaelo preßte den Mund zusammen, als Sir Robert ihm einen finsteren Blick zuwarf.

»Ihr könnt uns vertrauen«, sagte Sir Robert.

Wirthir reichte ihm den Brief. »Gott segne Euch.«

Sir Robert steckte den Brief in seinen Beutel. »Möge Gott über dem Boten wachen.«

Sie befanden sich jetzt vor dem Tor von St. Patrick. Martin Wirthir nickte mit dem Kopf, wünschte ihnen Lebewohl und mischte sich unter die Menge.

»Ich möchte gern wissen, was er an der rechten Hand hat«, bemerkte Sir Robert.

»Er hat keine mehr«, erwiderte Michaelo. »Erinnert Ihr Euch nicht? Hütet Euch vor dem Mann, Sir Robert.«

18 Die Warnung des Piraten

Als Sir Robert den steilen Weg zur Kathedrale hinunterging, spürte er, wie Schweiß seinen Rücken hinablief. Trotz der strahlenden Sonne war es dank der Brise oben auf der Klippe über der Bucht St. Non kühl gewesen; aber hier im Tal war es windstill. Er schob seinen Hut in den Nacken und zupfte an seinem Pilgergewand, dessen rauher Stoff ihn juckte, da der Schweiß ihm auf der Haut klebte. Und in seinen Beinen spürte er eine große Schwäche. Es war ihm peinlich, daß er sich so stark auf Bruder Michaelos Schulter stützte.

»Ihr braucht nicht in diesem rauhen Gewand zu leiden«, sagte Michaelo und legte den Arm um Sir Robert. Michaelos Gewand bestand aus einem sehr feinen, weichen Wollstoff aus Flandern und war von einem Pariser Schneider angefertigt worden. »Ihr seid genug geplagt mit Eurem Husten.«

»Eure Eltern haben der Kirche keinen Gefallen getan, als sie Euch Gott weihten«, murmelte Sir Robert, als er sich in seinem Gewand hin- und herwand, »Euch, der Ihr Euch der geschickten Kunst verschrieben habt, Euch am Rande Eurer Gelübde zu bewegen.« Vielleicht war es gut, daß sie so eng nebeneinander hergingen, denn Sir Roberts Stimme war so schwach, daß sein Gefährte ihn vielleicht nicht gehört hätte, wäre er in normalem Abstand neben ihm hergegangen.

Bruder Michaelo reagierte nicht auf seine Worte, sondern fragte: »Habt Ihr vor, den Brief zu lesen?«

Sir Robert fand es riskant, einen Boten zu schicken, ohne den Inhalt des Briefes zu kennen – was war, wenn man ihn dazu benutzte, Owen in eine Falle zu locken? Aber würde Owen einem Brief mit zerbrochenem Siegel vertrauen? »Er ist versiegelt.«

»Ein Siegel kann leicht gebrochen und wieder instandgesetzt werden, wenn man einigermaßen geschickt ist.«

»Und Ihr seid es?«

Michaelo verneigte sich leicht. »Manche Schwächen können unter bestimmten Umständen auch von Nutzen sein.«

Gott segne ihn. »Was hat er verbrochen, Michaelo? Daß er die Hand einbüßte?«

»Ein Verrückter hat ihm das angetan. Es hat nichts mit uns zu tun.«

»Was hat Erzbischof Thoresby von ihm gewollt?«

»Er brauchte einen Zeugen, und Martin Wirthir wollte ihm diesen Gefallen nicht tun.«

»Kommt«, drängte ihn Michaelo. »Der Torwächter wird sich bestimmt daran erinnern, ob die Gemahlin von Lancasters Kämmerer zusammen mit dem Vikar eingetroffen ist.«

Aber der Wächter erinnerte sich nicht, Vater Edern mit einer Frau gesehen zu haben, obwohl mehrere Frauen heute morgen am Palast angekommen waren.

»Das macht nichts«, sagte Sir Robert, als sie durch den zweiten Eingang in den großen Saal traten. »Der Brief wird uns verraten, ob wir Wirthir trauen können.«

Sie begaben sich in ihr Gemach, und Michaelo war erfreut, als er entdeckte, daß das Feuer trotz des warmen Nachmittags noch brannte. »Wir haben Glück, daß man Euch als alt und krank betrachtet«, sagte Michaelo, als er einen Wassertopf auf das Feuer stellte. »Wir brauchen den Dampf für das Siegel und für Eure Lungen.«

Genau. Weil ich alt und krank bin, dachte Sir Robert, als er sich auf das Bett setzte. In seinem Kopf dröhnte es, seine Lippen zitterten. Er hatte jetzt länger nicht gehustet, aber seine Brust war schwer, und bei jedem Atemzug spürte er ein unangenehmes Krächzen. In kürzester Zeit hielt ihm Michaelo die geöffnete Rolle hin.

»Soll ich ihn laut vorlesen?« fragte Michaelo.

»Meine Augen sind noch nicht so schlecht«, sagte Sir Robert. Aber in Wirklichkeit fand er die Schrift klein und krakelig. »Aber vielleicht solltet ihr es dennoch tun, ich habe Kopfweh.« Er ließ sich auf die Kissen zurücksinken. Bruder Michaelo schob ihm noch ein paar weitere Kissen unter den Kopf und schlüpfte aus den Schuhen.

Ein Diener klopfte und trat mit einem Tablett mit Wein, Wasser und Früchten in den Raum. Michaelo nahm ihm das Tablett ab und entließ ihn.

»Ich will ihnen kein schlechtes Beispiel geben«, sagte Michaelo. Ganz offensichtlich genoß er die Intrige. Dann begann er laut vorzulesen:

»Mein lieber Freund, ich empfehle mich Euch und bete darum, daß Ihr meine Botschaft aufmerksam lest. Ich habe hier einen Mann in Gewahrsam, der über einen bestimmten Vorfall auf Whitesands berichten könnte. Er wird von vielen gejagt, aber die größte Gefahr droht ihm von einem Manne, der versucht, ihn zum Schweigen zu bringen, und dessen verräterische Tat der Ursprung allen Ärgers ist. Ich habe keinen Zweifel, daß der Verräter den beiden auf der Spur ist, die heute eintreffen. Kommt zu mir, zu der Stelle, wo Ihr mit Eurer Last vom Tal aus hochgestiegen seid.
Lebt wohl. Pirat.«

»Zumindest macht er keinen Hehl aus seinem Gewerbe«, sagte Michaelo. Er blickte von dem Brief hoch. »Das gefällt mir nicht.«

»Mir auch nicht. Aber Owen muß zumindest gewarnt werden, daß Martin Wirthir hier ist und über sein Interesse an den Verrätern des Königs Bescheid weiß. Wir müssen den Brief weiterleiten.« Gewöhnlich benötigte ein Bote drei Tage von hier nach Cydweli, obwohl es hieß, ein schneller Reiter, der täglich die Pferde wechselte, könne es in zwei Tagen schaffen. Wenn der Bote heute nachmittag aufbrach, konnte er am Sonntag dort sein. Jetzt war es Nachmittag. »Ruft Edmund. Er wird bei Tagesanbruch losreiten.«

»Nicht sofort?«

»Was für einen Sinn hätte das? Bis Einbruch der Nacht würde er nicht weit kommen. Es ist besser, er reitet morgen früh ausgeruht los.«

»Aber die Zeit ist ...«

»... das Wichtigste. Ich weiß. Und doch habe ich es immer für klug gehalten, eine Nacht über eine wichtige Botschaft zu schlafen. Als ich dem König diente, achtete man mich wegen meiner Gründlichkeit, die nur möglich ist, wenn man sich Zeit läßt.« Sir Robert lächelte. »Außerdem, mein Freund, lasse ich Euch auch Zeit, ein neues Siegel an diesem Brief anzubringen.«

Michaelo kicherte. »Ja, dafür braucht man eine ruhige Hand, und ich bin recht nervös.«

»Weiß Seine Gnaden über Eure Geschicklichkeit mit Siegeln Bescheid?« Gewiß erhielt der Erzbischof von York Dokumente, die nur für ihn allein bestimmt waren. Manchmal fungierte er auch als Berater des Königs.

»Wenn Seine Gnaden es wissen sollte, verliert er zumindest kein Wort darüber. Werdet Ihr den Hauptmann von Bruder Dyfrigs naseweisen Fragen nach dem vermißten

Pilger und den Aufgaben des Hauptmanns in Wales unterrichten?«

»Gott segne Euch, daß Ihr meinem Gedächtnis auf die Sprünge helft. Edmund wird Owen über das Interesse des Mönchs und die heutigen Ankömmlinge unterrichten. Wirthir achtet darauf, weder Personen noch Orte beim Namen zu nennen.«

Nachdem Edmund über seine Reise und seinen Auftrag instruiert und abgemacht worden war, daß er bei Tagesanbruch den Brief holen sollte, drängte Bruder Michaelo Sir Robert, mit Kräutern versetztes Honigwasser zu trinken, das beruhigend wirken und ihm helfen sollte, sich bis zum Abendessen zu erholen. Sir Robert lehnte es ab, sich auszuruhen – er wollte unbedingt zur Kapelle, um sich für die Vision zu bedanken, die Gott ihm gesandt hatte. Nur wenigen Menschen wurde ein solches Geschenk zuteil. Diese Vision hatte ihm gezeigt, daß seine Gebete erhört wurden und Amelie ihm vergab. Er hatte seinen Dank schon zu lange hinausgeschoben, obwohl Gott bestimmt verstehen würde, daß es wichtig war, den Brief zu lesen und Edmund zu unterweisen. Aber es wäre unverzeihlich, seinen Dank noch länger hinauszuzögern. Bruder Michaelo fügte sich, bestand jedoch darauf, Sir Robert zu begleiten, für den Fall, daß ihm schwindelig wurde und er Hilfe benötigte. Wie der Flame gesagt hatte, eine Vision war für einen gewöhnlichen Sterblichen sehr anstrengend. Und Sir Robert war ohnehin bereits ziemlich schwach.

Schwach, ja, dachte Sir Robert. Aber nachdem der Bote unterwiesen und Amelies Verzeihung zugesichert war, empfand er inneren Frieden. Er hatte keine Angst mehr vor dem Tod, wollte ihn auch nicht hinauszögern. Doch diese Gedanken behielt er für sich, weil er fürchtete, Bruder Michaelo könnte seine Absicht falsch deuten und ihn beobachten lassen. Für seinen Geschmack war er schon viel zu viel um ihn herum.

»Michaelo, ich muß mich für St. Nons Wohltätigkeit bedanken. Nicht nur für meine Vision, sondern auch für Martin Wirthirs Hilfe.«

»Wir werden sehen, ob wir ihm für seine Hilfe wirklich Dank schulden.«

»Weshalb mißtraut Ihr ihm?«

»Ehrlichkeit ist seine Sache nicht, Sir Robert. Bestenfalls ist er ein Pirat, schlimmstenfalls ein Spion für die Feinde unseres Königs. Warum sollten wir ihm trauen?«

»Weil er aus seiner Rolle herausgetreten ist – erinnert Euch nur, was er für Jasper getan hat. Aber wie dem auch sei, ich möchte jetzt zur Kapelle. Kommt.«

»Was habt Ihr in den Wassern des Brunnens gesehen?« erkundigte sich Michaelo, als sie hinaus in den Flur traten.

Sir Robert beschrieb Amelies Gesicht, ihr flüchtiges Lächeln. »Ich habe um Heilung gebetet.«

Bruder Michaelo bekreuzigte sich. »Ihr werdet wirklich gesegnet worden, Sir Robert.«

»Ich bete darum, daß Ihr genauso gesegnet seid und nicht mehr von Bruder Wulfstan träumt.«

»Vielleicht dienen meine schlechten Träume als Ersatz für mein Gewissen.«

An der Tür der Kapelle hielt Sir Robert Michaelo zurück. »Ich weiß, Ihr meint es gut, mein Freund, aber ich würde jetzt gerne allein sein.«

»Was ist, wenn Ihr ohnmächtig werdet? Wer wird Euch finden?«

»Holt mich nach einer Weile ab.«

In der Kapelle war es düster. Nur durch die bunten Glasfenster hinter dem Altar drang ein schwacher Lichtschein und beleuchtete eine schlanke Frau, die auf dem Boden kniete. Auf dem Altar und in einer Nische vor einer Statue des heiligen David brannten Kerzen. Als der Luftzug von der Tür die Flammen flackern ließ, wandte sich die Frau um. Sir Robert schloß die Tür so behutsam wie möglich, stützte sich mit der Hand an der Wand ab und ließ sich vor der Statue auf die Knie nieder. Die Frau versenkte sich wieder ins Gebet.

Sir Robert fand die Psalmen am passendsten, die Loblieder auf einen wohltätigen Gott.

Ich werde den Herrn zu aller Zeit loben: Sein Lob soll immer in meinem Munde sein.

... O verherrlicht den Herrn mit mir, und laßt uns Seinen Namen lobpreisen.

Ich suchte den Herrn, und er hörte mich und befreite mich von aller Furcht.

... Dieser arme Mann rief, und der Herr hörte ihn und rettete ihn aus all seinen Kümmernissen ...

Doch seine Gedanken schweiften umher. Wie schwierig es war, nicht an Amelie zu denken, nicht das Gesicht, das er noch vor kurzem vor sich gesehen hatte, zu studieren. Er hatte nie zu hoffen gewagt, dieses Gesicht noch einmal zu sehen, hatte gefürchtet, daß sie sogar nach dem Tod getrennt sein würden.

Der Ruf der Rechtschaffenen erklang, und der Herr hörte ihn, und befreite sie von allen Kümmernissen.

Sir Robert merkte nicht, daß er Tränen vergoß, bis ihn eine weibliche Stimme voll behutsamer Sorge ansprach:

»Geht es Euch nicht gut, Herr?«

Die Dame duftete nach exotischen Ölen. Er blickte verblüfft hoch.

»Verzeiht, daß ich Euch in Eurer Andacht störe. Aber ich hörte Euch weinen ...« Ihr Schleier schimmerte im Kerzenlicht. War er aus Seide oder aus Gold? Sir Robert wußte es nicht, aber sie schien eine Vision zu sein, keine sterbliche Frau.

Er hob die Hände an die Wangen, spürte die Tränen und schüttelte den Kopf. »Ich bin ein alter Mann, den die Erinnerung überwältigt hat. Ich muß Euch um Verzeihung bitten.«

»Ich hoffe, es sind angenehme Erinnerungen.«

»Die von heute, ja«, erwiderte er. »Dank der Gnade von Sankt Non. Ich bin zum Brunnen gegangen, um für meine Familie zu beten, und dort wurde ich gesegnet.«

»Dann sollte ich Euch Euren glücklichen Erinnerungen überlassen. Kann ich Euch hier alleinlassen?«

»Gott segne Euch, meine Dame.« Denn diese Frau war zweifellos eine Dame, auch wenn sie einen walisischen Akzent hatte.

»Der Herr sei mit Euch, mein Herr«, sagte sie und erhob sich, wobei ihre Seidengewänder raschelten.

Ihr Duft schwebte noch lange in der Kapelle.

Dafydd und Dyfrig waren sich darin einig, daß der Pilger vermutlich nach St. David zurückkehren würde. Aber über ihr Ziel waren sie uneins. Bruder Dyfrig fühlte sich verpflichtet, bei Bruder Samson zu bleiben und ihn, sobald er reisefähig war, nach Strata Florida zu begleiten, denn Samsons Diener reichte dazu nicht aus. Zunächst hatte er erwogen, Samson zu Dafydds Haus zurückzutragen und ihn gesund zu pflegen; in diesem Fall mußten Dafydd und seine Männer die beiden Mönche zur Abtei begleiten. »Ihr habt einen schlimmen Verbrecher befreit und müßt uns vor ihm schützen.«

Dafydd war außer sich. Gott hatte ihm Rhys geschickt. Er mußte ihm folgen und dem Pilger helfen, seine Pflicht zu erfüllen – am Hof des Bischofs einen Bericht über den Vorfall auf Whitesands abzugeben. Wer war Dyfrig, daß er

Gottes Absicht anzweifelte? Und dieser Bruder Dyfrig, der Rhys' Bruder kannte, sollte Dafydd nach St. David begleiten. Bruder Samson konnte sie dort erwarten. Maelgwn glaubte, er habe durch die Anwesenheit des Mönchs in seinem Haus bereits Gottes Gnade erlangt – seit Samsons Ankunft war er mit mehreren Visionen gesegnet gewesen. Und es war ein zu großes Risiko, zu Dafydds Haus zurückzukehren – die Männer aus Cydweli konnte man nicht ewig an der Nase herumführen. Wenn Dafydd und Dyfrig von St. David zurückkehrten, würden sie einen angemessenen Begleittrupp für den Weg zurück zur Abtei zusammenstellen, und Dafydd würde über Gottes Absicht nachdenken, ihn auf solche Weise zu prüfen.

Es bedurfte nur geringer Überredungskunst, Bruder Dyfrig auf Rhys' Fährte anzusetzen. Unter vier Augen stimmte Bruder Dyfrig Dafydd zu, daß Aleds Bericht über den Überfall und die Wunden des Mönchs vermuten ließen, daß Samson nicht absichtlich verletzt worden war, sondern daß er törichterweise Rhys verfolgt und einen Unfall erlitten hatte. Vielleicht war es sogar gut für Samson, bei diesen schlichten Menschen ans Bett gefesselt zu sein und ein wenig Demut zu lernen.

Maelgwn bestand auf einem Handel. Schließlich war er bereit, nach ihrer Rückkehr eine Ziege von Dafydds Hof für die Pflege Samsons anzunehmen.

Und so brachen Dafydd, Bruder Dyfrig, Madog und Cadwal am frühen Nachmittag auf. Sie wirkten fast wie eine fröhliche Reisegruppe, hatten genug Nahrung, Wasser und etwas Wein zur Aufmunterung bei sich und eine Aufgabe, die sie zu erledigen hatten. Am Morgen war es noch bewölkt gewesen, aber jetzt brannte die Sonne herunter und wärmte ihre Muskeln. Beim Reiten verschaffte ihnen ein leichter Wind Linderung. Um auf die Straße nach Süden zu gelangen, mußten sie im Kreis zurückreiten, nahe an Dafydds Haus vorbei, aber sie hielten sich an die andere Seite des Hügels und bogen auf die Straße ein, als sie in Sicherheit waren. Madog schlug vor, daß sie bis zum Sonnenuntergang durchreiten sollten. Sie würden viel besser schlafen können, wenn sie einen deutlichen Abstand zwischen sich und den vier bewaffneten Männern aus Cydweli hergestellt hatten, die aufgrund ihrer Verletzungen langsamer reiten würden, falls sie ihnen folgen sollten.

Ein warmer, sonniger Tag ist angenehm bei einem kurzen Ritt, aber schon bald trocknete ihnen der Wind die Augen und die Lippen aus, und der Straßenstaub drang ihnen in Haut und Kleidung, klebte an ihren Haaren.

Am ersten Abend ihrer Reise nach St. David machten Owens Männer in der Abtei St. Clears Rast. Dem Abt war nicht die Ehre zuteil geworden, John Lascelles aufzunehmen, er hatte auch nichts über den Kämmerer und seinen Knappen vernommen, konnte aber trotzdem wichtige Neuigkeiten vermitteln.

»Ein Kesselflicker ist vorbeigekommen und hat von einer großen Prozession von St. David nach Llawhaden berichtet. Ihr wißt, Bischof Houghton mag die Burg. Er mag sie so sehr, daß er gerade einen neuen Südflügel bauen läßt – es heißt, er lebt dort recht angenehm und überwacht die Straße von Carmarthen nach Haverfordwest.«

Bischof Adam de Houghton hielt sich in Llawhaden auf. Das bedeutete, daß sie von der Hauptstraße hochsteigen mußten, was sie einen halben Tag kosten konnte, aber Owen überlegte: Wenn Lascelles den Bischof wollte – und er glaubte, daß dies der Fall war –, könnte der Kämmerer vielleicht seine Route ändern, um nachzusehen, ob Houghton sich in der Burg befand.

Owen und seine Leute kamen rasch voran, aber unterwegs halfen sie einem Händler, dessen Karren nicht mehr fuhr, was eine kleine Verzögerung bedeutete. So kamen sie erst spätnachmittags am zweiten Tag ihrer Reise auf Burg Llawhaden an.

Sie fanden den Bischof im Hof beim Stall, inmitten von vier schönen, schlanken Jagdhunden. Sie wedelten mit dem Schwanz, weil sie alle um die Aufmerksamkeit ihres Herrn buhlten. Houghton trug Beinkleider und ein Obergewand, das nur bis zu seinen Knien reichte, hohe Stiefel und einen kurzen Umhang. Sein Gesicht war gerötet, sein weicher Hut schweißnaß. »Meine Herren, Ihr habt mich beim Sündigen erwischt, denn ich habe gerade die Jagdsaison genutzt und bin ausgeritten. Aber ich sage Euch, ich habe es nur getan, um meine Gedanken zu ordnen. Nichts vermag einen Mann schneller zur Vernunft zu bringen als die Jagd.«

Geoffreys Augen blitzten fröhlich, als er sich vor dem Bischof verneigte. Er hatte Owen verraten, daß er sich über diese weitere Chance freute, die Pilger und den Bischof, der eine eigenwillige Persönlichkeit zu sein schien, weit interessanter als die politischen Kleriker, die den König umgaben, in St. David zu beobachten. Geoffrey hoffte, daß sie bei diesem Besuch im großen Saal des Bischofspalasts von St. David mit den anderen hochgeborenen Pilgern speisen würden und nicht in der Bischofshalle. »Ich möchte die Pilger studieren, damit ich sie in all ihrer Vielfalt beschreiben kann.« Doch Owen war nicht klar, was ihn augenblicklich an Houghton amüsierte.

Aber er dachte nicht lange darüber nach. Denn als der Bischof an seinen Handschuhen zerrte, trat er zwischen Geoffrey und Owen und sagte leise: »Während sich Eure Männer erfrischen, müssen wir reden. Und natürlich bleibt Ihr über Nacht hier.«

Adam de Houghton führte Owen und Geoffrey zu dem neuen Flügel, der gerade im Bau war. Der Staub der Steinarbeiten reizte Owens Auge – der scharfe Wind trug den Staub sogar aus der Hütte heran, in der die Steimetz-Lehrlinge an ihren Bänken arbeiteten. Eine Kapelle und ein Kapellenturm, deren Bau schon weit fortgeschritten war, bildeten die erste Phase des Plans. Houghton wollte den südlichen Bereich um den Hof ausdehnen und einfrieden, so daß die bereits vorhandene Halle und die Küchen durch ein Torhaus und eine Reihe von zusätzlichen Türmen geschützt wären. Außerdem würde es Unterkünfte für sein Gefolge und die Gäste geben.

»Dies soll ein Zeichen sein für jene, die die Straße zwischen Carmarthen und Haverfordwest entlangkommen, damit sie erkennen, daß der Herr dieser Grenzmark, auch wenn er ein Mann Gottes ist, immer noch ein Herr ist.«

Aber Owen verhielt sich zurückhaltend. »Werter Herr Bischof, ich bin nur ein einfacher Soldat und verstehe wenig von solchen Arbeiten. Ihr habt Neuigkeiten für uns?«

»Verzeiht mir. Ich vergeude Zeit, obwohl ich Euch viel zu berichten habe. Kommt.« Er führte sie zu einem Garten, der die Rückseite der Küche, die Westseite des Saals und das steile Ufer des Grabens als Einfriedung nutzte. Sie setzten sich auf Bänke unter Apfelbäumen, die anscheinend durch den begrenzten Raum, der ihnen zur Verfügung stand, verkümmert waren, aber immer noch viele Knospen trugen.

»Hier besteht keine Gefahr, daß uns jemand belauscht«, sagte Hougton.

Sie waren weit entfernt von der Küchentür und den Fenstern, entfernt von Hecken oder Mauern, hinter denen sich jemand verstecken konnte. Aber weshalb war das erforderlich?

»Habt Ihr einen Spion unter Eurem Gesinde?« fragte Owen.

»Wir leben in unruhigen Zeiten, Hauptmann. Da König Karl von Frankreich immer einen Blick auf unsere Ufer hat, ziehe ich es vor, übervorsichtig zu sein und somit immer bereit.«

»Wolltet Ihr darüber mit uns reden?«

Houghton schüttelte den Kopf. »Nein, nein. Über etwas anderes, das mir schon den ganzen Tag auf der Seele lastet. Und wieder einmal taucht Ihr genau dann auf, wenn ich Euch brauche. Ich hätte nicht mein Leben bei der Jagd zu riskieren brauchen, denn Ihr seid ja hier, und Gottes Absicht wird mir klar. Er hat Euch gesandt, um die Probleme in John Lascelles Haushalt zu lösen, davon bin ich überzeugt. Auch wenn ich überrascht bin, Euch zu sehen. Ich hätte nicht gedacht, daß ein Mann des Herzogs Muße hätte, weggelaufene Ehefrauen zu verfolgen.«

Geoffrey hielt den Atem an. Ein Mann, der sich derart seiner Stellung bewußt war, mochte es nicht, daß man ihm unterstellte, daß er irgend etwas Banales verfolgte. »Wir sind in einer weitaus wichtigeren Angelegenheit hier.«

Aber Owen bemerkte, was Geoffrey entgangen war. »Wir haben mit keiner Silbe weggelaufene Ehefrauen erwähnt. Meint Ihr Mistress Lascelles?«

Houghton nickte. »Ja.« Aber sein Blick war auf Geoffrey gerichtet. »Was ist das für eine Angelegenheit, von der Ihr sprecht?«

»Vater Francis, der Kaplan von Cydweli, wurde ermordet«, erklärte Geoffrey. »Ich sollte besser sagen, niedergeschlagen – der Angreifer hat vielleicht das Ergebnis seiner Tat nicht erfahren. Der Kaplan trug den Mantel Eures Vikars, Vater Edern. Am gleichen Tag sind Mistress Lascelles und Vater Edern aus der Burg geflohen. Wir verfolgen vielleicht die Komplizen eines Mörders.«

»Heilige Muttergottes!«

»Was wißt Ihr über Sir Johns Probleme?« fragte Owen.

Houghton nahm seine bestickte Kappe ab und fuhr sich mit der Hand durch sein feuchtes Haar. In seinen hellen Haaren fing sich die Abendsonne. »Was ich weiß? Sicherlich wissen wir alle über den Tod von John de Reine und die Flucht von Mistress Lascelles Bescheid.« Er setzte sich die Kappe wieder auf. »Und daß Sir John seine Frau verfolgt.«

»Und wir verfolgen ihn«, sagte Owen. »Aber wie gelangten diese Neuigkeiten zu Euch?«

»Durch den Mann höchstpersönlich.«

»Du lieber Gott, er ist hier?« Owen sprang hoch.

Der Bischof gebot ihm mit der Hand Einhalt. »Er ist frühmorgens hier angekommen und hat sich vor Mittag schon wieder auf den Weg gemacht.«

Owen blieb stehen. »Wir hätten ihn vielleicht erwischt, wenn wir auf der Straße geblieben wären.«

»Ja, möglicherweise. Aber was Ihr gewinnt, wenn Ihr über Nacht hier bleibt, wird von Wert für Euch sein. Beide Parteien hatten viel zu berichten über ihre Probleme.«

»Habt Ihr auch Neuigkeiten über Mistress Lascelles?« fragte Geoffrey, als Owen höchst widerwillig wieder seinen Platz einnahm.

Der Bischof starrte Geoffrey einen Moment lang an. Seine Augen blickten freundlich, aber verloren, als würde er seine Worte sorgsam wählen. »Mehr als das«, sagte er schließlich. »Ich weiß genau, wo sie sich aufhält, denn ich habe sie dorthin geschickt. Mit diesem schlauen Vikar.« Ein Zweig fiel dem Bischof in den Schoß. Er nahm ihn hoch, drehte ihn zwischen seinen beringten Fingern und studierte ihn. »Ich weiß, als Bruder Dyfrig und der Erzdiakon von Cardigan Edern für eine Vikarstelle empfahlen, hätte ich Nachforschungen anstellen müssen. Aber ich war mit anderen Dingen beschäftigt.« Er schüttelte den Kopf. »Edern ist durchtrieben, zu durchtrieben für mich.«

Also war Schlampigkeit im Spiel. Owen wünschte sich, die Zunge des Bischofs wäre weniger flink. »Was hat Vater Edern getan?«

Houghton schüttelte den Zweig und betrachtete Owen kopfschüttelnd, als wolle er ihn schelten.

»Aber er hat Mistress Lascelles bei der Flucht vor ihrem Gemahl geholfen. Auch wenn ich nicht verstehen kann, weshalb sie einem Halunken wie Edern vertraute. Eine solche Schönheit! Man kann verstehen, weshalb Sir John sie so verzweifelt zurückgewinnen will. Aber es wird ihm nicht gelingen. Er wird ihr Herz nicht erobern.«

»Wegen des Kindes?« fragte Geoffrey. Owen hatte ihm von Heydn und dem Mißverständnis zwischen Tangwystl und Sir John über die Herkunft des Jungen erzählt.

»Gewiß, das Kind ist eine Tragödie, aber noch mehr ihre Gefühle für den Vater des Jungen. Ich mache dies dem Intriganten Gruffydd ap Goronwy zum Vorwurf. Sir John schwört, er habe nicht gewußt, daß die junge Frau sich offensichtlich mit dem jungen Mann verheiratet fühlte, und ich akzeptiere sein Wort – er ist kein Dummkopf, der einer Frau nachläuft, die offensichtlich nichts für ihn übrig hat. Er glaubte, sie sei von dem jungen Mann im Stich gelassen worden. Und bestimmt hatte Gruffydd Grund, ihn dies annehmen zu lassen.« Houghton schwieg, ließ den Kopf sinken, schien in Gedanken versunken zu sein. »Und doch, als ich zu Sir John sagte, daß er ohne seine walisische Frau besser dran sei, da aufgrund der Gerüchte um ihren Vater diese Ehe höchst unpassend für ihn wäre und er dem Abhilfe schaffen könne, indem er akzeptierte, daß sie geheiratet hatten, als sie bereits an einen anderen gebunden war, wollte er nichts davon hören. Dieser törichte, eigensinnige Mann. ›Ich werde sie finden!‹ hat er gerufen.«

»Was ist zu tun?« fragte Geoffrey. »Wenn Sir John entschlossen ist, sie zu behalten, wer kann ihn davon abbringen?«

»Als unser Freund, der Herzog, mich über Euer Kommen unterrichtete, war ich überrascht, daß Ihr Sir John und mir keine Briefe überbracht habt, in denen angeordnet wurde, daß die Ehe annulliert werde. Für einen solch wichtigen Mann des Herzogs war es eine gefährliche Wahl, die Tochter eines Verräters zu ehelichen. Ich verstehe Lancasters Zögern nicht.«

Owen schon. »Bis jetzt hatte der Herzog keinen Grund, an Sir Johns Ergebenheit zu zweifeln. Er wollte warten, bis ihm unser Bericht vorliegt.«

»Ich befürchte, weder Sir John noch seine Gattin werden so lange warten«, bemerkte Geoffrey.

Houghton klatschte sich auf die Schenkel. »Es liegt jetzt in den Händen der Kirche. Es muß sein.«

Owen fragte, was er vorschlage.

»Wenn wir herausfinden, daß Mistress Tangwystl (wie sie selbst genannt zu werden wünscht) durch das Gesetz an den Vater ihres Sohnes gebunden ist, werden wir Sir Johns Ehe auflösen. Und dann ist da noch der Brief, den Vater Francis unterzeichnete.«

»Und Gladys wurde als Zeugin bestellt«, flüsterte Geoffrey Owen zu.

Houghton runzelte die Stirn. »Gladys?«

»Nichts von Bedeutung«, sagte Owen. »Könnt Ihr uns berichten, was der Brief enthielt?«

»Wenn Ihr wollt, könnt Ihr ihn lesen.« Houghton zog ein gerolltes Dokument aus dem Ärmel. »Mistress Tangwystl besitzt die Abschrift, die mein Sekretär anfertigte. Ich wollte dieses Original mit meinen Bemerkungen an William Baldwin, den Erzdiakon von Carmarthen, schicken.«

Es war, wie Owen vermutet hatte: Tangwystl beanspruchte das Recht, sich von ihrem Gemahl zu trennen, nachdem sie ihn dreimal mit Gladys beim Ehebruch erwischt hatte, und Vater Francis hatte als Zeuge unterzeichnet. Kurz vor seinem Tod, wenn Gladys Geschichte stimmte, und bis jetzt hatte Owen keinen Grund gesehen, daran zu zweifeln.

Geoffrey, der über Owens Schulter blickte, fragte: »Und was ist mit Mistress Tangwystls Familie? War es nicht der Zweck dieser Heirat, ihre Familie zu retten, ihr ein Heim zu schaffen?«

Houghton nahm das Dokument wieder in Empfang, rollte es auf und steckte es in seinen Ärmel zurück. »Sir John scheint ein ziemlicher Narr gewesen zu sein.«

»Mein Herr«, begann Geoffrey, »die Zofe Gladys ...«

»Ist eine Frau von gewinnendem Wesen«, sagte Owen. Er lächelte über Geoffreys verärgerten Blick. Es war nicht der richtige Moment, den Bischof mit Einzelheiten von Tangwystls Intrige zu behelligen.

»Auch Mistress Tangwystl ist eine Frau mit beträchtlichen Reizen«, bemerkte Houghton. »Und Sir Johns Gemahlin. Er hätte sie zu Hause einsperren sollen.« Er legte die Hände zusammen, ließ einen Moment lang sein Kinn darauf ruhen und blickte finster auf den Boden, der jetzt unter den Bäumen, in deren Ästen sich das Zwielicht brach, dunkel war. »Gott wird über Gruffydd ap Goronwy richten. Vielleicht können wir schon in diesen Mißhelligkeiten Gottes Hand erkennen.«

Owen dachte an Eleri und Awena. Was würde aus ihnen werden?

»Ich rechne nicht damit, daß Sir Johns Familie durch eine Annullierung der Ehe aus der Fassung gerät«, sagte Houghton. »Ich glaube, sie war weitaus mehr durch die Heirat selbst schockiert. Er hat seine Gattin nicht mit nach

England genommen, damit sie dort seine Verwandten kennenlernte – wußtet Ihr das? Ja, ich sehe, Ihr wußtet es.«

»Ihr habt gesagt, Ihr hättet Mistress Tangwystl irgendwohin geschickt«, bemerkte Owen.

»Nach St. David. Inzwischen ist sie bestimmt sicher im Palast untergebracht.«

»Warum hilft ihr Vater Edern dabei?« wollte Geoffrey wissen.

Houghton blickte hoch, das Licht verschwand, und plötzlich wurde es kühl. »Vater Edern, Edern ap Llywelyn, ist der Onkel von Mistress Tangwystls Kind.«

Dieser listige Fuchs. Owen mußte sich an der Bank festhalten, um dem umständlichen Bericht des Bischofs zu lauschen. Er wollte etwas unternehmen. Er wollte Edern.

Aber warum hatte der Vikar diesen Moment gewählt, um Tangwystl aus Cydweli wegzuholen? Was hatten der Brief und ihre Flucht mit dem Überfall auf den Kaplan zu tun?

»Weil sie alle zu mir gekommen sind, will ich diese Angelegenheit klären«, sagte Houghton. »Der Erzdiakon von Carmarthen soll ihre Geschichten und Entschuldigungen anhören und den Fall beurteilen, da Cydweli zu der Erzdiakonie von Carmarthen gehört. Und doch gibt es dabei ein Problem – der Vater von Tangwystls Kind muß ebenfalls gehört werden, aber er ist verschwunden. Er war in St. David, hatte mich wegen einer Petition aufgesucht und ist dann verschwunden.«

»Der junge Mann, der seine Sachen im Palast gelassen hat«, sagte Owen. »Weiß Edern, wo er zu finden ist?«

»Nein.«

Owen hatte eine Idee. Was sonst hätte John de Reine von seinem Treffen mit Owen und Geoffrey abhalten können, wenn nicht eine größere Herausforderung für die Ehre seines Vaters? Ein Motiv, das so privat war, daß es Owen verwirrt hatte, weil er nach politischen Gründen gesucht hatte.

»Vielleicht wissen wir, weshalb er verschwand«, sagte Owen. »Angenommen, dieser junge Mann, Rhys ap Llywelyn, und John de Reine trafen sich auf Whitesands, um die Ehre ihrer Häuser im Kampf zu messen.«

Die Augen des Bischofs blickten betrübt. »Wenn Ihr recht habt, befürchte ich, daß wir es mit einer Tragödie zu tun haben. Rhys ap Llywelyn ist der Sieger, aber nach dem Gesetz ein Mörder. Er muß sich dafür vor dem Tourn seiner Lordschaft verantworten, also in Pembroke, sofern nicht Hastings Hauptkämmerer einverstanden ist, daß er von Lancasters großem Gerichtshof, an dem John Lascelles residiert, abgeurteilt wird. Auf keinen Fall sehe ich die Möglichkeit, daß er sich eine *redemptio vitae* kauft.« Während des Redens hatte Houghton die Hände im Schoß gefaltet und senkte jetzt, wie im Gebet, den Kopf.

Seine Zusammenfassung wurde mit Schweigen quittiert. Geoffrey schloß die Augen und schüttelte langsam den Kopf, als könne er es nicht glauben. Owen wunderte sich über den scharfsinnigen Verstand des Bischofs.

Als die Sonne unterging, strich eine Brise über die vor kurzem bestellten Gartenbeete und flüsterte in den Zweigen, die durch das Licht der Fackeln, das vom Hof über die Gartenmauer drang, schwach erhellt wurden. Es war eine kühle Brise. Bischof Houghton rieb die Hände gegeneinander. Geoffrey erhob sich und fragte nach dem nächstgelegenen Abtritt.

Während Geoffrey um die Küchenecke verschwand, begaben sich Owen und der Bischof in den Hof, der vor der Nachtluft geschützter war.

»Wieviel davon weiß Sir John?« fragte Owen.

»Nur, daß seine Gemahlin hier vorbeigekommen ist und sich jetzt heil und sicher im Palast von St. David befindet, und daß mein Erzdiakon ihren Fall überdenken wird. Ich habe ihr auch einen walisischen Richter zugesagt, der ihre Argumente erklären wird, die auf dem Hywel Dda gründen.«

»Und Mistress Tangwystl? Weiß sie, daß Ihr Rhys für einen Mörder haltet?«

Houghton schnaubte. »Meint Ihr, ein Ordensmann versteht nicht, wie bei der Liebe das Herz regiert?«

»Ihr seid ein Risiko eingegangen, indem Ihr darauf vertraut habt, daß beide Euch gehorchen.«

»Ich sah keinen Grund für Mistress Tangwystl, sich anders zu verhalten. Aber Sir John – den ganzen Tag hatte ich ein ungutes Gefühl. Aber soll ich ihn in mein Verlies einsperren? Er steht zu hoch in den Diensten des Herzogs, um ihn so zu behandeln. Morgen müßt Ihr Euch beeilen, ihn fangen und zu einem sicheren Ort führen.«

Und ihn von seiner Frau und dem Vikar fernhalten? Denn inzwischen hatte Owen den Eindruck gewonnen, daß Lascelles vermutlich der Mann war, der den Kaplan angegriffen hatte, auch wenn der Zeitpunkt dafür unglücklich gewählt war. Aber was bedeutete es, daß Tangwystl und Edern nicht über den Überfall auf den Kaplan geredet hatten? Gladys' Bericht besagte, daß sie sich dessen vermutlich bewußt waren. War es nicht gewissermaßen ein Schuldeingeständnis, daß sie dem Bischof gegenüber kein Wort darüber verloren hatten?

19 Ein Hinterhalt

Bei Sonnenuntergang hielten Dafydd und seine Begleiter bei einem Fluß, um die Pferde zu tränken und sich selbst den Staub vom Gesicht zu waschen, bevor sie bei einem großen Bauernhaus haltmachten, das sie an der Straße unten entdeckt hatten.

Ein Rascheln im Unterholz schreckte sie auf. Cadwal und Madog griffen nach ihren Messern und Schwertern, Dyfrig holte einen Dolch hervor, Dafydd bewaffnete sich mit einem kräftigen Ast in der einen Hand und seinem Dolch in der anderen, und betete darum, daß es sich nur um ein wildes Tier handelte, das zum Trinken an den Fluß gekommen war. Das Geräusch verstummte. Was auch immer es war, das Tier oder der Mensch wußte, daß es oder er entdeckt war, genauso wie sie wußten, daß auch sie entdeckt waren. Sie waren unsicher, ob sie sich aus dem Staub machen oder bleiben und verlangen sollten, daß es sich zeigte, oder ob sie sich ruhig verhalten sollten, in der Hoffnung, daß es wieder verschwinden würde. Hinter Dafydd knackte ein Ast. Er schnellte herum, sah aber nichts. Er drehte den Kopf, und eine feuchte Haarsträhne fiel ihm ins Gesicht, so daß er einen Moment blind war. Als er die Hand mit dem Ast hochnahm, um die Haarsträhne aus dem Gesicht zu streichen, erhob sich vor ihm etwas Riesiges und fiel ihn an. Der Angreifer fluchte, da Dafydd blindlings mit seinem Dolch zustieß. Er packte Dafydds Hand und drückte sie zur Seite.

Es war einer der Männer aus Cydweli. Hinter ihm vernahm Dafydd jetzt Schreie und Rufe, und er spürte, wie der Boden erzitterte, als die Pferde in Panik flohen. Er flehte Gott an, daß seine Harfe unbeschädigt blieb. Dafydd versuchte, sich von dem Mann, der ihn angegriffen hatte, zu befreien, wurde aber fest umklammert. Er versuchte eine andere Taktik, blieb still stehen, fast leblos und stieß dann unvermittelt mit aller Kraft die Ellenbogen nach außen. Ein paar Herzschläge lang war Dafydd frei und konnte sich umdrehen, um zu sehen, in welchem Schlamassel sie steckten. Cadwal und Madog schlugen um sich, fluchten und stachen auf ein Fischernetz ein, in dem sie gefangen waren. Dyfrig saß auf dem Boden und hielt sich seinen Arm, der wohl gebrochen war. Als die Arme des Mannes nach Dafydd griffen, stieß er ihn zurück.

»Das ist nicht nötig. Wir ergeben uns!«

Bruder Michaelo hielt es für klug, ihnen das Abendessen in ihr Gemach bringen zu lassen, aber Sir Robert fühlte sich nach seinem Nickerchen erfrischt und bestand darauf, das Essen im großen Saal einzunehmen.

»Mistress Lascelles könnte anwesend sein«, führte Sir Robert an. »Ich erfahre vielleicht etwas Wertvolles, was Edmunds Botschaft ergänzt.«

Als Sir Robert nach seinen Sandalen griff, schnalzte Michaelo mit der Zunge und zauberte weiche Lederschuhe hervor. Widerstrebend zog Sir Robert die wärmeren Schuhe an. Er bezweifelte, daß Kälte das Rumoren in seiner Brust verschlimmern würde, aber er begriff, daß Michaelo es gut meinte.

»Ihr solltet eigentlich ruhen.« Bruder Michaelo zerrte an Sir Roberts schlichtem Pilgergewand. »Aber wenn Ihr darauf besteht, darf ich dann vorschlagen, daß Ihr ein Gewand tragt, das Eurem Stand entspricht? Männer – und auch Frauen – vertrauen viel eher Gleich- oder Höhergestellten.«

Michaelo besaß wirklich die Gabe der Überredungskunst. Sir Robert öffnete die Truhe am Fuße seines Bettes und entnahm ihr ein Seidengewand. Der Mönch nickte anerkennend.

Als sich Sir Robert ankleidete, betrachtete Michaelo das Gemälde von König Heinrich, der gerade die Llechllafar-Brücke überquerte. »Wißt Ihr, was ich nicht mag? Daß Wirthir uns nicht verraten wollte, welche Bedeutung es hat, daß der Vikar die Gemahlin des Kämmerers nach St. David begleitet.«

»Was befürchtet Ihr von ihm?«

»Daß er durch uns Owen nach St. David lockt. Angenommen, er ist *der* Flame? Ihr erinnert Euch doch, daß Gruffydd ap Goronwy angeklagt wurde, einem Flamen Gastfreundschaft gewährt zu haben, der als Spion für den Narren diente, der sich selbst den Erlöser der Waliser nennt – eine Marionette des französischen Königs ...« Michaelo wandte sich Sir Robert zu, der sich schwerfällig aufs Bett gesetzt hatte und mühsam atmete.

»Mein Freund, Ihr müßt Euch erholen.«

Sir Robert schüttelte den Kopf. Bald würde er genug Zeit dafür haben. Eine Ewigkeit.

Michaelo half ihm, etwas warmen Honig und Salbeiwasser zu schlürfen. »Ich wollte Euch nicht aufregen. Ich bete darum, daß ich mich geirrt habe und er dem Hauptmann helfen will.«

Sir Robert hustete nach dem ersten Schluck, aber dann beruhigte ihn das Getränk, und sein Atem wurde ruhiger.

»Seht Ihr?« bemerkte Michaelo. »Das ist es, was Ihr braucht – einen ruhigen Abend.«

»Ihr habt mir noch mehr Grund gegeben, soviel wie möglich für Owen herauszufinden.«

Sir Robert erhob sich behutsam und freute sich, weil er sich sicher auf den Beinen fühlte – ungewöhnlich sicher. »Kommt. Auf unserem Weg zum Saal berichte ich Euch von der Dame in der Kapelle.«

Als Cadwal, Madog, Dafydd und Dyfrig gefesselt und ruhig und die Pferde wieder eingefangen waren, entzündeten die Männer des Herzogs ein Feuer und verteilten die Lebensmittel ihrer Gefangenen. Einer der Männer vermied es, seinen rechten Arm zu benutzen, weil dieser noch nicht völlig von der Verwundung, die er beim Überfall auf Dafydds Haus erlitten hatte, genesen war; einer hinkte, und unter der Bandage, die er um den Kopf trug, sickerte immer wieder von neuem Blut aus der Wunde. Einer der Männer drückte mit der Hand auf eine Bandage über seinem Leib.

»Ihr seid alle verletzt«, sagte Dafydd. »Wie seid Ihr an meinen Hunden vorbeigekommen?«

»Mohnsaft«, erklärte der Hinkende. »Eure Diener waren sehr großzügig damit. Ich habe meinen Teil mit Euren Jagdhunden geteilt, die das für einen Festschmaus hielten.«

Mit klopfendem Herzen sagte Dafydd: »Bei allen Heiligen, wenn Ihr Nest und Cadwy Schaden zugefügt habt ...«

»Beruhigt Euch, alter Mann. Sie haben nur geschlafen.«

»Und meine Bediensteten?«

»Ihnen erging es nicht schlechter als uns.«

»Wie habt Ihr uns eingeholt?« wollte Madog wissen.

Der Mann, der außer der Schnittwunde, die Dafydds Dolch ihm am Arm zugefügt hatte, keine Verletzungen davongetragen hatte, lehnte sich an seinen Sattel und grinste.

»Wir haben Euch auf der Straße hinter uns entdeckt.«

»Wie ist das möglich? Wir sind geritten wie der Teufel.«

»Seid ruhig!« zischte Dyfrig. »Verratet ihnen nichts.«

»Es gibt nichts zu verraten«, widersprach Dafydd. Sie hatten sich zu lange in Maelgwns Haus aufgehalten, das war klar.

»Wo ist Rhys ap Llywelyn?« fragte der Sprecher.

Dafydd furchte die Stirn und schüttelte den Kopf. »Ich habe es Euch schon einmal gesagt, ich kenne den Mann nicht, von dem Ihr sprecht.«

»Ihr reitet nach Süden, nach St. David?«

»Um uns über Euren Überfall zu beschweren und den Erzdiakon von Cardigan zu bitten, für uns einzutreten und von Eurem Herrn Schadensersatz zu verlangen. Jetzt haben wir noch mehr Anlaß, uns zu beschweren.«

Dyfrig blickte Dafydd an. Als könnten seine Worte etwas an ihrer jämmerlichen Lage ändern. Was konnte schlimmer sein, als müde und hungrig zu sein und nach diesem Überfall von Schmerzen geplagt zu werden? Und zudem gefesselt wie geschlachtete Schweine? Aber zumindest hatte seine Harfe den wilden Ritt durch das Gehölz überlebt.

Livrierte Diener begrüßten Sir Robert und Michaelo an der Tür des großen Saals und geleiteten sie zu der hohen Tafel. Die Diener schenkten Wein ein und entfernten sich eilends, um weitere Gäste zu begrüßen.

Am nächsten Tisch erkannte Bruder Michaelo mehrere Benediktiner.

»Vielleicht kann ich Euch bei Euren Ermittlungen helfen, indem ich mir den Klatsch des Klerus anhöre«, sagte er, erhob sich und steuerte den Tisch der Mönche an.

Sir Robert blickte sich um, verärgert, weil Bruder Michaelo ihn allein gelassen hatte. Ohne die Hilfe des Mönchs, der viel besser sah als er, konnte er nicht viel erkennen. Aber ein Rascheln von Seide und ein exotischer Duft veranlaßten Sir Robert, sich umzuwenden.

»Meine Dame.« Er verneigte sich vor der Frau, die zögernd hinter ihm stehengeblieben war.

»Mein Herr«, erwiderte sie und neigte den Kopf. Ein reizendes Lächeln stand in ihrem hübschen Gesicht. »Habt Ihr Euch von Euren Erinnerungen erholt?«

»Es ist mir gelungen, ihnen für den Abend zu entfliehen.«

Sie erklärte dem Diener, daß sie sich dorthin setzen würde, wo sie stehengeblieben war. »Störe ich?«

»Keineswegs. Verzeiht, daß ich mich nicht erhebe, aber es war ein sehr anstrengender Tag.«

Die Dame setzte sich neben ihn, und der Diener schenkte Wein ein.

»Tangwystl ferch Gruffydd«, stellte sie sich vor.

Heilige Muttergottes, war das möglich? Konnte der Gegenstand ihrer Diskussion diese reizende Dame sein? »Sir Robert d'Arby«, erwiderte er mit einer leichten Verneigung, »von Freythorpe Haden in Yorkshire. Und mein Begleiter, der gerade abwesend ist, aber sich bald wieder zu mir gesellt, ist Bruder Michaelo, Sekretär Seiner Gnaden John Thoresby, des Erzbischofs von York.«

»Ich bin geehrt«, sagte sie gemessen. »Ihr und Bruder Michaelo seid Pilger?«

»Ja. Auch wenn es sich für einen Pilger nicht unbedingt geziemt, in einem solchen Saal und in solcher Gesellschaft zu speisen.«

»Ihr seid weit gereist. In der Kapelle hörte ich, daß Ihr starke Atemnot habt. Ihr seid tapfer, daß Ihr eine solche Reise auf Euch nehmt. Verzeiht mir, aber ich überlegte, wie Eure Frau Euch bei Eurer schwachen Gesundheit ziehen lassen konnte.«

Sir Robert senkte den Kopf. »Meine Frau ist schon seit vielen Jahren tot.«

»Die glücklichen Erinnerungen, von denen Ihr gesprochen habt – waren es Erinnerungen an sie?«

Sir Robert starrte in Tangwystls hellgrüne Smaragdaugen, und er spürte, er konnte ihr vertrauen. Er berichtete ihr von seiner Vision. Während er sprach, sah er, wie ihre Augen feucht wurden. Er entschuldigte sich, weil er sie traurig gemacht hatte. »Ich sollte nicht über solche Dinge reden.«

Sie berührte seine Hand. »Gott segne Euch, Sir Robert. Ich würde gerne mehr von Eurer Amelie hören.«

Sie wurden durch Bruder Michaelos Rückkehr und das Auftragen des ersten Ganges unterbrochen. Dann folgte der zweite. Obwohl während der Fastenzeit im Palast kein Fleisch serviert wurde, erschien Sir Robert die Vielfalt an Fisch und Pasteten dekadent. Er aß nur wenig, stocherte in seinem Essen herum, und Bruder Michaelo regte sich auf.

»Er ist Euch ein guter Freund«, bemerkte Tangwystl.

»Er könnte dafür sorgen, daß ich all die Vergebung, die ich durch diese Pilgerreise gewinnen wollte, wieder verwirke«, sagte Sir Robert.

»Eure Amelie hat Euch vergeben. War das nicht der Zweck Eurer Pilgerreise?«

»Ich hatte nicht gewagt, darauf zu hoffen.« Sir Robert erzählte ihr von Lucie und ihrer Familie, dem Wunder, daß sie alle die Pest überlebt hätten, und wie sehr er sich um sie gesorgt hatte, da sie ja Apothekerin sei. »Ich bin hergekommen, um Dank zu sagen. Gott hat mir erlaubt, lange genug zu leben, um das Glück meiner Tochter zu erleben.«

»Eure Tochter ist Apothekerin in York?« Tangwystl warf Bruder Michaelo, der ruhig dasaß und sich leicht zu ihr vorbeugte, offensichtlich um besser hören zu können, einen kurzen Blick zu. »Und er ist der Sekretär des Erzbischofs. Ich erinnere mich jetzt. Hauptmann Archer und Master Chaucer haben Pilger nach St. David begleitet. Deshalb hielten sie sich hier auf, als John de Reine gefunden wurde.«

Sir Robert hoffte, daß er sie nicht zum Schweigen gebracht hatte. »Es freut mich, daß sie heil nach Cydweli gelangt sind. Seid Ihr Hauptmann Archer schon begegnet?«

»Eure Tochter hat Glück. Er scheint ein guter und sanfter Mann zu sein.«

»Ich freue mich für sie.«

Mistress Tangwystl wurde ruhig. Sie traute ihm also nicht. Sir Robert tat es leid. Aber dann wandte sie sich ihm wieder zu und erkundigte sich nach seinen Enkeln.

»Ich habe einen Sohn«, sagte sie in solch traurigem Ton, daß Sir Robert den Eindruck gewann, sie würde sich gleich verbessern und sagen »hatte«. Aber sie tat es nicht. Statt dessen sprach sie von einem blonden, pausbackigen Jungen mit einem ansteckenden Lachen.

»Sir John ist wohl sehr stolz«, sagte Sir Robert.

»Nein, das ist er nicht, denn Hedyn ist nicht sein Sohn.« Sie wechselte das Thema und kam auf die karge, baumlose Landschaft dieses westlichen Teils von Wales zu sprechen.

Bruder Michaeleo ging ungeduldig auf und ab, als er auf Sir Robert wartete, der sich ausgiebig von der hübschen Tangwystl verabschiedete. Er hatte sie zu ihrem Gemach geleitet und wurde dafür mit einer Einladung belohnt, sie morgen zum Brunnen von St. David in Porth Clais zu begleiten. Sir Robert fühlte, wie Bruder Michaelos Blick auf seinem Rücken brannte, aber er achtete nicht darauf. Er hatte einen Weg gefunden Owen zu helfen und fühlte sich gleich wieder ein bißchen jünger.

»Ihr macht Euch ihretwegen zum Narren. Sie ist schön, das gebe ich zu, aber sie ist Eure Feindin.« Michaelo hatte die Hände in die Ärmel gesteckt und beugte sich beim Gehen leicht nach vorn, hielt den Blick gesenkt. Er ging zu schnell für Sir Robert, der stehenblieb und darauf wartete, daß Bruder Michaelo sich vergewisserte, daß er allein war.

Als sich der Mönch mit einem ungeduldigen Seufzer umdrehte, sagte Sir Robert: »Ich würde gern meine Blase entleeren, bevor ich mich zurückziehe.« Schweigend begaben sie sich zu ihrem Abort. Aber sobald sie fertig waren und weitergingen, nahm Sir Robert den Zank wieder auf. »Ihr seid der Narr. Weshalb ist sie meine Feindin?«

»Ihr Vater hat den König verraten. Habt Ihr das vergessen?«

»Wir wissen es nicht genau. John Lascelles war nicht dieser Auffassung. Gewiß hätte er sie nicht zur Frau genommen, wenn er dies so gesehen hätte.«

»Lascelles.« Bruder Michaelo nickte heftig. »Habt Ihr bemerkt, daß sie seinen Namen nicht trägt?«

»Bei allem, was heilig ist, warum haltet Ihr das für so wichtig? Viele Frauen wählen ihren Namen nach Belieben.«

»Und wer sollte ihr hierher folgen, wenn nicht ihr Ehemann? Kann es sein, daß er der Verräter ist, von dem der Flame spricht?« Bruder Michaelo legte den Kopf schräg und wartete auf eine Antwort.

War das möglich? »Würde Sir John so dreist bei seinem Verrrat sein? Und die Tochter eines seiner Komplizen heiraten? Eines Mannes, dem sein Verrat nachgewiesen werden kann?«

»Dies könnte die Flucht der Frau erklären, wenn sie es entdeckt hatte«, sagte Michaelo. »Sie war vor einem Vater geflohen, der ein Verräter war, und entdeckte dann, daß sie einen anderen Verräter geheiratet hatte.«

»Sie ist Waliserin, sprecht also nicht gleich von Verrat.« Sir Robert war müde und verwirrt. »Sie hat mir etwas Seltsames erzählt. Sie hat einen Sohn, aber Sir John ist nicht der Vater.«

»Seht Ihr, eine gottlose Familie!«

Sir Robert wollte sich nicht weiter darüber unterhalten. »Als Ihr an den Tisch zurückgekehrt seid, habt Ihr enttäuscht ausgesehen. Wußten die Benediktiner nichts?«

»Ich frage mich, ob ich Euch berichten soll, was ich erfahren habe. Werden meine Worte an Mistress Tangwystl weitergehen?«

Sie hatten ihr Gemach erreicht. Sir Robert öffnete die Tür. »Ihr ermüdet mich, Michaelo. Behaltet Eure Neuigkeiten für Euch.«

Als Michaelo gerade im Begriff war, die Tür zu schließen, trat ein junger Mann in der Livree des Bischofs in den Flur. »Ich komme vom Piraten«, sagte er leise. »Mit einer eiligen Botschaft.«

Michaelo zog ihn in den Raum und schloß die Tür.

Der junge Mann war zerzaust und atemlos.

»Wie konnte Euch der Pirat eine Botschaft übergeben?« fragte Sir Robert.

»Er hat seine eigenen Methoden. Ich darf es nicht verraten. Er hat mir aufgetragen, nur folgendes zu sagen: Vater Edern hat den Palast verlassen. Der Verräter folgt ihm. Der Hauptmann muß ihm zu Hilfe eilen.« Der junge Mann senkte den Kopf.

»Ist das alles?«

Ein Nicken.

Sir Robert griff in seine Börse und gab dem jungen Mann einen Grot. »Geh schnell zu Edmund, einem meiner Männer, und bestelle ihn hierher.« Er erklärte ihm, wo er Edmund finden konnte.

Sir Robert und Bruder Michaelo erwarteten Edmund in düsterem Schweigen. Nur Michaelo murmelte: »Dem Himmel sei Dank, daß Ihr ihn nicht gleich habt losreiten lassen.«

Erst als Edmund sich zurückgezogen hatte und sie

friedlich nebeneinander lagen, erinnerte sich Sir Robert an ihre Auseinandersetzung im Flur.

»Was habt Ihr von Euren Brüdern erfahren?«

Der Mönch lag auf der Seite. »Wir sollten keinen Raum miteinander teilen, geschweige denn ein Bett, wißt Ihr, aber ich bin hier, um Euch zu helfen, für den Fall, daß Ihr einen Schwächeanfall bekommt. Es ist meine Pflicht, jetzt zu schweigen, damit Ihr Euch erholen könnt.«

Wie konnte man diesen Mönch bloß ertragen? »Ich kann erst schlafen, wenn Ihr es mir berichtet habt.«

»Ihr seid starrköpfig wie ein Kind. Ihr glaubt, ich hätte Euch viel zu berichten, aber das stimmt nicht. Sie wußten, daß Dyfrig in Strata Florida lebt, einem Nest walisischer Rebellen, meinten sie. Auch wenn sie dies nicht von Bruder Dyfrig selbst gehört haben. Sie behaupten, der Mönch habe seinen Einfluß genutzt, um Vater Edern die Stelle des Vikars zu verschaffen. Aber die interessanteste Nachricht ist nichts Neues mehr: daß Vater Edern die Stadt bereits verlassen hat.«

Im Morgengrauen versammelten sich Owens Männer im Hof, um Bischof Houghtons Segen zu empfangen, stiegen aufs Pferd und verließen Llawhaden.

Sie führten Tangwystls Brief bei sich, in dem sie um die Annullierung ihrer Ehe ersuchte, und einen Brief des Bischofs, der dem Erzdiakon von Carmarthen in St. David ausgehändigt werden sollte. »In Kürze folge ich Euch nach St. David, aber unter solchen Umständen ist es tröstlich zu wissen, daß diese Dokumente von sieben bewaffneten Männern eskortiert werden«, hatte Houghton gesagt. Er hatte auch gebeten, daß Owen dafür sorge, daß in dieser Angelegenheit nicht noch mehr Blut vergossen werde. »Ich möchte nicht, daß während der Fastenzeit Aufruhr in St. David herrscht.«

»Gott vergebe mir, aber das kann ich nicht versprechen«, hatte Owen erwidert. »Wir können nur beten, daß wir eine friedliche Lösung finden.«

Geoffrey hatte einen Einwand gegen Owens Erwiderung, aber er wartete, bis sie allein waren, um seine Mißbilligung kundzutun. Als Owen seine Stiefel neben das Kohlenbecken legte, damit sie über Nacht trockneten, und seine Gewänder ausschüttelte, war Geoffrey auf und ab gegangen, die Hände hinter dem Rücken verschränkt. »Warum wolltet Ihr nicht versprechen, daß Ihr alles tun würdet, um weitere Gewalttaten zu verhindern?«

»Warum sollte ich den Bischof belügen? Frieden oder Gewalt liegen nicht in meiner Macht.«

Geoffrey blieb bei der Bank stehen, auf der Owen saß, blickte auf ihn herunter und schüttelte unwillig den Kopf. »Ihr habt kein Taktgefühl. Er wird sich an das erinnern, was Ihr gesagt habt.«

»Und mich tadeln, wenn jemand verletzt wird? Ihr redet Unsinn. Houghton ist ein vernünftiger Mann.«

»Er ist ein mächtiger Mann. Ein Freund des Herzogs. Ihr tätet gut daran, ihn zu beeindrucken.« Der letzte Punkt wurde durch einen mahnend erhobenen Finger unterstrichen.

Owen schob den Finger zur Seite und beugte sich zu seinem Bündel hinunter. »Ich habe nicht die Absicht, einem Bischof zu dienen. Thoresby hat mir gereicht. Ihr würdet gut daran tun, Euch zu entkleiden und zu erholen, denn morgen haben wir einen harten Ritt vor uns.«

Geoffrey seufzte laut und setzte sich, um seine Stiefel auszuziehen.

Owen ließ sich aufs Bett sinken. »All dies deutet immer mehr auf Sir John als Mörder hin.«

»Wenn er es ist, dann ist er ein sehr gerissener Spieler«, sagte Geoffrey. »Und wir waren sein unwissendes Publikum.«

»Aber warum haben Edern und Tangwystl nichts über die Verletzungen des Kaplans gesagt?«

Geoffrey hatte sich stöhnend auf sein Bett fallen lassen. »Ich mag nicht an sie denken. Aber es ist unangenehm. Mistress Tangwystl hatte Gladys in den Raum des Kaplans bestellt, damit sie als Zeugin für seinen Brief diene. Gladys hörte, wie sie nach ihr riefen. Bestimmt wären sie in den Raum zurückgekehrt, um sie zu suchen.«

»Genau das denke ich auch.«

Plötzlich hieb Geoffrey mit der Faust auf das Bett. »Aber Gladys hat nichts davon erwähnt. Deshalb ....«

»Sie haben es nicht getan. Weshalb wohl?«

»Oh, ich verstehe.«

»Ja.«

Als sie losritten, um die drei zu verfolgen, dachte Owen an diese Unterhaltung. War Sir John wirklich ein kluger Spieler? Oder waren Edern und die hübsche Tangwystl die gefährlichen Leute?

20 Ein schwaches Herz

Bruder Michaelo wachte mitten in der Nacht auf, als er ein Knie in seinem Rücken spürte. Sir Robert warf sich im Bett hin und her und rang nach Luft. Michaelo setzte sich auf und sammelte die Kissen ein, die um das Bett auf dem Boden verstreut lagen, und bettete Sir Robert auf die Kissen. Eine Hand klammerte sich an Michaelos Schulter.

»Atmet tief durch, Sir Robert«, redete Michaelo ihm gut zu, wie Owen es ihn gelehrt hatte. »Atmet aus, und Ihr werdet Euch erinnern, wie Ihr einatmet.« Er machte es vor, indem er heftig ausatmete.

Sir Roberts Gesicht entspannte sich, und keuchend fing er an zu lachen. Dann hustete er und atmetete tief durch.

»Ich freue mich, daß ich so unterhaltsam bin«, sagte Bruder Michaelo. Das Tuch, das Sir Robert an den Mund preßte, zeigte Blutspuren. »Wartet einen Augenblick, ich hole den Dampf.« Auf dem Kohlenbecken stand ein Wassertopf, in dem Salbeiblätter die ganze Nacht schwach kochten. Michaelo ging auf Zehenspitzen über die kühlen Fliesen, zog die Ärmel seines Leinenhemds herunter, um seine Hände zu schützen, hob den Topf hoch und trug ihn zum Bett. Er stellte ihn auf Sir Roberts durch eine Decke geschützten Schoß und stützte ihn, damit er sich über den Dampf beugen und tief einatmen konnte. Sir Robert gehorchte. Zuerst knirschte und keuchte sein Atem, aber allmählich beruhigte er sich. Als der Husten begann, stellte Michaelo den Topf auf den Boden und brachte eine Pfanne für den Auswurf. Es war viel Blut dabei. Der blutige Auswurf der letzten Nächte war jetzt karmesinrot, wenn auch immer noch wässerig. Oder lag es an der Schwäche von Sir Roberts Blut? Bruder Michaelo hielt Sir Roberts Kopf, während er hustete. Er reichte ihm eine Kräuterarznei und Mohnsaft in Honigwasser, um ihn zu beruhigen, damit er einschlafen konnte. Dann legte er ihm eine beruhigende Lavendel-Kompresse auf seine heißen Wangen und seine Stirn, und bald schloß Sir Robert die Augen, und sein Atem wurde flacher.

Michaelo trug das Salbeiwasser zum Kohlenbecken zurück, schob die Pfanne unter das Bett und wusch sein Gesicht und seine Hände mit Lavendelwasser, dann gönnte er sich einen Becher Wein. Er erwartete nicht, daß ihn dieser sehr beruhigte. Er wußte, er würde nicht mehr schlafen können. Sein Herz war zu schwer. Als er den Wein getrunken hatte, nahm er seinen Rosenkranz heraus und begann zu beten.

Als endlich der Morgen graute und im hohen Fenster über dem Bett ein grauer Himmel sichtbar wurde, erhob sich Michaelo, kleidete sich so geräuschlos wie möglich an und bezog Position an der Tür. Er glaubte zwar, Sir Robert genug von der Arznei gegeben zu haben, daß er ein paar Stunden länger schlief, doch er befürchtete, ein Klopfen an der Tür könne ihn aufwecken.

Bald erschien Edmund, in Reisekleidung und mit erwartungsvoll gerötetem Gesicht. Michaelo legte einen Finger auf den Mund, als er in den Flur hinaustrat und die Tür hinter sich schloß.

»Bist du fertig?«

»Der Stallbursche führt gerade mein Pferd zum nordwestlichen Tor.«

»Hast du alles behalten, was wir dir gesagt haben?«

Edmund öffnete den Mund, um alles aufzusagen.

Aber Michaelo gab ihm ein Zeichen, ihm die Worte ins Ohr zu flüstern. Der Gang schien leer zu sein, aber ein schlauer Spion konnte ihn lediglich so erscheinen lassen. Also wiederholte Edmund seinen Auftrag flüsternd. Michaelo war beeindruckt, wie gründlich der junge Mann sich alles gemerkt hatte. Er war schlauer, als er aussah.

»Hast du einen sicheren Platz für den Brief?« fragte Michaelo, als er das Schreiben aus dem Ärmel zog.

Edmund zog einen Beutel unter seinem Obergewand hervor, den er an einer starken Lederschnur um den Hals trug. Michaelo war damit einverstanden und reichte ihm den kostbaren Brief. Edmund verstaute ihn in dem Beutel und schob ihn wieder unter sein Gewand.

»Und hier soll er bleiben, bis ich ihn Hauptmann Archer aushändige, das schwöre ich Euch bei meinem Leben«, flüsterte Edmund mit klopfendem Herzen.

Bruder Michaelo lächelte über die dramatische Art des jungen Mannes. Aber es war besser, übereifrig zu sein als ängstlich. »Gott möge über dich wachen auf deiner Reise, Edmund, und dir Flügel verleihen. *In Nomine Patris* ...«

Edmund neigte den Kopf, um Bruder Michaelos Segen zu empfangen.

Der Mönch betete, daß Gott ihn immer noch als einen Übermittler seines Segens akzeptierte. Nachdem seine Aufgabe erfüllt war, kehrte Michaelo in das Gemach zurück, setzte sich neben das Bett und versenkte sich in sein Brevier. Er würde Sir Robert versichern, daß Edmund schon unterwegs war.

Als Sir Robert aus einem traumlosen Schlummer erwachte, fand er Bruder Michaelo betend neben seinem Bett vor. Der Duft frischen Brotes lenkte seine Aufmerksamkeit auf einen Tisch neben dem Bett. Darauf befanden sich eine Flasche, Brot, Äpfel und Käse. Sein Magen rumorte. Er war mit Angst aufgewacht. Langsam erinnerte er sich. Der Brief. Edmund sollte im Morgengrauen wegen des Briefes vorbeikommen. Sir Robert blickte zum Fenster hoch. Der Tag war längst angebrochen.

»Heilige Maria Muttergottes«, sagte er und schob die Decken zurück.

Bruder Michaelo blickte hoch und lächelte. »Ihr seid ja voller Energie. Anscheinend habt Ihr gut geschlafen.«

»Edmund. Der Brief.«

»Alles in Ordnung. Edmund ist im Morgengrauen gekommen. Er kennt die Botschaft auswendig, und der Brief steckt unter seinem Obergewand.«

Sir Robert spürte, wie sein Herz hämmerte und seine Wangen heiß wurden. Er legte sich zurück in die Kissen und atmete tief ein. »Was gab Euch das Recht, dies für mich zu erledigen?«

»Ihr hattet eine schwierige Nacht. Ihr braucht Euren Schlaf.«

»Ich mußte dies für Owen tun.«

»Das habt Ihr. Ich war lediglich Euer Mittelsmann.«

Sir Robert schloß die Augen und kämpfte gegen Tränen der Wut. Die Tränen eines alten Mannes, eines alten, schwachen Mannes. Wann hatte man Bruder Michaelo zu seiner Krankenschwester ernannt?

»Verzeiht mir, Sir Robert«, sagte Michaelo, »ich wollte Euch nicht kränken.«

Als Sir Robert sich zutraute, das durch den Zorn hervorgerufene Zittern zu beherrschen, richtete er sich auf und nahm einen Schluck Honigwasser. Als sich Bruder Michaelo vorbeugte, um ihm zu helfen, schlug ihn Sir Robert auf die Hand.

»Und Ihr werdet mich nicht bei meinem Ausflug mit

Mistress Tangwystl begleiten. Ich habe doch nicht das Ende der Messe in der Kathedrale verpaßt?« Zu diesem Zeitpunkt wollte Tangwystl zur Kirche kommen.

»Nein, das habt Ihr nicht. Aber glaubt Ihr, Ihr seid kräftig genug?«

»Wenn Ihr mir erlaubt, in Ruhe mein Fasten zu brechen, ja.«

Im Laufe des Vormittags verschwand die Sonne hinter Dunst, und die bunten Steine des Palastes dampften vor Feuchtigkeit. Sir Robert stand in der Vorhalle zum großen Saal und stützte sich mit einer Hand an der Mauer neben sich ab. Er blickte hinaus auf den Hof und hoffte, daß sein Schwindelgefühl nur von der Luft im Saal herrührte. Aber sein Herz hämmerte immer noch, und er hatte das Gefühl, als ob er jeden Atemzug den Händen eines Dämons entrang, der ihn ersticken wollte. Der Torwächter war auf dem Sprung, ihm zu helfen.

»Wie schrecklich Ihr Euch anhört, Sir Robert. Man soll Euch heißen Gewürzwein zubereiten und ein schönes warmes Feuer in Eurem Gemach entzünden. An einem solchen Tag solltet Ihr nicht ausgehen. Ihr fühlt Euch nicht wohl. Die Feuchtigkeit verschlimmert noch Euren Zustand. Laßt mich nach Master Thomas schicken, dem Arzt, der auch den Bischof versorgt, wenn er hier ist. Er kommt aus Cardiff und wird Euch behandeln.«

»Macht Euch keine Sorgen«, sagte Sir Robert und kämpfte bei jedem Wort gegen den Dämon. »Ich warte auf einen Freund.« Aber wie sollte er den langen Weg zum Brunnen von St. David und vor allem den langen Aufstieg auf dem Rückweg schaffen?

Der Wächter zitierte einen Diener herbei. »Führ Sir Robert zu seinem Gemach. Wenn sein Begleiter, Bruder Michaelo, nicht dort ist, dann suche ihn. Und bring Sir

Robert heißen Gewürzwein. Sorge dafür, daß sein Feuer den ganzen Tag brennt.«

Sir Robert versuchte abzulehnen, aber er konnte nur den Kopf schütteln und sagen: »Ich muß auf sie warten.«

»Als Hauptmann Archer aufgebrochen ist, wart Ihr noch in einem viel besseren Zustand«, sagte der Wächter. »Er wird uns schelten, das steht fest. Und bei wem soll ich Euch entschuldigen?«

»Bei Mistress Lascelles aus Cydweli.«

»Ja, Sir Robert, ich werde ihr sagen, Ihr seid krank geworden.«

»Nein, ich bitte Euch.« Aber was konnte der Wächter sonst sagen? Sir Robert gab nach und nickte. »Natürlich.«

Als er weggeführt wurde, empfand er tiefe Demütigung. Wie schrecklich war das Alter, wenn man zu schwach war, um seine Rechte zu verteidigen. Aber wo war Mistress Lascelles? Hatten die Glocken nicht schon längst geläutet? War sie ohne ihn gegangen? Oder war sein Geist genauso griesgrämig und nutzlos wie sein Körper? Hatte er tatsächlich gedacht, sie habe ihn eingeladen, mit ihr zum Brunnen von St. David zu gehen?

Zufrieden, weil der Arzt Sir Robert recht gut zu versorgen schien, gönnte sich Bruder Michaelo eine Pause von der drückenden Atmosphäre in seinem Gemach und dem schrecklichen Geräusch von Sir Roberts gequältem Atmen. Er versuchte für seinen Freund zu atmen, und die Anstrengung hatte ihn benommen gemacht.

Der große Saal war nicht leer, die Leute schwärmten in Gruppen herein, konzentrierten sich aber nur auf ihre jeweiligen Gefährten. In einer solchen Menschenmenge fühlte sich Michaelo ziemlich unsichtbar. Er ging hin und her und murmelte keine Gebete, sondern Klagen vor sich hin. »Bestrafe mich, Herr, denn ich bin der Sünder, nicht Sir

Robert. Was ist der Sinn von heiligen Brunnen und Pilgerreisen, wenn die Guten nicht belohnt werden? Denn er ist ein guter Mann, Herr. Hat er nicht viele Jahre seines Lebens damit verbracht, Buße zu tun – und für welche schreckliche Sünde? Daß er seine Frau so behandelt hat, wie es die meisten Männer tun? Mit Gleichgültigkeit, die aus Ignoranz entstanden ist? War das eine so schwere Sünde, daß ihm nicht vergeben werden kann? Wie steht es mit dem Stolz der Könige? Der Erzbischöfe? Der Bischöfe? Und mit jenen walisischen Klerikern, die ganz offen ihr Keuschheitsgelübde brechen? Wann werden sie zu leiden haben?«
Während Michaelo seine Klagen vor sich hin sprach, wurden seine Schritte energischer, bis einer der Benediktiner vom vergangen Abend sich ihm voller Sorge näherte.

»Ist es Euer Freund, Bruder? Hat Gott ihn zu sich gerufen?«

Michaelo bekreuzigte sich. »Nein, Gott sei gelobt, ich mache mir Sorgen um ihn, das ist alles.«

»Er ist in Gottes Hand, Bruder. Beruhigt Euch.«

Michaelo zog sich in eine Ecke zurück und behielt die Tür im Auge, durch die der Arzt kommen würde. Er wollte mit ihm allein sprechen und erfahren, wie krank Sir Robert wirklich war.

Vielleicht übersah er deshalb Mistress Lascelles, bis er das Rascheln ihres Seidengewandes vernahm, als sie sich auf die Bank neben ihn setzte.

»*Benedicte*, Mistress Lascelles.« Glänzende Seide und ein Schleier aus Gaze – wollte sie sich in diesem Aufzug nach Porth Clais begeben? Sogar Bruder Michaelo fühlte sich schäbig neben ihr. »Sir Robert hätte Euch gern zum Brunnen von St. David begleitet.«

»Es wird ein andernmal geben.«

Würde es ein anderes Mal geben? Bruder Michaelo flehte darum, daß es so sein möge.

»Verzeiht, daß ich Eure Gedanken störe«, sagte sie. Michaelo hörte Mitgefühl aus ihrer Stimme. »Ich habe Euch hier entdeckt und dachte, Ihr hättet vielleicht gerne Gesellschaft. Ist Sir Robert sehr krank?«

»Ja, ich fürchte, so ist es, Mistress Lascelles.«

»Ich heiße Tangwystl ferch Gruffydd. Wollt Ihr mich Tangwystl nennen?«

Bruder Michaelo verneigte sich. »Mistress Tangwystl, das zergeht auf der Zunge.«

»Ihr habt Schatten unter den Augen. Habt Ihr heute nacht bei ihm gewacht?«

»Mitten in der Nacht ging es ihm sehr schlecht. Danach habe ich keine Ruhe mehr gefunden. Bis er wieder zu Kräften kommt, wir die Farbe meines Rosenkranzes verblaßt sein.«

»Vor noch nicht langer Zeit habe ich Ähnliches erlebt. Meine Familie war gezwungen, in der Kirche von St. Mary in Tenby Zuflucht zu suchen. Natürlich kennt Ihr die Geschichte.«

»Ja.«

»Würdet Ihr lieber beten?«

»Nein. Nein, bitte, lenkt mich von meinen Ängsten ab.«

»Ich habe für meine Mutter gebetet. Mein Sohn Hedyn war noch ein Kind, wußte nichts von unseren Sorgen, und meine Schwester Awena fand es abenteuerlich, im Haus Gottes zu nächtigen und im Kirchhof herumzulaufen. Aber meine Mutter hatte solches Heimweh nach unserem Haus, unserem alten Leben, daß sie sich über Hedyn ärgerte und mit ihm schimpfte. Von Tag zu Tag wirkte ihr Gesicht eingesunkener, sie wurde mager, und ihre Stimme wurde schrill, ihre Worte wirr. Die ganze Zeit hatte ich den Rosenkranz bei mir, betete mich in den Schlaf und betete, wenn ich mein Kind stillte.«

»Und hat Gott Euch erhört?«

Tangwystl blickte zur Seite. »Ihr solltet meinen Sohn sehen.« Ihre Stimme bebte. »Er ist so schön wie ein Engel.«

Michaelo senkte den Kopf und bekreuzigte sich. »Manchmal fällt es schwer, Gott für seine Untätigkeit zu vergeben.«

»Ich weiß«, flüsterte Tangwystl.

»Lebt Eure Mutter noch?«

»O ja. Aber sie ist nicht mehr die, die sie einmal war.«

Michaelos Aufmerksamkeit wurde durch das rot-graue Gewand des Arztes abgelenkt.

»Verzeiht«, sagte Michaelo und erhob sich brüsk. »Ich muß mit Master Thomas reden.«

Der Arzt und sein Diener befanden sich bereits in der Nähe der Tür zur Vorhalle. Michaelo bahnte sich rücksichtslos seinen Weg an den Dienern und Pilgern vorbei. Einige riefen ihm Schimpfworte hinterher, was die Aufmerksamkeit des Arztes erregte. Er blieb stehen und runzelte die Stirn, als Michaelo keuchend ein *Benedicte* hervorstieß.

»*Benedicte*, Bruder Michaelo. Ich habe mich schon gewundert, wo Ihr steckt.«

»Ich hatte angenommen, Sir Robert wolle mit Euch allein sein, Master Thomas. Aber ich muß die Wahrheit wissen: Ist er stark genug für die Rückreise nach York?«

Thomas' längliches, blasses Gesicht verriet keine Regung. »Beabsichtigt er dies?«

Die Frage beunruhigte Michaelo. »Was meint Ihr damit? Was fehlt ihm – mein Gott, er wird doch wohl nicht in diesem fernen Land sterben?«

Thomas legte eine Hand auf Michaelos Schulter. »Kommt. Setzen wir uns und reden wir.« Er führte Michaelo zu einer Bank unter einem hohen Fenster, fernab von der Geschäftigkeit der Diener und Gäste. »Wie seid Ihr auf die Idee gekommen, diese Reise mit ihm zu unternehmen?«

»Der Mann seiner Tochter erledigt gerade einen Auftrag für den Herzog von Lancaster. Sir Robert und ich, wir wollten uns für die Reise hierher ihm und seinen Begleitern anschließen. Nach Ostern finden wir ja wohl eine Pilgergruppe, die nach England zurückkehrt.«

»Sein Schwiegersohn. Ist er hier in St. David?«

»Nein, in Cydweli.«

Master Thomas betrachtete eine kleine Pilgergruppe. »So viele Menschen bitten um Gnade, hoffen, durch diese Reise den Himmel gnädig zu stimmen. Und Sir Robert ist hierhergekommen, um für seine Familie zu beten, sein Leben für ihre dauerhafte Gesundheit und ihr Glück zu opfern.«

Michaelo steckte die Hände in seine Ärmel, zog sie dann wieder hervor, da sie eiskalt waren und diese Kälte auf seine Arme übertrugen. Er rieb sie warm. »Vielleicht sollte ich nach Hauptmann Archer schicken?«

»Seinem Schwiegersohn?«

Michaelo nickte.

»Am besten wäre es wohl, Sir Robert zu fragen, was er wünscht.«

Michaelo zwang sich zu der Frage, die ihm auf der Zunge lag. »Weiß er, daß er sterben wird?« Sein Herz raste wie wild.

»O ja. Er sagt, er habe sich in York verabschiedet, seine Tochter habe verstanden. Aber Ihr scheint nicht darauf vorbereitet zu sein. Hat er Euch nichts von seiner Absicht gesagt?«

Was nutzte es, den Kopf zu schütteln? Der Arzt sah Michaelos Kummer und seufzte.

»Vielleicht wollte er das Mitleid in Euren Augen nicht sehen, bis es unvermeidbar war.«

»Warum hier? In einem Land, das ihm so fremd ist?«

»Er hat mir erzählt, daß er schon Pilgerreisen an viel fremdere Orte unternommen hat«, erwiderte Thomas. »Einem Gesunden fällt es schwer zu verstehen, wie erschöpft und müde ein Kranker werden kann. Jeder Atemzug strengt Sir Robert an. Der Tod scheint ihm eine Erlösung zu sein. Ein Geschenk Gottes.«

Sir Robert hatte sich von Lucie Wilton verabschiedet. Und Owen? Warum hatte es niemand Michaelo gesagt? »Aber als wir in York aufbrachen, war er noch nicht so krank. Er konnte noch gut atmen, hatte eine viel gesündere Gesichtsfarbe als jetzt. Wie konnte er es wissen?«

»Vielleicht hat Gott es ihm mitgeteilt.«

Bruder Michaelo blickte hoch, denn er befürchtete, der Arzt machte sich über Sir Robert lustig. Aber er sah kein Zucken der Mundwinkel oder ein anderes Zeichen der Geringschätzung. »Was kann ich für ihn tun?«

»Er war bereit, eine stärkere Medizin zur Schmerzlinderung zu nehmen, die ihm Schlaf ermöglicht, auch wenn er sich weigerte, so viel zu nehmen, wie ich ihm empfohlen hatte. Er sagt, er müsse seine Sinne beisammen haben, denn er habe noch einiges zu erledigen. Natürlich besteht kein Grund, darauf zu bestehen, daß er das Bett hütet. Aber erlaubt ihm nicht, allzu weit zu gehen. Er ist schwach, und die Arznei könnte ihn verwirren.«

»Es ist grauenhaft, zu beobachten, wie er leidet.« Michaelo drückte auf den Kiefer unterhalb der Ohren, wo er eine seltsame Spannung spürte. »Ich wünschte mir, ich könnte für ihn atmen.«

»Ihr seid ihm ein guter Freund.«

»Ich sollte Euch Geld geben.«

Master Thomas schüttelte den Kopf. »Nicht jetzt. In ein paar Tagen kehre ich zurück, um nach ihm zu sehen. Manchmal ändert jemand seine Meinung, wenn die

Schmerzen stärker werden. Vielleicht benötigt er mehr von der Arznei.«

Michaelo saß noch lange, nachdem sich der Arzt verabschiedet hatte, auf der Bank. Er fühlte sich noch nicht in der Lage, zu Sir Robert zu gehen. Daß er soviel für ihn empfand, verblüffte ihn. Woher rührte dieser Kummer? Was bedeutete ihm Sir Robert? Eigentlich sollte sich Michaelo Gedanken um seine Heimreise machen. Er sollte Erkundigungen über die anderen Pilger einziehen und herausfinden, wer aus dem Norden stammte. Wie verhielt es sich mit den Benediktinern, mit denen er sich am Abend vorher unterhalten hatte? Er konnte sich nicht an ihr Haus erinnern. Was für ein Dummkopf er doch war! Er vernachlässigte seine Aufgaben wegen eines alten Mannes, der noch nie ein gutes Wort für ihn übrig gehabt hatte, der ihn unablässig kritisierte und ihm bei jedem Wort widersprach. Er legte den Kopf in die Hände und biß die Zähne zusammen, um seine Tränen zu bekämpfen.

»Darf ich mich setzen?«

Michaelo erkannte Tangwystls exotischen Duft. Er hob den Kopf.

»Ich sollte zu ihm gehen.«

»Dann kommt, ich begleite Euch.«

21 Eine leidenschaftliche und schreckliche Liebe

Schweiß sammelte sich unter Owens Augenklappe. Die späte Morgensonne schien durch eine niedrige Wolkenschicht, die Luft war stickig. Für Ende März war das Wetter ungewöhnlich mild. Owen hatte das Gefühl, daß er genauso stank wie sein Pferd.

Sie waren mit wenigen Pausen seit dem frühen Morgen geritten. Owen war sehr zufrieden mit seinen sechs Begleitern, die sich weder beklagten noch trödelten. Sie näherten sich jetzt Haverfordwest. Bis Sonnenuntergang dürften sie in St. David angelangt sein.

Aus einer langsam dahinziehenden Karawane löste sich plötzlich ein Reiter und näherte sich in einem Tempo, das dem vom Owens Gruppe entsprach. Als er bei ihnen war, rief Duncan: »Die Livree des Herzogs!«

Als Owen Edmund erkannte, witterte er Gefahr. Er stieg ab und ging dem Boten entgegen, der von einem Ohr zum anderen grinste.

»Ich dachte, ich reite direkt nach Cydweli, um Euch zu finden, Hauptmann. Gott war mir gnädig.«

Wenn sie einen Augenblick vorher nach Haverfordwest gelangt wären, hätten sie ihn vielleicht verpaßt.

»Gott hat es so gefügt, daß wir uns finden«, sagte Owen. Er entfernte sich mit Edmund von der Gruppe, steuerte auf eine Stelle auf der anderen Straßenseite zu, zu einer alten Eiche. Sie bot wenig Schatten, da sie keine Blätter hatte. Aber zuviel Schatten war auch nichts, ließ sie nur frösteln.

Owen forderte Geoffrey auf, sich zu ihnen zu gesellen. Er brachte einen Weinschlauch mit, und ließ ihn herumgehen. Der Bote bedankte sich überschwenglich.

Owen lehnte sich gegen einen niedrigen Ast. »Kommst du von Sir Robert?«

»Ja, Hauptmann.«

»Wie geht es ihm?«

»Schlecht. Aber gut genug, daß er mir gestern abend ein paar Botschaften übermitteln konnte. Und ich habe auch einen Brief dabei.« Edmund zerrte einen schweißdurchtränkten Beutel unter seinem Obergewand hervor und reichte Owen eine versiegelte Rolle.

»Berichte, was du weißt«, forderte ihn Owen auf. Edmund erzählte, daß Edern und Tangwystl sicher nach St. David gelangt seien. Owen war froh, daß der Vikar dem Bischof gehorcht hatte. Aber die übereilte Abreise des Priesters, die ihm Ärger einbrachte, war alarmierend.

Doch noch beunruhigender war die Quelle, aus der Sir Robert die meisten seiner Informationen erhalten hatte, Martin Wirthir, ein Flame, der oft mit den Franzosen zusammenarbeitete. Geoffrey gefiel das gar nicht. Owen dachte über Geoffrey nach. Konnte er davon ausgehen, daß er, wenn nötig, mit Martin kooperierte? Und wie stand es mit den Männern des Bischofs? Wenn sie ihn zu seinem Treffen mit Martin begleiteten, würden sie dann in St. David über den Flamen reden? Du lieber Himmel, je mehr er darüber nachdachte, desto schlimmer wurde es.

Und wie viele andere hatten die Anwesenheit des Flamen in der Gegend bemerkt oder seine Unterhaltung mit Sir Robert belauscht? Owen prüfte das Siegel des Briefes. Es wirkte unversehrt, aber auf einer Seite des Siegels war ein kleiner Fleck auf dem Papier zu sehen, der Owen innehalten ließ. »Wer hat dir den Brief gegeben?« fragte er.

»Bruder Michaelo«, erwiderte Edmund. »Ich habe nichts berührt.«

Owen nickte. »Kannst du mir sonst noch etwas berichten? Ist Bruder Dyfrig, der so viele Fragen stellte, auch in St. David?«

Edmund schnalzte mit dem Finger. »Wußte ich doch, daß ich etwas vergessen hatte. Er hat die Stadt vor einer Woche verlassen. Und Sir Robert weiß nicht, wohin er ging.«

»Ausgezeichnet, Edmund. Du hast dich als guter Bote erwiesen«, sagte Owen. »Geh zu den anderen. Du wirst mit uns zurückreiten.«

Edmund blieb stehen und wartete. »Ich werde nichts verraten, Hauptmann.«

»Das weiß ich, Edmund. Aber versuch auch nicht zusammenzuzucken, wenn wir etwas anderes erzählen, als du weißt.«

Edmund grinste. »Ja, Hauptmann.«

»Wer ist dieser Martin Wirthir?« fragte Geoffrey, als er sich auf eine Wurzel unter dem Baum setzte.

Owen nahm auf einem Felsen Platz, streckte die Beine aus und klatschte geistesabwesend den Brief gegen sein Bein, während er überlegte, wie er sich gegenüber Geoffrey verhalten sollte. Er beschloß, ihm so wenig wie möglich über Martin zu erzählen. »Jemand, der mir in der Vergangenheit geholfen hat. Er hat dem Lehrling meiner Frau das Leben gerettet. Ich habe ihn schon lange nicht mehr gesehen.« Wann hatte Martin erfahren, daß Owen in Wales war?

»Arbeitet er für König Karl?«

»Er hat früher auch für Mitglieder von König Edwards Hof gearbeitet. Das sagt nichts über Martins persönliche Treue.« Das Siegel am Brief gab keinen Aufschluß über Martins derzeitige politische Haltung – es war darauf der

Buchstabe M oder W eingedruckt, je nachdem, wie man den Brief hielt. Owen brach das Siegel, glättete das Pergament auf seinem Schoß und las es langsam. Worte und Unterschrift erschienen ihm echt. Aber wie hatte Martin erfahren, daß John de Reines Tod und die Handlungen von Tangwystl und Edern von Interesse für Owen waren? Er reichte Geoffrey den Brief.

Geoffreys Gesicht wirkte besorgt, als er las. »Soviel Vorsicht, keinen Namen oder Ort zu erwähnen. ›Ein Mann, der eventuell einen wahrheitsgemäßen Bericht erstatten kann.‹ Meint er damit den Mörder?«

»Oder einen Zeugen.« Owen erhob sich, ging hin und her und überlegte, was zu tun sei. Wer auch immer der Mann war, er mußte beschützt werden. Aber was war mit Edern und dem Verräter, der ihn verfolgte?

Geoffrey drehte das Pergament auf beide Seiten und studierte das Siegel. »Glaubt Ihr, jemand hat daran herumgepfuscht?«

Wie er jede Geste beobachtete. »Sir Robert ist ein alter Kämpfer. Er würde keinen Boten losschicken, ohne den Inhalt der Botschaft zu kennen.«

»Der Vater Eurer Frau ist ein Mann mit vielen Fertigkeiten.«

»Seine Hände sind nicht mehr ruhig genug für so etwas. Aber Bruder Michaelo …«

»Hm. Er scheint aalglatt zu sein. Ihm würde ich es zutrauen.«

»Wir müssen schleunigst nach St. David reiten.«

»Trefft Ihr Euch mit diesem Martin Wirthir?«

»Glaubt Ihr, wir können dies ignorieren?«

Geoffrey blickte blinzelnd zu Owen hoch. »Ihr heckt etwas aus, das mir wahrscheinlich nicht gefallen wird.«

»Dreien unserer Männer muß man mit Vorsicht begegnen.«

»Den Männern des Bischofs und Burleys Mann?«

»Ja.«

»Ich habe gehört, was Ihr zu Edmund gesagt habt.«

Owen rief nach Iolo, der anscheinend den anderen Männern gerade eine lustige Geschichte auftischte. Edmund stieß ihn an, als er nicht reagierte. Er blickte hoch, sah Owens Blick und eilte auf ihn zu. Die anderen Männer beobachteten ihn besorgt.

»Die anderen sollen nicht hören, was ich dir zu sagen habe«, begann Owen.

»Das werden sie nicht.«

»Gibt es eine Möglichkeit, von dieser Straße aus nach Clegyr Boia zu gelangen?« In Martins Brief stand, daß sie sich dort treffen sollten, wo Owens Männer den Tunnel vom Bischofspalast aus passiert hatten.

»Clegyr Boia liegt auf der anderen Seite von St. David, jenseits des Nordwesttores«, erklärte Iolo.

»Und um dorthin zu gelangen, muß ich die Stadt durchqueren?«

Iolo senkte den Kopf und überlegte. »Von hier aus gibt es keinen einfachen Weg über den Alun.«

»Ist er unpassierbar?«

»Nein, aber im Frühling ist ein Versuch nicht zu empfehlen. Es ist besser, man überquert ihn im Norden der Stadt.«

»Warum wollt Ihr die Stadt umgehen?« fragte Geoffrey.

»Wir wissen jetzt, woher uns Ärger drohen könnte«, sagte Owen. »Aber wenn wir in die Nähe der Tore von St. David kommen, könnte man uns entdecken und bis nach Clegyr Boia folgen. Es ist ein Risiko.«

Iolo schüttelte den Kopf. »Es ist ein Risiko, Hauptmann, aber wir könnten mehr Aufmerksamkeit erregen, wenn wir einen Weg einschlagen, den Pferde nie betreten.«

Geoffrey wirkte erfreut.

»Also, dann los!« Owen erhob sich und klopfte sich den Staub vom Gewand. »Wir reiten schnell nach St. David.«

Von seinem Bett aus blickte Sir Robert direkt auf das Gemälde von König Heinrich, der die Llechllafar-Brücke überquerte. Manchmal, wenn Sir Robert nach Luft rang und sich der Raum um ihn drehte, schien es, als träte der König nicht auf eine Brücke, sondern besteige ein Schiff, das in einen Strudel fuhr.

Manchmal dachte er, es würde Erlösung und Segen für ihn sein, dem Dämon, der seinen Atem umklammert hielt, nachzugeben. Aber das war eine Sünde. Es war Gottes Aufgabe, den Zeitpunkt seines Todes zu bestimmen. Er hoffte, daß es keine Sünde war, Master Thomas' Arznei zu nehmen – er befürchtete, sie beruhigte ihn zu sehr. Er hatte auch Angst, er könnte den Überblick darüber verlieren, wie oft er danach verlangte, aber Bruder Michaelo versicherte ihm, er würde darauf achten, daß weder er noch Mistress Tangwystl ihm so viel davon gaben, daß es seine Sinne benebelte. Mistress Tangwystl – ein weiteres sündiges Vergnügen. Sie war mit Bruder Michaelo zurückgekehrt und fragte, ob sie bei Sir Robert sitzen dürfe, denn sie wolle eine Beschäftigung, die sie beruhigte.

Sir Robert hieß sie voller Freude willkommen, denn in Bruder Michaelos Gesicht stand deutlich das Urteil des Arztes geschrieben. Die traurigen Augen des Mönchs und seine unnatürliche Sanftheit erinnerten Sir Robert nur allzu deutlich an sein nahes Ende.

»Geht und macht einen Spaziergang«, forderte Sir Robert Michaelo auf. »Ihr seid zu blaß.«

Michaelo weigerte sich. Sir Robert wandte sich Tangwystl zu. »Ich war es bereits leid, mit König Heinrich auf der See hin- und hergeworfen zu werden.«

»König Heinrich?« flüsterte sie, als sie sich über Sir

Robert beugte und seine Stirn mit einem feuchten, duftenden Tuch abwischte. Bei dieser Bewegung wirkten die weiten Ärmel aus glänzender Seide wie Flügel.

»Das Fresko«, erklärte Bruder Michael und deutete auf die Wand.

Tangwystl lehnte sich zurück und studierte das Gemälde. Sir Robert, der sie betrachtete, fand sie überirdisch schön, wie sie dasaß, die Hände im Schoß und die Augen funkelnd vom Widerschein des Feuers aus dem Kohlenbecken.

»Der Mann mit der roten Hand aus Myrddins Prophezeiung – manche Leute meinen, es handle sich um Owain Lawgoch, den mein Vater angeblich unterstützt. Aber wie ich hörte, hat dieser Mann den König verwundet, während er sich in Irland aufhielt.«

»Laßt uns beten, daß König Edward nicht die Irische See überquert«, sagte Bruder Michael.

Ein Diener brachte einen Becher heißen Honigwassers und schob Sir Robert ein paar Kissen unter den Rücken, damit er hoch genug lag, um bequem trinken zu können.

»Ihr werdet gut versorgt«, bemerkte Tangwystl, als sich der Diener zurückzog. Im Schein des Feuers schimmerte ihr Haar unter dem Gaze-Schleier leuchtend rot. »Ich würde gern etwas tun«, sagte sie, »aber ich weiß nicht, was Euch helfen könnte. Da ich heute morgen zu unserem Spaziergang zu spät kam, muß ich Wiedergutmachung leisten.«

»Wie Ihr seht, hätte ich Euch bei Eurem Gang zum Brunnen von St. David nicht begleiten können.« Sir Robert freute sich, weil er jetzt leichter atmen konnte. Er wollte Tangwystl nicht erschrecken, indem er nach Luft rang. »Wenn Ihr niemand anderen habt, der Euch zum Brunnen begleiten könnte, könntet Ihr mir ja etwas über Euch berichten. In welchem Teil dieses schönen Landes habt Ihr gewohnt, bevor Ihr die Herrin von Cydweli wurdet?«

Tangwystl senkte den Kopf, und einen Moment lang befürchtete Sir Robert, daß seine Bitte sie irgendwie gekränkt haben könnte.

»Kennt Ihr die Geschichte von Rhiannon?« fragte sie.

»Nein, bitte erzählt sie.«

»Es ist eine traurige Geschichte. Macht es Euch etwas aus?«

»Ich glaube, die schönsten Balladen sind traurig.«

Tangwystl furchte die Stirn, glättete ihren Rock und schüttelte ihre Ärmel, als wolle sie ihre Gedanken sammeln. Dann begann sie. »Sie war die Gemahlin von Pwyll, dem Herrn von Dyfed. Das Werben um sie war nicht einfach, weil sie bereits verlobt war, als er ihr seine Liebe erklärte. Aber mit Geduld und allen möglichen Tricks befreiten sie sich von Pwylls Rivalen. Rhiannon erwies sich als großzügige Herrin, und zunächst liebte sie das ganze Volk. Aber als sie nach drei Jahren Ehe immer noch keinen Sohn geboren hatte, wandten sich Pwylls Männer gegen sie und drängten ihren Herrn, sie zu verstoßen. Pwyll aber weigerte sich, und es schien, als ob die Götter seine Treue belohnten, denn endlich gebar ihm Rhiannon einen Sohn. Aber in der Nacht seiner Geburt waren Rhiannons Dienerinnen eine Weile unaufmerksam. Am nächsten Morgen war der Sohn tot. Die Frauen, die sich vor Strafe fürchteten, töteten einen Hahn und beschmierten Rhiannons Mund im Schlaf mit seinem Blut. Dann rannten sie schreiend aus ihrem Schlafgemach und behaupteten, sie habe ihrem Sohn den Garaus gemacht.« Einen Augenblick lang saß Tangwystl schweigend da, die Hände gefaltet, mit hängendem Kopf. Als sie wieder zu sprechen begann, klang ihre Stimme unsicher.

»Sieben Jahre lang wurde Rhiannon als Strafe für diese Sünde, die sie nicht begangen hatte, gedemütigt. Sieben Jahre lang weinte sie um ihren Sohn, und niemand tröstete sie. Sieben ...« Tangwystls Stimme versagte, und sie bedeckte ihr Gesicht mit den Händen.

»Macht Euch die Geschichte so traurig?« fragte Sir Robert. »Ihr müßt von etwas Erfreulicherem reden – ich möchte nicht, daß Ihr wegen mir leidet.«

Tangwystl ließ die Hände fallen, hielt aber nach wie vor den Kopf gesenkt. »Ich kann Rhiannons Schmerz nachempfinden«, sagte sie mit tränenbelegter Stimme, »denn auch mir wurde mein Sohn genommen. Ich leide darunter genauso wie sie und habe niemanden, der mich tröstet.«

Wie traurig und reizend zugleich sie aussah. Der Kummer einer Mutter um ihr Kind kleidete eine Frau. »Wenn Gott ihn Euch genommen habt, läßt sich dies nicht ändern, aber freut Euch auf die Kinder, die Ihr noch haben werdet. Teilt denn Euer Gemahl Euren Kummer nicht?«

Tangwystl seufzte tief. »Ich habe meinen Sohn wegen John Lascelles verloren.« Sie schüttelte den Kopf, als versuche sie den Gedanken zu verscheuchen. »Eine solche Geschichte ist nichts für Euch, lieber Sir Robert. Ich bin nicht hergekommen, um Euch mit meinen Sorgen zu belasten.«

»Ich würde mich geehrt fühlen, auf diese Weise belastet zu werden, werte Dame.«

»Es ist nicht gut für Euer Gemüt.«

»Laut dem ehrenwerten Arzt kann für mein Gemüt wenig getan werden. Es tut mir sogar gut, Eure Geschichte zu hören. Vielleicht ist es die Begleichung einer Schuld. Einst habe ich großes Unglück verursacht, indem ich gegenüber dem Kummer einer Frau blind gewesen war – es ging um meine Gemahlin. Ich war ein Dummkopf. Wir hätten miteinander glücklich sein können, wenn ich sie gefragt hätte, weshalb sie weinte, nachdem ich ihre Tränen gesehen hatte. Statt dessen nannte ich sie undankbar und ließ sie an einem fremden Ort allein, den zu lieben ich ihr keinen Grund gegeben hatte, während ich weiterhin als Soldat kämpfte. Bitte, liebe Dame, berichtet mir von Euren Sorgen. Amelie wird mir zulächeln, wenn ich Euch zuhöre.«

Tangwystl hatte ihren Kopf gehoben und blickte Sir Robert an. Auch wenn ihre Augen noch feucht von Tränen schimmerten, umspielte ein scheues Lächeln ihre Lippen. »Diesen Wunsch erfülle ich Euch gern.«

»Los, erzählt mir Eure Geschichte.«

Sie nickte, starrte aber erst eine Weile schweigend ins Feuer. Als sie endlich anhob, war ihre Stimme kräftiger. »Vor langer Zeit, wie mir scheint, auch wenn es erst vor vier Wintern war, traf ich einen Mann, der für mich der beste aller Menschen zu sein schien. Er besaß einen scharfen Verstand, seine Worte waren honigsüß, und alles, was er anpackte, gelang ihm, ob er Netze in die See warf oder das Land pflügte, ob er Zimmer- oder Schmiedearbeiten verrichtete. Und zudem war er mit einem Aussehen gesegnet, das jedes Mädchen bei seinem Anblick erröten ließ. Er bedachte mich mit seinen Aufmerksamkeiten. Und ich schenkte ihm mein Herz. Aber da mein Vater keinen Sohn hatte und er deshalb wußte, daß sein Land an meine Onkel und deren Söhne fallen würde, wollte er mich mit einem wohlhabenden Mann verheiraten, damit meine Schwester, falls sie nicht heiraten sollte, ein bequemes Leben in meinem Hause hätte.

Aber ich wollte Rhys. Rhys ap Llywelyn lautete sein Name, vielmehr lautet, denn ich hoffe bei Gott, daß er noch lebt. Ich wußte, wenn ich keine Jungfrau mehr wäre, würde sich mein Vater nicht den Zorn eines hochwohlgeborenen Gemahls einhandeln wollen, und deshalb teilte ich mit Rhys das Lager. Und wir bekamen ein Kind, meinen Sohn Hedyn. Als ich es meinem Vater beichtete, verfluchte er Rhys und wies mich aus dem Haus. Rhys und mir machte es nichts aus, denn wir lebten glücklich als Mann und Frau in der Hütte eines Vetters, der Mitleid mit uns hatte. Als unser Sohn auf der Welt war, bereute mein Vater sein Verhalten und bereitete unsere Hochzeit vor. Aber dann warf der Herr von Pembroke meinem Vater Verrat vor. Ihr habt bestimmt davon gehört.«

»Es gab also keine Hochzeit?«

Tangwystl senkte den Kopf. »Nein. Obwohl wir in der Kirche St. Mary Zuflucht suchten und lange dort lebten, wurde unser Ehegelöbnis weder durch einen Priester gesegnet, noch akzeptierte mein Vater unsere Heirat nach walisischem Brauch. Aber ich hatte keine Zeit, über meinen Kummer nachzudenken. Ich mußte mich um meine Mutter kümmern, die von Tag zu Tag verwirrter wurde. Hedyn war ihre einzige Freude.

Und dann kehrte mein Vater, der entkommen war, um Hilfe zu suchen, in Begleitung von John Lascelles zurück. Damals war er noch nicht Kämmerer von Lancasters Grenzmark. Es war nicht das erste Mal, daß er zu uns kam. Vor ein paar Jahren war er schon einmal unser Gast gewesen, als mein Vater ein Schiff für ihn besorgt hatte. Als es sank, rettete ihm mein Vater das Leben. Sir John bot uns Obdach in der Grenzmark von Cydweli und sogar einen Hof. Als einzige Gegenleistung verlangte er meine Hand.

Ich nahm Hedyn und machte mich auf die Suche nach Rhys, der ebenfalls Hilfe für uns suchte, aber er war nicht da. Sein Vetter wußte nicht, wohin er gegangen war. Unsere dreißig Tage der Zuflucht waren zu Ende, und die Männer des Herrn von Pembroke kamen, um meinen Vater zu holen. Wir konnten nicht bleiben, während ich nach Rhys suchte. Und jeder fragte, wie uns Vater ohne Land und ohne Namen verheiraten sollte?

Aber ich wartete noch eine Weile. Nachdem meine

Eltern schon zwei Tage weg waren, kamen die Männer des Grafen. Als ich zum Haus von Rhys' Vetter floh, ging er mir aus dem Weg, da er Angst hatte, Pembroke könnte ihn ebenfalls als Verräter bezeichnen. Schwach und in Sorge um meinen Sohn, denn er war ja noch klein, folgte ich meinen Eltern. Ich war noch nicht lange unterwegs, als ich Sir John traf, der zurückgeeilt war, um mich zu retten. In meiner Verzweiflung tröstete er mich.

Aber ich hätte nie gedacht, daß mein Sohn Hedyn dafür als Bastard gebrandmarkt werden würde. Mein Vater sagte mir, Sir John wisse von dem Baby und würde es willkommen heißen. Ich wußte noch nichts über die Eigenarten der Engländer. Ich wußte nicht, daß man ein Kind für eine Sünde der Eltern züchtigt, die ja bei unserem Volk gar keine war. Rhys und ich liebten uns, lebten wie Mann und Frau zusammen, und hätte mein Vater nicht Pech gehabt, hätten wir geheiratet.

Würde ich die Kraft haben, meinem Sohn zu erklären, daß er ein Bastard ist? Daß ich Sir John nach England begleiten mußte, aber Hedyn in Cydweli bleiben mußte? Mein Sohn weint, wenn ich ihn jetzt verlasse, aber wie lange wird er sich noch an mich erinnern?«

»Bedauernswerte Dame.«

»Ihr seht also, daß ich mit meinen Sorgen allein bin, genau wie Rhiannon, und ich werde für etwas bestraft, was ich nicht getan habe.«

Sir Robert hätte ihr gern zugestimmt, aber sie hatte gegen den Wunsch ihres Vaters und ohne den Segen der Kirche mit einem Mann verkehrt. Eine äußerst harte Strafe, aber keine ungewöhnliche. »Und was geschah mit Rhys?«

»Er hatte sich nach Arbeit umgesehen. Er wußte nicht, was geschehen war, bis ich gegangen war. Sein Bruder erzählte mir, daß er sehr gelitten haben soll. Schließlich sei er nach St. David gekommen, um den Bischof zu bitten einzuschreiten und meine Ehe mit Sir John für ungültig zu erklären.«

»Wollt Ihr das auch?«

»Deshalb bin ich hier.«

»Und Rhys?«

»Ich weiß nicht. Er hat sich wieder auf den Weg gemacht, ohne jemandem etwas zu sagen.«

Doch Sir Robert glaubte, etwas in ihren Augen gelesen zu haben, das ihre Worte Lügen strafte.

22 Eine Frage des Vertrauens

In Newgale, wo die Straße zum Meer hin abfiel, munterte ein scharfer Wind Owens Männer auf und spendete ihnen nach ihrem langen, heißen Ritt Kühlung. Es schien eine kühle Nacht zu werden, und obwohl die Männer glaubten, sie würden sie im Bischofspalast verbringen, wußte Owen, daß dies nicht unbedingt so sein mußte.

Je weiter sie sich St. David näherten, desto langsamer wurden sie, denn auf der Straße tummelten sich viele Pilger. Bei Nine Wells stiegen sie ab und führten ihre Pferde am Zügel weiter. Es war Spätnachmittag, aber Owen war zuversichtlich, daß sie vor Sonnenuntergang nach St. David gelangen würden. Doch die Zeit wurde knapp. In ein paar Tagen würde der Bischof zur Fastenzeit in die Stadt zurückkehren, und in der Fastenwoche mußten alle weltlichen Unterfangen ausgesetzt werden. Wer würde Owen durch die Finger schlüpfen, während er in der Kathedrale kniete?

Eine sinnlose Sorge. Er würde tun, was er konnte, und die Zeit für das Gebet nutzen, damit Gott ihm zeigte, wie er weiter vorgehen sollte

Sir Roberts Atem ging ruhiger und langsamer.
»Er schläft«, flüsterte Bruder Michaelo.
»Hättet Ihr Lust, mit mir in den Hof zu gehen?« fragte Tangwystl. »Sir Robert geht es gut. Ihr seid ziemlich blaß. Und Ihr habt noch weitere Nachtwachen vor Euch.«

»Ich sollte auf ihn aufpassen.«

»Beim Schlafen? Der Diener wird uns holen, wenn es nötig wird.«

Michaelo beugte sich über Sir Robert und lauschte seinen Atemzügen. Er hörte ein dumpfes Gluckern in seiner Brust und schlug ein Kreuzzeichen über Sir Robert.

»Was ist los?« fragte Tangwystl.

»Ich weiß auch nicht genau, aber das Geräusch gefällt mir gar nicht. Es ist, als ob sich seine Lungen verflüssigt hätten.«

Tangwystl legte den Kopf an Sir Roberts Brust. Bruder Michaelo hatte das Gefühl, daß sie recht lange so verharrte. Als sie den Kopf wieder hob, wich sie seinem Blick aus und saß mit gesenktem Kopf einen Moment lang ruhig da. Dann erhob sie sich und trug dem Diener auf, er solle dafür sorgen, daß Sir Roberts Kopf auf den Kissen gebettet war, denn er dürfe nicht flach liegen.

»Ist dies das Ende?« fragte Michaelo.

»Mein kleiner Bruder hat noch eine Zeitlang gelebt, nachdem dieses Geräusch in seiner Brust zu hören war«, sagte Tangwystl. »Aber meine Mutter wußte, als sie es hörte, daß er sich nicht mehr erholen würde. Kommt, laßt uns ein paar Schritte gehen.«

Das Licht aus den hohen Fenstern und das Gewimmel der Pilger verblüffte Bruder Michaelo, als er vom Flur in den großen Saal trat. So lange hatte er sich in dem dunklen, ruhigen Krankengemach aufgehalten. Er hatte vergessen, daß es noch heller Tag war. Mistress Tangwystl keuchte neben ihm. Auch auf sie wirkte wohl die Helligkeit wie ein Schock.

»Meine Dame, wie schön, Euch hier zu treffen.« Ein hochgewachsener Mann in Reisegewändern verbeugte sich vor Michaelos Begleiterin. Er war staubbedeckt und stank nach Pferden, trug aber gute Kleidung.

»Mein Herr«, erwiderte Tangwystl leise, den Blick auf die schmutzigen Stiefel des Mannes geheftet, als sie einen Knicks machte.

»Und wieder begleitet Euch ein Kirchenmann. Seid Ihr ein Freund von Vater Edern?« fragte der Mann mit hämischem Grinsen.

Bruder Michaelo gefiel weder der Ton des Mannes noch dessen Grinsen. »Ich bin Bruder Michaelo, Sekretär des Erzbischofs von York. Ich kenne den Priester nicht, den Ihr genannt habt. Mistress Tangwystl hat mir im Krankengemach eines Freundes den ganzen Tag beigestanden. Und Ihr, Sir, wenn Ihr diese Bezeichnung verdient, nennt mir Euren Namen.«

»John Lascelles.«

Du lieber Himmel.

»Ich sehe, mein Name ist Euch bekannt. Und hat Euch Eure reizende Begleiterin erzählt, daß sie meine Frau ist?«

Als sie sich dem Bonningtor im Norden der Stadt näherten, stieg Owen vom Pferd und rief Duncan und Geoffrey zu, sie sollten zur Seite treten.

Duncan befahl er, alle Pferde, außer denen von Owen und Iolo, zu den Palaststallungen zu führen. Sie beide würden jemanden treffen, der ihnen vielleicht helfen konnte.

»Warum Iolo?« fragte Duncan.

»Er wurde in Porth Clais geboren. Ich brauche ihn als Führer. Geh, Duncan. Erhol dich. Vielleicht reiten wir bald weiter, also nutze die Zeit.«

Mit zusammengebissenen Zähnen griff Duncan nach den Zügeln von Geoffreys Pferd, ging zu den anderen und erteilte ihnen Anweisungen. Iolo führte sein Pferd zur Seite, damit die beiden Männer ungestört reden konnten.

Geoffrey hatte seine Kleidung geglättet und den Staub

abgeklopft, während Owen Duncan seine Befehle gab. Nun stand er Owen gegenüber. In seinem Blick lag Mißtrauen, als er fragte: »Ihr und Iolo?«

Owen zog den Lederbeutel hervor, der die Briefe von Tangwystl und Bischof Houghton enthielt. Er zog sich den Riemen über den Kopf und hielt Geoffrey den Beutel hin.

Geoffrey zögerte, dann griff er nach dem Beutel. »Was tut Ihr da?«

»Einer von uns muß dafür sorgen, daß diese Dokumente sicher in die Hände des Erzbischofs von Carmarthen gelangen.«

»Soll das heißen, Ihr laßt mich hier zurück, während Ihr Euch mit Martin Wirthir trefft?«

»Es ist nicht nötig, daß wir uns beide mit Martin Wirthir unterhalten.«

Geoffrey ließ den Kopf sinken, aber Owen sah, wie seine Hände den Beutel umklammerten. »Ich gehöre nicht zu Euren Gefolgsmännern, die nach Eurer Pfeife tanzen.«

»Ich würde keinem von ihnen diese Papiere anvertrauen. Dem Erzdiakon müssen ausführliche Erklärungen gegeben werden, und sie könnten das nicht.«

»Werdet Ihr zurückkehren, wenn Ihr mit dem Flamen geredet habt?«

»Ich werde alles tun, was nötig ist, um diese Probleme zu lösen. Wenn ich losreiten muß, um Vater Edern und seinen Bruder zu beschützen, werde ich es tun.«

»Und was ist, wenn Martin Wirthir ein Spion von Owain Lagoch ist?«

»Das spielt keine Rolle. Wichtig ist, daß er im Augenblick bereit ist, uns zu helfen.«

»Was haltet Ihr von Owain Lagoch?«

»Er ist eine Marionette von König Karl.«

Geoffrey hielt den Blick auf den Beutel gerichtet und fragte Owen: »Seid Ihr wirklich dieser Meinung?«

»Somit sind wir also beim Thema Vertrauen angelangt. Vertraut Ihr mir?«

Geoffrey hob den Kopf und musterte Owens Gesicht. Nach einer Ewigkeit – zumindest empfand es Owen so – bewegte sich Geoffrey, seufzte und warf sich den Lederriemen des Beutels über den Kopf.

»Was muß ich sonst noch tun?«

Owen erklärte ihm den Rest seines Plans.

Halleluja, Gott ist barmherzig, dachte Michaelo, als er über Sir Johns Schulter blickte und entdeckte, wie Geoffrey Chaucer den großen Saal betrat. Sir Robert würde überglücklich sein, seinen Schwiegersohn zu sehen. Doch Chaucer schien allein zu sein. Er bemerkte Michaelos Blick und schüttelte den Kopf. Michaelo überlegte fieberhaft, was er sagen konnte, um Sir John abzulenken.

»Seid Ihr hergekommen, um Eurer Gemahlin hinterherzujagen, Sir John? Ist es ihr nicht erlaubt, in dieser heiligen Zeit auf Pilgerfahrt zu gehen?«

»Ich bin gekommen, um einen Mann Gottes zu suchen, einen Mönch, um ihn zur Garnison nach Cydweli zurückzubringen. Irgendein Schurke hat unseren Kaplan überfallen. Er wurde so schwer verprügelt, daß er den Verletzungen erlag.«

»Vater Francis?« bemerkte Tangwystl mit einer Stimme, die so zart war, daß sich Michaelo besorgt nach ihr umwandte. Jede Farbe war aus ihrem Gesicht gewichen. Mit zitternder Hand fuhr sie sich an die Schläfe und fiel in Ohnmacht. Sir John fing sie beim Fallen auf. »Wo ist ihr Gemach?« fragte er aschfahl. »Mein Gott, ich wollte sie doch nicht so erschrecken.«

Im Saal wurde es plötzlich lebendig, weil alle möglichen Leute ihre Hilfe anboten. Eine Bank wurde herbeigezerrt, und ein Diener kam mit einem Becher Wein angerannt. Sir

John setzte sich auf die Bank, Tangwystl noch immer fest in den Armen haltend. Er beugte sich über sie, flüsterte ihren Namen und versuchte, sie dazu zu bringen, an dem Wein zu nippen.

Bruder Michaelo nahm neben Sir John Platz, erschöpft vor Erleichterung. Seine Taktik hätte sich fast als verhängnisvoll erwiesen.

Von der See trieb Nebel herein und trübte die späte Nachmittagssonne. Owen und Iolo wurden von Nebel eingehüllt, als sie mit ihren Pferden aus dem Tal emporstiegen. Als der Nebel dichter wurde, saßen sie ab, um die Pferde über den holperigen Boden zu führen. Die Landschaft lag still und verlassen da, nur einige Möwen flogen mit dem Nebel landeinwärts, und ein einsamer Hund bellte warnend, als sie nahe an einem vorstehenden Felsstück vorbeikamen und dann dahinter verschwanden. Owen lauschte in die Stille, aber er hörte nur das Kreischen der Möwen.

Wie wenig er die Stille gewohnt war. In York war es nie ruhig. Selbst wenn er nachts wach lag, hörte er schreiende Kinder und Babys, Katzen, die auf der Straße miteinander kämpften, Bootsleute, die einander etwas zuriefen. Selbst auf der Reise von York nach Wales waren die Männer recht laut gewesen, und Sir Robert und Bruder Michaelo hatten sich den ganzen Ritt über gezankt. Owen war die Stille nicht mehr gewohnt, sie bereitete ihm Unbehagen.

Sie umkreisten die Basis von Clegyr Boia, verlangsamten ihre Schritte und richteten ihre Aufmerksamkeit auf den Boden, suchten nach Zeichen von Reitern oder kürzlich aufgeschlagenen Lagern.

»Ich möchte wetten, er hat sein Lager oben aufgeschlagen«, sagte Iolo.

»Wo man ihn so leicht sehen könnte?« bemerkte Owen.

»Wenn Ihr hier oben ein Feuer entdecken würdet, was wäre Euer erster Gedanke? Daß ein sterblicher Mensch hier sein Lager aufgeschlagen hat?«

»Nein.«

»Es heißt auch, es gäbe hier Gewölbe, wo man sich verstecken könne, aber ich habe noch keines entdeckt.«

Und so führten sie ihre Pferde einen ausgetretenen Pfad zur Spitze des Hügels hoch. Hier gab es keine Bäume, nur Stechginster, halbversteckte Steine und Holz, und auf der einen Seite die Trümmer einer ehemaligen Festung.

»Wenn ich mich hier oben verstecken müßte, würde ich mich im Schatten jener Mauern aufhalten«, sagte Iolo.

Als sie sich ihren Weg durch das Unterholz bahnten, straffte sich Owen plötzlich, denn er spürte, wie sich jemand näherte, ohne jedoch jemanden zu sehen.

»Also hatte ich recht. Ihr seid schnell der fliehenden Dame hinterher geeilt.« Eine Gestalt löste sich aus dem Nebel.

»Ist das Wirthir?« flüsterte Iolo.

»Ja.« Owen hob seine Stimme. »Ich kann mir nicht vorstellen, daß Ihr mich so gut kennt, Martin. Ich schätze mich eigentlich recht schlau und raffiniert ein. Aber Ihr habt recht, wir sind der Dame und ihrem Gemahl gefolgt.«

»Und dem unseligen Priester«, sagte Martin. Er befand sich jetzt nur noch eine Armeslänge entfernt.

»Euch beide könnte man für Brüder halten«, sagte Iolo und blickte vom einen zum anderen.

Martin verneigte sich leicht vor ihm. »Ich nehme dies als Kompliment.«

Owen stellte Iolo vor. »Er kennt Dyfed gut. Ich dachte, er könnte uns von Nutzen sein. Habt Ihr Vater Edern jemanden hinterhergeschickt, um ihn vor seinem Verfolger zu schützen?«

»Wie Ihr wißt, Owen, reise ich allein. Es war die Wahl

zwischen dem Leben des Priesters oder dem eines Mannes, der eine Geschichte zu erzählen hat, die viele gern hören würden.«

Martins Ton klang leicht spöttisch, so wie Owen ihn in Erinnerung hatte.

»Eine amüsante Geschichte?« wollte Iolo wissen.

»Nein, nicht amüsant. Bevor ich Euch zu ihm führe, habe ich Euch einiges zu sagen, Owen. Soll Iolo mithören?«

»Ja.«

»Er heißt Rhys ap Llywelyn und ist der Bruder von Vater Edern.«

Tangwystls vermißter Liebhaber. »Er ist aus St. David verschwunden«, sagte Owen. »Wie gelangt er hierher, in Eure Obhut?«

»Ich habe Samariter gespielt. Nicht so gut wie ein anderer, der ihn von Whitesands wegzauberte, aber ich schmeichle mir, daß er aufgrund meiner Fürsorge noch lebt.«

»Whitesands.«

»Ich hoffe, daß jemand, dem Ihr vertraut, ihn zum bischöflichen Bezirk bringt und dafür sorgt, daß er jenen übergeben wird, die seine Geschichte hören wollen und der Gerechtigkeit zur Durchsetzung verhelfen werden.«

»Ist er der Mörder von John de Reine?«

»Wenn derjenige, der dem Mann das Messer in den Leib gestoßen hat, sein Mörder ist, ja. Aber er hat sich gegen zwei Männer verteidigt. Gegen den einen, der ihn am Strand töten hatte wollen, und gegen Reine, der auf sie stieß und glaubte, er müsse den anderen gegen Rhys verteidigen.«

»Wer war dieser dritte Mann?«

»Derjenige, der jetzt Vater Edern verfolgt, weil er meint, daß er dadurch auch Rhys finden und sein Arbeit zu Ende führen könnte.«

»Dann droht Edern also keine Gefahr?«

»Von diesem Mann? Ich weiß nicht, was er vorhat.«

»Warum habt Ihr Rhys nicht dem bischöflichen Rat übergeben?«

»Er war nicht in der Verfassung, allein dorthin zu gehen und seinen Fall vorzutragen, und ich will keine Aufmerksamkeit auf mich ziehen. Ich konnte Vater Edern auch nicht warnen, weil ich Rhys, nachdem die anderen im Hintergrund lauerten, in meiner Nähe halten mußte«, begann Martin seinen Bericht, während er sie zu der verfallenen Burg führte. »Ihr braucht diesen einen Zeugen, und meines Wissens ist er unschuldig. Ich würde ihn vor dem verfluchten Hundesohn retten, wenn ich könnte.«

»Rhys weiß nicht, in welcher Gefahr sein Bruder schwebt?«

»Das soll er auch nicht, denn er würde darauf bestehen, ihm zu folgen und wohl kaum mit dem Leben davonkommen. Ihr werdet sehen, wie schwach er ist. Wenn ich an seiner Stelle wäre, würde ich mir auch wünschen, diesen Kampf zu gewinnen. Der Schuft hat ihm seine Frau geraubt, seinen Sohn ...«

»John Lascelles? Aber ich dachte ...« Owen schwieg, als Martin den Kopf schüttelte. »Gruffydd ap Goronwy?«

»Genau der.«

»Welches Interesse habt Ihr an dieser Sache?«

»Kann man nicht einfach nur den Samariter spielen?«

»Ihr nicht.«

Martin lachte, blieb aber eine Antwort auf die Frage schuldig.

Bruder Michaelo hätte am liebsten Mistress Tangwystl zu ihrem Gemach gegleitet, um dort Wache zu halten. Sir John hielt sie jetzt umfangen und betrachtete sie kummervoll, aber bevor sie in Ohnmacht fiel, war er weit weniger liebevoll ihr gegenüber gewesen. Michaelo war erleichtert, als eine hochgestellte Dame die Zuschauer zur Seite drängte und die Dinge in die Hand nahm. Sie rieb Tangwystls Hände und hielt ihr ein stark riechendes Tuch unter die Nase, bis Tangwystl hustete und die Augen öffnete.

»Kommt«, forderte die Frau Sir John auf, »ich kümmere mich um sie, und Ihr sorgt dafür, daß Ihr wieder präsentabel ausseht.« Sie blickte mißbilligend auf Sir Johns schmutzverkrustete Stiefel hinab. Einer der Schreiber des Bischofs gesellte sich zu ihr.

Tangwystl bemühte sich aufzusitzen. Sir John klammerte sich an sie, aber fest zupackende Hände halfen ihr auf die Füße.

»Mylady sollte sich jetzt in ihr Gemach zurückziehen«, sagte die Dame von Stand. »Und dann soll sie sich ungestört ausruhen, bis sich ihre Wangen wieder röten.« Sie rief einen Diener, damit er sich um Sir John kümmere. »Ihr seht aus, als könntet Ihr etwas zu trinken vertragen.«

Als die Frau und der Schreiber Tangwystl eilends wegführten, betete Michaelo darum, daß die Heiligkeit des Tals und die Gebeine des heiligen David, die hier ruhten, Sir John friedlich stimmen würden. Doch der Mann sah eigentlich nicht sonderlich bedrohlich aus, als er dem Diener folgte.

Michaelo freute sich über die schnelle und friedliche Lösung. Er eilte davon, begierig zu erfahren, warum Master Chaucer so früh eingetroffen war.

Er wurde nicht enttäuscht. Master Chaucer erwartete ihn neben Sir Roberts Lager und erhob sich eilends, um Michaelo bei der Tür zu empfangen.

»*Benedicte*, Bruder Michaelo«, sagte Geoffrey. »Gott segne Euch dafür, daß Ihr so schnell reagiert habt unten im Saal. Es wäre mir unangenehm, wenn Sir John heute nacht von meiner Anwesenheit erführe. Ich muß einiges erledigen, das heißt, wir. Ich wollte eigentlich Sir Robert mitnehmen, aber ...«

»Er darf nicht gestört werden.« Bruder Michaelo warf einen Blick zum Bett. Der Diener versicherte ihm, daß Sir Robert bisher tief geschlafen hatte.

»Es geht ihm jetzt viel schlechter als zu dem Zeitpunkt, als wir nach Cydweli aufbrachen«, stellte Geoffrey fest.

Bruder Michaelo errötete, da er Kritik in der Stimme des Mannes hörte. Was konnte er wissen von der Fürsorge, die Michaelo Sir Robert in reichem Maße hatte angedeihen lassen? Aber vielleicht war es eine ganz harmlose Bemerkung. »Master Thomas, der Arzt des Bischofs, ist hier gewesen. Seine Arznei hat den Husten beruhigt und es Sir Robert ermöglicht, auszuruhen. Aber viel mehr kann er nicht tun.«

Geoffrey bekreuzigte sich. »Ich hoffe nur, der Hauptmann kann bald hierher kommen.«

Michaelo war enttäuscht. »Dann ist er gar nicht hier?«

»Doch, aber nicht in der Stadt. Er trifft sich mit Martin Wirthir in Clegyr Boia.«

»Ich hoffe, wir haben das Richtige getan, daß wir Euch hergebeten haben. Aber wie konntet Ihr so schnell kommen? Es ist ein Wunder.«

»Nein. Wir waren kurz vor Haverfordwest, als wir auf Edmund trafen. Wir waren John Lascelles gefolgt, der, wie ich sehe, seine Frau wieder gefunden hat. Wie lange hat er sich in St. David aufgehalten?«

»Er ist gerade erst hier eingetroffen.« Michaelo erzählte Geoffrey, was geschehen war.

»O die arme Dame, es tut mir leid, daß es ihr nicht gut geht.«

»Es ging ihr gut, bis Sir John auftauchte. Wie war das mit dem Überfall auf den Kaplan?«

»Ich erzähle Euch alles, während wir hier warten. Aber sagt, kennt Ihr den Tunnel im unterirdischen Gewölbe?«

»Ja.«

»Wir gehen dort hinunter, wenn sich die übrigen Gäste für die Nacht zurückgezogen haben. Vielleicht hat der Hauptmann jemanden, den er unserer Obhut übergeben möchte.«

»Weshalb im Tunnel?«

»Vielleicht ist es jemand, der sich verstecken muß.«

Michaelo war fasziniert von der Aussicht auf dieses Abenteuer. Er fand Geschmack daran. Vielleicht hatte er zu viel Zeit in der Krankenstube verbracht.

Martin, Owen und Iolo bahnten sich ihren Weg zwischen den Trümmern der Mauern, als sie alle erstarrten, weil hinter ihnen jemand über loses Gestein stolperte. Sie blieben stehen und lauschten. Aber ihr Verfolger ebenfalls. Es schien sich nicht um einen Hund oder ein verirrtes Schaf zu handeln.

»Duncan«, sagte Iolo. »Ich kann ihn riechen.« Er zog sein Messer. »Er gehört mir.«

»Bring ihn uns«, sagte Owen und nahm Iolo die Zügel aus der Hand. »Und zwar lebend.«

Iolo verschwand lautlos.

»Kann es sein, daß dieser Iolo ein bißchen blutrünstig ist?« fragte Martin.

»Wenn Duncan hier ist, liegt einer von Iolos Kameraden irgendwo verwundet oder tot herum.«

»Wer ist dieser Duncan?«

»Er wurde vom Konstabler von Cydweli geschickt, um auszuspionieren, was ich treibe.«

»Eine seltsame Methode, einen Spion ganz offiziell unter Eure Männer einzuschleusen. Dieser Konstabler machte sich wohl keine Gedanken, ob sein Mann überlebt?«

»Wir arbeiten zur Zeit beide für Lancaster. Es ist ein brüchiger, trügerischer Waffenstillstand.«

Sie vernahmen einen Schrei und einen Fluch, dann war alles still, außer einer Möwe, die über ihren Köpfen kreiste.

Nach einer Weile tauchte Iolo auf und stützte den heftig hinkenden Duncan. Owen wunderte sich, daß jener so schweigsam war, bis er den Knebel in seinem Mund entdeckte. Seine Hände waren auf den Rücken gefesselt.

»Euer Mann ist wirklich tüchtig«, sagte Martin. »Einen solchen Mann könnte ich brauchen.«

Wofür, fragte sich Owen.

»Los jetzt!« Martin führte sie zu einem Steinhaufen, der von einer baufälligen Eckwand von Boias Festung heruntergefallen war. Er bückte sich, tastete auf dem Boden umher und faßte nach etwas. »Seid Ihr immer noch so stark, Hauptmann?« fragte er.

Owen hatte vergessen, daß Martin nur eine Hand hatte, da er dies so geschickt zu verbergen wußte. Owen bückte sich neben Martin und ließ seine Hand von ihm führen. Sie hoben etwas hoch und entdeckten dahinter eine Falltür. Von innen drang der Schein einer Laterne. Martin kniete sich an der Öffnung nieder, zog eine leiterartige Stange mit Querbalken hoch und stieg hinunter. Die anderen folgten, Iolo als letzter, da Duncan kräftige Hände benötigte, die ihn hinunterließen. Martin zog die Falltür über sich zu. Einen unbehaglichen Augenblick lang fühlte sich Owen wie begraben, sah aber dann Mondlicht über sich. Ein Loch, durch das der Rauch abziehen konnte. Was war das für ein Platz, überlegte er, als er sich umsah. Eine Schmugglerhöhle?

Es war eine Kammer mit niedriger Decke und Steinmauern, vielleicht ehemals ein Verlies oder ein Lager. In einer Ecke befand sich eine erhöhte Plattform, auf der Lumpen aufgetürmt waren, in der Mitte des Raums gab es eine Bank und einen Melkschemel, auf dem die Laterne stand. In einer anderen Ecke stand eine Truhe, auf der zwei

Sättel lagen.

»Wo sind Eure Pferde?« fragte Owen.

»In einer Scheune«, erwiderte Martin. Er zündete mit der Laterne eine Öllampe an.

Die Lumpen auf der Plattform bewegten sich.

»Rhys«, sagte Martin, »ich habe Hauptmann Owen Archer mitgebracht. Für Euer Volk Owain ap Rhodri. Ihr erinnert Euch, daß ich Euch gesagt habe, er würde helfen.«

Der Mann richtete sich auf. Er war noch recht jung. Um seinen Kopf trug er einen schmutzigen Verband, unter dem helles Haar erkennbar war.

Owen kauerte sich neben Rhys nieder und schaute zu der Stelle, wo das Blut durchsickerte. »Euer Ohr?«

»Ja«, flüsterte Rhys. Seine Hand strich über den Verband, aber er berührte ihn nicht.

Owen sah den schmerzerfüllten Blick des Mannes, die Furchen in seinem Gesicht. Und er stellte noch etwas anderes fest. »Ich verstehe jetzt, was Eleri meinte. Euer Sohn ist Euch wie aus dem Gesicht geschnitten.«

»Ihr habt ihn gesehen?«

»Und Eure Dame.«

»Geht es ihr gut?«

»Einigermaßen. Sie ist in St. David. Hat Martin es Euch nicht erzählt?«

Ryhs warf Martin einen verwirrten Blick zu. »Kein Wort davon, daß Tangwystl dort ist.«

»Ich wollte Euch damit nicht aufregen, bis ich jemanden wüßte, der Euch dorthin bringen könnte.« Martin trat neben sie. »Sein Ohr war fast abgetrennt. Ein Mönch hat es zusammengenäht, aber Rhys ist aufgebrochen, bevor es richtig verheilt war.«

Rhys legte seine Hand auf Owens'. »Bringt Ihr mich zu ihr?«

»Ja. Und Eure Wunden werden versorgt werden.«

»Sie werden mich ins Verlies werfen.«

»Vielleicht. Aber ich hoffe, mein Schwiegervater kann Euch ein paar Tage verstecken, damit Ihr wieder genesen könnt.«

»Nehmt Ihr ihn heute nacht mit?« fragte Martin.

»Ja. Wir müssen aber noch eine Weile warten, bis es im Palast ruhig ist. Dann bringe ich ihn durch den Tunnel. Sir Robert erwartet uns auf der anderen Seite.«

Ein erstickter Laut erinnerte Owen an Duncan. Er hatte ihn ebenfalls mitnehmen wollen, aber jetzt wußte er zuviel.

23 Nebel

Während die Männer aus Cydweli sich mit ihrem letzten Weinschlauch Mut antranken und die wirbelnden Schatten hinter dem Feuer betrachteten, vor allem um den großen Steinblock am Rand ihres Lagers, lehnte Dafydd seinen Kopf gegen den rauhen Stamm des Baumes, an den er und seine Gefährten gefesselt waren. Er blickte hoch durch die kahlen, gebogenen Äste und beobachtete, wie der Nebel die Sterne umhüllte. Es erinnerte ihn an einen nebeligen Morgen, an dem er einst ein Stelldichein mit einer schlanken Schönheit in einem Laubwald verpaßt hatte. Wie der Nebel das Land mit einer Decke aus Dunkelheit zugedeckt, die Vögel zum Schweigen gebracht hatte und sein Herz hatte erstarren lassen. Ein Nebel am Abend jedoch war nicht so bedrückend. Das weiße, helle Licht der Sterne und des Monds konnte ihn eventuell durchdringen. Eine solche Nacht lud zum Träumen ein.

Und doch hatten ihn diese Engländer mit einem Fluch beladen. Worauf hatten sie gehofft? Die ganze Nacht durchzureiten? Hatten sie Geliebte in St. David?

»Es ist der Stein«, sagte Madog. »Sie mögen den Stein nicht.«

»Auch nicht die Kreuze am Wegesrand«, sagte Bruder Dyfrig, »auch wenn sie sich Christen nennen.«

»Ich mag die stehenden Steine nachts nicht«, sagte Cadwal. »Wir befinden uns in der Nähe einer Grabkammer, wußtet Ihr das? Auf dem Hügel über uns. Ich habe das

Gefühl, sie beobachten uns von da oben. Dieser Stein in der Nähe unseres Lagers gehört zu den Ehrenbezeigungen für die Toten. Sie mögen es nicht, wenn wir hier sind.«

Dafydd empfand Mitleid mit Cadwal. Er bezahlte für seine Körpergröße und Stärke mit einer Angst vor dem Jenseits, die genauso lähmend sein konnte wie körperliche Schwäche. »Wovor hast du Angst? Daß die Toten sich erheben und euch erschlagen, weil ihr in der Nähe ihrer Grabstätte Euer Lager aufgeschlagen habt? Warum sollten sie sich um euch kümmern? Und in einer solchen Nacht? Warum sollten sie aus dem Jenseits kommen, um hier in ihren leichten Gewändern in der Feuchtigkeit zu frösteln?«

»Wollt Ihr vielleicht ein Gedicht hierüber schreiben?« knurrte Dyfrig.

»Kann schon sein. Habt Ihr etwas zur Unterhaltung vorzuschlagen? Aber natürlich verbringt Ihr die Zeit mit dem Gebet.« Obwohl Dafydd das Verhalten des Mönchs nicht gerade als übertrieben fromm bezeichnet hätte.

»Es ist ein Jammer, daß Ihr nicht daran gedacht habt, Hilfe aus Newcastle Emlyn zu holen. Es war nicht weit von Maelgwns Hof«, sagte Dyfrig. »Wenn Ihr besser geplant hättet, würden wir jetzt nicht hungrig durchs Land geschleppt werden.«

Dafydd lachte. »Mein Onkel Llywelyn ap Gwilym war Konstabler der Burg, aber er ist schon lange tot. Und sein Sohn duldet mich nur so lange, wie er nichts Nachteiliges über mich hört. Er würde mich aus dem Haus jagen, wenn er wüßte, daß ich dem unglückseligen Jungen Obdach geboten habe. Er würde es nicht verstehen. Übrigens liegt die Burg nicht in unmittelbarer Nähe von Maelgwns Hof. Eure Klage verhallt also ungehört.«

»Wenn ich mich nur an etwas klammern könnte«, sagte Dyfrig. »Ich spüre meine Arme nicht mehr.«

»Seid dankbar«, sagte Madog. »Letzte Nacht habt Ihr über den Schmerz gejammert.«

Bruder Dyfrig litt wirklich mehr als die anderen. Sein gebrochener Arm war geschient und eng an seinen Körper gebunden, trotzdem hatte er beim Reiten große Schmerzen, und heute war er beim Absteigen auf den Arm gefallen. Die Männer, die sie überfallen hatten, lachten nur.

»Lieber würde ich Schmerzen empfinden als gar nichts«, sagte Dyfrig.

Cadwal brachte sie zum Schweigen.

»Was ist los?« fragte Dafydd.

Der Riese saß da und lauschte in die Dunkelheit hinter ihnen. »Pferde. Hinter dem Licht«, flüsterte er.

»Dyfrig«, rief eine leise Stimme. Man hätte sie fast für das Flüstern des Winds halten können. Doch Dafydd hielt den Atem an, hatte Angst, die Männer, die sie überfallen hatten, könnten es gehört haben. Aber sie unterhielten sich lautstark, und das Feuer prasselte, so daß es ihnen wohl entgangen war.

»Ich bin's, Vater Edern und ein Freund. Wenn das Feuer erlischt, durchschneiden wir Eure Fesseln.«

Dafydd war überglücklich, daß die Rettung nahte, und bemühte sich, den Priester auszumachen, aber der Nebel ließ es nicht zu.

Alle vier Gefangenen wurden still und lauschten in die Dunkelheit.

»Sie bemerken, daß Ihr ruhig werdet«, flüsterte Edern.

»Ja, sie schauen hierher«, zischte Cadwal. Er und Dyfrig waren an der Seite des Baumes gefesselt, die zur Lichtung lag.

»Unterhaltet Euch wie zuvor«, flüsterte Edern. »Aber nicht so laut, daß sie Euch verstehen.«

Cadwal fing als erster an, murmelnd zu reden. Er

machte sich Sorgen um ihre Pferde. Wie konnten sie ohne Pferde ihren Ergreifern entkommen?

Madog meinte, er sehe darin keine Probleme. Während ihre Wächter schliefen, würden sie sich der Pferde bemächtigen.

»Aber heute nacht können wir nicht reiten«, flüsterte Dafydd. »Wir würden uns im Nebel verirren und die Pferde aufs Spiel setzen.«

»Wir suchen in der Nähe einen Unterschlupf«, murmelte Madog. »Vielleicht in der Grabkammer.«

Cadwal stöhnte.

»Was ist, wenn sie uns vor dem Morgen finden?« überlegte Dafydd.

»Wir sollten über sie herfallen und sie fesseln«, zischte Cadwal. »Dann warten wir hier bis zum Tagesanbruch. Wir sind jetzt sechs gegen vier, und drei von ihnen sind bereits verwundet.«

»Ich auch«, murmelte Dyfrig.

Dafydd konnte sich für das neue Abenteuer begeistern. »Wir greifen sie im Schlaf an.«

»Sie werden nicht schlafen«, flüsterte Dyfrig. »Ein Weinschlauch für vier Soldaten dürfte sie nicht so schnell schläfrig machen.«

»Aber seht sie Euch an«, sagte Cadwal, »sie reiben sich die Augen und sinken immer tiefer auf ihre Decken.«

Dafydd konnte sie nicht sehen, da er mit Madog auf der anderen Seite des Baumes angebunden war. »Vielleicht haben sie endlich den Wein mit Mohnsaft gefunden«, meinte Dafydd leise. »Ich hatte ihn für Bruder Samson vorgesehen, aber Maelgwn schien ihn nicht zu benötigen. Ich dachte, er würde die Schmerzen des Pilgers lindern, wenn wir ihn finden, denn seine Wunde dürfte bestimmt während der Flucht aufgebrochen sein.«

»Gestern hätte ich ihn dringend gebraucht«, murmelte Dyfrig.

»Ich habe nicht angenommen, daß die Männer, die uns überfallen haben, ihn Euch geben würden«, flüsterte Dafydd. Gott wachte über sie und hatte es so eingerichtet, daß ihre Ergreifer den Wein heute nacht fanden. Doch Dafydd betete darum, daß sie nicht tiefer in seiner Satteltasche gestöbert hatten.

»Laßt jetzt Eure Köpfe nach unten sinken«, flüsterte Edern aus der Dunkelheit. »Sie sollen glauben, daß Ihr schlaft.«

Der Boden des Tunnels war rutschig. Owen ließ die Laterne über die Mauern und die Decke wandern und sah, daß die Steine feucht waren. An den Seiten waren Schutt und Steinbrocken aufgehäuft. Als Owen mit Vater Edern hier durchgekommen war, hatte er sein Auge nicht umherwandern lassen, um seine Männer nicht zu verunsichern. Er liebte es nicht, sich in einem Steingewölbe unter der Erde aufzuhalten, und zu sehen, wie zu diesem Zweck Stein ausgehöhlt worden war. Er dachte, dies müsse das Werk der Altvorderen sein, jener Menschen, die die großen Steine für die Grabhügel zurechtgehauen und nach oben gebracht hatten, damit sie auf den aufrecht stehenden Steinen ruhten. Er mußte darauf achten, daß er nicht in die jenseitige Welt geriet.

Rhys war unsicher auf den Beinen, wiegte sich beim Gehen seltsam von einer Seite zur anderen und stützte sich mit den Händen an der Wand ab. Owen stellte sich vor, wie seine Hand durch die Mauer ins Jenseits schlüpfte. Seine Hand, sein Arm, sein Kopf und sein Körper würden verschwinden ...

»Mir gefällt es hier nicht«, flüsterte Rhys.

»Mir auch nicht. Und ich muß allein zurückkehren.

Während Ihr gepflegt werdet, Wein bekommt und eine Matratze zum Schlafen, krieche ich nach Clegyr Boia zurück. Denkt daran und dankt Gott, daß Ihr nicht an meiner Stelle seid.« Owen hätte ohne seinen geschwächten Begleiter schneller vorankommen können, aber er dachte, daß er es doch lieber hatte, einen Menschen bei sich zu haben, der sich mit ihm durch die Dunkelheit bewegte.

»Was ist das?« zischte Rhys. »Da vorne im Dunkeln.«

Owen bewegte die Laterne. »Die Tür. Wir sind unterhalb des Palastes.« Er drückte behutsam gegen die Tür, wollte nicht die falschen Leute auf ihre Anwesenheit aufmerksam machen. Sie bewegte sich nicht. »Jetzt müssen wir auf unsere Befreier warten.« Owen hängte einen Lumpen über die Laterne, so daß sie nur noch einen schwachen Lichtstrahl verbreitete, und setzte sich auf den Steinboden. Zumindest war es hier trocken, wenn auch uneben. Es war schwierig, einen bequemen Platz zu finden.

Rhys kauerte sich neben ihm nieder. »Ein höllischer Ort ist das hier.« Seine Stimme zitterte vor Erschöpfung, wie Owen vermutete, nicht vor Angst. Er atmete schwer, obwohl ihr Weg nicht schwierig gewesen war.

Owen leuchtete mit dem schwachen Lichtstrahl in den Tunnel. »Da. Hier sehen wir alles, was sich uns nähert.«

»Was ist, wenn niemand kommt, um die Tür zu entriegeln?«

»Dann kehren wir nach Clegyr Boia zurück. Aber wir dürfen nicht voreilig sein. Sie müssen einen ruhigen Augenblick abpassen, wenn keine Diener unterwegs sind. Setzt Euch, sonst bekommt Ihr einen Krampf in den Beinen. Berichtet mir von jenem Tag auf Whitesands.«

Rhys setzte sich an die gegenüberliegende Mauer, so daß er Owen anblicken konnte. »Ich möchte nicht an diesen Tag zurückdenken.«

»Der Erzdiakon von Carmarthen wird Euch die gleiche

Frage stellen. Es wird leichter sein, wenn Ihr die Antwort schon geprobt habt. Also los, Ihr schuldet mir etwas, findet Ihr nicht auch?«

Rhys ließ den Kopf hängen und hielt die Hand über das blutende Ohr, ohne es zu berühren. »Ich brauche es nicht zu proben, denn ich kann es nicht vergessen. Seine Augen. Ich habe die Augen des Teufels gesehen, flammend vor Haß.« Die Worte hallten noch nach, als Rhys wieder in Schweigen versank und nur noch sein schmerzgepeinigtes Atmen zu hören war.

Owen mochte es nicht, daß Rhys an diesem düsteren Ort den Teufel erwähnte.

Nach einer Weile hob Rhys den Kopf. »Ihr habt meinen Sohn gesehen und Tangwystl. Dann wißt Ihr, was ich verloren habe.«

»Ja.«

»Und das alles wegen der Habgier von Gruffydd ap Goronwy. Ich kann nicht glauben, daß meine Liebste sein Blut in den Adern hat.«

»Er hat Euch getäuscht, um seine Familie zu retten.«

»Das behauptet er. Ihm wurde Geld für Owain Lawgoch anvertraut, das dessen Anhänger für ihn gesammelt hatten. Einer von Owains Männern landete in Tenby und begab sich zu seinem Haus, um es zu holen. Aber als er dort ankam, sagte Gruffydd, er habe es nicht. Aber die anderen wußten, daß er log. Was hatte er mit dem Geld gemacht? Das war der Grund, weshalb seine Familie ihr Heim und ihren guten Namen einbüßte. Owains Mann verschwand, aber bald wurde bekannt, daß jemand Gruffydd bei meiner Herrin Pembroke denunziert hatte.

»Hat Gruffydd das Geld nicht für Eure Hochzeit mit Tangwystl benötigt?«

»Hatte er wirklich vor, Owains Geld für unsere Hochzeit zu verwenden? Vielleicht. Aber ich glaube es nicht.

Aber als ich die Nachricht erhielt, daß er nach St. David gekommen war, um mit mir zu reden, hoffte ich ...« Rhys berührte sein Ohr. »Es brennt.«

»Ja. Ich zweifle nicht daran. Wie kam es, daß Ihr ihn auf Whitesands getroffen habt?«

»Ich war hier im Bischofspalast, um dem Bischof meine Petition vorzulegen. Ich hoffte, Bischof Adam würde Tangwystls Ehe mit Sir John annullieren, nachdem er erfahren hatte, daß wir einander bereits versprochen waren. Eines Tages kam ein Pilger, suchte mich auf und berichtete, ein Mann mit einer Silbersträhne über seiner Schläfe erwarte mich auf Whitesands. Ich würde etwas erfahren, das hilfreich für meine Petition sei.«

»Und so habt Ihr Euch zu Gruffydd begeben, in der Hoffnung, er wolle alles wieder in Ordnung bringen.«

»Ich glaube nicht, daß ich das gehofft habe. Aber ich wollte wissen, ob Tangwystl und mein Sohn in Sicherheit waren und an mich dachten. Er hatte Neuigkeiten, berichtete mir, Tangwystl glaubte, ich hätte sie verlassen, weil ich fürchtete, ich würde meiner Familie schaden. Aber ich solle mich damit trösten, daß sie Sir John Lascelles liebte und daß Sir John allen sagte, Hedyn sei sein Sohn. Bis zu diesem Tag am Strand hatte ich über all meinem Kummer Gruffydds Gier nicht erkannt. In meinem Zorn sagte ich zuviel. Ich erklärte ihm, ich würde dem Bischof die Wahrheit über Pembrokes Beschuldigung mitteilen. Da fiel er über mich her. In seinen Augen sah ich Mordlust. Er ist ein kräftiger Mann und größer als ich. Und er war gut bewaffnet. Aber plötzlich ließ er ab von mir und schrie: ›Mörder! Helft mir!‹ Und jetzt griff mich ein anderer Mann an, schlitzte mich am Hals auf und verletzte mich am Ohr. Ich stieß mit meinem Messer zu. Du lieber Himmel, ich werde nie das Gefühl vergessen. Als ob mein Arm durch ihn hindurchginge, so tief drang mein Messer ein. Und mein Ohr. Bei allen Heiligen, ich dachte, ich würde schon in der Hölle schmoren, so stark waren die Schmerzen. Ich preßte meinen Kopf in den kühlen Sand. Ich glaube, ich habe geschrien vor Schmerzen. Aber niemand hörte mich. Und ich erinnere mich an nichts mehr, bis mich schließlich ein hochgewachsener weißhaariger Mann auf sein Pferd hob.«

»Der Samariter. Weshalb hat er Euch geholfen und nicht Reine? Und wo war Gruffydd?«

»Ich weiß es nicht.« Rhys holte tief Atem. »Aber später erfuhr ich, jemand habe Sir Johns Sohn auf Whitesands getötet. Ich verstehe nicht, weshalb Gruffydd dem Mann, der ihm zu Hilfe eilte war, nicht beistand. Ich weiß nicht, wie ich mir beide hätte vom Leib halten sollen. Ich kann nichts anderes annehmen, als daß Gruffydd den Mann sterben ließ.«

Es war seltsam. Owen war gerade zu der Überzeugung gelangt, daß Gruffydd und John de Reine zusammengearbeitet hatten, um den Mann, der Sir Johns Heirat gefährdete, zum Schweigen zu bringen. Er erinnerte sich an Gruffyds verbundene Hand, an die Narbe. »Gruffyds Hand wies eine böse Schnittwunde auf – vielleicht hat er versucht, nach Eurem Messer zu greifen. Aber nur an seiner linken Hand. Er hätte John de Reine durchaus helfen können.«

»Ich weiß, ich werde gehängt«, sagte Rhys. »Aber zuerst will ich Tangwystl sehen. Sagt ihr, daß ich sie nicht verlassen habe, sondern mich auf den Weg gemacht habe, um Hilfe zu suchen. Wird man mir erlauben, sie zu sehen?«

»Erzählt Sir Robert Eure Geschichte, und ich bin überzeugt davon, er wird Sie zu Euch bringen.«

»Und mein Sohn? Ist er bei ihr?«

»Nein.«

»Wenigstens sie will ich sehen. Sagt es ihr.«

Vater Edern rüttelte Dafydd wach. »Eure Fesseln sind durchschnitten. Bewegt Euch langsam aus dem Feuerschein.«

Dafydd, der noch schlaftrunken war, massierte seine Handgelenke, rieb seine Beine und Arme und ging dann in die Hocke. Er war froh, daß er sich bewegen konnte. Als erstes wollte er sich erleichtern. Er eilte auf den Busch zu, der Priester folgte ihm auf dem Fuß.

Als sie gut versteckt im Gebüsch standen, fragte Edern: »Wo ist Rhys ap Llywelyn?«

»Wenn wir es nur wüßten«, erwiderte Dafydd. »Wir könnten sicher zu Hause in unseren Betten ruhen und angenehmen Träumen nachhängen – und ungesehen pissen.« Der Priester ignorierte die Anspielung und stellte sich hinter Dafydd, während dieser sein Gewand hob. Nun denn. Die Natur forderte ihr Recht. Sein Urin dampfte in der kühlen, feuchten Luft. Als er sich umwandte, stellte ihm der Priester die nächste Frage.

»Aber diese Männer waren hinter ihm her, oder?«

»Ja, das stimmt. Es waren Barbaren, die in mein Haus eindrangen. Und er, der undankbare Halunke ...«

»Er ist mein Bruder.«

Dafydd blickte Madog, der gerade zu ihnen getreten war, stirnrunzelnd an. »Dieser Priester ist der Bruder des Pilgers.« Dann wandte er sich wieder Edern zu. »Deshalb ist er nicht weniger undankbar. Ich habe sein Leben gerettet, ihm Obdach in meinem Heim gewährt, und er ermordet den Mönch, der ihn pflegte, und macht sich aus dem Staub.«

»Ihr übertreibt, Master Dafydd. Bruder Samson ist nicht tot, wurde auch nicht überfallen – er verletzte sich bei einem Sturz«, sagte Madog. »Kommt, wir müssen schnell weiter.«

»Und was ist mit Cadwal und Bruder Dyfrig?« wollte Dafydd wissen.

»Ich habe ihre Fesseln durchschnitten«, sagte ein dunkelhaariger Fremder. »Aber sie müssen am Baum sitzen bleiben, damit ihre Ergreifer nichts bemerken, wenn sie herüberschauen.«

»Das ist Gruffydd«, erklärte Edern. »Auch er sucht meinen Bruder.« Er berichtete Gruffydd von Rhys Flucht.

Der Mann blieb einen Moment stehen, bewegte seine linke Hand und atmete schwer.

»Seid Ihr verletzt?« fragte Dafydd.

»Wißt Ihr, wohin Rhys gegangen ist?« erkundigte sich Gruffydd in barschem Ton.

Dafydd schüttelte den Kopf. »Wie soll ich erraten, wohin sich der junge Mann begeben hat? Am Ende wohl erwartet ihn das Grab.«

»Wir glauben, daß er nach St. David zurückgekehrt ist, um dort sein Werk zu vollenden«, sagte Madog.

Dafydd zog Madog am Ärmel und entfernte sich mit ihm von der Gruppe. »Du bist ein Dummkopf, verrätst diesen Männern viel zuviel.«

»Wir verdanken ihnen unser Leben«, erwiderte Madog. »Und wir haben jetzt keinen Grund mehr, nach Süden zu reiten. Sie kümmern sich um den jungen Mann. Wir sind fertig.«

Dafydd schüttelte den Kopf. »Nein, das sind wir nicht.« Er bemerkte, wie Gruffyd und Edern näherkamen, und sagte etwas lauter: »Ich möchte mich beim Bischof und beim Erzbischof von Carmarthen über die Behandlung beklagen, die uns von den Männern aus Cydweli zuteil wurde. Wir verlangen Entschädigung.«

»Wir bekommen gar nichts«, murmelte Madog.

»Das werden wir ja sehen.« Dafydd nickte Vater Edern zu.

»Ihr zwei, kommt und helft uns, unseren Überraschungsangriff zu planen«, sagte Edern.

Aber Dafydd begab sich zu den Sätteln und Bündeln, die neben ihren angebundenen Pferden aufgestapelt waren. Er kniete vor seinem Bündel nieder und kramte darin herum. *Deo gratias*, flüsterte er. Seine Fackelspitzen waren noch da.

»Was habt Ihr in Eurem Bündel gesucht?« wollte Gruffydd wissen.

Dafydd gefiel sein Ton nicht. »Warum habt Ihr mich beobachtet?«

»Es sind Fackelspitzen«, mischte sich Madog ein. »Schwefel, Salpeter, Judenpech, Kampfer, Petersöl, Terpentin und jede Menge Entenfett.«

»Ihr wollt Fackeln anzünden und die Aufmerksamkeit auf uns lenken?« fragte Gruffydd.

Dafydd hatte keine Lust, auf eine solch lächerliche Frage zu antworten.

»Wir werden dafür sorgen, daß Verwirrung entsteht und es den Anschein erweckt, als seien wir eine Armee, die sie überfällt«, erklärte Madog.

»Es würde schneller und lautloser gehen, ihnen die Kehlen aufzuschlitzen«, bemerkte Gruffydd.

»Können wir ihm trauen?« fragte Dafydd Edern. »Dieser grobschlächtige Mann scheint ja nur allzu schnell bereit, zu töten.«

»Beruhigt Euch«, sagte Edern. »Selbstverständlich halten wir uns an Eure Anordnung, Master Dafydd.«

Rhys hatte sich beruhigt, und Owen kämpfte gegen den Schlaf, als er schließlich hörte, wie auf der anderen Seite ein Riegel zurückgeschoben wurde. Er machte die Laterne aus und hielt den Atem an. Es konnte immer noch sein, daß etwas schiefgelaufen war. Die Tür öffnete sich knarrend, so daß Rhys aufwachte. Er umklammerte Owens Arm.

Geoffreys Gestalt war ein beruhigender Anblick.

»O Gott, bin ich froh, daß Ihr unbehelligt hierher gefunden habt«, begrüßte sie Geoffrey. »Als Edmund Jared bewußtlos vorfand und Duncan verschwunden war, füchteten wir schon das Schlimmste.«

»Eure Angst war berechtigt, aber Duncan war kein Gegner für Iolo. Wie geht es Jared?«

»Er wird sich erholen, aber er kann morgen nicht mitreiten.«

»Dann muß uns Edmund unsere Pferde und das Geschirr bringen.«

»Ich werde ihn begleiten«, bot sich Geoffrey an.

»Aber Ihr ...«

»Die Briefe sind ausgehändigt. Bruder Michaelo kann sich um den Rest kümmern.«

Owen hatte sich erhoben. Er spähte in den Flur hinaus, entdeckte lediglich Bruder Michaelo, der hinter Geoffrey stand. »Ich hoffte, Sir Robert hier zu sehen.«

Bruder Michaelo senkte den Blick. »Er ist ans Bett gefesselt, Hauptmann.«

»Geht es ihm schlechter?«

»Er ist sehr schwach«, antwortete Michaelo. »Der Arzt des Bischofs kann nur noch seine Schmerzen und den Husten lindern.«

Owen bekreuzigte sich. »Sagt Sir Robert, daß ich in der Nähe bin, und daß seine Botschaft vielleicht ein Leben rettet, ja, mehrere Leben. Ich komme so bald wie möglich zu ihm.«

Rhys trat zu ihnen. »Ihr bleibt nicht hier?« fragte er Owen.

»Ich muß ein paar Dinge außerhalb der Stadt erledigen. Aber ich werde bald zurückkommen.«

»Ist das der Mann?« wollte Geoffrey wissen.

»Das ist Rhys ap Llywelyn, der Bruder von Vater Edern

und der Vater von Mistress Tangwystls Sohn.« Owen erklärte ihnen, wie er zu seiner Verletzung gekommen war und daß er den Wunsch hatte, seine Frau zu sehen.

»Was für Angelgenheiten sind das, die Ihr außerhalb der Stadt zu erledigen habt?« fragte Rhys.

»Sie betreffen Euch nicht«, sagte Owen. Dann wandte er sich Geoffrey zu. »Ihr könnt etwas Gutes tun, wenn Ihr Euch in meiner Abwesenheit für ihn verwendet.«

»Bruder Michaelo kann das genauso gut.«

Owen gab sich damit zufrieden, denn es hatte keinen Sinn, mit ihm zu streiten, das würde ihn nur noch argwöhnischer machen. »Gut, so sei es. Wartet bei Tagesanbruch unterhalb von Clegyr Boia.«

»Was ist mit Duncan?«

»Es tut ihm gut, ein paar Tage den Einsiedler zu spielen.«

24 Myreddin und der Schlafende

Wie friedlich die Männer schliefen, die sie überrumpelt hatten; die Köpfe ruhten auf ihren Sätteln, die Beine lagen nahe am Feuer. Bis auf einen, der gerade erwacht war und sich aufgesetzt hatte, die Arme um die Beine geschlungen und eine Decke um die Schultern, und den sich auflösenden Nebelschwaden nachstarrte.

Dafydd verharrte eine Weile hinter einem der großen Steinblöcke, wiegte eine Fackelspitze in der Hand und taxierte sein Ziel. Doch zuerst wollte er dem Mann, der aufgewacht war, eine kleine Vorstellung bieten.

Dafydd holte tief Luft und trat mit ausgestreckten Händen und weit aufgerissenen Augen hinter dem Stein hervor. Dies war das Signal für Cadwal und Dyfrig, den Baum zu verlassen. Cadwal flitzte hinüber zu Madog, Edern und Gruffydd; Dyfrig nahm gegenüber von Dafydd Aufstellung. Mit theatralischer Bardenstimme rief Dafydd: »Wer wagt es, die Ruhe dieses geheiligten Ortes zu stören?«

Der Mann zuckte zusammen, schaute Dafydd an und rief: »Was ist das für eine Erscheinung?«

Nun hob Dafydd seine rechte Hand höher, stieß einen Schrei aus und schleuderte die Fackel in das Feuer. Dort erglühte ein Lichtball, der sich unter lautem Krachen vergrößerte. Die Flammen schlugen zum Himmel empor und erzeugten eine wuchtige, prasselnde Fontäne. Brennende Holzstücke bildeten Sterne in der Nacht und landeten auf dem Gras neben der Feuerstelle und den Decken der Männer aus Cydweli, die hochschreckten, Schreie ausstießen und wie aufgescheuchte Krebse auf dem Boden umherkrochen. Schade, dachte Dafydd, denn das Feuer war wirklich eine Pracht.

Jetzt kamen Cadwal, Gruffydd, Edern und Madog aus dem Dunkeln auf die verängstigten Männer zu, was sie vollends in Verwirrung stürzte. Das Feuer, Dafydd und der Steinblock sowie die vier Angreifer – was erschreckte sie wohl am meisten? Zwei wandten sich zum Feuer. Nun trat Dyfrig vor. Er hob seinen gesunden Arm und schleuderte die zweite Fackelspitze in das Feuer.

Die Explosion war lauter und heftiger als die erste. Die vier Männer, die auf die Cydweli-Leute losgingen, hielten inne und legten schützend die Hände über die Augen, erkannten jedoch schnell, daß sie im Vorteil waren, und stießen weiter vor. Der Mann, der schon wach gewesen war, reagierte am schnellsten, rappelte sich auf, lief an Gruffydd vorüber und war im Begriff zu verschwinden.

Dafydd lief ihm nach. Zu spät sah er die Brandfackel, die vor ihm lag. Er wich aus, stolperte dabei jedoch auf dem unebenen Boden. Als er stürzte, spürte er etwas entsetzlich Heißes an seinem Kopf, und der Geruch von verbranntem Haar und Entenfett stieg ihm in die Nase. Hatte er Gottes Wunsch mißverstanden? Sollte er auf diese Weise für seine Anmaßung bestraft werden?

Dyfrig war sofort an Dafydds Seite. Mit einer Hand rollte er Dafydd über das feuchte Gras, dann sagte er zu ihm, er solle einen Augenblick still liegen bleiben, denn der Kampf sei bald entschieden.

Erleichtert blieb Dafydd liegen, lauschte dem Kampfgetümmel auf der Lichtung und dankte Gott dafür, daß er sein Leben verschont hatte. Schließlich brachte er den Mut auf, seine Wange zu betasten. Er war froh, als er auf unversehrte Haut stieß.

Mit seinem gesunden Arm half Dyfrig Dafydd beim Aufsetzen. »Gott wacht über Euch. Das Feuer hat nur Eure Haare erwischt.«

Dafydd berührte die angesengte, verknäulte Masse. In seiner Hand löste sich ein Klumpen in Pulver auf. Er lachte.

»Ich dachte, Ihr würdet über diesen Verlust weinen, nicht lachen.« Dyfrig versuchte Dafydds ramponierte Haare wieder in Ordnung zu bringen. »Es hätte viel schlimmer kommen können.«

»Aber das war nicht der Fall. Von jetzt an höre ich auf Madog. Er hat mich gewarnt, daß ich zuviel Entenfett verwende. Aber ich mag es nun einmal, wenn es eine große Flamme gibt.«

Madog kam zu ihnen und schüttelte den Kopf, als er Dafydds Haare sah. »Wir müssen sie auf der anderen Seite abschneiden. Ein Barde darf nicht wie ein Hofnarr aussehen.«

»Die Engländer werden nicht dieser Auffassung sein«, erwiderte Dafydd. »Aber schneidet mir ruhig die Haare. Ich werde meine Buße ohne zu klagen akzeptieren.«

»Habt ihr sie gefesselt?« fragte Dyfrig Madog.

»Ja, alle sind schön zusammengebunden.«

Dafydd grinste, als er sich dieses Knäuel sich windender, wütender und nach schlechtem Atem riechender Leiber vorstellte.

Aber Madog lachte nicht. »Was wißt Ihr über diese Männer, die uns zu Hilfe gekommen sind, Bruder Dyfrig? Die Männer aus Cydweli kannten sie beide.«

»Tut es dir jetzt leid, daß du ihnen soviel erzählt hast?« fragte Dafydd.

»Vielleicht«, erwiderte Madog.

»Ihr müßt ihnen einfach vertrauen, sie haben uns gerettet«, sagte Bruder Dyfrig. »Sie waren bekannt, weil Vater

Edern vor noch nicht allzu langer Zeit Kaplan in der Garnison von Cydweli war. Der andere ist der neue Schwiegervater von Lancasters Kämmerer.«

»Ist er nicht jener, der Rhys die Frau genommen und sie einem Engländer gegeben hat?« fragte Dafydd. »Warum vertraut Vater Edern ihm?«

»Ich vertraue ihm nicht.« sagte Madog. »Und wenn sie alle aus Cydweli stammen, warum helfen sie uns dann?«

»Wir haben gute Gründe, Edern zu vertrauen«, sagte Dafydd, »er ist unser Pilgerbruder. Aber Gruffydd – der ist gefährlich. Und jetzt weiß er, was wir wissen. Klug gedacht, Madog.«

Owen schluckte in der kühlen Nachtluft und sprach ein Dankgebet dafür, daß ihre Reise sicher verlaufen war. Der Tunnel war ihm schier endlos erschienen und hatte von geisterhaften Schritten widergehallt, die aufhörten, wenn er stehenblieb, von flüsternden Stimmen, die verstummten, wenn er den Atem anhielt. Es war noch viel schlimmer, wenn man allein hindurchging. Der Tunnel war verwünscht, daran hegte er keinen Zweifel.

Martin Wirthir saß auf dem Felsblock, der vom Eingang weggerollt worden war. »Der Nebel hat sich gelichtet.«

»Wo ist Iolo?« fragte Owen, froh darüber, daß seine Stimme nichts von seinem jüngsten Erlebnis verriet.

»Er bewacht seinen Fang. Möge Gott verhüten, daß er je zu meinem Feind wird.«

»Iolo wollte endlich etwas erleben. Pilger zu begleiten war nicht so sehr nach seinem Geschmack.«

»Ihr kennt ihn ja ziemlich gut.«

»Er erinnert mich an mich selbst, als ich noch jünger war.« Owen lehnte sich an den Fels und schaute hinauf in den Himmel. »Ich danke Gott, daß ich kein Bergmann bin.«

»Ich war froh, daß Ihr nicht von mir verlangt habt, Euch zu begleiten. Ich habe gesehen, wie sich die Schäfer hier bekreuzigen, wenn sie an diesem Ort vorbeikommen. Obwohl ich hier draußen keine Angst habe, möchte ich doch die Dunkelheit nicht so dicht hinter mir haben.«

»Ich habe sie gespürt, überall um mich herum, die Menschen, die diese alten Steine behauen haben. Niemals vorher hatte ich Angst vor ihnen.«

»Eure Heimat ist ein seltsames Land, voller Geheimnisse, ganz wie die Bretagne.«

»Rhys war froh, den Tunnel verlassen zu können.«

»Ist er in Sicherheit?«

»Ja. Er hat mir seine Fassung von den Ereignissen auf Whitesands erzählt.«

»Eine komische, häßliche Geschichte, nicht wahr?«

»John de Reines Rolle darin bereitet mir Kopfzerbrechen. Ich glaube allmählich, daß er Gruffydd beschattet hat.«

»Und Gruffydd nutzte die Gelegenheit, um ihn auszuschalten – wobei Rhys unabsichtlich diese Aufgabe übernahm.« Martin nickte. »Dieser Gruffydd hat kein Gewissen.«

»Und war er es auch, der den Leichnam nach St. David brachte? Um Rhys als Mörder zu brandmarken?« Owen schwieg eine Weile und dachte über diese neue Idee nach. War es möglich, daß Gruffydd ap Goronwy so kaltblütig war?

Martin störte seine Überlegungen, als er fragte, ob am Morgen noch mehr von Owens Männern zu ihnen stoßen würden.

»Einer noch, und Geoffrey Chaucer.«

Martin rutschte auf dem Stein umher. »Ein Mann von König Edward, Master Chaucer. Ich hätte ihn mir nicht als Begleiter ausgesucht.«

»Ich auch nicht. Er hat darauf bestanden. Ich bin nicht froh darüber. Ich dachte, Geoffrey würde sich um Rhys kümmern und Bruder Michaelo erlauben, meinen Schwiegervater zu pflegen, der sehr krank ist.«

»Sir Robert ist ein tapferer Mann, wenn er in seinem Alter noch eine solche Reise unternommen hat.«

»Ich glaube nicht, daß er diesen Ort je wieder verlassen wird.«

»St. David. Es ist ein heiliger Ort, nicht wahr? Ein guter Platz zum Sterben, wie mir scheint. Sir Robert hatte eine Vision am Brunnen von St. Non, wußtet Ihr das?«

»Ein Vision, die ihm Zuversicht verliehen hat?«

»So schien es mir.«

»Gott ist mit ihm.« Aber was war mit Lucie? Owen mußte ihr einen Brief schreiben und ihn dem erstbesten Reisenden mitgeben, der nach Osten aufbrach. Lucie mußte wissen, wie es Sir Robert ging, damit sie für ihn beten konnte.

»Ich bin schon so lange getrennt von meiner Familie«, sagte Martin. »Wie Ihr. Hat es Euch früher Freude bereitet, wieder zu Euren Leuten heimzukehren?«

»Ich weiß nicht, was ich darauf antworten soll. Aber ich glaube, würden Lucie und die Kinder mich nicht in York erwarten, dann würde ich noch eine Weile bleiben.« Owen spürte, daß hinter Martins Frage noch etwas anderes steckte. »Warum seid Ihr hier, Martin? Seid Ihr der Flame, dessentwegen die Familie von Gruffydd ap Goronwy soviel gelitten hat?«

»Sie haben Gruffydds wegen gelitten, nicht meinetwegen«, erwiderte Martin. »Eure Landsleute erzählen sich eine Geschichte über einen schlafenden Mann – in einer Höhle, nicht wahr? –, der eines Tages aufwachen wird, um Euer Volk zu retten.«

»Arthur.«

»Manchmal nennt man ihn auch Owain.«
»Owain Lawgoch? Erzählt mir etwas über ihn.«
»Wir nennen ihn Yvain de Galles. Seine Anhänger halten ihn für den Erlöser Eures Volkes. Er besitzt zweifellos den Mut dazu. Und ihm gelingt es wie Bertrand du Guesclin, seine Anhänger aufzustacheln.«
»Zu welchem Zweck ist er in Frankreich?«
»Seine Familie hat ihn dorthin geschickt, damit er während seiner Ausbildung in Sicherheit war.«
»Unterstützt Ihr ihn, weil er mein Volk erlösen will?«
»Ich bin keiner seiner Anhänger. Er hat mich angeheuert, weil ich ihm empfohlen wurde. Habe ich Euch damit enttäuscht?«
»Hättet Ihr diesem Mann Treue gelobt, hätte ich Euch einen Lügner genannt«, sagte Owen.
»Ein Mann kann sich ändern.«
»Aber Ihr habt Euch nicht verändert.«
Martin lachte. »Ihr Euch auch nicht.«
Dieser Feststellung hätte wohl mancher widersprochen.
»Eines möchte ich von Euch wissen: Nachdem sich Gruffydd ap Goronwy entschlossen hatte, das Geld zu behalten, habt ihr ihn dann an Pembroke verraten?«
»Nicht an Pembroke, an seine Mutter. In der Vergangenheit habe ich für die Mortimers gearbeitet. Ich erwartete, daß Gruffydd seine Tat bereuen und zu mir kommen würde, um mich um Hilfe zu bitten. Wofür er einen gewissen Preis hätte bezahlen müssen. Aber ich habe Gruffydds Gier und John Lascelles' Zuneigung zu seiner Tochter unterschätzt. Das Geld verschwand in Cydweli.«
»Werdet Ihr ihm nachreiten, um das Geld zurückzuholen?«
»Nein, mein Freund. Das ist weg. Ich würde es nicht riskieren, nach Cydweli zu reiten – mit dem dortigen Konstabler ist nicht zu spaßen.«

»Er ist ein guter Soldat.«

»Ja.« Martin seufzte. »Aber es ist kein so großer Verlust. Viel mehr Geld fließt herein von Euren wohlhabenderen Landsleuten.«

»Warum verfolgt Ihr dann Gruffydd?«

»König Edward wird eine gute Meinung haben von den Mortimers – und von Pembroke –, wenn sie ihm einen von Yvains Männern ausliefern. Und indem ich ihnen einen Sündenbock präsentiere, sind die Mortimers mir etwas schuldig. Obwohl ich nicht mit ihm erscheinen kann, werden sie wissen, wie sie ihn in die Hände bekommen haben.«

»Aber was er auch getan hat – er gehört nicht wirklich zu Owain Lawgochs Männern.«

»Nein.«

»Würde König Edward denn nicht viel erfreuter sein, wenn ihm die Mortimers Euch ihm ausliefern würden?«

»Vielleicht, mein Freund, aber noch brauchen sie mich. Ich bin sehr gut in dem, was ich tue.«

»Ihr habt behauptet, Gruffydd hätte kein Gewissen. Das gleiche möchte ich von Euch behaupten.«

»Dem würde Ambrose wohl zustimmen. Aber vielleicht liegt es nur daran, daß ich kein Heimatland habe, keine Bindungen. Und jetzt Euer Master Chaucer. Er ist das Gegenteil von mir.«

»In der Tat. Nehmt Euch vor ihm in acht, Martin. Er versteht es sehr gut, den Narren zu spielen, aber er ist keiner.«

»Ich danke Euch für die Warnung.«

Owen hatte Angst vor dem Zusammentreffen von Geoffrey und Martin. »Wißt Ihr, welchen Weg Vater Edern genommen haben könnte?«

»Ja. Die Straße über Croes-goch und Fishguard nach Cardigan. Rhys wurde zu einem Haus gebracht, von dem aus man die Cardigan Bay überblickt.«

»Wieso seid Ihr so sicher, daß er diese Straße genommen hat und keine andere?«

»Weil das der Weg ist, den Yvains Männer nehmen, wenn sie nach Norden wollen.«

»Vater Edern.«

Martin kicherte. »Ihr klingt nicht besonders überrascht.«

»Er ist mehr, als er scheint, das wußte ich schon, als er mir das erste Mal begegnet ist.«

Martin erhob sich. »Sollen wir den Tunnel zusperren und nachsehen, ob Duncan noch lebt?«

Seine Berührung war leicht. Er hätte Dafydd nicht geweckt, wäre er sorgfältig mit den Ringen umgegangen. Doch wie viele Männer trugen einen solchen Haarschmuck. Dafydd öffnete die Augen einen Spalt weit, was dank seiner langen Wimpern nicht auffiel. Gruffydd kauerte neben ihm und zog einen Gegenstand nach dem anderen aus der Satteltasche, die Dafydd unter seinen Sattel gelegt hatte, den er als Kissen benutzte. Vielleicht suchte er nach weiteren Fackelspitzen, dachte Dafydd. Nun, er konnte Dafydds gesamtes Gepäck durchsuchen und würde keine finden – Cadwel hatte alle, die noch übrig waren. Dafydd grinste und stöhnte wie im Traum, worauf Gruffydd zusammenzuckte und sich entfernte.

Den Mann mußte man im Auge behalten.

Bei Tagesanbruch wurde Michaelo durch Master Chaucers geräuschvolle Morgenwäsche geweckt. Chaucer hatte das zusätzliche Bett mit Rhys ap Llywelyn geteilt.

»Wie hat der junge Mann geschlafen?« fragte Michaelo, während er auf Zehenspitzen über den kalten Boden ging, um den frischen Verband zu überprüfen.

»Recht gut, aber unruhig. Ihm ist heiß. Ich bin zweimal

aufgestanden, um ihm Wein zu geben. Ihr werdet viel zu tun haben, mit beiden.«

»Ihr habt keine Gedanken auf meine Schwierigkeiten verwendet, als Ihr Euch zu Jareds Ersatz erklärt habt«, sagte Michaelo. Er spürte eine unausgesprochene Absicht in Chaucers Entschlossenheit, mit dem Hauptmann zu reiten.

»Je schneller wir Vater Edern finden, desto früher kann Hauptmann Archer am Bett von Sir Robert sitzen und sich mit ihm aussprechen.«

»Würdet Ihr wohl meine Leute für eine Weile im Auge behalten?« fragte Michaelo. »Ich habe etwas zu erledigen.«

»Aber beeilt Euch.«

Bruder Michaelo dankte ihm und eilte davon. Er war froh wegzukommen und hoffte fast, daß Chaucer verschwunden war, wenn er zurückkehrte. Er hielt ihn für unausstehlich, einen eitlen Tropf, und stellte sich vor, wie sich dieser Mann am Hof mit Geschichten wichtig machte, in denen alle Welt als dumm und tölpelhaft erschien, nur er selbst natürlich nicht.

Michaelo war auch überzeugt, daß Chaucer seine momentane Mission mißbilligen würde. Er eilte durch den großen Saal und über den Gang, der zu den Gästekammern im Ostflügel des Palastes führte, und drückte sich an die Wand, als ihm ein Diener mit einem Nachttopf entgegenkam, dessen Inhalt gefährlich umherschwappte. Es gab zwar Aborte im Palast, doch in der Nacht zogen es die meisten Pilger vor, in ihren Kammern zu bleiben.

Michaelo klopfte an der Tür der Kammer, in der Tangwystl und mehrere andere adelige Damen untergebracht waren. Er bat den Diener, der öffnete, Mistress Tangwystl auszurichten, daß sie in der Kammer von Sir Robert d'Arby benötigt werde.

Darauf machte Michaelo kehrt und ging zurück, denn

er erwartete, daß Mistress Tangwystl längere Zeit brauchen würde, um sich anzuziehen. Doch er war gerade in den großen Saal getreten, als er das Rascheln von Seidengewändern hinter sich hörte.

»Gott sei mit Euch, Bruder Michaelo.« Tangwystl holte ihn ein. Ihr Gesicht war gerötet. »Geht es Sir Robert schlechter?« fragte sie keuchend. »Hatte er eine schlimme Nacht?«

»Ich danke Euch, daß Ihr Euch beeilt habt, Mistress Tangwystl. Ich wollte Euch nicht aufschrecken mit meiner Bitte.« Sie war nicht nur außer Atem, sondern erweckte auch den Anschein, als würde sie gleich in Tränen ausbrechen. Das hatte er nicht beabsichtigt. »Der Patient hat sich hin- und hergeworfen, und ich dachte, Eure Gesellschaft würde ihn ein wenig beruhigen.«

»Ich setze mich gern zu ihm«, sagte sie.

Michaelo verlangsamte seine Schritte, als er sie durch den Saal und über den schmalen Gang geleitete, der zu Sir Roberts Kammer führte. An der Tür griff er an Tangwystls Schleier, um ihn zu richten und ein Stück zu lösen, das sich in dem Reif verfangen hatte, den sie auf dem Kopf trug. Die junge Frau wirkte verblüfft.

»Verzeiht mir, Mistress Tangwystl. Ich tue jeden Tag Buße für meine Ungeschicklichkeit. Kommt jetzt.« Er öffnete die Tür, führte sie in den Raum, und als sie zu Sir Roberts gehen wollte, sagte Michaelo leise: »Mistress Tangwystl, würdet Ihr so freundlich sein, nach diesem jungen Mann zu sehen und mir zu sagen, ob wir Master Thomas rufen sollen?«

»Meine Dame«, sagte Rhys, »Ihr strahlt heller als die Sonne.«

Tangwystl blieb einen Augenblick stehen, war unschlüssig, ob sie die Flucht ergreifen sollte, dann ließ sie sich vorsichtig auf dem Bettrand nieder und tastete mit zitternden Händen nach dem schmutzigen Verband. »Mein Geliebter, was ist geschehen?«

Rhys nahm ihre Hand und drückte sie an seine Lippen. Seufzend neigte Tangwystl sich hinab und küßte ihn.

Lächelnd eilte Bruder Michaelo zurück, um seine Gebete an Sir Roberts Bett zu sprechen. Geoffrey war verschwunden. Alles entwickelte sich nach Plan. Gott sei gepriesen.

25 Martins Rache

Als Dafydd das nächste Mal aufschreckte, war es Bruder Dyfrig, der seinen Schlaf störte. Dafydd setzte sich auf, verwirrt durch das Licht der Morgendämmerung, das auf die Lichtung fiel. Doch als er die vier Männer sah, die aneinandergebunden am Fuße des großen Steinblocks lagen, wußte er wieder, was in der Nacht geschehen war.

»Sind wir uns einig, daß wir sie eine Weile hier lassen, bis wir jemanden über diese Einsiedler in Kenntnis setzen können?« fragte Dafydd.

»Man kann sie wohl kaum als Einsiedler bezeichnen, nachdem sie so viel Begleitung bei sich hatten«, meinte Dyfrig.

»Wo kommen sie dann her? Aus einem Kloster?«

»Wir müssen losreiten, solange Eure Männer ihre Messer noch in der Scheide haben. Wir halten bei einer Kirche und sagen dem Priester, daß wir eine Bande von Räubern festgesetzt haben – und daß er den Sheriff schicken soll, um sie abzuholen.«

»Den Sheriff. Das wird ihnen gar nicht gefallen.«

»Das glaube ich auch.«

Dafydd bemerkte, daß Gruffydd die Bündel der Besiegten durchwühlte. Suchte er nach Essen oder nach etwas anderem? fragte er sich. »Da wir gerade von Dieben sprechen: Gruffydd hat flinke Finger.«

»Das stimmt«, bestätigte Dyfrig.

Als er aufstand, um Dyfrig die verstreuten Gegenstände

zu zeigen, stellte er überrascht fest, daß der Boden leer war. Er zog das Bündel unter seinem Sattel hervor und entdeckte, daß die Gegenstände wieder darin verstaut waren.

»Habe ich geträumt?« überlegte er laut.

»Nein«, sagte Dyfrig. »Er ist zurückgekrochen und hat alles wieder hineingestopft. Es ist am besten, wenn er nicht weiß, daß wir ihn beobachten.«

Als sich Dafydd die Reitstiefel anzog, legte er sich Worte zurecht, mit denen er die Tugendhaftigkeit dieses Mönchs mit den schweren Augen und dem verschlagenen Geist rühmen konnte. Er dachte darüber nach, mit welch heldenhaftem Vorfahren er Dyfrig vergleichen solle, als der Gegenstand seiner Überlegungen ein scharfes Messer aus der Scheide an seinem Gurt zog. Daffydd hatte schon immer dieses fein verarbeitete Stück Leder bewundert und hielt es für ein völlig unmönchisches Accessoire.

»Denkt Ihr noch immer daran, Gruffydd etwas anzutun?«

»Ich wollte Euch eigentlich die Haare schneiden. Dazu brauche ich Madogs Hilfe, denn ich habe nur einen Arm.« Dyfrig lachte. »Keine Angst! Ich kenne mich aus mit dem Haareschneiden, denn Scheren sind mein übliches Handwerkszeug.«

Dafydd zuckte in gespieltem Entsetzen zurück. »Ich will keine Tonsur!«

Owen beoachtete Martin, wie er seinen morgendlichen Verrichtungen nachging. Er kam gut auch nur mit einer Hand zurecht und setzte seinen Handstumpf bei Tätigkeiten ein, bei denen weder Finger noch Biegsamkeit vonnöten waren. Owen erschien ein solcher Verlust nicht so schwerwiegend wie der eines Auges, aber er vermutete, Martin würde dem nicht zustimmen. Man hielt stets das für das Kostbarste, was man selbst verloren hatte.

Geoffrey und Edmund erwarteten sie am Fuß des Weges, der um den Hügel herumführte. Geoffrey redete Martin in ausgezeichnetem Französisch an und beglückwünschte ihn zu seinem Mut – »Daß Ihr ausgerechnet jene Männer zu Euch ruft, vor denen Ihr Euch besser verstecken solltet.«

Martin lachte. »Ich habe nicht den Wunsch, so lange zu leben, daß ich nur noch flüssige Nahrung zu mir nehmen kann und in einem Stuhl umhergetragen werden muß. Aber ich verdiene Eure Bewunderung nicht. Ich diene nur meinem Herrn, dem Lord von Pembroke. Ich möchte, daß Gruffydd ap Goronwy sich für seinen Verrat rechtfertigen muß.«

»Gruffydd? Stimmt es wirklich?« fragte Geoffrey. »War Sir John tatsächlich so dumm, ihm zu glauben?«

Owen versuchte, angesichts der halben Wahrheit von Martin nicht überrascht zu wirken.

Owen fühlte sich verfolgt von den alten Steinbauten, als die Gruppe nach Norden ritt, vorbei an den Grabstätten und den stehenden Steinen. Und an den Kreuzen – waren sie das Werk desselben Volkes, nachdem es sich zum Christentum hatte bekehren lassen? Als Kind in den Bergen von Llyn waren ihm diese Monumente bereits vertraut gewesen, hatte er den Erzählungen von alten Priestern und sagenumwobenen Riesen gelauscht und sie alle für wahr gehalten. Es war schon lange her, seit er das letzte Mal an all diese Legenden gedacht hatte. Waren die Steinbearbeiter im Jenseits verschwunden und hatten ihre Kunstwerke zurückgelassen? Weshalb? Hatte er wirklich ihre Stimmen in dem Tunnel gehört? Hatten sie ihn gerufen?

Geoffrey schloß zu Owen auf. »Martin sagt, wir ritten zum Haus eines Barden. Was wißt Ihr über ihn?« Er lehnte sich im Sattel herüber und sah Owen prüfend an. »Herrgott, schaut Ihr finster drein. Denkt Ihr an Sir Robert?«

Owen hielt es nicht für klug, Geoffrey seine Gedanken mitzuteilen. Typisch Waliser, würde er wohl sagen. »Ja. Ihr habt die Nacht in seinem Raum verbracht. Geht es ihm wieder schlechter?«

»Ja. Es tut mir leid. Aber Ihr wart sehr gut zu ihm. Ihr braucht Euch keine Vorwürfe zu machen.«

Er mußte nur damit rechnen, Sir Robert zu verlieren. »Ihr habt nach dem Barden gefragt. Dafydd ap Gwylim ist einer der größten Barden unserer Zeit, sagt man, und ein glühender Liebhaber. Seid Ihr begierig darauf, einmal einen anderen Dichter zu treffen?«

»Ich bin mir nicht sicher.«

Als die Sonne weiter am Himmel emporstieg, legten die Männer an einem Bach einen Halt ein, um die durstigen Pferde trinken zu lassen und ihre staubigen Kehlen mit Wasser zu benetzen.

Iolo und Edmund begannen sogleich wieder, mit ihren Eroberungen und ihren Fertigkeiten mit dem Messer zu prahlen. Owen stellte fest, daß er sie insgeheim beneidete. Er konnte sich daran erinnern, daß auch er einst an solchen Wettbewerben teilgenommen und sich dabei häufig als Sieger gefühlt hatte. Er beschäftigte sich damit, seinen Bogen zu spannen, während er ihnen zuhörte. Obwohl er bezweifelte, daß sie heute noch auf Gruffydd stoßen würden, mußte er auf alles gefaßt sein.

Martin gesellte sich zu den Männern und begann davon zu reden, daß Gruffydd es verstand, immer wieder zu entkommen. Geoffrey, der noch die Nachricht von Gruffydds Verrat verdauen mußte, fragte, wie es Pembrokes Männern gelungen sei, ihn in die Enge zu treiben.

»Das haben wir nicht getan«, erwiderte Martin und log damit geschickt weiter. »Er brachte seine Familie in einer

Kirche unter und floh nach Cydweli, wo er eine Frau kannte, die er seinem Willen unterwerfen konnte. Wir müssen uns darauf vorbereiten, ihn zu umzingeln. Und wenn Ihr versucht seid, ihn niederzustrecken, dann denkt daran, daß wir ihn lebend brauchen, damit er uns sagen kann, wie er sich Vater County Ederns entledigt hat.«

»Warum seid Ihr allein hier?« fragte Geoffrey.

Owen erkannte, daß Geoffrey versuchte, Martin aufs Glatteis zu führen.

Aber Martin war einfach zu schlau. »Als ich ihn hier entdeckte, hatte ich zwei Möglichkeiten: Entweder warten, bis ich jemanden zu Pembroke Castle schicken konnte, oder mich der Hilfe meines alten Freundes versichern, der einen guten Grund hatte, mir zu helfen.« Er lächelte Geoffrey an, dann begann er wieder über das Vorgehen zu sprechen.

Geoffrey erhob sich und ging zu Owen. »Das Haus des Barden in Cardigan ist noch ein paar Tagesritte entfernt. Wollt Ihr Euren Bogen so lange gespannt halten?«

»Ich will nicht, daß Gruffydd uns durch die Lappen geht. Wenn der Tag anbricht, habe ich meinen Bogen zur Hand.«

Die Gruppe machte auf einem Hügel halt, von dem aus man den Hafen von Fishguard überblicken konnte, eine Ansammlung von Fischerbooten, die umgedreht auf dem Sand lagen, und Häuschen auf einem schmalen Landstreifen. Owen riet davon ab, in den Ort hinunter zu reiten. Man würde sie sehen; Gruffydd würde von irgend jemandem davon in Kenntnis gesetzt werden und sich verstecken. Sie hatten begonnen, den Hang hinabzureiten, als Iolo, der an der Spitze ritt, ihnen durch ein Handzeichen signalisierte, daß sie stehenbleiben sollten.

Unten auf der Straße ritten sechs Männer nach Süden. Zwei waren mit weißen Gewändern angetan. »Zisterzienser«, sagte Edmund. »Aber wer sind die anderen?«

Sie nutzten den Schutz einer kleinen Baumgruppe, um näher an die Straße heranzukommen.

»Nur einer ist ein Mönch«, sagte Martin. »Der andere hat keine Tonsur.«

»Würde Gruffydd in solcher Gesellschaft reisen?« Owen hatte erwartet, ihn allein anzutreffen. Die vier Gestalten in dunklerer Kleidung trugen Hüte, die Schatten auf ihre Gesichter warfen. Doch einer der Männer hatte Gruffydds Größe.

»In der Gruppe wird man nicht so leicht entdeckt«, gab Geoffrey zu bedenken. »Und wenn mich nicht alles täuscht, dann reitet Vater Edern neben dem Mönch.«

Martin wandte sich im Sattel um und fragte Owen und Geoffrey: »Sollen wir ihnen eine Überraschung bereiten?«

Owen stieg ab, nahm den Bogen und den mit Pfeilen gefüllten Köcher mit und ging hinunter zum Rand der Baumgruppe. »Los.« Er zog einen Pfeil heraus, legte ihn ein, spannte die Sehne und zielte auf Gruffydd. Er mußte ihn töten, nicht verstümmeln. Konnte er sicher sein, daß Martin die Wahrheit gesagt hatte? Denn wenn dies nicht der Fall war ... »O Herr, führe mir die Hand«, betete Owen.

Die Köpfe drehten sich, um zu sehen, wer hier zu ihnen herabgeritten kam. Der weißhaarige, weiß gekleidete Mann riß die Arme hoch und schrie etwas. Vater Edern schien einige der Männer zu erkennen und rief dem Mönch etwas zu, der jedoch bereits seinem Pferd die Sporen gegeben hatte. Zwei der Männer, einer davon ein Riese, nahmen die Verfolgung Gruffydds auf.

Doch Gruffydd hatte sich nicht einmal umgedreht, um

zu sehen, wer ihn verfolgte, sondern war sofort davongaloppiert, und zwar den Hügel hinauf, den die Reiter herabgekommen waren.

Owen ließ den Pfeil los, und als er einen zweiten einlegte, sah er, wie der erste Gruffydd an der Schulter traf. Der Mann wurde im Sattel zur Seite gedrückt, doch die Steigbügel hielten ihn. Owen zielte und ließ den zweiten Pfeil losschnellen. Nun wurde der Mann nach vorn geschleudert und preßte sich eine Hand an den Oberschenkel. Als der Riese seine Zügel packte, fiel Gruffydd nach vorn, und sein Kopf legte sich auf den Hals des Tieres.

Dafydd verfolgte, wie die Pfeile auf Gruffydd zuflogen, und beneidete den Bogenschützen. Der Feuersturm der vergangenen Nacht war eine eindrucksvolle Darbietung gewesen, aber dies – dies war wesentlich furchterregender. Daß ein Mensch, ein sterblicher Mensch, imstande gewesen war, aus seinem Körper eine solch tödliche Waffe zu machen – denn was waren die Pfeile oder der Bogen ohne den Mann, der die Kraft und das Geschick besaß, sie zu bedienen? Dafydd ritt auf die Baumgruppe zu. Er mußte den Bogenschützen sehen und ihn als erster beglückwünschen. Er stieg ab.

Aber was war das? Bedeckte der Schütze eines seiner Augen, um besser zielen zu können? Aber das war gewiß das falsche Auge.

Wollte er sich die Aufgabe dadurch selbst erschweren? Oh, was war das für ein Mann, der so ruhig vor dem Baum stand, die Sehne des Bogens wieder entrollte und Dafydd entgegenschaute, wobei er den Kopf so hielt, daß er ihn mit seinem gesunden Auge sehen konnte. Der Normannenbart schien auf dem walisischen Gesicht irgendwie fehl am Platz zu sein, aber er stand dem Bogenschützen. Und auch die Narbe, die Dafydd jetzt deutlich sehen konnte.

»Ich bin Dafydd ap Gwilym Gam ap Gwilym ab Einion Fawr, Herr der Lieder und Meister der Fließenden Verse. Mein Ruhm ist unübertroffen, meine Liebeslieder könnten eine Nonne in Versuchung führen, mein Spott tötet. Ich bin gekommen, um den Bogenschützen zu preisen«, rief er.

Der Mann neigte den Kopf. »Ich bin erfreut, Master Dafydd«, sagte er mit nördlichem Akzent. »Ich bin Owen ap Rhodri ap Maredudd, einstmals Hauptmann der Bogenschützen des großen Heinrich von Grosmont.«

Heinrich, der Glückliche. Dafydd neigte den Kopf und dachte über den Akzent des Bogenschützen nach. »Kommt Ihr aus Llyn?«

Martin und Owen saßen abseits von den anderen unter den Bäumen und teilten sich einen Weinschlauch.

»Ihr habt nichts eingebüßt von Eurer Fertigkeit, mein Freund«, sagte Martin.

»Ich habe ihn nicht genau da getroffen, wo ich es wollte. Der Pfeil in der Schulter – er steckt nahe beim Knochen und wird schwer zu entfernen sein.« Owen und Dyfrig hatten den Pfeil aus Gruffydds Oberschenkel herausgezogen, um den in der Schulter aber mußte sich ein Barbier oder Arzt kümmern. Gruffydd hatte gestöhnt, als Owen seine linke Hand gehoben und ihn gefragt hatte, wessen Messer ihn verletzt hatte – das von Rhys oder von John de Reine. »Er wird starke Schmerzen haben, weil es um den Pfeil herum zu Schwellungen kommt.«

»Meint Ihr nicht, daß er es verdient hat zu leiden?«

Geoffrey schaute argwöhnisch zu ihnen herüber. »Ihr werdet beobachtet«, sagte Owen. »Gruffydd hat Euch überall als Spion von König Karl von Frankreich bezeichnet. Und er hat Edern und Dyfrig erzählt, daß das Geld, das er in Verwahrung hat, für Owain Lawgoch bestimmt ist – und daß Ihr vorhattet, es für den französischen König zu stehlen.«

»Bruder Dyfrig und Vater Edern kennen mich«, sagte Martin. »Sie wissen, daß Gruffyyd lügt, um seine Haut zu retten.«

»Aber Geoffrey ...«

»Er beobachtet mich, ich weiß. Aber er wird stark abgelenkt von Dafydd.« Der Barde hatte ihnen zu Ehren seine Harfe geholt und gab einige seiner Lieder zum besten.

»Ich war gespannt darauf, Geoffrey und Master Dafydd einmal zusammen zu sehen«, sagte Owen. »Aber bislang gibt sich Geoffrey sehr distanziert.«

»Ja, aber er hört zu.«

»Geoffrey hört immer zu.«

»Ambrose müßte hier sein. Ihm würden Master Dafydds Lieder gefallen.«

»Versteht er Walisisch?«

»Nein, aber man kann die Bedeutung der Worte des Barden in seiner Stimme und seiner Harfe hören.«

Dafydds Liebeslied versetzte Owen zurück in die Zeit, als er um Lucie geworben hatte. Die Worte klangen wunderschön, doch sie rührten in Owen die Erinnerung daran auf, wie unbeholfen er sich angesichts von Lucies Schönheit und Liebenswürdigkeit gefühlt hatte. Er spürte, wie sehr er sie vermißte.

Und er erkannte, daß er auch Martin vermissen würde. »Wann wollt Ihr uns verlassen?«

»Bald, mein Freund. Meine Arbeit ist getan, auch dank Eurer Geschicklichkeit. Es war richtig, daß ich nach Euch geschickt habe.« Martin lehnte sich zurück und schaute Owen an. »Und was ist mit Euch? Bleibt Ihr bis zum Schluß bei Sir Robert? Oder reist Ihr ab, um Eure Aufgabe in Cydweli zu Ende zu führen?«

»Sir Robert wird noch eine ganze Weile leben.«

»Glaubt Ihr das wirklich?«

Owen schaute weg, er wollte nicht antworten.

Die Reisegruppe wurde am Abend von einem Bauern und seiner Familie willkommen geheißen, die ein großes Bauernhaus bewohnte. Sie betrachtete Dafydds Anwesenheit als eine große Ehre und bot den Gästen ihre Betten an. Doch zunächst labten sich die Männer an einem einfachen, aber reichlichen Mahl. Sie saßen in Dreiergruppen auf dem mit Binsen bedeckten Boden. Bis auf Gruffydd, der auf einem Strohlager am Feuer lag und stöhnte und den Bauern und dessen Familie bat, sich seiner zu erbarmen.

Edern griff das Thema auf. »Er ist erschöpft durch den Blutverlust, aber dafür hält er sich recht gut.«

»Und was ist mit Martin Wirthir?« fragte Geoffrey. »Er hat sich völlig unbemerkt abgesetzt.«

Owen sah, daß Vater Edern und Bruder Dyfrig einen Blick wechselten.

»Wir sollten nach ihm suchen«, meine Geoffrey. »Ihr habt doch gehört, was Gruffydd über ihn gesagt hat.«

»Wir reiten weiter nach Süden«, sagte Owen. »Wir haben einen Mörder der Gerechtigkeit zuzuführen.«

»Aber morgen müssen wir ruhen«, sagte Bruder Dyfrig. »Morgen ist *Passio Domini*, der Beginn der Passionszeit.«

»Wäre es klug, Gruffydd einen weiteren Tag Zeit zu geben, unsere Gastgeber um Erbarmen anzuflehen?« fragte Owen.

»Ich schlage vor, daß wir uns an diesem Tag wie Pilger verhalten«, sagte Dafydd. »Das heißt, daß wir gehen, statt zu reiten, und daß wir den ganzen Tag fasten. Könnte dies Eure Gottesmänner zufriedenstellen?«

»Der größte Sünder unter uns muß reiten«, meinte Edern und deutete mit einem Kopfnicken zu Gruffydd.

»Würdet Ihr ihn lieber in einer Sänfte tragen?« fragte Geoffrey.

26 Eleris Mut

Am frühen Nachmittag des Montags stieg die müde Reisegruppe am Bonningtor von den Pferden, auch Gruffydd, der nach Meinung aller nun genug verwöhnt worden war. Sie führten ihre Pferde langsam an den Häusern der bischöflichen Erzdiakone und des Schatzmeisters von St. David vorüber. Am Eingang zum Bischofspalast wurde ihnen eine Nachricht von Bruder Michaelo überbracht, der Geoffrey und Owen bat, sofort zum Haus von William Baldwin, dem Erzdiakon von Carmarthen, zu kommen.

Owen sehnte sich nach einer Erfrischung und danach, seine Füße in duftendem Wasser zu kühlen. Er war neidisch auf die anderen und überrascht, als Vater Edern und Bruder Dyfrig erklärten, auch sie würden zum Erzdiakon gehen.

»Und was ist mit dem Verwundeten?« fragte der Torwächter. »Braucht Ihr Hilfe?«

»Nein«, erwiderte Geoffrey, »der Erzdiakon möchte ihn sehen.«

Dafydd hingegen sah keine Notwendigkeit, an diesem Treffen teilzunehmen. »Ich werde alsbald mit dem Erzdiakon sprechen, und zwar wegen der Männer aus Cydweli und ihrem unverschämten Auftreten mir gegenüber.« Er schritt würdevoll mit seinen und Owens Männern auf den Eingang zu.

Geoffrey stand neben Owen und beobachtete Dafydd. »Ich wünschte, Ihr hättet seine Dichtkunst nicht so sehr gerühmt. Ich habe den Eindruck, daß bei ihm alles nur Schau ist und nichts dahintersteckt.«

»Vielleicht werdet Ihr Euch an ihn erinnern, wenn Ihr in seinem Alter seid, und dann wird er Euch möglicherweise nicht mehr so komisch vorkommen.«

»Dafür müßte ich Waliser sein.«

Lachend wandte sich Owen den anderen zu. Geoffrey eilte zu ihm. Vater Edern und Bruder Dyfrig gingen links und rechts neben Gruffydd und stützten ihn, wenn er stolperte. Viele Leute schauten zu ihnen her, als sie stockend die Llechllafar-Brücke überquerten.

Das Haus des Erzdiakons von Carmarthen war ziemlich groß und stand etwas abseits der Behausungen der übrigen Erzdiakone auf einer Wiese gegenüber dem Palast auf der anderen Seite des Flusses, in der Nähe des Tors von St. Patrick. Ihr unerwartetes und zudem so zahlreiches Erscheinen brachte den Schreiber des Erzdiakons in Verlegenheit. Er ließ sie an der Tür stehen, während er sich entfernte, um mit seinem Herrn zu sprechen. Doch nach kurzer Zeit kehrte er wieder zurück, führte sie in den großen Saal des Erzdiakons und bat sie, hinten Platz zu nehmen.

Vor ihnen war anscheinend eine Gruppe von Bittstellern. Bruder Michaelo stellte sich neben sie, um ihnen zuzuhören. Doch als Owens Auge sich an das Dämmerlicht gewöhnt hatte, war er erstaunt. Daß Rhys ap Llywelyn, John Lascelles und Tangwystl ferch Gruffydd vor dem Erzdiakon von Carmarthen standen, überraschte ihn nicht. Aber sie wurden begleitet von Eleri ferch Hywel, der Magd Gladys und Richard de Burley.

Burley hatte gerade das Wort. »... Gladys ist zu mir gekommen, offenbar weil sie Gottes Zorn über den Mörder fürchtete, und erzählte mir, daß sie laute Stimmen gehört habe und daraufhin zu Vater Francis' Kammer gelaufen sei. Gruffydd schrie: ›Dafür werdet Ihr bezahlen‹, während er Vater Francis schüttelte. Der Kaplan stieß einen Fluch aus. Daraufhin hat Gruffydd ihn geschlagen und auf den Boden gestoßen.«

»Wer verbreitet solche Lügen über mich?« schrie Gruffydd und sprang auf. »Wer erzählt solche Lügen?«

Als sie seine Stimme hörte, war Eleri erstarrt. Dann drehte sie sich um und ging auf die Stimme zu.

»Eleri?« Gruffydd ließ sich wieder auf den Stuhl sinken. »Was haben sie mit dir gemacht? Wer hat dich hierher gebracht?«

»Wer?« fragte sie und legte den Kopf schräg. Ihr Gang war langsam und stockend, wie der einer Schlafwandlerin. »Wer mich hierhergebracht hat?« fragte sie mit ruhiger Stimme. »Du warst es doch, mein Gemahl. Du hast uns aus unserer Heimat herausgerissen, hast unsere Tochter von ihrem Mann und ihrem Kind getrennt. Aber das war noch gar nichts. Nichts, verglichen mit dem, was ich heute über dich gehört habe, mein Gemahl.« Sie stand vor ihm. »Du hast den Sohn jenes Mannes umgebracht, der uns zu helfen versucht hat.«

»Ich habe ihn nicht umgebracht, Eleri.« Gruffydds Stimme klang plötzlich ganz ruhig, schmeichelnd. »Es war Rhys. Und du wolltest, daß dieser Mann unsere Tochter heiratet?«

»Was habe ich geheiratet?« schrie sie und ballte die Fäuste. »Wen habe ich geheiratet?«

Gruffydd schaute zu den anderen Anwesenden. »Im Namen Gottes, sie sollte nicht hier sein.«

Vater Edern begann auf Eleri zuzugehen. »Kommt, ich werde ...«

»Nein.« Das Wort kam tief aus Eleris Kehle. »Nein«, stöhnte sie, stürzte sich auf ihren Ehemann und riß ihn zu Boden. Sie packte ihn an den Haaren, zog seinen Kopf hoch und stieß ihn hart auf den Steinboden.

»Mutter!« schrie Tangwystl und lief zu ihr.

Eleri bearbeitete Gruffydds Gesicht mit den Fäusten.

Owen zog Eleri weg. Dyfrig beugte sich zu Gruffydd hinab, der schwer atmete.

»Hängt ihn auf! Hängt ihn auf, damit es alle sehen!« kreischte Eleri, als Owen sie hochzog und aus dem Raum führte.

Owen lag auf einer Bank und starrte hinauf in den Himmel. Seine Gedanken weilten beim Erzdiakon von Carmarthen. Wenn er, Owen, dafür zuständig wäre, über Gruffydd zu richten, würde er ihn nach Pembroke zurückschicken? Oder würde er ihn an einer Wegkreuzung aufhängen lassen, wie Eleri es wünschte?

»Man hat mir gesagt, daß Eure Frau sehr schön und Apothekenmeisterin ist.« Dafydds Gesicht verdrängte den Himmel.

Owen richtete sich auf.

Dafydd setzte sich zu ihm auf die Bank und seufzte. »Schade, daß sie nicht mit Euch gekommen ist.«

»Mir fehlt sie auch.«

»Ihr habt die Beratungen verlassen. Seid Ihr unzufrieden mit dem Urteil des Erzdiakons?«

»Er ist noch zu keiner Entscheidung gelangt. Ich habe mich zurückgezogen, weil Master Chaucer keine Unterstützung benötigt. Er versteht etwas vom Recht und verfügt über die Beredsamkeit eines Dichters.«

»Geoffrey Chaucer ist ein Dichter? Er sieht aus wie ein Kleriker und verhält sich wie der Hofnarr des Königs. Ganz sicher ist er kein Dichter.«

Ob Owen ihm sagen sollte, daß auch Geoffrey Dafydd zunächst für einen Toren gehalten hatte? Es schien ihm keine gute Idee zu sein. »Ihr habt recht, Geoffrey spielt nicht den Barden. Aber er ist schlau. Und durch seine

Späße lenkt er die Leute ab, damit sie nicht bemerken, wie genau er sie beobachtet. Eines Tages tauchen wir alle einmal in seinen Gedichten auf, glaubt mir.«

»Ihr sprecht von einem Advokaten, nicht von einem Dichter.«

»Was weiß denn ich von diesen Dingen?« Owen deutete zur Tür des Erzdiakons. »Da kommen sie.«

Als erste kamen Vater Edern und Bruder Dyfrig heraus, ihnen folgte Gladys.

»Ein süßer Engel«, meinte Dafydd.

Nun erschienen Rhys und Tangwystl, gefolgt von einem Diener, der Hedyn trug. Rhys stützte sich auf Tangwystl. Dann kam Sir John, dessen Augen auf Tangwystl ruhten. Burley ging neben ihm und redete auf ihn ein.

»Es ist ein gutes Gesetz, daß eine Frau ihren Gemahl anzeigen kann, wenn er so dumm war, sich dreimal von ihr mit einer anderen erwischen zu lassen«, meinte Dafydd.

»Ich dachte eigentlich nicht, daß Ihr ein derartiges Gesetz begrüßen würdet.«

»Wer sich einmal erwischen läßt, ist ein Dummkopf. Aber dreimal, und noch dazu mit der gleichen Frau!« Dafydd schüttelte den Kopf. »Der verdient keine Frau.«

»Sir John dachte, er würde es auf ihren Wunsch tun.«

»Um so schlimmer. Schaut sie Euch an. Sie ist so stolz, so schön. Warum brauchte er eine andere?«

Sie verstummten, als Sir John näherkam. Sein Alter zeigte sich deutlich in seinen Gesichtszügen, die von Kummer zerfurcht waren. Owen hatte Mitleid mit ihm.

»Gott segne Euch dafür, daß Ihr den Teufel der Gerechtigkeit überantwortet habt, Hauptmann Archer«, sagte Sir John.

Owen wußte nicht, was er erwidern sollte.

Burley war hinter Sir John getreten. »Auf ein Wort, Hauptmann.«

»Gleich«, sagte Owen. Er erhob sich und führte Lascelles zum Fluß, fort von Dafydd und Burley. »Ich glaube nicht, daß ich Eure Segenswünsche verdient habe, Sir John. Aber ich bin froh, daß ich Euren Namen und den Eures Sohnes reinwaschen konnte.«

Sie standen am Ufer. Das Plätschern des Wassers wirkte beruhigend.

»Der Erzdiakon hat Eure Ehe für nichtig erklärt?« fragte Owen, denn diese Frage lag in der Luft.

»Ich habe ihm dazu keine Gelegenheit gegeben. Als ich sie zusammen gesehen habe, und er mit dem Kind« – Lascelles schloß die Augen, holte tief Luft und schaute Owen an. »Sie war nie meine Frau.«

»Nein, das war sie nicht.«

»Aber ich hatte einen Sohn. Einen Sohn, der mich liebte, der meinen Zorn herausforderte, um mich vor Gruffydd zu warnen. Er hat mich gedrängt, ihn den Mortimers zu überlassen. Und das wollte ich nicht. Das konnte ich nicht, Gott helfe mir, denn ich liebte sie so sehr.« Lascelles schwieg eine Weile. »John muß Gruffydd nachgeritten sein und hoffte wohl, Beweise zu finden.« Er zog ein Tuch aus seinem Pilgerbeutel und wandte sich ab, um seine Tränen zu trocknen.

Rhys und Tangwystl überquerten die Llechllafar-Brücke. Owen und Lascelles beobachteten sie schweigend. Nach einer Weile nickte Lascelles Owen zu und ging weg.

Der Diener Rhonwen machte einen Knicks vor Owen und zog sich in die Ecke zurück. Owen setzte sich und nahm Sir Roberts Hand. Sie war trocken und kalt, und die Haut fühlte sich dünn wie eine Blumenblüte an.

»Gott hat mir eine Vision geschenkt«, sagte Sir Robert.

»Erzählt es mir, Vater.« Owen neigte sich zu ihm, denn Sir Roberts Stimme war sehr schwach.

»Amelie. Sie verzeiht mir.«
Owen drückte Sir Roberts Hand. »Das freut mich.«
»Und du? Hast du deine Familie gefunden?«
»Meinen jüngeren Bruder Morgan.«
»Sonst niemanden?«
»Sie sind alle schon gestorben, bis auf Morgan und meine Schwester Gwen, die sich in einem Frauenkloster in Usk befindet.«
»Du mußt zu ihr reisen, sie besuchen. Lucie würde das auch wollen.«
»Ich will es versuchen.«
»Erzähl mir von deinem Bruder.«
Also berichtete Owen ihm von Morgan und von Elen. Daß Morgan es gewesen war, der Gladys dazu gebracht hatte, zu erzählen, daß sie Gruffydd ap Goronwy dabei beobachtet hatte, wie er Vater Francis geschüttelt und zu Boden gestoßen hatte, und daß Morgan sie zur Burg geleitet hatte. Er beschrieb Elen. »Lucie würde sie bestimmt mögen.« Owen hielt inne, weil er glaubte, Sir Robert sei eingeschlafen. Aber als er sich aufzustehen anschickte, umklammerte Sir Robert seine Hand.
»Bruder Michaelo war sehr gut zu mir, Owen. Vergiß das nie.«

Das Haus roch nach Zwiebeln und Bier. Ein Kind und ein Schoßhündchen tollten auf den Binsen umher. Owen hatte seine Stiefel ausgezogen und die Füße auf den Tisch gelegt. Geoffrey saß am Tisch, mit dem Rücken zur Wand und mit ausgestreckten Beinen. Burley und die Bierfrau teilten sich eine Bank und schienen die Hände nicht voneinander lassen zu können. Alle hatten große Humpen mit gutem, kräftigem Bier vor sich. Vater Edern hatte sie an diesen Ort gebracht, inmitten der Vikarhäuser, nachdem Burley Edmund und Iolo weggeschickt hatte, um Duncan zurückzuholen.

»Die Bierfrau wird für den Rest der Passionszeit vertrieben werden, wenn morgen der Bischof kommt«, hatte Edern gesagt, »also trinkt, soviel Ihr könnt.«

Owen hatte das auch vor, doch er hoffte, noch einigermaßen klaren Kopf zu bewahren, um mehr darüber herauszufinden, weshalb Burley Eleri und den Jungen in die Stadt begleitet hatte.

»Euer Bruder ist gut zurechtgekommen mit Gladys.« Burley küßte die üppigen Brüste, die aus dem Mieder der Bierfrau herauslugten. »Er hat ihr ins Gewissen geredet, ihren Lebenswandel zu ändern. Das hat sie zur Besinnung gebracht, hat sie gesagt. Auch Ihr wart sehr geschickt. Ein bißchen predigen, ein bißchen drohen, das ist genau das, was sie braucht.«

»Drohungen?«

»Ich möchte wetten, Euer Bruder hat gedroht sie hinauszuwerfen, wenn sie nicht mit ihm zur Burg kommt und mir erzählt, was sie weiß.«

»Aber was ist mit Eleri?«

»Ich habe Gladys mitgenommen, als ich zu Gruffydds Haus geritten bin und ihn zu sprechen verlangt habe. Und während ich mit Eleri redete, war Gladys bei den Dienern in der Küche, hat alles ausgeplaudert, was sie wußte, und geheult und gejammert und gemeint, sie müsse ins Kloster gehen. Die Tochter Awena hat alles mitgehört und kam zu ihrer Mutter gelaufen. Daraufhin wurde die Dame ruhig, schaute hinunter zu ihren Händen im Schoß, dann wieder hoch, sah mir in die Augen und sagte, daß Gruffydd nach St. David geritten war, daß er wußte, was mit Tangwystl los sei und daß wir ihm folgen sollten. Ihr ging es um sich selbst und den Jungen. Sie sagte, daß Gruffydd zu allem fähig wäre, um Sir John zufriedenzustellen – als hätte die Ermordung von Rhys und Tangwystl Zufriedenheit bewirken können. Sie verschwand kurz und kehrte mit einem Bündel wieder zurück. Darin waren Münzen und Gold, ein Schatz. Owain Lawgochs Schatz. Sie hat ihn mir gegeben. Zur sicheren Verwahrung, wie sie sagte.«

»Werdet Ihr den Schaden wiedergutmachen, den Ihr der Schatzkammer zugefügt habt?«

»Gütiger Himmel, dafür war es mehr als genug. Den Rest habe ich Sir John gegeben, zur freien Verfügung. Ich glaube, er hat das Geld Mistress Tangwystl geschenkt. Ich bete darum, daß sie nichts davon diesem verrückten, eingebildeten Barden gibt, der meine Männer angegriffen und sie liegengelassen hat, weil er glaubte, sie wären tot.«

»Zuerst haben sie ihn zweimal überfallen«, sagte Geoffrey, »einmal in seinem Haus. Sie sind besser im Kerker des Sheriffs aufgehoben als auf der Straße.«

»Der Kerker des Sheriffs, meine Güte.« Ein tröstender Kuß brachte Burley zum Schweigen.

27 »... ein höchst vollkommener, edler Ritter«

Nachdem sie Burley und die Bierfrau alleingelassen hatten, gingen Owen und Geoffrey an den Vikarhäusern vorüber. Das Licht von Lampen und Herdfeuern drang aus den Ritzen an den Türen und den geschlossenen Fensterläden. Aus einem der Häuser kam ein so lautes Schnarchen, daß beide lachen mußten. Die Nacht war klar, die Sterne leuchteten hell. An diesem Abend erschien Owen der Friedhof als ein friedlicher Ort, der kräftige Geruch der Erde wirkte tröstlich. Eine Weide lockte sie hinunter zum Fluß, in dem sich die Sterne spiegelten.

»Wird Sir Robert hier begraben werden?« fragte Geoffrey und lehnte sich an den Stamm einer Weide.

»Er hat darum gebeten, in der Kathedrale beigesetzt zu werden.«

»Werdet Ihr ein Grabmal in Auftrag geben?«

»Ja. Martin hat mir einen Steinmetz genannt, der solche Aufträge übernimmt.«

»Er ist ein guter Mensch.«

»Er ist ein Feind unseres Königs.«

»Hin und wieder, manchmal aber ist er auch ein Verbündeter. Habt Ihr Martin gegenüber dem Erzdiakon erwähnt?« Soweit Owen wußte, konnte auch Baldwin ein Anhänger Lawgochs sein.

»Nein.« Geoffrey warf Owen einen kurzen Blick zu. »Ich wußte nicht, wie ich es hätte anstellen sollen, ohne Euch in den Rücken zu fallen. Deshalb habe ich mich nur sehr vage darüber geäußert, wer sich mit Rhys angefreundet hat.«

»Martin hat uns viel geholfen.«

»Gebt acht, daß Ihr Euch nicht revanchiert.« Geoffrey straffte sich. »Nach Ostern breche ich mit Bruder Michaelo auf.«

»Seid Ihr zufrieden mit den Garnisonen?«

»Sie werden den Franzosen standhalten. Ihr bleibt noch bei Sir Robert und kehrt dann nach Cydweli zurück?«

»Zweifelt Ihr an mir?«

»Ich glaube, Ihr habt in diesem Land gefunden, was Ihr verloren hattet, Euer Ehrgefühl. Vielleicht genügte es, daran erinnert zu werden. Ich bete jedenfalls darum, daß es so ist.«

War dies wirklich das, was Owen hier gefunden hatte?

»Und was ist mit dem Grabmal?« fragte Geoffrey in wärmerem Ton. »Wird Sir Robert darauf als Ritter oder als Pilger dargestellt werden?«

»Als Ritter. Aber mit einem Pilgerhut zu seinen Füßen.«

»Wahrlich ein vollkommener, edler Ritter. Das hat er verdient. Wollt Ihr Bruder Michaelo einen Brief an Lucie mitgeben, in dem Ihr ihr alles berichtet, was sich hier ereignet hat?«

»Mehrere Briefe. Ich habe Tag für Tag an sie gedacht.«

»Ihr führt eine wahrhaft glückliche Ehe. Kommt, es war ein langer Tag.«

Am Morgen erholte sich Sir Robert ein bißchen und nutzte die Zeit, um mit Owen über die Dinge zu reden, die ihn beschäftigt hatten, als er im Bett gelegen war.

»Was ist mit meiner Schwester Philippa?« Sie war vor mehreren Jahren als Witwe in den Haushalt Sir Roberts zurückgekehrt. »Sie wird sich einsam fühlen auf Freythorpe.« Das Gut war einen Tagesritt von York entfernt, doch während der Zeit der Winterstürme war die Straße häufig unpassierbar.

»Wir holen sie zu uns. Sie wird gut mit den Kindern auskommen, und sie auch mit ihr.«

»Was wird aus Freythorpe Hadden? Lucie wird wohl kaum ihre Arbeit aufgeben, um dort hinzuziehen. Wer soll dort leben und es für euren Sohn Hugh bewahren?«

»Ich werde einen Verwalter finden, dem ich das Gut anvertrauen kann. Und Lucie wird darauf bestehen, daß er regelmäßig Abrechnungen liefert.«

Sir Robert war zufrieden. »Dann kann ich in Frieden sterben.«

Kurz nach dem Angelusläuten schlief Sir Robert ein und träumte von Lucie und Amelie, die im Garten von Freythorpe spielten. Er wurde aufgeweckt durch einen ungewohnten Laut, ein leises Klirren. Als er die Augen aufschlug, erblickte er einen weißhaarigen Mann, der an seinem Bett saß und Wein aus einem eleganten Kelch trank. Ein höchst interessanter Mann, denn in seinen weißen Haaren steckten Ringe und Kämme. Er trug ein weißes Gewand, das mit Silber- und Goldfäden durchwirkt war. War es der heilige Petrus?

»Ah, Ihr seid wach, Sir Robert.«

»Bin ich schon an der Pforte des Himmels?«

»Der heilige David wäre sehr erfreut zu hören, daß man seine Kirche so bezeichnet.«

»Ihr seid nicht der heilige Petrus?«

Der Mann bog sein Gesicht nach oben und lachte wie ein Wahnsinniger. Als er sich wieder beruhigt hatte, wischte er sich die Tränen aus den Augen und sagte: »Man hat mir schon viele Namen gegeben, Sir Robert, aber für einen Heiligen hat mich noch keiner gehalten.«

»Wer seid Ihr dann?« fragte Sir Robert.

»Dafydd ap Gwilym ap Gwilym Gam ap Gwilym ab Einion Fawr, Herr der Lieder und Meister der Fließenden Verse.«

Und ein rechter Prahlhans, dachte Sir Robert. »Wart Ihr derjenige, der Rhys Unterschlupf gewährt hat?«

»Ja. Doch ich bin gekommen, um Euch zu ehren, nicht um von meinen guten Taten zu erzählen. Es heißt, Gott habe Euch beim Brunnen von St. Non eine Vision geschickt. Ich bitte Euch, erzählt mir alles.«

Sir Robert sprach von Amelie, bis er erschöpft war. Der Barde war ein höchst aufmerksamer Zuhörer. So wie Geoffrey Chaucer, der sich im Laufe der Geschichte zu ihnen gesellte.

Als Bruder Michaelo merkte, daß Sir Robert vom Reden heiser geworden war, bat er die beiden Poeten, sich zurückzuziehen. Geoffrey und Dafydd verließen gemeinsam die Kammer.

»Ein gottesfürchtiger, edler Ritter«, sagte Geoffrey.

»Gottesfürchtig? Edel? Er war Soldat«, entgegnete Dafydd. »Ich habe manch süße Geliebte an einen Soldaten verloren. Und jedesmal habe ich um sie getrauert, denn ich wußte, wie grob ihr neuer Liebhaber mit ihr umspringen würde. Ihr habt die Geschichte gehört. Bei der Heiligen Dreifaltigkeit, wie hätte ich die schöne Amelie geliebt!«

»Aber Sir Robert hat sie ja geliebt. Ich mußte weinen, als ich seine Geschichte hörte. Welch ein Verlust! Kein Wunder, daß er später einen großen Teil seines Lebens auf Pilgerfahrten verbrachte.«

Dafydd betrachte den kurzbeinigen Mann, der neben ihm ging. Seine Augen zeigten Spuren von Tränen. Er hatte also ein Herz, aber besaß er auch die Seele eines Poeten? »Seid Ihr verheiratet, Master Chaucer?«

»Ja. Mit einer der Hofdamen unserer verstorbenen Königin.«

Die Ehe ist der Tod eines Dichters. Diese Verbindung hatte die Karriere des Mannes gefördert, kein Zweifel.

»Was hält sie von Eurer Dichtkunst?«

»Sie verzweifelt an den Tintenklecksen.«

Am späten Nachmittag kehrte Owen von seiner Audienz bei Bischof Houghton zurück, der gerade in der Stadt angekommen war, um hier den Rest der Passionszeit zu verbringen. In der Krankenkammer traf Owen auf Bruder Michaelo, der am Fuße von Sir Roberts Bett kniete und mit dem Rosenkranz betete. Die Magd Rhonwen kniete daneben, hatte die Hände gefaltet und den Kopf gesenkt.

Um Gottes willen, war Sir Robert schon verschieden? Owen eilte an das Bett und sprach ein Dankgebet, als er den ungleichmäßigen Atem des Sterbenden hörte.

Als sie sahen, daß Owen gekommen war, erhoben sich Michaelo und Rhonwen.

»Gott schickt sich an, ihn zu sich zu rufen.«, sagte Michaelo. Seine Augen waren rot vom Weinen. »Er hat sich nicht beklagt, nicht ein einziges Mal ...« Dem Mönch versagte die Stimme. Er senkte den Kopf und wandte sich ab, um seine Tränen zu verbergen.

»Weiß er, wer wir sind?« fragte Owen.

»Ich glaube nicht.« Nachdem er den Rosenkranz weggesteckt hatte, wandte sich Bruder Michaelo wieder zu Owen. »Ihr wollt bestimmt eine Weile mit ihm allein sein.« Er schlug das Kreuzzeichen über Sir Robert und zog sich zurück.

Auch Rhonwen war inzwischen hinausgegangen.

Owen kniete nieder, umfing Sir Roberts kalte, trockene Hände mit den seinen und senkte den Kopf darüber. Er dachte an seine Tochter Gwenllian, die ihren Großvater so liebte und so hingerissen war von seinen Geschichten aus dem Soldatenleben. Er würde ihr erzählen müssen, daß Sir Robert selbst während seiner letzten schweren Krankheit noch als Späher für den Herzog von Lancaster gearbeitet hatte.

Plötzlich bewegte Sir Robert seine Hände. Als er den Kopf hob, sah Owen ein schwaches Lächeln auf dem Gesicht des alten Soldaten. Sir Robert schlug die Augen weit auf und öffnete die Lippen, als wolle er etwas sagen. Doch es kam kein Laut heraus, nicht einmal das schwere Keuchen, das ihn in den letzten Tagen gequält hatte. Seine Hände wurden schlaff.

Owen tastete nach dem Puls. Als er keinen fand, nahm er eines der silberumrandeten Gläser und hielt es Sir Robert an die Lippen. Kein Atemhauch ließ es beschlagen.

»Möge Amelie dich mit offenen Armen erwarten«, flüsterte Owen.

Er legte Münzen auf Sir Roberts Augen, dann senkte er den Kopf, um zu beten.

Aber die Tränen kamen zuerst.

Epilog

Als der Aprilregen einen Tag lang aussetzte, brachen Dafydd, Bruder Dyfrig, Cadwal und Madog von St. David auf.

Im Hof des Bischofspalastes erteilte ihnen Vater Edern den Segen und wünschte ihnen eine gute Reise, und Tangwystl hielt Dafydd den Steigbügel.

»Ihr seid der Retter meines Gemahls. Ihr werdet für immer in meine Gebete eingeschlossen sein, Master Dafydd.« Ihr Lächeln war so strahlend, daß es den Himmel hätte erhellen können.

»Freut Euch weiterhin an der Liebe, junge Dame«, sagte Dafydd, der sich insgeheim wünschte, daß sie zu ihm ins Bett kriechen möge. Doch zu seinem Leidwesen mußte er sich mit dem Dankeskuß dafür begnügen, daß er Rhys' Leben gerettet hatte. Aber genügte das nicht, um ihm süße Träume für so manche Nacht zu bescheren?

»Ihr wirkt ziemlich fröhlich«, bemerkte Bruder Dyfrig, als sie ihre Pferde durch das Bonningtor lenkten. »Ihr habt Euch schließlich nur die Haare versengt. Aber was ist mit meinem Arm? Und der bedauerliche Bruder Samson – wird er je wieder zu klarem Verstand kommen?«

»War er das jemals?« Dafydd lachte. »All die Strapazen haben sich gelohnt, mein Freund. Ich fühle mich erfrischt, gesegnet und zufrieden.«

»Rhys wäre vielleicht auch nach St. David gekommen, wenn Ihr ihn am Strand liegen gelassen hättet.«

»Er wäre von diesen Barbaren nach Cydweli geschleppt worden. Ich hege keinen Zweifel daran, daß ich ihm das Leben gerettet habe.«

»Tangwystl sagt die Wahrheit, glaube ich. Sie wird Euch in ihre Gebete einschließen.«

»Und ich werde mich immer an ihre süßen Lippen erinnern und ihren wundervollen Duft.«

»Werdet Ihr ein Gedicht über sie schreiben?«

»Ich habe schon vor langer Zeit eines über sie geschrieben, ohne es zu wissen.«

Und als sie weiterritten, begann Dafydd zu singen:

»Ich liebe sie, diese Quelle der Glückseligkeit.
Niemand, nicht einmal Taliesin
Oder der umherstreifende Merlin
Haben jemals eine Lieblichere geliebt:
Ihr Zwietracht säendes, kupferfarbenes Gesicht,
Ihre stolze Schönheit, die viel zu wohlgestaltet ist.

O Möwe, hast du erspähst die schönste
Maid der ganzen Christenheit,
Und schickst mir keinen süßen Gruß von ihr,
Ach, Gott, dies Mädchen ist Leben mir und Tod.«

ENDE

Nachwort

In der *Rose des Apothekers*, dem ersten Buch dieser Serie, wird Owen Archer von Lucie Wilton dafür getadelt, daß er sich nicht um seine Familie in Wales kümmerte. Owen hatte sein Heimatland vor mehr als 15 Jahren als junger Bogenschütze verlassen und war seitdem nie wieder nach Wales zurückgekehrt und hatte auch nie Verbindung mit seiner Familie aufgenommen. Obwohl Reisen über solche Entfernungen auch damals nicht selten waren, unternahm man sie doch nicht leichtfertig, denn die damit verbundenen Gefahren, der Zeitaufwand und die Kosten machten das Reisen im späten Mittelalter zu einer beschwerlichen Angelegenheit. Zudem nutzten Wegelagerer die dichten Wälder und die einsamen Straßen, um Reisenden aufzulauern, und durch Regen und Hochwasser wurden Brücken weggeschwemmt und Furten unpassierbar gemacht. Es gab nur wenige und ungenaue Landkarten. Unterkunft zu finden war schwierig und unsicher. Kaufleute, Soldaten, Marketender und die Angehörigen eines herrschaftlichen Haushalts, die ihrem Herrn von Burg zu Burg folgten, hatten keine Wahl. Pilger betrachteten die Unanehmlichkeiten als einen Weg zur Erlösung. Doch die meisten Menschen begaben sich nur dann auf eine Reise, wenn es unbedingt nötig war. Lucie zum Beispiel entfernte sich nie weiter nördlich von York als bis zum Herrensitz ihres Vaters.

Auch die Kommunikation gestaltete sich recht schwierig: Einfache Bauern wie Owens Eltern konnten weder lesen noch schreiben, und auch Owen verfügte als Bogenschütze nicht über diese Fähigkeiten. Erst später, während seiner Tätigkeit als Späher, lernte er lesen und schreiben, um Berichte absenden und in Empfang nehmen zu können.

Lucies Kritik war deshalb recht hart, denn selbst wenn Owen seiner Familie einen Brief geschrieben hätte, hätten seine Leute erst jemanden finden müssen, der ihnen das Schreiben hätte vorlesen können. Auch ihr Gemeindepfarrer dürfte des Lesens und Schreibens unkundig gewesen sein oder konnte vielleicht nur Walisisch lesen. Und Owen, der zum Spion Lancasters ausgebildet worden war, sah keinen Grund, Walisisch schreiben oder lesen zu lernen.

Wie viele andere Soldaten dürfte also auch Owen keine Möglichkeit gehabt haben, etwas über das Schicksal seiner Familie in Erfahrung zu bringen, wenngleich er sich vermutlich darüber in klaren war, daß es mit ihr nicht zum besten stand: Wie überall hatten auch in Wales die einfachen Leute ein sehr hartes Leben, und der Schwarze Tod hatte seit der Zeit, als Owen Wales verlassen hatte, mehrmals die Britischen Inseln heimgesucht. Ich glaube, eine Reise nach Wales dürfte bei Owen zwiespältige Gefühle hervorgerufen haben, in erster Linie jedoch mehr in bezug auf Cydweli, wo er Nachrichten über seine Familie erhalten würde, als in bezug auf St. David.

St. David war und ist ein bedeutender Wallfahrtsort. Wilhelm der Eroberer, Heinrich II., Edward I. und Königin Eleonore – sie alle begaben sich nach St. David. Die Halbinsel, auf der die Stadt liegt, galt seit jeher, zumindest seit der Jungsteinzeit, als heiliger Ort. Hoch über Carn Llidi liegen kleine Grabkammern, und auch Coetan Arthur, ein größerer Cromlech, befindet sich in der Gemeinde St.

David. Die Halbinsel ist mit heiligen Quellen, Kapellen und stehenden Steinen übersät. Zur Zeit des heiligen David – im 6. Jahrhundert – war die Halbinsel häufig besser über das Meer als auf dem Landweg zu erreichen. Man trieb eifrig Handel mit Irland und mit der Bretagne, und die Vermischung dieser keltischen Kulturen zeigt sich in den Kunstwerken und Legenden der Region.

Der Bischof von St. David war ein einflußreicher Mann in der Kirche. Adam de Houghton, der zu jener Zeit, in der das Buch spielt, das Bischofsamt ausübte, sollte 1377 mit Unterstützung Johns von Gaunt, des Herzogs von Lancaster, Lordkanzler von England werden. Sein Verhältnis zu Lancaster war kompliziert: Als Herr einer Grenzmark besaß Adam eine hohe Position in Lancasters Herzogtum. Doch als dritter Sohn des Königs von England war Lancaster Adams Oberherr, und dem Bischof lag deshalb viel daran, sich seiner weiteren Patronage zu versichern, um seine Karriere voranzutreiben.

Das walisische Regierungssystem der damaligen Zeit läßt sich nur schwer beschreiben, denn Wales war keine zusammenhängende politische Einheit. Es bildete vielmehr ein Konglomerat verschiedener Herrschaftsgebiete, die zum Teil von den Engländern (die Grenzmarken), zum Teil von den Walisern regiert wurden. Engländer und Waliser lebten in einem brüchigen Frieden nebeneinander. Der Großvater von König Edward III. hatte die walisischen Grenzmarken mit eindrucksvollen Trutzburgen befestigen lassen, nicht nur um die englischen Herrscher vor den Walisern zu schützen, sondern auch um die Waliser davon abzuhalten, unerwünschte Verbündete – wie etwa die Franzosen – zu Invasionen einzuladen. In vielen englischen Städten war es Walisern verboten, innerhalb der Stadtmauern zu leben oder Handel zu treiben – selbst wenn sie einen englischen Ehepartner hatten. Doch weil sich diese Verbote als hinderlich für den Handel erwiesen, wurden sie schließlich aufgehoben.

Jenes Teil von Wales, in dem die Romanhandlung spielt, ist stark englisch beeinflußt. Aus Vereinfachungsgründen habe ich nur die vier wichtigsten Herren von Grenzmarken in dieser Region erwähnt: John von Gaunt, der über Cydweli (Cydweli Castle) gebot, John Hastings, den zweiten Earl von Pembroke (Pembroke Castle und Tenby), Adam de Houghton, den Bischof von St. David (Llawhaden Castle, der Bischofspalast von St. David) und Edward Plantagenet, den Schwarzen Prinzen (Cardigan Castle). Jeder Herr einer Grenzmark hatte eine eigene Verwaltung und regierte mittels einer spezifischen Mischung aus walisischem und englischem Recht. Nicht selten wurden Leute, die durch andere Grenzmarken reisen mußten, vom Lord (beziehungsweise seinem Kämmerer) mit Schreiben ausgestattet, aus denen hervorging, daß sie unter dem Schutz ihres Herrn standen.

Tangwystl beruft sich auf eines der Gesetze aus dem Hywel Dda, das zur Gruppe der sogenannten »Gesetze der Frauen« gehört, um ihre Ehe mit John Lascelles aufheben zu lassen: »Stellt eine Frau fest, daß sie unzufrieden ist mit jener Person, die ihr durch Heirat zum Gemahl gegeben wurde, oder möchte sie sich schlicht von ihrem Ehemann trennen, so kann sie dies nach dem walisischen Gesetz verlangen, wenn sie zu beweisen vermag, daß er sie nicht weniger als dreimal mit einer anderen Frau betrogen hat, daß er Lepra oder schlechten Atem hat oder impotent ist. Nach dem walisischen Gesetz ... darf die Ehefrau eines Mannes die Cywyres (›Mätresse‹) ihres Mannes mit ihren eigenen Händen verletzen oder auch töten, ohne dafür Ausgleichszahlungen leisten zu müssen.«* Obwohl es ziemlich unwahrscheinlich ist, daß dieses Recht im späten 14. Jahrhundert stark in Anspruch genommen wurde, und noch unwahrscheinlicher, daß ein Engländer vom Range eines John Lascelles sich diesem Gesetz fügte, hofft Tangwystl dennoch, daß Bischof Houghton Verständnis für ihre Situation aufbringt.

Owain Lawgoch beziehungsweise Owain ap Thomas ap Rhodri ap Gruffydd war der Großneffe von Llywelyn dem Großen, dem es im 13. Jahrhundert für kurze Zeit gelang, die walischen Fürstentümer zu vereinen und gegen die Engländer zu formieren. Lawgoch war in Frankreich aufgewachsen und hatte sich als ausgezeichneter Militärführer erwiesen. König Karl von Frankreich unterstützte Lawgochs Anspruch, das Erbe von Llywelyn dem Großen anzutreten. Owain war für ihn ein überaus wertvoller Verbündeter, denn mit seiner Hilfe hätte er Zugang zu wichtigen Häfen erlangen können, von denen aus eine Invasion Englands ihren Anfang hätte nehmen können.

Mir persönlich hat beim Schreiben dieses Buches der tägliche Umgang mit Dafydd ap Gwilym und Geoffrey Chaucer am meisten Spaß bereitet. Dafydd näherte sich im Jahr 1370 dem Ende seiner Laufbahn und seines Lebens (ich gehe, wie Rachel Bromwich, davon aus, daß er von 1320 bis 1380 lebte), während Geoffrey seine erste große Dichtung, *Das Buch der Herzogin*, zu schreiben begann. Nicht nur altersmäßig, auch in ihrem Leben und Werk waren die beiden sehr verschieden. Ein walisischer Barde reiste durch die Lande, spielte Harfe und trug seine Lieder in den Häusern seiner Herren vor. Dafydd führte das Leben eines Barden, in jüngeren Jahren hatte er auch als Lehrer die Kinder seiner Herrschaft betreut. Geoffrey dagegen war ein Staatsdiener, der die Karriereleiter

---

* Christopher McAll, »The Normal Paradigms of a Woman's Life in the Irish und Welsh Law Texts« in *The Welsh Law of Women*, Dafydd Jenkins und Morfydd E. Owen, University of Wales 1980, S. 20–21

emporstieg. Er mußte nicht von seiner Dichtkunst leben. Dafydd gewandete sich, wie man es von einem Barden erwartete; Geoffrey kleidete sich, wie es sich für einen Beauftragten des Herzogs oder des Königs ziemte. Liest man Dafydds Dichtungen, kommt es einem vor, als würde man ihm über die Schulter schauen, wenn er sich an seine Triumphe und Enttäuschungen erinnert. Er zelebriert die Liebe, sowohl die körperliche als auch die geistige; er preist die Natur, Gott und seine Herrschaft aus einer stark gefühlsbetonten, oftmals sehr persönlichen Sichtweise. Geoffrey dagegen wahrt in seinen Dichtungen eine gewisse Distanz, wenngleich der Leser manchmal verleitet ist, in seinen weitschweifigen Erzählungen Selbstporträts des Dichters zu sehen. Er ist ein aufmerksamer Beobachter der menschlichen Natur. Dafydd lacht über sich selbst, Geoffrey über die Menschheit. Wenn ich ihre Unterschiede zusammenfassen sollte, würde ich sagen, daß Dafydd heute wohl ein Songwriter und Sänger mit einem ausgeprägten eigenen Stil wäre. Geoffrey hingegen wäre ein Romancier mit einer poetischen Ader, den man aufgrund seines Äußeren für den Inhaber der Buchhandlung halten könnte, in der er eine Lesung abhält. Doch sobald er mit dem Vortrag begänne, würden ganz sicher alle diese Illusionen verfliegen.

Die atemberaubende Geschichte einer außergewöhnlichen Frauengestalt des 17. Jahrhunderts

Marie Petit, Tochter eines Schusters und der hübschesten Wäscherin von Moulins, träumt schon als Kind davon, einmal Herzogin oder gar Königin zu werden. Und sie besitzt alles, was erforderlich ist, um ihre ehrgeizigen Pläne zu verwirklichen: Sie ist schön und blond, hat Augen, die man nie vergißt, und ein ebenso zielstrebiges wie unerschrockenes Wesen.

Ihr Weg führt sie von den Spielsalons in der Rue Mazarine bis zur *Comédie Italienne*, von Marly bis nach Persien. Als Begleiterin eines königlichen Gesandten erreicht sie nach einer abenteuerlichen Reise die alte, für ihre leuchtend gelben und blauen Moscheen berühmte Stadt Isfahan, wo sie vom Schah empfangen wird …

ISBN 3-404-12945-8

Carolyn Haines
Am Ende eines Sommers
Roman

Sommerferien – eine herrliche Zeit für die dreizehnjährige Rebekka. Auch als sich auf einmal eine geheimnisvolle Sekte im Dorf niederläßt, eine weiß verschleierte Frau durch die Nacht irrt und ein Baby verschwindet, glaubt sie immer noch an ein einziges großes Abenteuer. Doch aus dem abenteuerlichen Spiel wird bald tödlicher Ernst ...
Ein stimmungsvoller Roman über das Erwachsenwerden, der die staubig-schwüle Hitze eines Mississippi-Sommers ebenso einzufangen versteht wie den Zauber, der über allem Kindlichen liegt.

»Ein üppiges Epos voller Sommerduft und Phantasie.«
Hamburger Morgenpost

ISBN 3-404-92021-X

Während einer Besprechung erfährt die Wirtschaftsanwältin Sidney Archer, daß ihr Mann bei einem Flugzeugabsturz ums Leben gekommen sein soll. An Bord der Maschine waren der Präsident des amerikanischen Zentralbankrates – und anscheinend auch Sidneys Mann Jason, ein aufstrebender Computer-Experte. Noch während Sidney versucht, das Unfaßbare zu verarbeiten, teilt ihr Jasons Chef seinen Verdacht mit, ihr Mann habe sich mit firmeninternen Informationen zur Konkurrenz abgesetzt. Sidney will die Wahrheit wissen – und findet Unterstützung bei Lee Sawyer, einem FBI-Agenten, der den Flugzeugabsturz untersucht. War die Ursache des Unglücks Sabotage? Und wenn ja, wer sollte das Opfer sein: der Bankenchef – oder Jason, dessen Leben ein einziges Geheimnis zu sein scheint …

ISBN 3-404-12976-8